# 预设在现代汉语喜剧小品语篇中的应用研究

丛日珍　著

山东大学出版社

**图书在版编目(CIP)数据**

预设在现代汉语喜剧小品语篇中的应用研究 / 丛日珍著. —济南：山东大学出版社，2019.6

ISBN 978-7-5607-6365-1

Ⅰ.①预… Ⅱ.①丛… Ⅲ.①喜剧—戏剧小品—应用语言学—研究—中国 Ⅳ.①I207.38

中国版本图书馆 CIP 数据核字(2019)第 136561 号

责任编辑:刘森文 张申华

封面设计:张 荔

出版发行:山东大学出版社

社 址 山东省济南市山大南路 20 号

邮 编 250100

电 话 市场部(0531)88363008

经 销:新华书店

印 刷:济南华林彩印有限公司

规 格:720 毫米×1000 毫米 1/16

16 印张 270千字

版 次:2019 年 6 月第 1 版

印 次:2019 年 6 月第 1 次印刷

定 价:38.00 元

# 序

从日珍副教授的大作《预设在现代汉语喜剧小品语篇中的应用研究》即将付梓,嘱我作序。我虽欣然为之,但是作为一个门外汉,又惴惴恐不当意。

本书的理论基础、研究路向、研究范围和研究语料均持之有故,言之成理。这方面的研究在国内尚寥若晨星。从老师博观而约取,不但爬梳了研究的理论基础、路向和范围,并且通过缜密的阐析让读者看到了该课题的研究前景。通过"慎思、审问、明辨",作者从预设论视阈下对现代汉语喜剧小品的幽默机制进行探察,研究过程和研究结论颇具启发意义和创新性:其理论价值在于增强受众对幽默的理解,提高受众对预设论的认识,解读小品的"笑"果,丰富喜剧小品文本创作的理论视域。

本书的理论创新表现在诸多方面。比如:(1)将"预设"与"前设"加以厘清,以喜剧小品语篇为语料进行了呈现功能对比与认知理据区分;(2)探究了逻辑语义预设与语境语用预设之间的关系,发现两者既有互补性,也有重叠性;(3)寻找并扩大了叙实性预设触发手段,以及在中国喜剧小品特殊语篇中的事实性预设的主要展现形式及功能;(4)对保存预设的内涵有了全面的界定。本书的实用价值在于既可以促进具有中国特色的言语幽默、满足大众精神文化需求的喜剧小品文本创作,丰富中国喜剧小品文本创作的理论支撑,也益于通过预设赏析中国喜剧小品,对于其他不同艺术形式的文本创造具有极高的借鉴作用。值得称道的是,本研究语料的选择具有较强的时势顺应性、价值教育性和对外文化传播性。简而言之,预设的研究,路漫长而修远,探索将无有尽期!

从日珍老师不坠青云之志,尽显坚忍不拔之气。在家庭、学院诸多事务缠身的情况下,仍"其心安处是科研",难能可贵。在我和从老师的交往过程中，我发现她和我有很多相似的学习和生活经历，我们经常“如切如磋”，对学术研究都非常认真、执着，都致力于把自己的学术生涯和汉语本土语言学研究连在一起。当然，从老师敏而好学，还有我没有的很多优点和长处，相信她今后在科研之路上定会长风破浪，直济沧海！

仇　伟

2018 年 10 月 18 日于济南大学

# 目　录

# 导　言

2016年慕尼黑安全会议上，副外长傅莹代表中国发声，她舌战群儒，见招拆招，表现十分精彩。会上，有个记者问了个非常刁钻的问题："中国是否对朝鲜失去了控制？"回答"是"或者"不是"，都等同于间接承认了中国在试图控制他国主权，于是她面带微笑温柔地回应道："这种用语很西方。"

该外交事件中，能够促使副外长傅莹运用的有效语言策略，则是析出心怀叵测的西方记者在其话语中所含预设的存在，外交策略需求敦使她心平气和但却柔中带刚，又一针见血、分毫不让地进行了反唇相讥，不怀好意的西方记者未讨到任何便宜反被揶揄，落入尴尬之境，如此堪称预设策略精彩使用的典范。在此，我们看到了预设理论的强大应用价值。于高处俯瞰，对于话语者来说，预设理论在话语中的巧妙运用甚至可以与一个国家的尊严维护、外交立场、国际地位联系在一起。

网上流传的一则小幽默则令人啼笑皆非：

> 一大爷，咳嗽得厉害，让大夫给看看。大夫说：回去少抽点烟吧。回去一个多月后大爷又来找大夫。咳嗽得更厉害了。大夫就问：让你少抽点烟，你抽多少啊？大爷说：一天不到半盒啊。大夫又问：那你以前抽多少啊？大爷说：以前我不会抽啊。①

该幽默源于预设被说话双方单方面拥有：说话者之一的大夫主观上假设病人为烟民，以此为前提提出建议。但其假设却与实际不符，作为听话者的病人恰巧为非烟民病人，不具备这一假设事实。而病人亦未能正确解读发话者的预设信息，经大夫一说，以需要吸烟为前提，大夫、病人之间共有预设知识错位，共有知识未能有效显映，预设缺省导致推导失败出现交际失误，继而引发令人忍俊不禁的状况。由此可见，预设的使用现象无需遍处猎寻，在我们的生活中随处可见，预设的有效策略使用存在于我们日常自然语言交际中，其

---

① 妈妈帮：《一大爷，咳嗽厉害，让大夫给看看》，2017年3月30日，https://www.mmbang.com/linyi/bang/23512796.

作用不可小觑。

说到预设在自然语言中的使用，笔者曾读到过这样一则忏悔录（首段）：

> 尊敬的审判长，尊敬的审判员，我叫×××，捕前任××××大学校长，应该说我是一名专家性的党员领导干部……我曾经被授予全国教育系统劳动模范……干校长之初由于自己没有注意三观的改造，没有严格要求自己，仍然把自己等同普通教授、普通老百姓，放松了自己对自己的要求，加上受到社会不良风气的影响，自己法律意识淡薄，对法律知之甚少，自觉不自觉地滑入违纪违法的深渊。

读毕这则忏悔录，你是否会有一种异样的感觉？是否读出了隐含的强加的主观预设："普通教授、普通老百姓，都放松了对自己的要求，受到社会不良风气的影响，然后滑入违纪违法的深渊……"此言一出，舆论哗然，网评中一片愤慨之声，违法者的言论被一致认为构成了对教授、普通民众的极大侮辱。将个人的主观假想强加到遵纪守法的普通教授、普通老百姓身上，除了预设使用错位，也确实暴露出违法者自己坦承"没有注意三观的改造"，一语中的。

以上几种举隅列出了预设的几种功能，大到维护国家尊严，小到避免引起误解、引发愤慨等。对于预设对受众言语行为的影响，以上只是抛砖引玉，那么何为预设呢？

预设是对经典语言学术语"presupposition"的中文翻译，又译为"前提""前设""先设"[①]。学界对于预设耳熟能详的分类大致有两种：一种是狭义上的预设，即逻辑—语义预设，最早由现代逻辑奠基人、德国哲学家弗雷格（Frege）于 1892 年提及，进而汇集并构筑了逻辑语义学派的诸多观点。该学派认为，设若句子已经形成，预设则蕴藏于句义之中。狭义上的预设研究关注句子逻辑意义与句子本身结构，预设表现为某种事实的存在，该存在能够促进句子语义上充分成立，其构式大致是"X 预设 Y，Y 是 X 的前提/先决条件（X presupposes Y，Y is a prerequisite of X）"。例如：对于断言（X）"John's bike needs repairing（约翰的自行车需要修理）"，预设（Y）"John has a bike（约翰有一辆自行车）"，"约翰有一辆自行车"的事实存在方能为断言"约翰的自行车需要修理"获得真值提供充分前提保障；同样，预设（Y）"John has been beating his wife（约翰过去一直打老婆）"的背景信息蕴含在一个断言中，如（X）"John stopped /didn't stop beating his wife（约翰停止/没有停止打老婆）"，该背景信息的事实存在亦是断言"约翰停止/没有停止打老婆"的真

---

① 何自然：《语用学与英语学习》，上海外语教育出版社 1997 年版，第 57 页。

值充分成立的前提，是话语实现的依据和基础，依赖于话语上下文语言语境中的词汇、句法等概念。另一种是广义上的预设，即语境—语用预设，是将预设看成是交际双方预先设定的共知信息，重视语境的运用。语用预设概念最早于 1974 年由美国哲学家、语言学翘楚斯达纳克(Robert C. Stalnaker)提出，其中强调语用预设隶属一种语用推理，更多的情形下需结合非语言语境推导出来，"笼统指那些对语境敏感的、与说话人(有时还包括说话对象)的信念、态度、意图有关的前提关系"[①]。以斯达纳克为代表的语用学派认为，与由句子本身依赖于词、短语、结构做出的推理相反，语用预设的形成则是由话语发出者和话语受话者做出的，具有主观性，预设信息的携带是话语发出者和话语受话者的心理附带产物，而非词或短语本身所普遍固有的。

时至今日，人们对预设的语义语用之争，余论未休。学者们除了从语句逻辑角度、语境语用角度进行考察外，亦有从哲学、认知学等视阈对预设进行的分析。客观地说，学界对预设的研究已经收获了丰硕成果，但由于预设的复杂性及特殊性，建立起一种完备、完美、完善的预设理论尚需时日。同时我们发现，对于预设的理论深度与广度尚待挖掘与创新。在应用方面，该理论却与我们日常生活息息相关，展现出被运用的旺盛生命力，在社会各种领域，预设理论被运用以分析社会万象的各项研究如火如荼，如逻辑学中的预设使用、课堂教学中的预设使用、翻译实践中的预设使用、法庭审讯中的预设使用、广告语篇中的预设使用、新闻演讲中的预设使用、政治辩论中的预设使用、面试中的预设使用等诸多领域，预设对信息的有效传递、策略选择和人际关系的达成起到了不可小视的作用。

请再看下面的一系列纪实性报道。

**报道一(节选)：**

近日，中共中央办公厅、国务院办公厅印发了《关于实施中华优秀传统文化传承发展工程的意见》，并发出通知，要求各地区各部门结合实际认真贯彻落实。《关于实施中华优秀传统文化传承发展工程的意见》全文如下。

文化是民族的血脉，是人民的精神家园。文化自信是更基本、更深层、更持久的力量。中华文化独一无二的理念、智慧、气度、神韵，增添了中国人民和中华民族内心深处的自信和自豪。为建设社会主义文化强国，增强国家文化软实力，实现中华民族伟大复兴的中国梦，现就实施中

① 何自然：《语用学与英语学习》，上海外语教育出版社 1997 年版，第 68 页。

华优秀传统文化传承发展工程提出如下意见。①

**报道二(摘编):**

2018年1月31日,李克强总理会晤首次访华的英国女首相特蕾莎·梅后,又主持召开了一个会议,会议的内容是听取教育、科技、文化、卫生、体育界人士和基层群众代表对《政府工作报告》(征求意见稿)的意见建议。他提到,文化兴盛是国家强盛的重要体现,既要应用科技手段更好地保护传统文化遗存,尤其是世界文化遗产等历史瑰宝,也要契合时代需求,多出品味格调高、弘扬正能量的文化产品,使中华优秀文化传承光大。文化消费是大众消费一个重要甚至是主要组成部分,一定不能忽视。文艺作品要对善恶有辨别,文化产业要有精神道德的支撑。②

从以上两则报道中我们捕捉到如下信息:首先,中共中央办公厅、国务院办公厅印发的《关于实施中华优秀传统文化传承发展工程的意见》一文,旗帜鲜明地指出"文化是民族的血脉,是人民的精神家园";其次,李克强总理听取教科文卫等各界代表对《政府工作报告(征求意见稿)》的意见中,强调"文化消费是大众消费一个重要甚至是主要组成部分,一定不能忽视",并高屋建瓴地提出"文化兴盛是国家强盛的重要体现",要更好地保护传统文化遗存;与此同时,号召文艺工作者"要契合时代需求,多出品味格调高、弘扬正能量的文化产品,使中华优秀文化传承光大"。

与以上精神内涵相契合,现代汉语喜剧小品(即现代汉语喜剧小品)作为中国文化的一种,体现了人民对精神消费的追求。并且,同普通商品的物质消费一样重要,现代汉语喜剧小品是大众精神消费的一个重要部分,不能忽视。另外,两个系列报道传递了传承中国传统文化已经上升到国家顶层重视的信号,甚至可以说上升到国家文化战略高度。中国传统文化涵盖内容广泛,如诗词歌赋、书法、国画、灯谜、对联、射覆、酒令、歇后语、壁画、建筑、碑帖、篆刻、牌匾、楹联、尺幅、扇面等外,还包括民族乐器、民族音乐、民族戏剧、民族曲艺、民族语言、民族文字、民族服装、民族风俗等。这些文化的保护传承途径众多,例如,可以现代汉语喜剧小品为载体,将这些传统文化内容(如唐诗宋词、典故、歇后语、民族曲艺等)揉进喜剧小品文本的创作表演之中,让受众以一种有意识无意识的状态投入到传统文化的感受与学习中;还可以将

---

① 新华社:《中共中央办公厅 国务院办公厅印发〈关于实施中华优秀传统文化传承发展工程的意见〉》,2017年2月7日,http://chuansong.me/n/1549422552930.

② 长安街知事:《总理请黄渤、葛优、陈道明等多位演员进中南海,聊了些啥?》,2018年2月2日,https://item.btime.com/30krka078fc8hdahkp5n8jb6e70.

主题体现为与传统文化传承相关的内容(如小品演员高晓攀喜剧小品——《梨之园》《小先生》,表达出对于中国传统文化国粹京剧、快板、大鼓失传的担忧),以此展示出对中国传统文化的传承。

另外,中国在教育、科技、环境、健康、媒体、政府服务及社会万象等方方面面发生的变化与进步日新月异,以喜剧小品的形式通过CCTV4(China Central Television 4,中国中央电视台第四频道,下同)海外版国际频道《中国文艺》平台向世界传播,其深远意义亦在于传播中国文化元素,让世界各地华人华侨与国际友人了解中国,与国家所倡导的"中国文化走出去"的文化大背景相顺应,与中国"一带一路"倡议相顺应。因此,在某种程度上,现代汉语喜剧小品的质量,对于讲好中国故事,传播中国声音,增加文化自信,弘扬中华文化的繁荣,使世界了解中国发挥着重要作用。在快节奏、焦虑、浮躁、高压力的生活现状下,观看喜剧小品无疑有助于减轻受众(观众)的生活、工作压力,使受众舒缓心情,这一点与李克强总理强调的"文化消费是大众消费一个重要甚至是主要组成部分"的观点相当契合。

综上,我们可以看到,现代汉语喜剧小品在传递传承中国传统文化、讲好中国故事、传播中国声音、增加文化自信、减轻民众生活压力与舒缓心情等诸多方面发挥着重要作用。现代汉语喜剧小品作为中华民族受众(观众)的精神消费,亦呈现出本土化、民族性特征,多创造一些品味格调高、弘扬正能量并给受众(观众)带来欢声和笑貌的喜剧小品是时代的要求。对现代汉语喜剧小品进行研究亦是顺应时势之举。

## 一、研究目的和意义

现代汉语喜剧小品之所以能给受众带来欢笑,核心因素自然是其中的幽默。经文献考察,产生幽默致人发笑的语用因素很多,最著名的有优胜论、乖讹论、宽慰论,但"横看成岭侧成峰",在预设理论视阈下的现代汉语喜剧小品幽默机制解读中,我们发现预设的巧妙使用竟然可以作为一种非常有效的制造幽默效果的手段与策略,创造出意想不到的幽默效果。预设在现代汉语喜剧小品文本语篇中扮演的角色令人耳目一新。

本书研究目的在于从预设视阈入手,探讨其对现代汉语喜剧小品文本创作及表演的作用,洞察现代汉语喜剧小品幽默机制等背后预设的诱发机制,为中国喜剧小品创造出具有健康道德观、价值观、世界观,并持有历史纵深感和较高美学价值,避免过度商业化的文本创作提供些许理论参考。

本书的研究意义包括理论意义与实用意义。理论意义在于拓展、挖掘预设的理论广度与深度，试图对预设理论有创新性发现。研究结果表明，在现代汉语喜剧小品语篇中，预设的种类有了如保存预设、事实预设、主题预设等更全面的发现，对于英文“presupposition”更是进行了”预设”与“前设”的分类，有了其呈现方式与认知理据各不相同等各种发现(详见结语部分)。

本书研究的实用意义在于研究对象的选择。研究对象面向呈现本土化、民族性特征的现代汉语喜剧小品。中国优秀喜剧小品诞生后，便通过大多数小品配有英文字幕的 CCTV4 海外版国际频道《中国文艺》平台播出，使海内外华人华侨与世界各地朋友增进了对中国的了解与认识。因此，在某种程度上，现代汉语喜剧小品具有宏大的、在国际间讲好中国故事、传递中国声音的文化传播意义。此外，在国内还具有传承复兴中国传统文化、舒缓受众压力、放松心情以及增加文化自信、弘扬正能量的现实意义。本书希望助力创新徘徊期的现代汉语喜剧小品再次焕发盎然生机，使现代汉语喜剧小品继续发扬光大，并得以持续性健康发展。

## 二、重要观点和主要内容

### (一)重要观点

本书的重要观点是语言学中的逻辑一语义预设和语境一语用预设可以并行不悖，助力现代汉语喜剧小品的文本创作及表演。逻辑一语义预设和语境一语用预设虽然各自的理论研究范围、研究内涵不同，但由于其具有重叠性、互补性特征，对现代汉语喜剧小品文本的语言创作发挥着各自不同的功能。其中，预设可取消性引发的前设取消，是导致喜剧小品幽默诞生的重要原因。在现代汉语喜剧小品中，预设的新分类如主题预设、保存预设、事实预设、虚假语用预设、类置预设等的使用，对突出喜剧小品语篇中的人物形象、表现主题发挥着重要功能。相对于以前的优越论、宽慰论、乖讹论，从预设的理论视角考察幽默的诞生具有一定的创新性。

### (二)主要内容

本书共分九章。每一章的具体内容简述如下：

第一章，介绍现代汉语喜剧小品的现状及学界针对现代汉语喜剧小品所作的相关研究。依据小品的内涵、喜剧小品的内涵，确定了现代汉语喜剧小品的内涵为有品味、有格调和引人发笑。纵观现代汉语喜剧小品的发展历程，大致经历了萌芽发展期(1983～1991 年)、蓬勃繁荣期(1992～2011 年)、创新徘徊期(2012 年至今)三个时期。对于 2012 年至今的创新徘徊期,中央电视台的《中国文艺》《综艺喜乐汇》栏目,地方电视台的《笑傲江湖》《欢乐喜剧人》《笑声传奇》《欢乐饭米粒儿》等栏目,为现代汉语喜剧小品走出徘徊期提供了众多的创新性作品。此外,本章对喜剧小品的剧核——幽默进行了相关研究。

第二章,梳理预设的国外研究状况。预设作为语言学中的传统理论,最早的预设研究发端于国外先哲的不断发现、争鸣,经历了逻辑一语义预设、语境一语用预设两大阶段。逻辑一语义预设以哲学为依据,在预设研究发展历程中,哲学家们包括弗雷格(Frege)的“意义与所指理论”、罗素(Russel)的“描写/摹状词理论”、斯特劳森(Strawson)的“预设取消论”等对后续研究所做贡献弥足珍贵。站在这些语言哲学巨匠的肩膀之上,后面的各项研究,如预设触发语的研究,预设与蕴涵/衍推、断言、会话含义之间的差异研究,预设中复杂的投射/映射问题研究等,就如帷幕徐徐拉开。提出“语境一语用预设”这一概念的居功至伟的人物,当属美国哲学语言家斯达纳克(Stalnaker)。语用预设毫无争议所具有的特征,包括合适性/适切性、共知性、取消性。这三种特征在学界被作为理论支撑,运用到其他语言学等应用领域。

第三章,进行国内有关预设研究的特色调查,述评这些研究中与众不同的观点。首先,表明一个发现,国内研究从一开始对于理论的界定创新性研究较少,更多地是进行各种理论的译介,而后经过不断地探新、求索,呈现出一种如火如荼、百花齐放的盛景。其次,国内有关预设研究发文量大,为梳理并寻找其特色,采用理论类与应用类两大简单分类,选择与众不同的特色论作观点进行分类总结与述评。

第四章,考量逻辑语义预设与语境语用预设两者之间的关系。对二者关系进行探讨的背景源于预设研究的发展中形成的语义与语用完全不同的研究视角与概念。经考量后发现,逻辑一语义预设与语境一语用预设二者之间既有重叠性,又有互补性。如此得出最后结论:打破相离状态下语义与语用预设间的樊篱,建立双方的沟通与交互,将语义预设的语义稳定性和语用预设的主观认知非稳定性沟通,将“泾渭分明”的语义、语用各自为阵的“两张皮”融合,进行两者双发力来共同解决一些问题将更加实际、辩证。

第五章,考察预设理论在现代汉语喜剧小品中的应用。为突出预设在现代汉语喜剧小品中发挥作用的侧重点不同,本章将重点集中到具体的两个喜剧小品的探究,以“语篇个案篇”命名之。

在以小品《不差钱》个案语料的语篇研究中,根据语用预设具有共同性、主观性、隐蔽性、单项性的特征，探讨其能否帮助该小品达到“逗乐”的喜剧效果，实现“幽默”的语用功能。

在以小品《扶不扶》为个案语料的语篇研究中，重在不同程度地利用语义预设和语用预设的互补性合力阐述对喜剧小品演员幽默言语行为产生的影响。

第六章，考察预设理论在现代汉语喜剧小品中的应用系列。本章将研究重点集中到表演天赋异禀、能给受众心灵留下深刻印迹的两位幽默演员，对其系列小品中展现的不同预设运用情况进行探究，以“演员个人篇”命名之。能够满足以上要求甄选出的两位代表性喜剧演员是陈佩斯和沈腾，经过对其所表演的系列小品进行探查，在预设理论的使用方面，各自的作品中凸显出不同特征。

第七章，考察预设理论在现代汉语喜剧小品中的应用系列。本章将研究着力于现代汉语喜剧小品中预设策略使用的认知视角，以“认知探究篇”命名之。

第八章，考察预设理论在现代汉语喜剧小品中的应用系列。本章将研究聚焦于现代汉语喜剧小品中预设理论挖掘探新，以“理论探新篇”命名之。

第九章，探索求证预设理论在其他喜剧语篇中的应用状况。因为小品是脱胎于戏剧的多样化的艺术样式，本研究首先探讨的是预设在戏剧文学语篇中所起作用，以著名戏剧《威尼斯商人》为例。中国相声，作为中国的传统文化，是我国现有最优秀的喜剧形式之一，因此相声的文本语篇创作探索亦颇具意义。本章选择喜剧戏剧语篇和相声语篇为语料。

结语，对本书研究的理论价值与实用价值进行了总结。通过对预设理论及其在现代喜剧小品文本创作和表演中产生的言语幽默的作用的探究，证明本书具有一定的理论价值与实用价值。

# 第一章　现代汉语喜剧小品的现状及相关研究

## 一、现代汉语喜剧小品的现状

现今的中国，经济发展突飞猛进，科技成就日新月异，中华民族伟大复兴的中国梦渐见曙光。与此同时，随着生活节奏的加快，各种需求的增加，人们生活、工作压力亦迅速增加，采用何种途径达到轻快减压的目的，如何保持身体健康，调整心情，从而愉悦地投入到生活和工作中去，显得愈来愈重要。能够帮助受众实现以上目的一个重要途径，便是工作之余，打开电视、电脑、手机等，观看现代喜剧小品，因为喜剧小品展现出来的喜剧性、幽默性恰好可以满足以上需求。

### （一）现代汉语喜剧小品的概念及特征

1. 现代汉语喜剧小品的概念

首先从最大范畴的语义单位“小品”谈起。小品是戏剧的多样化表现样式。“广义的小品含义较为广泛，狭义的小品泛指较短的关于说和演的艺术。它的基本要求是语言清晰，形态自然，能够充分理解和表现出各角色的性格特征和语言特征。”①小品，小则小，却能小中见大。“小”与“品”的结合，形式短小，重在品，强调有内涵，指源于生活中的题材、人物表现传递给受众有蕴涵的品味。

其次，“喜剧小品”的界定。虽然学界对此众说纷纭，莫衷一是，但至少有两个层面的内容不可缺少并在学界达成一致：一是喜剧小品有内涵、有格调，二是引人发笑。内涵、格调体现在小品所依托的故事情节中。对于故事情节有不同的主题分类，诸如现实写照、人生思考、人性反思、社会发展等。虽然“艺术高于生活”，但“艺术来源于生活”，喜剧小品毫无例外浓缩和呈现的是

---

① 丛日珍：《语用预设与中国喜剧小品——以〈不差钱〉为个案分析》，载《内蒙古民族大学学报》2011年第1期。

纷繁复杂的社会现实。引人发笑源于幽默表演。在中国现代背景下，喜剧幽默致笑之展示社会生活内涵小品便是现代汉语喜剧小品的最简概念。

2. 现代汉语喜剧小品的特征

一般认为，现代汉语喜剧小品肇始于 1983 年央视春晚王景愚表演的哑剧小品《吃鸡》，但更为受众熟谙并接受的现代汉语喜剧小品诞生的标志则是 1984 年央视春晚陈佩斯和朱时茂合作表演的《吃面条》。陈佩斯滑稽、诙谐的形象及动作表演，加上朱时茂锦上添花的绝佳配合，使该小品成为现代汉语喜剧小品的经典之作。陈佩斯及其在小品之中吃面条的肢体语言展示，堪称中国版的“卓别林”“默片”的教科书。此后，坊间年除夕举家坐在饭桌前享受合家团圆的幸福之时，最欢乐与不可或缺的就是观看春晚尤其是喜剧小品。春晚成为受众笃爱的喜剧小品培养平台。

喜剧小品之所以深得受众之心，与上述小品的两个层面的内容相匹配。其一，有符合主流民意、针砭时弊、褒扬正义与传递正能量的“道德正确”，还有符合“政治正确”的时代主题。这一点与小品“有内涵、有格调”的内容特征相一致；其二，小品本身普“乐”受众的喜剧性与欢快的过节气氛相符合。喜剧性就是幽默性，幽默性是喜剧小品的剧核，是喜剧小品不可分离的特征。①

与此同时，我们发现，在将小品“有内涵、有格调”与“引人发笑”的关系进行探讨时，受众对于喜剧小品的认知具有一定民族或社会文化决定的“社会共识”“群体意识”，即思维定式。这种思维定式往往受到世界观、人生信念、对具体事物的看法等影响。现代汉语喜剧小品的社会共识是在幽默基础上传递正确的价值观、传递良好的情感倾向、传递良好的喜好、表达积极向上的精神状态等，也就是说，“幽默搞笑”是作为一种手段来传递小品的“内涵”。至此，我们不妨对现代汉语喜剧小品进行语义词素方面的特征组合：“幽默＋中国＋现代＋正能量＋主题明确。”这种语义组合是一种必要的预设，没有这种预设，现代喜剧小品就成为不可能的存在。

**(二)现代汉语喜剧小品的发展历程**

现代汉语喜剧小品培养基地——央视春晚，在喜剧小品的发展中做出了卓越贡献。此外，地方电视台也功不可没。到目前为止，从央视春晚及地方电视台培育播放的喜剧小品的数量与质量来看，现代汉语喜剧小品的发展大致经历了三个时期：萌芽发展期、蓬勃繁荣期、创新徘徊期。

---

① 参见丛日珍：《“预设”VS“前设”语用功能呈现与认知理据辨析——以中国现代喜剧小品为例》，载《西安外国语大学学报》2018 年第 3 期。

1. 萌芽发展期(1983～1991 年)

该阶段始于哑剧《吃鸡》,继而每年都有喜剧小品,且数量在增加,喜剧小品得到了稳定的发展。时值改革开放初期,黑白电视、小彩电开始作为普通家庭中的高档用品被售卖,一家人其乐融融地守在电视前观看《霍元甲》《射雕英雄传》《再向虎山行》等港台剧的情景让人记忆犹新。观赏春节联欢晚会亦是受众必备"年夜饭",而其"重中之重",便是翘首以待喜剧小品带来的欢乐。那个年代看过电视直播的受众对一些小品代表作会历历在目,很多精彩桥段驻留脑海,铭心镂骨。1983 年、1984 年春晚小品初现之后,受众对于每年春晚喜剧小品的播放充满期待。与此同时,诞生了第一批优秀小品演员,如严顺开、陈佩斯、朱时茂、赵本山、黄晓娟、黄宏、宋丹丹、赵丽蓉、雷恪生等。这一阶段的喜剧小品以逗笑、搞笑为主,多为反映普通民众的生活题材、社会题材,代表作有以逗笑为主的小品《吃面条》《拍电影》,劝诫商人合法经商的《羊肉串》,反映社会重男轻女现象的《产房门前》《超生游击队》,倡导普通民众勤劳致富的《懒汉相亲》,讴歌伟大母亲的《英雄母亲的一天》等。

2. 蓬勃繁荣期(1992～2011 年)

该阶段的最主要特征是受众仍然对春晚表演的喜剧小品充满期待,喜剧小品进入风生水起的发展繁荣期。受众对春晚喜剧小品的喜爱源于春晚舞台诞生了众多优秀喜剧作品。为褒扬这些春晚中的节目,激发创造热情,1992 年春晚第一次对表演作品进行评奖活动,喜剧小品也不例外,设立了语言类的一、二、三等奖奖项。该项评奖活动一直持续进行了 20 年,直到 2011 年(自 2012 年以后春晚所有节目不再设立评奖活动)。以下为春晚获一等奖的小品作品信息(表 1-1)。

**表 1-1　　1992～2011 年春晚荣膺一等奖的小品信息**

| 年份 | 小品名称 | 演员 |
|---|---|---|
| 1992 年 | 《我想有个家》 | 赵本山、黄晓娟 |
| 1993 年 | 《张三其人》 | 严顺开、赵玲琪、杨新鸣 |
| 1994 年 | 《打"扑克"》 | 黄宏、侯耀文 |
| 1995 年 | 《如此包装》 | 赵丽蓉、巩汉林、孟薇 |
| 1996 年 | 《打工奇遇》 | 赵丽蓉、巩汉林、金珠 |
| 1997 年 | 《鞋钉》 | 黄宏、巩汉林 |
| 1998 年 | 《王爷与邮差》 | 陈佩斯、朱时茂 |

**续表**

| 年份 | 小品名称 | 演员 |
|---|---|---|
| 1999 年 | 《昨天 今天 明天》 | 赵本山、宋丹丹、崔永元 |
| 2000 年 | 《钟点工》 | 赵本山、宋丹丹 |
| 2001 年 | 《卖拐》 | 赵本山、范伟、高秀敏 |
| 2002 年 | 《卖车》 | 赵本山、范伟、高秀敏 |
| 2003 年 | 《心病》 | 赵本山、范伟、高秀敏 |
| 2004 年 | 《送水工》 | 赵本山、范伟、高秀敏 |
| 2005 年 | 《功夫》 | 赵本山、范伟、蔡维利、王小虎 |
| 2006 年 | 《说事儿》 | 赵本山、宋丹丹、崔永元 |
| 2007 年 | 《策划》 | 赵本山、宋丹丹、牛群 |
| 2008 年 | 《火炬手》 | 赵本山、宋丹丹、刘流 |
| 2009 年 | 《不差钱》 | 赵本山、毕福剑、小沈阳、毛毛 |
| 2010 年 | 《捐助》 | 赵本山、小沈阳、王小利、于洋、孙丽蓉 |
| 2011 年 | 《同桌的你》 | 赵本山、王小利、小沈阳、李琳 |

这些荣获一等奖的小品节目，题材类型广泛：有接地气，展示百姓生活百相、怪相的搞笑小品，如《张三其人》《同桌的你》；有批评社会风气、直戳社会痛点的作品，如《如此包装》《送水工》；有反映当年发生的国家大事的通告性作品，如《火炬手》；有讴歌普通受众生活水准得以提高的作品，如《昨天 今天明天》；有抨击揭露社会不良现象的警告性作品，如《打工奇遇记》《卖拐》《卖车》《策划》《功夫》；有的通过一个小的横断面来展现宏大主题，通过小人物的行为表现大情怀，如《火炬手》《捐助》。除此之外，每一届春晚都留下一些让人耳熟能详的台词并演变成为流行语，在社会上流传，调侃或激励人上进，如“男人的一半是女人”“我叫不紧张”（小品《我想有个家》）；“哈喽啊，饭已 OK 了，下来‘咪西’吧”“秋波，就是秋天的菠菜”（小品《昨天 今天 明天》）；“你穿着马夹我就不认识你了”“伤自尊了，太伤自尊了”（小品《钟点工》）；“我的心哪，拔凉拔凉地”（小品《心病》）；“下蛋公鸡，公鸡中的战斗机”（小品《策划》），等等。这些喜闻乐见的文本台词，作为强势模因，在社会上广泛流传使用。

与此同时，又一大批优秀小品演员，如巩汉林、范伟、高秀敏、郭达、郭冬临、冯巩、蔡明、小沈阳等出现在受众的视野当中。在这 20 年的中央电视台语言类一等奖的获奖名单中，赵本山位居榜首，共荣膺一等奖 14 次，成为受众喜欢、实至名归的喜剧“小品王”。在小品表演名单中，前央视主持人崔永元、毕福剑等及辽宁电视台节目主持人于洋参与到喜剧小品助演队伍中，对于小品的表演档次及表演效果起到了锦上添花的作用。

中央电视台播放的喜剧小品在春晚获得巨大成功后，各地方电视台纷纷效仿，举国上下的各种综艺性晚会，达到一种无小品不晚会的地步。由于春节联欢晚会的媒介及影响，小品作为独立的节目参与到各种演出中。在中国喜剧小品的蓬勃发展期，展现的是喜剧小品作为新的演艺形式在国内各大电视台播放得空前火爆，反映的题材亦丰富多彩，折射社会现象的深度、广度及其表演形式亦愈趋多样化。

3. 创新徘徊期(2012 年至今)

该阶段的最主要特征是喜剧小品的发展处于徘徊期，但为了传承发展，各种喜剧小品进行了创新。

中央电视台春节联欢晚会是现代汉语喜剧小品播放的重要平台，但 2012 年后，受众对于春晚中的喜剧小品愈来愈失望。导致这种状况出现的因素众多，例如：国家的富强带给受众富裕的物质生活，受众的精神追求也水涨船高，对喜剧小品的质量期待亦愈来愈高；受众喜欢的一些小品演员如陈佩斯、赵本山等退出喜剧小品的表演；小品创作内涵不足，本身体现的主题脱离现实生活，仅靠俏皮话、耍小机灵的语言搞笑，缺少对生活与社会现实进行的严谨、科学的反思；网络等新媒体的兴起，使得受众获取笑料的渠道增多；相声、歌曲等纷纷采用新的竞赛形式吸引受众眼球，对喜剧小品的播放构成一定的冲击，等等。从中央电视台春晚小品节目来看，受众产生“鸡肋”之感——食之无味，弃之可惜，喜剧小品的发展陷入了瓶颈徘徊时期。令人欣喜的是，各大电视台都进行了突破性创作，既有中央电视台对中国喜剧小品的传承与创新，也有地方电视台的发展与努力。中央电视台与地方电视台在喜剧创作要求与手段、方式等方面呈现百花齐放、齐头并进的景象。

(1)阳春白雪——中央电视台喜剧小品

虽然与期望值不成比例，中央电视台春晚播出的小品仍然是受众必看的节目，日常时段有中央电视台第三频道的《综艺喜乐汇》和第四频道的《中国文艺》(Chinese showbiz)遴选优秀小品进行播放。中国中央电视台的性质决定其所有节目均要经过严格的内容审查，作为国家电视台，作为代表国家的新闻舆论机构，中央电视台在整个国内新闻舆论界起到“航舵”作用，它的节目都要保持导向性、文化性、艺术性，发挥信息传播、新闻传播、社会教育传播、文化娱乐等主要功能。为了保持思想文化阵地，势必旗帜鲜明地弘扬主旋律，传递正能量，反映人民群众的获得感、幸福感，讴歌党、讴歌祖国、讴歌人民、讴歌英雄，努力打造展现新时代、讴歌新时代的作品。中央电视台播放的喜剧小品如“阳春白雪”一般，凸显“高大上雅”的特征。

央视春晚中的喜剧小品亦不例外。央视喜剧小品的文本编排可从一部电影的成功中获得启迪，该电影就是《阿甘正传》。1995 年在世界电影史上可谓是奥斯卡电影成果丰硕的一年，有三四部伟大的电影如《阿甘正传》《肖申克的救赎》《低俗小说》一起争夺第六十七届奥斯卡奖，但最后《阿甘正传》脱颖而出，共获 13 项提名，最终获得最佳改编剧本等 6 项大奖。该电影之所以获得如此多的奖项在于其主题表达了追求积极向上的受众心声，传递了主流价值观、健康道德观，亦表明全球各地受众不分种族、不分地域皆有上进向善之心。与此相同，这也是央视春晚中的喜剧小品必须具有正能量、正确价值观的原因。央视春晚作为现代汉语喜剧小品的培育基地，具有“正规军”身份的喜剧小品，只有经过多次内容、主题等遴选后才能与受众见面。正如 2018 年央视春晚小品，贯彻落实党的十九大精神，每一部喜剧小品均精挑细选，抒时代之豪情，展时代之风貌，讲好中国故事，以艺术化展现、创造性转化、坚持为人民服务为中心的宗旨贯穿其中。

除了中央电视台春晚喜剧小品外，日常播放中，CCTV 4 作为中文国际化频道，有一档首播于 1996 年 5 月的日播综合性文艺专题栏目《中国文艺》，承担着文化传承的特定功能，以文艺的形式增强受众对中国的深度感知、血缘体认和情感凝聚。该栏目弘扬中华民族传统文化，播撒五千年古老文明，关注中国与世界重大的文艺活动，用精彩的电视文艺作品为海内外华人受众打开了一扇精神视窗。其视角独特视，有观赏性，又不失故事性、文学性的栏目风格，在文艺类节目中独树一帜。其中，优秀喜剧小品被遴选出来并作为一个版块在《中国文艺》中播放，大部分被播放小品配有英文字幕，以此为窗口，把呈现高度品味格调的，具有情怀视野宽度的，体现中国特色(风格)、中国气派的优秀喜剧小品传播给世界各地的华人华侨、国际友人。

此外，CCTV 3 有一档《综艺喜乐汇》，筛选为受众喜欢的优秀喜剧小品进行展播；另外，CCTV 3 还有一档由杨帆主持的《越战越勇》喜剧版，以车轮战的形式，播放新创小品，也颇受受众喜欢。

(2)百花齐放——地方电视台喜剧小品

在央视春晚喜剧小品起到“航舵”作用时，本阶段中国各种地方喜剧小品节目风起云涌，呈现出“百花齐放”的盛况。相对于央视春晚，地方春晚以及各大电视台播放的喜剧小品内容更为丰富，形式更为灵活，艺术效果更为多样，各种接地气、引人发笑、不违背原则政策的喜剧小品均可以播出。

地方娱乐节目中的喜剧小品以开展竞赛、吸引眼球赢得受众的喜爱，目下国内比较有影响力的节目有《笑傲江湖》《欢乐喜剧人》《欢乐传奇》《欢乐饭米粒儿》等。从这些小品栏目的名称来看，带有"笑""欢乐"语言表达术语，可见其共同特点是以喜剧、搞笑、幽默为特征。本书后文的研究将从这些喜剧小品中选取语料进行举隅，故有必要先对这几档节目的承办宗旨、类型及特点进行简单介绍。

**《笑傲江湖》**　作为中国喜剧真人秀节目，《笑傲江湖》由东方卫视从2014年3月16日始每周日晚21:30播出。表演者不分职业，哪怕是普通人，只要能够给受众带来快乐，都可以站到《笑傲江湖》的舞台，进行喜剧才艺展示。表演形式亦没有限制，有小品、舞蹈、脱口秀、哑剧、模仿、相声、演唱等。《笑傲江湖》邀请中国优秀的喜剧明星如宋丹丹、吴君如等担任评委，其节目宗旨就是给有才艺、能给受众带来快乐的草根民众一个展示才华、表现自己的机会。

**《欢乐喜剧人》**　与《笑傲江湖》的草根民众参与表演的形式不同，《欢乐喜剧人》是一档由东方卫视及欢乐传媒联袂打造的全国首档明星喜剧竞赛真人秀节目。该节目第一季于2015年4月在东方卫视开播，影响力巨大，颇受受众的喜爱，至今已经连续播放了四季，旨在以喜剧的各种节目样式传递快乐。

《欢乐喜剧人》网罗国内各路喜剧明星，以真人秀竞赛的形式，用语言的幽默力量传递人间快乐笑声，力图选出最具喜剧天分的人才。诞生幽默的节目形式众多，囊括小品、相声、曲艺、幽默表演、杂耍、变脸等。通过这些不同的节目形式，使竞赛者参与其中，每两场过后末位排名者依据竞赛规则被淘汰。舞台竞争的激烈性，促使这些喜剧大咖不得不提高作品水准。担任过该栏目主持人的有影视演员吴秀波、相声名家郭德纲。参赛的著名喜剧表演者包括国内当下活跃在喜剧舞台的炙热明星，有沈腾、宋小宝、贾玲、乔杉、岳云鹏、小沈阳、杨树林、王宁、艾伦、潘斌龙、崔志佳、文松、常远、张小斐、郭麒麟、贾冰、程野、宋晓峰、郭阳、郭亮、张云雷等。四季"喜剧之王"的桂冠分别归属开心麻花团的沈腾、德云社的岳云鹏、辽宁民间艺术团队的文松、浙江曲艺团的贾冰。

综上，我们可以这样理解，《欢乐喜剧人》节目是在作为春晚喜剧小品节目补充的创意下诞生的，如此可以形成对喜剧作品的不同认知。参赛团队或个人参赛选手虽然皆为国内大腕级喜剧明星，但我们发现，参加到该栏目后他们均能放下身价，秉承“搞笑，我们是认真的”的创作与表演理念，为赢取大众评审的赞赏票，为尊严、荣誉、口碑，他们需要也做到了忘掉辉煌的过去，从零开始。团队或个人在十二期比赛中均紧绷琴弦，竭尽全力，要出十八般武艺，不断创新突破。在某种程度上，对于这些在喜剧界已经功成名就的喜剧大咖来说，能够接受挑战参加竞赛并绞尽脑汁地进行创作，一丝不苟地进行表演，已经是赢得了成功。“明知山有虎，偏向虎山行”，他们勇于挑战自我、不断突破自我的勇气与表现令人钦佩。与此同时，我们欣喜地看到了对于喜剧作品的不同认知(如喜剧不只是小品，还包括相声、曲艺、幽默表演等其他能带给受众欢乐的形式)，而喜剧作品的文本创作创新(包括喜剧小品)，也意味着新时代各种喜剧文本质量的提升与创新思想的发展。

**《笑声传奇》** 《笑声传奇》是东方卫视与东方娱乐联合推出的又一档综艺节目。其定位为星素同台喜剧挑战竞技秀节目，也是应运而生的原创喜剧节目。该节目于 2017 年 4 月起每周日晚 21:00 在东方卫视首播。

该节目与《欢乐喜剧人》竞赛模式不同，竞赛方式变为喜剧大咖们组成的“传奇笑匠”和前来挑战的“新锐笑匠”同台竞技，仍然由现场的受众作为大众评审，对双方作品进行投票打分，以得票数决定“新锐笑匠”的去留：如果“新锐笑匠”的分数超过“传奇笑匠”，就会获得复赛中继续竞争的机会。

《笑声传奇》是东方卫视与东方娱乐在继《笑傲江湖》《欢乐喜剧人》取得巨大成功后，在喜剧领域的全新尝试。“新锐笑匠”与“传奇笑匠”一起同台竞技，除了怀念、致敬喜剧经典这一创作目的外，更重要的意图在于以老带新，推陈出新，推动喜剧艺术的传承与发展。同时，因为每一期都要求为最新作品，在时间紧张又必须保证质量的情况下，必然需要源源不断地进行创新创作。总之，《笑声传奇》的“传奇笑匠”和“新锐笑匠”一起，不惧困难与压力，创造出了一批令人耳目一新的优秀作品，将传承、创新、发展的喜剧精神进行了极好的诠释。

**《欢乐饭米粒儿》** 与给草根民众一个展示才华、表现自己幽默能力的《笑傲传奇》不同，亦区别于以竞赛方式诞生“喜剧之王”的《欢乐喜剧人》与以助推喜剧新人为宗旨的《笑声传奇》，辽宁卫视播放的《欢乐饭米粒儿》则是以家为核心展开的情景小品喜剧。节目从开播到现在共进行了五季，常驻演员有孙涛、邵峰、张海燕、王振华、李静、赵妮娜、张瑞雪、赵博、朱天福、陈寒柏等，并随机邀请国内喜剧大咖如潘长江、黄晓娟、郭冬临等客串表演。

《欢乐饭米粒儿》的影响，可以比肩 1993 年在国内首播的家庭情景喜剧

《我爱我家》，二者接地气、弘扬正能量的主题展示如出一辙。

《欢乐饭米粒儿》以家庭为背景，以家庭为主题，讲家风传承。同时，以东北特有的喜剧元素为剧核，借鉴情景喜剧的呈现形式，努力打造纯正幽默的东北喜剧小品，从而成为向受众展现一个以城市普通家庭、中国好家庭为背景的东北欢乐剧。全剧以主要人物角色——老范老米两口子、三个闺女（分别叫大米粒儿、二米粒儿和小米粒儿）以及大姑爷赵刚子、二姑爷钱顺风，串联讲述发生在家里家外的勺把儿碰锅沿儿、柴米配油盐等琐碎而接连不断的故事，记录发生在人物身上的各种"碰撞"。每一集小品在包袱点密集、令人捧腹不断的同时，传递着有意义、接地气、带有正能量的事件与信息，用一个家庭的面貌来折射整个社会的精神需求，倡导构筑和谐社会的精神文明建设，宣传贯彻十九大精神，如"绿水青山就是金山银山""撸起袖子加油干"等。老范家悬挂了一幅永久不变的"家和万事兴"的书法作品，时时刻刻彰显着小品剧《欢乐饭米粒儿》要表达的主题，以小家映照大的国家，延伸至对国家的热爱，展现家国情怀。

此外，《欢乐饭米粒儿》的英译名也颇具内涵，*Happy Family*。无论其音译《欢乐饭米粒儿》，还是意译《快乐一家》，皆传递和谐与欢快，每季每集展播的节目将我国优秀文化传统容纳其中，讲情怀，讲责任，与有格调的创意融合对接，带给我们生活的反思与启发。因此，《欢乐饭米粒儿》当属国内既饱含快乐又有内涵的小品节目，题材取之于生活又回归生活，让受众爆笑的同时感觉到亲和、接地气、受感召。

综上，通过对央视及地方电视台播放的各种喜剧小品进行梳理后概看，近年来，喜剧类电视小品进入创新发展期，中央电视台和各大卫视均使出浑身解数，对喜剧小品文本创作进行创新、制作并播出各自主打的喜剧节目。未来中国喜剧小品是否能够大展宏图、前程似锦，有待于本阶段喜剧小品的创新发展情况。本阶段的中国喜剧小品处于徘徊期，若创新完成得好，将给中国喜剧小品的再次繁荣复兴带来启发与启迪。

## 二、喜剧小品内核——幽默的相关研究

搞笑幽默在现代汉语喜剧小品中发挥着巨大作用，换句话说，幽默就是喜剧小品的内核，幽默的达成与否直接关系喜剧小品喜剧效果的好坏，如何能以幽默制胜？如此，首先有必要了解一下幽默是什么。

日常生活中，幽默有时是一种很容易被发现的现象。在工作场所、家庭

环境中，当我们发现某人具有幽默感时，有时我们亦会发现该人往往表现出聪明睿智、知识渊博、有内涵的特点，并受人尊敬与喜爱。那么，何为幽默呢？

**(一)幽默的定义**

根据《朗文当代高级英语辞典》[①]的定义，“幽默”共有6项词条与语义：1.(the ability to understand and enjoy) what is funny and makes people laugh 2. the quality of causing amusement 3. old-fash fml a state of mind; MOOD. in a good humour 4. any of four liquids which were formerly thought to be present in the body in varying degrees, and to influence the character 5. out of humour, old-fash fml in a bad temper, MOODY 6. humoured BrE, having the stated condition of mind, good-humoured, ill-humoured.

译文为：1.理解和享受滑稽事情、引人发笑事情的能力；2.具有引起娱乐/风趣的特点；3.［过时但比较正式］表示心情/心境/情绪，例如，情绪良好；4.(旧时认为存在于体内因成分比例不同形成影响性格的)四种体液之一；5.［过时但比较正式］心情不佳、情绪不好；6.［英式英语］具有……心情的，如情绪良好的、心情不佳的。

根据朗文辞典中的定义，我们总结出几个关键词以便进一步梳理幽默的内涵：引人发笑的能力、娱乐/风趣的特点、心境/情绪、影响性格的体液。通过纵观幽默内涵的发展史，笔者发现朗文辞典对幽默的定义是对幽默内涵发展史的高度总结。

**(二)幽默内涵研究的发展史**

“幽默”一词最早来自于拉丁语，原为医学术语，感情色彩上既非褒义亦非贬义，以中性词的形式呈现。厥功至伟的人物当属公元前15世纪古希腊医生、学者希波克拉底(Hippocrates)，他敏锐地观察发现不同的人们气质、性格会有所不同。他认为人体内有四种体液，分别是血液(blood)、黏液(mucus)、黄胆汁(yellow bile)和黑胆汁 (black bile)。依据人体内这四种体液成分的不同配合比例，他将人的气质、性格划分为四种不同类型：体液中血液占优势的多血质、体液中黏液占优势的黏液质、体液中黄胆汁占优势的胆汁质、体液中黑胆汁占优势的抑郁质。人体体液中液体比例保持平衡，则人出现好的心情；反之，人体体液中液体比例失去平衡，则人转向坏的心情。[②]

---

① 朱原等译：《朗文当代高级英语辞典》(最新版本)，商务印书馆1998年版，第747页。

② 参见张晨霞：《中国笑话和西方幽默的表达差异性研究》，载《喀什大学学报》2016年第5期。

这种体液与气质、性格论从一个方面证明了辞典意义的第3、4、5、6条。

文艺复兴时期，幽默出现了贬义色彩，被用来指代黑人和顽固的人物。英国著名学术派剧作家本·琼森(Ben Jonson)撰写剧本《人各有癖》(又名《人人高兴》，*Every Man in His Humour*，1598)，其中的"Humour"一词，在当时泛指一个人的"性情"与"气质"。剧中每个角色都代表了一种特定的性情，也可称为"怪癖"，16世纪人们的行为、感觉和错误的信念都说明了人性中的缺点。随后，本·琼森又于1598年撰写了喜剧《人人扫兴》(*Every Man out of His Humour*)，"Humour"一词仍然指人的"性情"与"气质"，并指出人们的性情、热情、贪婪、冷酷、阴险应该被重视。在这两本宏著中，"Humour"被广泛使用，其意义与今日有所不同。

17世纪末，"幽默"作为一个文学和美学术语，出现在资本主义经济已经得到较好发展的英国。当时的英国，经济发展带动市民生活走向富裕并推动了对自由的追求，"一些资本主义作家就认为英国应该高于其他国家，成为个人主义的故乡，因而也是幽默的故乡。……因为每一个人都可以各行其是，并且认为表明这一点是一种愉快，也是一种骄傲"①。在美学领域，幽默用来暗指各种能引人发笑的会话、行为。如此，"愉快""发笑"关键词可以用来作为辞典意义第1、2条的证据。并且，"幽默"一词的语义开始向现代的语义关系靠近。对于朗文辞典给幽默所作定义的第1条"理解和享受滑稽事情、引人发笑事情的能力"，结合当今对幽默内涵的理解，可以诠释为以下两点：一是某事情具有引人发笑的能力；二是作为话语参与者能够理解和享受这种令人发笑的滑稽事情。根据朗文辞典给幽默所作定义的第2条"具有娱乐/风趣的特点"，很明显，可以诠释幽默的特征为风趣、以娱乐为目的。至此，我们不妨对当今幽默做一个简单化的定义：幽默具有引人发笑的能力，话语参与者能够理解和享受这种令人发笑的滑稽事情，具有风趣、以娱乐为最终目的特征。

**(三)幽默诞生理据的国外三个经典传统理论**

西方学者针对幽默诞生理据进行的研究由来已久，最为学界熟谙的三个经典传统理论为优胜论/优越论/蔑视论(Superiority theory)、宽慰论(Relief theory)和乖讹论(Incongruity theory)。②

优胜论/优越论/蔑视论(Superiority theory)是较早被人熟谙并认可的

---

① 万年、世贸：《中西方幽默之源流及差异》，载《扬州师院学报》1992年第4期。

② Attardo, S. *A Primer for the Linguistics of Humor*. Berlin: Mouton De Gruyter, 2008.

幽默理论，可追溯到古希腊、古罗马的传统修辞理论。基于社会行为学，学界一般习惯称之为“社会行为角度的优胜论/优越论/蔑视论”，意指一种荒谬的、具有进攻性的、受蔑视的幽默理论，主要代表人物有柏拉图（Plato）、亚里士多德（Aristotle）、霍布斯（Hobbes）、达尔文（Darwin）。

该理论的主要观点为人们对于那些描述或表现为痴傻、愚笨、呆蠢、刻板、丑陋、遭受不幸的人，表现为一种优越感；对竞争中被打败的敌人，人们表现出一种优胜感、战胜感、蔑视感。有时候幽默还表现为“自我荣耀感”。由此看来，幽默就是不断找寻他人的缺点，这成为优胜论/优越论/蔑视论的核心，即在没有其他情感参与情况下，对弱势群体的尊严进行贬低。

相对于优胜论/优越论/蔑视论，宽慰论（Relief theory）的观点与之完全不同，该理论把幽默看作是减轻压力和释放抑郁心情的一种手段，因此从心理探究角度对幽默进行关注。[①] 著名代表人物克莱恩（Kline）认为人类的所有思维活动都产生紧张，当思维活动不能按照理性思维进行并超过了有意识思维的控制范围时，便出现了紧张思维。[②] 相应地，紧张思维带来了不同情感，一是被邪恶或错误观念击败表现出的落寞或唏嘘，二是对美好欢乐价值的期待而突然获得的愉悦。幽默则是后一种情形，伴随着对美好事物的期待而来的愉悦与放松。

另外一个宽慰论的代表人物是奥地利知名医师、精神分析学家、神经学家弗洛伊德（Sigmund Freud），他将“幽默”一词限定为在有意识的超我的基础上建立的喜剧解释，而“笑话”则建立在无意识的基础之上。[③]

相对于以上两种幽默理论，在学界具有广泛影响力的是第三种理论——乖讹论（Incongruity theory）。所谓乖讹，简而言之，不和谐、不匹配、不符合逻辑，产生违和感。乖讹论的研究重点来自于人们的心理认知。人们习惯于把康德（Kant）作为乖讹论的创始人，他声称，“当紧张的期待突然消失时笑就产生了，即笑来自紧张思维的突然化解”[④]。德国著名哲学家、神经学家叔本华（Arthur Schopenhauer）也是乖讹论的杰出代表，他给“笑”进行定义时明确提到了乖讹/不和谐。“在每一个事例中，笑的原因不过是突然感觉到一个概念和借助这个概念表现的现实事物之间的不和谐，而笑本身正是这一不

---

① 参见胡范铸：《幽默语言学》，上海社会科学出版社 1987 年版，第 29 页。

② 参见胡慧勇：《幽默理论比较》，载《安徽农业大学学报》（社会科学版）2006 年第 5 期。

③ 参见蔡辉、尹星：《西方幽默理论研究综述》，载《外语研究》2005 年第 1 期。

④ Parkinson, J. *Humor Theories of 20th Century*. Lewiston, Queenston and Lampeter: The Edwin Mellen Press, 1997, p. 147.

和谐的表现”①。

此外，国外研究幽默的视角还有语义脚本论（semantic script）②、框架论（frame）③、概念整合论（conceptual blending）④。

纵观国外幽默理论的形成，我们发现整个理论的演变处于不断更新与发展之中。研究者们研究角度不同，聚焦点便不同。本书将结合以上三种主要理论，探讨预设理论如何助力现代汉语喜剧小品中的幽默发挥效应。国内对于幽默的研究发展状况与国外的三种经典理论不同，更接近于现代的幽默含义。

**（四）幽默在国内的研究发展情况**

在我国，最早对于幽默的使用，出现在先秦时期中国最早的一部诗歌总集《诗经》之中。《诗经》内容丰富，包含古代社会生活的方方面面，如战争、风俗、爱情、祭祖、天象、地貌、动植物等。按照乐调的不同，《诗经》分为风、雅、颂三部分。因“雅、颂”之乐舒缓庄重，没有幽默的栖身之地，所以“幽默”只出现在《诗经》所采集的周南、召南、邶、鄘、卫、王、郑、齐、魏、唐、秦、陈、桧、曹、豳等 15 个地区的民歌即“国风”之中。

幽默是在特定的环境氛围中借助诙谐、戏谑、隐喻或通俗的语言表达情感与思想。《诗经》中的幽默有不同分类，如政治性讽刺幽默、恋人间的调侃幽默、充满生活气息的日常生活喜剧幽默。充满生活气息的日常生活喜剧幽默的最典型作品是《齐风 · 女曰鸡鸣》一篇，“幽默”在其首句“女曰鸡鸣，士曰昧旦”中即展现得淋漓尽致，在充满画面感的清晨，妻子敦促熟睡中的丈夫起床劳作，用鸡已经鸣叫进行委婉的催促，有些不快的丈夫以孩童耍赖的方式回曰天色未亮，趣味盎然，幽默感十足，令人忍俊不禁。

魏晋以后，中国幽默的发展主要体现在戏曲剧本上。到元朝时期，元杂剧便以幽默、智慧和生动而为人所知。当时，出现了很多优秀剧本，如王实甫的《西厢记》，里面饱含诸多富有诗意、轻松愉快的情景。明清以后，幽默得到极大而快速的发展并得以广泛传播。

从《诗经》中我们找寻到的幽默踪迹算起，历经各朝各代，幽默在中国历

---

① 蔡辉、尹星：《西方幽默理论研究综述》，载《外语研究》2005 年第 1 期。

② Raskin, V. *Semantic Mechanisms of Humor*. Dordrecht: Reidel, 1985, pp. 6-83; Dolitsky, M. Aspects of the unsaid in humor. *Humor: International Journal of Humor Research*, 1992, 5(1/2).

③ Norrick, N. R. A frame-theoretical analysis of verbal humor: bisociation as schema conflict. *Semiotica*, 1986, 60(3/4).

④ Coulson, S. *Semantic Leaps: Frame-shifting and Conceptual Blending in Meaning Construction*. Cambridge: Cambridge University Press, 2001.

代作品中均被或多或少地提及，但在喜剧发展中的速度有些缓慢。民国时期，林语堂、鲁迅等亦在不遗余力地推动幽默理论的发展。

1924 年，林语堂最早根据音译将“humor”一词引进中国。在音译基础上，当时的翻译还结合了我们国家的古典文化元素，如屈原的宏著《离骚》。林语堂倡导西方幽默理论，赞同康德的乖讹论，他认为幽默应该具有含蓄性和宽厚性。幽默之目的，“不是板起面孔来专门挑剔人家，专门说俏皮、奚落、挖苦、刻薄人家的话”[①]。他强调，幽默应该和生活相结合，表现心理状态，幽默是一种生活观。

我国文学巨匠鲁迅先生对幽默持完全不同的观点。鲁迅先生因笔锋犀利而为受众所知，最突出的是对世间不平事有时以幽默的方式做出毫不留情的批评。他倡导进行讽刺性幽默，其讽刺性生活观强调真实性、具有同情心。鉴于当时中国处于一个特定年代，鲁迅的作品颇多讽刺意味，但同时也增加了一些幽默成分，而且不拘一格，他所代表的不仅是个人冷漠、追求科学民主，而且亦是社会反抗的产物。鲁迅淋漓尽致毫无掩饰地表达自己的情感，其幽默常带有深邃警醒的特征。用现代人的观点来看，鲁迅作品中展现的幽默是民族之魂，鲁迅本人也因此赢得“无畏的斗士”之称。[②]

**（五）幽默的特征与分类**

在日常生活中，言语幽默作为一种语言现象，在减轻人们的生活压力、舒缓心情方面起着极为重要的调节作用，从而引起人们愈来愈多的关注。

幽默的特征是以语言或肢体为呈现媒介，根据语境的不同与需求，以轻便灵巧且诙谐的方式，通过反讽、影射、隐喻、谐音、夸张、双关等手段批评和揭示社会与生活中有悖常理、打破共轭关系的乖讹现象，借助各种载体表达作者的信念、理想、价值观，促使启发受众思考，产生思想上的共鸣，用艺术来传道。

根据不同的分类标准，幽默的分类也有所不同。根据幽默和语言的关系，幽默可分为言语幽默和非言语幽默；[③]根据言语幽默的构成方式，幽默可分为违背预设原则的幽默、违背关联原则的幽默、违背礼貌原则的幽默和违

---

① 转引自张贵贤：《鲁迅与林语堂幽默观之比较》，载《渤海大学学报》（哲学社会科学版）2004 年第 5 期。

② 参见张贵贤：《鲁迅与林语堂幽默观之比较》，载《渤海大学学报》（哲学社会科学版）2004 年第 5 期。

③ Attardo，S. *A Primer for the Linguistics of Humor*. Berlin：Mouton De Gruyter，2008，p. 37.

背合作原则的幽默等；[①]根据是否遵守或违背合作原则，幽默又分为有意幽默和无意幽默；[②]根据幽默的效果，可分为从具体的物体、感知的对象开始，然后到形成概念的机智型幽默和从概念到具体物体、感知对象的荒谬型幽默。机智型幽默采用各种修辞手段，譬如双关语、讽刺、反语、夸张、拙劣模仿及用严肃的语录描述卑微小事等；而荒谬型幽默则与之相反，荒谬的事物总是荒谬的，因而蕴含着未知，因他人的刻板和愚蠢而产生的幽默也属荒谬性幽默。谢旭慧在其研究中曾提及滑稽幽默、形体幽默、荒诞幽默、讽刺幽默等类型的幽默。[③]

在言语幽默和非言语幽默的分类中，言语幽默通过语言的形式得以表达，一方面可以表示说话者的幽默，另一方面可以使受众发笑。非言语幽默包括情景幽默、肢体幽默等。情景幽默由情景本身或对情景的理解而产生，肢体幽默则是利用人的肢体如眼睛的眨动、手臂的摆动、身体的晃动甚至外表的装扮等带来的。实际生活中，言语幽默的运用比例往往超过情景幽默以及肢体幽默等。在言语幽默中，语言可以作为一种工具、符号来描述客观情景或客观世界。与此同时，语言本身并不具有幽默性，需在特定语境中才能发生。除此之外，言语创造的幽默若需要被更好理解，需要话语表达者具备丰富的语言表达能力和广泛的知识储备，而话语受话者又需要有析出、理解话语幽默的能力，否则交际意图就会失败。

那么，幽默如何在现代汉语喜剧小品中发挥作用？针对喜剧小品幽默的相关研究状况如何？这些问题将在下文中详述。

## 三、现代汉语喜剧小品及幽默方面的相关研究

现代汉语喜剧小品作为日臻完善的艺术样式，以轻松、娱乐、通俗、有内涵等独特的艺术魅力，成为中国受众雅俗共赏、喜闻乐见的文艺形式。喜剧小品作为脱胎于戏剧的一种艺术形式，寓含有喜感、幽默感，小创作凸显大主题，意蕴深广，有品位、有格调。

喜剧小品与幽默之间可谓形影不离，国内针对现代汉语喜剧小品的幽默机制分析，理论运用呈现多种视角，如：幽默艺术角度下的现代喜剧小品语言

---

① Cole, P. & J. Morgan (eds.), *Syntax and Semantics*, 3: *Speech Acts*. New York: Academic Press, 1975, p. 58.

② 参见何文忠：《论话语交际中的幽默原则》，载《外语教学》2003 年第 4 期。

③ 参见谢旭慧：《喜剧小品的创新之路——以开心麻花作品为例》，载《戏剧文学》2015 年第 4 期。

研究（谢旭慧[①]）、合作原则下的喜剧小品研究（邓梦兰[②]，姚光金[③]，郭璐璐、谌莉文[④]，黄一柳[⑤]，王琳[⑥]，汤琳伟、周旭[⑦]，郭敏[⑧]）、顺应论视角下的中国喜剧小品研究（李燕[⑨]、王玉晓[⑩]、李燕[⑪]、赵思萤[⑫]、连利军[⑬]、丁祥倩[⑭]）、关联理论视角下的中国喜剧小品研究（唐永霞[⑮]，张光华[⑯]，费红霞[⑰]，谭丹桂[⑱]，邓蓓[⑲]，

---

① 谢旭慧：《喜剧小品语言幽默艺术研究》，华中师范大学硕士学位论文，2006 年。

② 邓梦兰：《合作原则与赵本山喜剧小品中的幽默》，载《湘南学院学报》2009 年第 4 期。

③ 姚光金：《从合作原则看喜剧小品〈不差钱〉中的幽默》，载《赤峰学院学报》（汉文哲学社会科学版）2011 年第 4 期。

④ 郭璐璐、谌莉文：《合作原则下〈同桌的你〉中幽默的解读》，载《湖北广播电视大学学报》2011 年第 8 期。

⑤ 黄一柳：《从合作原则看喜剧小品〈想跳就跳〉中的幽默》，载《文学教育（下）》2014 年第 3 期。

⑥ 王琳：《合作原则和关联理论视域下的言语幽默研究——以喜剧小品为例》，黑龙江大学硕士学位论文，2015 年。

⑦ 汤琳玮、周旭：《试析幽默语中的合作原则——赵本山喜剧小品中的幽默》，载《现代语文》（学术综合版）2016 年第 7 期。

⑧ 郭敏：《合作原则视角下的言语）幽默解读》，载《佳木斯职业学院学报》2017 年第 11 期。

⑨ 李燕：《喜剧小品中幽默语言的顺应分析——以赵本山的小品为例》，中南大学硕士学位论文，2010 年。

⑩ 王玉晓：《从顺应论的角度看喜剧小品中的言语幽默》，载《时代文学》（下半月）2010 年第 5 期。

⑪ 李燕：《喜剧小品中幽默语言的顺应分析——以赵本山的小品为例》，载《河南工业大学学报》（社会科学版）2012 年第 2 期。

⑫ 赵思萤：《顺应论视域中喜剧小品的话轮转换研究》，黑龙江大学硕士学位论文，2012 年。

⑬ 连利军：《从语言顺应论角度审视开心麻花团队春晚喜剧小品的幽默语言》，载《商》2015 年第 5 期。

⑭ 丁祥倩：《顺应论视角下"开心麻花"春晚小品的幽默言语生成研究》，东北师范大学硕士学位论文，2017 年。

⑮ 唐永霞：《从关联理论角度分析小品〈回家〉的幽默》，载《四川教育学院学报》2008 年第 7 期。

⑯ 张光华：《从关联理论视角看喜剧小品中的刻意曲解》，载《新西部》（下半月）2009 年第 16 期。

⑰ 费红霞：《从关联理论看小品言语幽默的制造策略》，广州大学硕士学位论文，2010 年。

⑱ 谭丹桂：《春节联欢晚会小品喜剧效果的关联理论阐释》，载《湖北广播电视大学学报》2010 年第 12 期。

⑲ 邓蓓：《理想化认知模型理论观照下的幽默话语分析——以赵本山喜剧小品为例》，长沙理工大学硕士学位论文，2011 年。

曹军[①]，全鑫[②]，熊唯[③]，任红霞、任重远[④]，胡婷[⑤]，杨维玱[⑥]，王琳[⑦]）、模因论视角下的中国喜剧小品研究（李莹莹[⑧]、胡婷[⑨]、张亚男[⑩]、张艳峰[⑪]、赵景昆[⑫]、吴丽丽[⑬]、袁慧[⑭]）。

1994年由康家珑撰写并发表于《玉林师专学报》（哲学社会科学版）的一篇文章《语用生"幽默""预设"出神力"》，主要观点比较有见地，他认为"幽默"不是一种修辞格而是一种语用效果。"预设"是一种先决条件。人理解语言获得幽默感与预设的获得有关。人创作语用幽默与语言预设的利用有关。[⑮] 由此，学界开始关注预设理论对于幽默诞生的影响。

国内将预设理论运用到中国喜剧小品的研究中，有从语用预设的视角进行的探讨（周艳丽、陈莉莉[⑯]，王驰[⑰]，黄慧婷[⑱]，刘瑞杰[⑲]，陈影、金慧[⑳]，许晓

---

① 曹军：《关联理论与喜剧小品中的幽默——以喜剧小品〈街头卫士〉为个案研究，载《长春教育学院学报》2012年第10期。

② 全鑫：《从关联理论看赵本山喜剧小品中的刻意曲解现象》，武汉科技大学硕士学位论文，2012年。

③ 熊唯：《中国喜剧小品中刻意曲解现象的关联理论分析》，山东大学硕士学位论文，2012年。

④ 任红霞、任重远：《关联理论中刻意曲解视角下看〈武林外传〉中的幽默》，载《陇东学院学报》2013年第4期。

⑤ 胡婷：《喜剧小品话语的接受修辞》，载《牡丹江教育学院学报》2013年第5期。

⑥ 杨维玱：《从关联理论角度解析赵本山喜剧小品的言语幽默》，载《科技视界》2015年第3期。

⑦ 王琳：《合作原则和关联理论视域下的言语幽默研究——以喜剧小品为例》，黑龙江大学硕士学位论文，2015年。

⑧ 李莹莹：《中国喜剧小品语言的模因现象研究》，广西师范大学硕士学位论文，2010年。

⑨ 胡婷：《喜剧小品语言模因类型研究》，载《怀化学院学报》2011年第1期。

⑩ 张亚男：《模因论视角下的赵本山小品特点分析——兼谈模因论在对外汉语教学中的应用》，辽宁师范大学硕士学位论文，2011年。

⑪ 张艳峰：《模因论视域下赵本山小品研究》，河北大学硕士学位论文，2012年。

⑫ 赵景昆：《言语幽默的模因论阐释》，载《湖北广播电视大学学报》2013年第12期。

⑬ 吴丽丽：《模因论视角下的言语幽默——以赵本山春晚小品为例》，载《安徽工业大学学报》（社会科学版）2013年第5期。

⑭ 袁慧：《模因论视域下喜剧小品的言语幽默——以白云黑土系列作品为例》，载《湖南工业大学学报》（社会科学版）2014年第4期。

⑮ 康家珑：《语用生"幽默""预设"出神力》，载《玉林师专学报》（哲学社会科学）1994年第2期。

⑯ 周艳丽、陈莉莉：《语用预设与喜剧小品》，载《四川教育学院学报》2008年第3期。

⑰ 王驰：《试析喜剧小品中的语用预设》，载《佳木斯教育学院学报》2011年第11期。

⑱ 黄慧婷：《浅析小品〈扶不扶〉中的语用预设策略》，载《安徽文学》（下半月）2014年第7期。

⑲ 刘瑞杰：《语用预设与喜剧小品——以"今天的幸福"为个案研究》，载《海外英语》2014年第1期。

⑳ 陈影、金慧：《语用预设在蔡明喜剧小品中的应用——以〈送礼〉为个案研究》，载《现代交际》2015年第1期。

楠[①]，王丽莉[②]，王琳琳[③]，张宇凝[④]），有从预设触发语的的角度展开探究（马宁、张蕾[⑤]），还有认知关联理论的探究（徐庆利、王福祥[⑥]，王文斌、林波[⑦]，刘乃实[⑧]）。

纵观学界对现代汉语喜剧小品及幽默的研究，我们发现，视角广泛，涵盖合作原则、顺应论、关联理论、模因论等角度，不同视角的研究，得出的结论便有所不同。从预设角度对于中国喜剧小品进行的考察，多数聚焦于语用预设对于中国喜剧小品创作与表演的应用探究，忽略语义预设和语用预设双发力的事实，并且很多研究浅尝辄止，未进行深入挖掘，只将预设理论在喜剧小品中的应用局限于表面，也有许多发文短小并将有些总结停留在感性描述上的文章，对于预设的认识及运用呈现出片面性甚至有误的理解与诠释，对于预设理论的理解拘泥于前人作出的结论，缺乏创新性思考与深度探究，而且运用语义预设和语用预设两者双发力的互补理论来分析幽默的文章偏少，尤其是针对中国喜剧小品的研究更是寥寥无几。鉴于此，本书顺应时势，将从预设论视阈下对现代汉语喜剧小品的言语幽默进行研究，具有一定的理论价值与实用价值。理论价值在于增强受众对幽默的理解，提高受众对预设论的认识，挖掘预设理论的深度与广度，致力于创新性预设理论的提出；实用价值在于使受众从预设论角度解读小品的"笑"果、内涵等，从而体现预设论在言语幽默中的广泛应用，促进具有中国特色的言语幽默、满足大众精神文化需求的喜剧小品文本的创作，展现良好的社会风尚，激发受众从美学的角度提高对中国喜剧小品的审美品位。

---

① 许晓楠：《语用预设看喜剧小品语言行为幽默性的实现——以小品〈大城小事〉为例》，载《太原城市职业技术学院学报》2016 年第 1 期。

② 王丽莉：《语用预设在〈快递小乔〉中体现的幽默性》，载《太原城市职业技术学院学报》2016 年第 2 期。

③ 王琳琳：《中国喜剧小品中幽默语言的语用分析——以"扰民了你"为案例》，载《现代语文》(学术综合版)2017 年 12 期。

④ 张宇凝：《从语用预设看喜剧小品〈真假老师〉的幽默性》，载《戏剧文学》2018 年第 6 期。

⑤ 马宁、张蕾：《东北喜剧小品预设触发语探析》，载《吉林师范大学学报》(人文社会科学版)2012 年第 3 期。

⑥ 徐庆利、王福祥：《关联理论对幽默话语及其翻译的诠释力》，载《外语教学》2002 年第 5 期。

⑦ 王文斌、林波：《英语幽默言语的认知语用探究——兼论 RT 与 CB 的互补性》，载《外国语》2003 年第 4 期。

⑧ 刘乃实：《关联理论视角中的幽默乖讹与消解》，载《解放军外国语学院学报》2005 年第 1 期。

# 第二章　预设的国外研究

预设是语言学中一经典理论，其名称来自于国内语言学家何自然先生对于英文“presupposition”的中译。最早的预设研究发端于国外先哲对语言学的不断探索、争鸣，经历了逻辑一语义预设、语境一语用预设两大阶段。

## 一、逻辑一语义预设研究

### (一)预设的哲学渊薮

语义预设以哲学为依据，与哲学结缘，已经是不争的事实，在预设研究发展历程中，有许多哲学家为此做出杰出贡献，最著名的哲学家有弗雷格、斯特劳森、罗素等。现将各家主要观点枚举如下：

1. 弗雷格："意义与所指"理论

对于逻辑一语义预设起到巨大奠基作用的哲学家当首推德国逻辑学大师、哲学家弗雷格。重新研读其具有里程碑意义、付梓于 1892 年的论著《论意义与所指》(*On Sense and Reference*)一书，我们有四项重大发现：(1)“The Evening Star is the Morning Star” 中(暮星与晨星指称同一天体意义却不同，代表了重大之天文学发现。[①] (2) “know, it's known that, believe” 这类预设叙实性动词(指反映已经发生的事实)触发前提语首次提及出处。(3)“presupposition”一词首次出现。相关章节共计提到四处，其中最经典的有两处，第一处是“When we say ‘the Moon’ ... we presuppose a reference”[②]，即我们说月亮时，我们预设有所指。第二处是：“If anything is asserted there is always an obvious presupposition that the simple or compound proper names used have a reference. If one therefore asserts ‘Kepler died in misery’, there is a presupposition that the name “Kepler’

---

① 参见姜望琪：《当代语用学》，北京大学出版社 2003 年版，第 85 页。

② Frege, G. On sense and reference. In P. Geach & M. Black (eds.), *Translations from the Philosophical Writings of Gottlob Frege* (3rd edition) (pp. 56-78). Oxford: Blackwell, 1960, p. 61.

designates something. That the name 'Kepler' designates something is just as much a presupposition of the assertion 'Kepler died in misery', as for the contrary [i. e. negative] assertion."[①]诠释如下：如果对某物作出断言，在任何命题中总是有一个明显的预设——使用简单或复杂的专有名称均有所指。因此如断言"开普勒(Kelper)死得很惨"，存在一个预设：开普勒有所指。名称"开普勒"有所指既是"开普勒死得很惨"的预设，也是相反断言"开普勒死得不惨"的预设。也就是说，该经典出处专有名称"开普勒"所指的存在，即有开普勒这个人，是形成语句"Kepler died in misery"(开普勒悲伤地死去)断言的预设，预设在此的功能为前提/先决条件(prerequisite)，指的是说话者在说出某个话语或句子时所作的假设，即说话者为保证句子或语段的合适性而必须满足的前提，专有名称(proper name)确有所指为预设之溯源。(4)除了专有名称均有所指之外，所指的范围还包括词、符号、符号组合、表达(word, sign, sign combination, expression)。句子也有所指，句子所指为真假值(truth value)，句子的意义就是其表达的思想，预设是一种使某一语句具有真值的条件。该项研究发现的意义是将确定所指用以断言的前提条件扩大为除了专有名称之外的词、符号、符号组合、表达甚至句子等。[②] 这四大发现可谓构建弗雷格"意义与所指"理论的思想框架。如此，弗雷格对预设研究的巨大贡献可见一斑，他的影响之大，只要看一看西方语言哲学文献就可以感觉到：几乎每一部著作都要提到他，而且把他放到很重要的位置。[③] 以此为滥觞，后续诸多哲学家、语言学家如罗素展开了一系列相关研究，但罗素的描写/摹状词理论与弗雷格的观点大相径庭。

2. 罗素：描写/摹状词理论

英国哲学家、数理逻辑学家罗素在 1905 年论作《论指谓》(*On denoting*)[④]中，对于预设的确定所指(definite description，又译作"摹状词")与弗雷格的观点截然不同。罗素认为弗雷格的观点从根本上来看是错误的，因为在努力解决所指问题理论中，同样的问题会得出不同的结论。例如，其中一个问题，来自于最著名的举隅：

---

① Frege, G. On sense and reference . In P. Geach & M. Black (eds.), *Translations from the Philosophical Writings of Gottlob Frege* (3rd edition) (pp. 56-78). Oxford: Blackwell, 1960, p. 69.

② Frege, G. On sense and reference . In P. Geach & M. Black (eds.), *Translations from the Philosophical Writings of Gottlob Frege* (3rd edition) (pp. 56-78). Oxford: Blackwell, 1960, pp. 69-70.

③ 王路：《世纪转折处的哲学巨匠——弗雷格》，社会科学文献出版社 2002 年版，第 1 页。

④ Russell, B. On denoting. *Mind*, 1905, 14.

The present king of France is wise.（法国国王很聪明）

弗雷格将意义和所指区分进行解答，他的观点是：类似这样的句子，即便没有所指，缺乏真假值的价值，句子的意义仍然存在。罗素对弗雷格的观点进行了批驳，认为这样的观点将招致不正常现象的发生，进而诞生了著名的描写/摹状词理论（Theory of Description）。罗素的描写/摹状词理论标志着20世纪哲学发展中一个重要阶段，其影响之深远，在之后的哲学领域统治长达45年之久（直至1950年斯特劳森的批评与质疑出现）。此外，这一理论对逻辑学、语言学亦都产生了广泛而深刻的影响。罗素认为：

$\exists X(\text{King}(x) \& \sim \exists y((y \neq x) \& \text{King}(y)) \& \text{Wise}(x))$[①]

这种用存在算子引进确定摹状词的句子叫“存在句”（existential sentence）。这个公式可以解释或读作：“存在着一个法国国王，且没有其他人是法国国王，而且他是聪明的。”[②]

像“××人”之类确定所指的描述，跟想象中只有简单的保持相互对应的逻辑形式有区别，正如以上举隅所显示的，确定所指虽然在自然语言中以主语的形式存在，“但逻辑形式上却并非逻辑主语，相反，却是对应于一系列命题的连接”[③]。

因此，其逻辑式可以是复杂的“存在有一个法国国王，同时只有他一人是法国国王，同时他很聪明”的描述，如果只作出简单的断言便断定“法国国王聪明”，则会出现隶属“辖域歧义”（scope ambiguity）的现象[④]。如对于“法国国王聪明”进行否定后，变为“法国国王不聪明”，从逻辑的视阈观察，可能会存在几种诠释情况，导致不同的解读。第一种情况是正常情况下的假设，的确存在着一位法国国王，此时可断言法国国王不聪明；第二种情况亦有可能，不存在法国国王这个人，同时法国国王聪明的真实性不存在。通俗理解则是“法国国王不聪明，因为根本没有法国国王这样一个人”。再如“黑格尔写了《小逻辑》”这个例子，罗素把该例子分析为“有X存在，X是黑格尔，有Y存在，Y是《小逻辑》，并且，X与Y有写的关系”。如是，“有X的存在”和“有Y存在”是必要的，才使得“写”变得有逻辑。同时，这种存在、逻辑关系对于我

---

① Levinson, S. C. *Pragmatics*. Beijing: Foreign Language Teaching and Research Press, 2001, p. 171.

② ［英］S. C. 莱文森：《语用学论题之一：预设》，沈家煊译，载《国外语言学》1986年第1期。

③ ［英］S. C. 莱文森：《语用学论题之一：预设》，沈家煊译，载《国外语言学》1986年第1期。

④ Levinson, S. C. *Pragmatics*. Beijing: Foreign Language Teaching and Research Press, 2001, p. 171.

们从语义分析的角度理解预设颇有启发性。

罗素的描写/摹状词理论将摹状词本身所具有的涵义看作是他的语法意义，在广袤世界或语境中映射或对应有一个对象，该对应对象就是摹状词的指称。此外，作为一个命题自身亦具有作为涵义的语法意义，该命题在广袤世界或语境中亦映射或对应一个事态，如此该事态就是该命题的指称。语境不同，涵义略有不同，但其所指称的对象需要具有同一性，所以需要有专名进行固定。但命题所指称的事态无需加以固定，因此不需要类似于专名的东西。摹状词与命题之间的差异体现为摹状词的三层语义结构（摹状词涵义—专名—对象指称）与命题的二层语义结构（即命题涵义—事态指称）的区别。

总体来看，罗素的描写/摹状词理论从逻辑的角度对语言进行分析，不仅在哲学界做出重大的贡献，而且还在逻辑语言学界产生了巨大的影响，标志着逻辑语言哲学发展到了一个重要阶段。20 世纪哲学领域发生的“语言转向”革命，其实质就是哲学研究方法发生了根本变化，哲学家们开始从现代逻辑的角度关注语言，对语言进行逻辑分析。所谓语言分析，本质上就是逻辑分析，体现着“逻辑是哲学的本质”。罗素描写/摹状词理论的建立恰恰就是这样一个将逻辑分析运用于哲学研究的经典之作，故被称作“哲学的典范”。日常说话有时常用的句子，比如“打扫卫生”之类的说法，其实是不符合句法结构或语义逻辑的。罗素的描写/摹状词理论给予我们多方面的启示。但罗素的论点在 40 多年后遭到斯特劳森的质疑。

3. 斯特劳森：预设取消论

英国哲学家、语言哲学家、牛津学派代表人物斯特劳森亦从真值条件出发研究预设在命题语句范围内的逻辑关系。[①] 1950 年，斯特劳森发表了《论指称》（*On referring*）一文，用了“错误、反对”等词语进行了旗帜鲜明地批驳。斯特劳森认为，一方面，罗素的巨大贡献在于将对确定所指个体人、物体、事件进行了四大子系统分类：单数指示代词（this，that）、专有名词（Venice，Napoleon，John）、单数人称或非人称代词（he，she，I，you，it）、由定冠词加名词构成的单数名词词组（the table，the old man，the king of France）；另一方面，罗素对于摹状词（definite description）的错误观点源于其把句子中的语法主语（grammaticalsubject）当成了逻辑主语（logic subject），实际上，虽然句子语法上有单数主语和谓语，但在逻辑上并非如此。[②] 句子

---

① Chapman，S. *Philosophy for Linguists*：*An Introduction*. London & New York：Routledge，2000，pp. 58-60.

② Strawson，P. F. On referring. *Mind*，1950，59.

没有真假，只有句子做出的陈述才有真假。对于上述著名举隅，他认为摹状词“The king of France”预设着“现在法国有一个国王”，但此命题有可能是假，如果法国政体已步入共和国时代，则没有国王的存在，意即“The king of France”作为整个命题的前提为假，预设“现在法国有一个国王”被取消，形成了预设取消论，随之该命题的断言亦为假。同时，当人们在特定的语境里使用它时，它便可能有明确的指称对象，如果法王路易十四时代有人表达该话语，“The king of France”自然指称路易十四，该命题为真；到了路易十五在位期间该话语被表达，指称对象又变成路易十五。如此，在法国后来一系列的君主朝代，国王分别有相应所指，则预设“现在法国有一个国王”，朝代更迭、政体形式不同，命题的真假程度便不一样。若该命题出现在比较复杂的浪漫小说中，聆听者会完美地对“The king of France”作出理解，无所谓真假，如此，语境的作用、说话使用者的意图便被突出[①]，这些为后来语用预设的诞生架构了桥梁。

与此同时，研究者们发现，斯特劳森赞同弗雷格的观点，于是后来的研究者将其称为 Frege-Strawson 模式中的确定所指/描述（definite description）[②]，两者的共鸣之处在于当人们确定说出上述举隅那样的命题时，是以那个人的存在为背景假设的，根据某个背景，命题才有意义，而显然罗素没有这种语言直觉。并且，斯特劳森和弗雷格两人的共同发现是预设均能通过否定测试，即一个肯定句跟它相应否定句的语义预设是相同的。

后有研究者将“确定所指/描述”（definite description）与专有名称进行了差异比较，认为专有名称中描述材料用作辨认给定世界中表面上看不见的所指对象。[③] 如名字“奥朗德（Hollande）”是更长的确定所指/描述诸如“出生在1954 年，法国第 24 任总统”等的简写形式，意指专有名称有隐藏的描述。

从弗雷格、罗素、斯特劳森对于预设研究的发展历程来看，语言哲学理论的诞生是思考者们独立思考的结果，呈现的是百花齐放、百家争鸣的学术氛围，其思想之所以能被社会或同行接受或批判，依靠的是思想的共鸣，是思想的批判，无需依赖实践的检验，多种思想共存时会提供诸多选择。思想的多

---

① Strawson, P. F. On referring. *Mind*, 1950, 59.

② Frege, G. On sense and reference. In P. Geach & M. Black (eds.), *Translations from the Philosophical Writings of Gottlob Frege* (3rd edition) (pp. 56-78). Oxford: Blackwell, 1980; Strawson, P. F. On referring. *Mind*, 1950, 59.

③ Maier, E. Reference, binding, and presupposition: three perspectives on the semantics of proper names. *Erkenn*, 2015, 80.

重论辩中，研究者自觉不自觉地与某一种思想产生共鸣，接受这种思想并认可这种思想，整个过程彰显出理性特征，体现出理性的质疑精神和科学的批判态度，并体现着对求是、批判和探究等精神的追求。弗雷格、罗素、斯特劳森这三位语言哲学家创造出来的预设启蒙思想树立了一个又一个高峰，取得的成就对后续研究的贡献弥足珍贵，正是站在这些语言哲学巨匠的肩膀之上，后面的各项研究才徐徐拉开了帷幕，包括预设触发语的研究、预设与蕴含/衍推、断言、会话含义之间的差异研究、预设中复杂的投射/映射问题研究等。由此可见，只有不同思想之间的相互碰撞、切磋，才能绽放出五彩绚丽的学术火花。

**(二)预设触发语的研究**

语义学中的预设包括“所讲的话”及“所作的预设”两个概念。预设来源于某些词语、句式或某种语境(如身份、表情)，这些能够触发预设功能的语言项叫作“预设触发语”。换而言之，预设得以成立的词语或语言结构被称为“预设触发语”，一定的词语或语言结构被用作预设源。预设触发语(presupposition triggers)的探究发轫于可命名为“卡图南 31①”的全面研究。卡图南(Karttunen)在其中将预设触发语归类为 31 种。在此基础上，更为学界所熟谙的是莱文森(Levinson)博采众家之长，从中列出的 13 类②，下面将引用莱文森的 pragmatics 中的这 13 类，用符号“≫”代表预设。为清晰起见，将这些例句及中文翻译按照重读的音系/音律触发，通过确定所指描述、叙述实情/含义/状态变化/反复/判断性单词类(词性有定冠词、动词、形容词)触发，比较和对比等词汇触发，时间从句，强调句或分裂句、非限定性关系从句、反事实条件句、问题句等句法触发的层级性顺序重新编号排序、罗列抄录如下：

层级性重读的音系/音律包括下列第 1 类。

1. 主要用于强调、带重音的隐形句(Implicit clefts with stresses constituents)。

(1) Marianne called Adolph a male chauvinist, and then HE insulted HER.

译文：玛丽安娜称阿道夫为大男子主义者，于是阿道夫侮辱了玛丽安娜。

≫某个男子被以大男子主义相称，是对该男子的侮辱。

---

① Karttunen, L. Presuppositions of compound sentences. *Linguistic Inquiry*, 1973, 4(2).

② Levinson, S. C. *Pragmatics*. Beijing: Foreign Language Teaching and Research Press, 2001, pp. 181-184.

(2) John did/didn't compete in the OLYMPICS.

译文：约翰的确参加过/的确没有参加过奥运会的比赛。

≫约翰参加了某种类型的比赛。

单词类预设触发语包括下列第 2 类至第 8 类。

2. 确定所指描述/确定摹状词(Definite descriptions)。

(3) John saw/didn't see the man with two hands.

译文：约翰看到了/没有看到那个长有两个头的人。

≫有一个人长着两个头。

3. 叙实动词(Factive verbs)，主要包括叙实谓语——能够预设其宾语的真实性的动词，亦称为"事实动词"，如后悔(regret)、知道(know)、意识到(realize)；也包括叙实形容词，如意识到(be aware that)、很遗憾(be sorry that)、很骄傲(be proud that)、漠不关心(be indifferent that)、高兴的是(be glad that)、难过的是(be sad that)、奇怪的是(be odd that)等。

(4) John realized /didn't realize that he was in debt.

译文：约翰意识到/还没有意识到自己负债。

≫约翰已经负债。

也有研究者独辟蹊径，认为"知道"(know)的事实性(factivity)并不支持传统的真值条件(语义预设)知识，却清楚地表达出"知道"的事实性概念是一个可以取消的语用预设。①

4. 含义动词(Implicative verbs)。如设法(manage)、忘记(forget)、碰巧(happen to)、避免(avoid doing)等。

(5) John managed /didn't manage to open the door.

译文：约翰设法打开门/没能设法打开门。

≫约翰试图尽力打开门。

5. 状态变化动词(Change of state verbs)，指预设句子谈论的对象原来与现在处于不同的状态。如停止(stop)、开始(begin)、继续(continue)、开始(start)、结束(finish)、继续进行(carry on)、停止(cease)、拿走(take)、离开(leave)、进入(enter)、来(come)、去(go)、到达(arrive)等。

(6) Kissinger continued /didn't continue to rule the world.

译文：基辛格继续/没有继续统治世界。

≫基辛格过去一直统治世界。

---

① Allan, H. Factive presupposition and the truth condition on knowledge. *Acta Anal*, 2012, 27.

6. 表示反复/重复的词(Iteratives),预设句中描述的动作或事件曾经发生过一次以上。如又(again)、不再(anymore)、又一次(another time)、回来(come back)、恢复(restore)、重复(repeat)、第 n 次(for the nth time)等。

(7) Carter **returned** /didn't **return** to power.

译文:卡特回来/没有回来掌权。

≫卡特以前掌权。

7. 判断动词(Verbs of judging),表示主语进行的动作是判断性。如指控(accuse)、批评(criticize)等(这类词有时会引起争议,不完全是预设)。

(8) Ian **criticize** /didn't **criticize** Agatha for running away.

译文:伊恩批评/没有批评阿加莎逃跑。

≫(伊恩认为)阿加莎逃跑。

8. 比较和对比结构(Comparisons and contrasts)词汇包含以下几类:也(too)、回来(back)、作为回报(in return)等。

(9) Adolph called Marianne a Valkyrie, and she complimented him **back** /**in return** /**too** .

译文:阿道夫叫玛丽安娜瓦尔基里——北欧神话中奥丁神的婢女之一,她又回过头来称赞了他。

≫称某人为瓦尔基里(或至少称赞玛丽安娜为瓦尔基里)是对某人的称赞。

句法类预设触发语包括下列第 9 类至第 13 类。

9. 时间从句(Temporal clauses)。如在之前(before)、在之后(after)、在……之间(during)、无论什么时候(whenever)、当……时候(as)。

(10) **Before** Strawson was even born, Frege noticed /didn't notice presuppositions.

译文:在斯特劳森出生之前,弗雷格注意到/没有注意到预设。

≫斯特劳森出生。

10. 分裂句(Cleft sentences)和 what 引导的假分裂句(What introduces pseudo—cleft)。

(11) It was/wasn't Henry that kissed Rosie.

译文:正是亨利/不是亨利跟罗茜接吻。

≫有某个人跟罗茜接过吻。

(12) What John lost/didn't lose was his wallet.

译文:约翰丢失的东西/没有丢失的东西是他的钱包。

≫约翰丢了东西。

11. 非限定性关系从句(Non-restrictive relative clauses)。

(13) Hallary, who climbed Everest in 1953, was the greatest explorer of our day.

译文:阿拉里,1953 年攀登珠穆朗玛峰,是我们这个时代最伟大的探险者。

≫ 阿拉里 1953 年攀登过珠穆朗玛峰。

12. 反实际/反事实条件句(Counterfactual conditionals),此类预设条件从句所叙述的情况与事实相悖。

(14)If the notice had only said 'mine-field' in English as well as Welsh, we would /would never have lost poor Llewellyn.

译文:要是通告中除了用威尔士语外,再用英语标明"雷区",我们将会/将不会失去可怜的卢埃林。

≫通告中没用英语标明"雷区"。

13. 部分一般疑问句(Yes-no question, partial question)、选择疑问句(Alternative question)、特殊疑问句(WH-question)。

(15) Is there a professor of linguistics at MIT?

译文:麻省理工学院是否有语言学教授?

≫麻省理工学院要么有语言学教授,要么没有语言学教授。

(16) Is Newcastle in England or is it in Australia?

译文:纽卡斯尔市是在英国还是澳大利亚?

≫纽卡斯尔市要么在英国,要么在澳大利亚。

(17) Who is the professor of linguistics at MIT?

译文:谁担任麻省理工学院语言学教授?

≫有某个人在麻省理工学院担任语言学教授。

有的研究者指出,除了问句有预设外,祈使句也有预设,甚至并被运用到错觉痛(phantom pains)和幻觉(hallucination)的研究中。①

由于预设触发语的正式编码,使得语义预设可以从结构上得以辨认。②另外一个有趣的发现是,在发生以上音系/音律触发一单词类触发一词汇触

① Klein, C. Imperatives, phantom pains, and hallucination by presupposition. *Philosophical Psychology*, 2012, 25(6).

② Tantucci, V. Epistemic inclination and factualization: a synchronic and diachronic study on the semantic gradience of factuality. *Lang. Cogn*, 2015, 7(3).

发一句法触发的层级性触发时，汉语因为和英语具有同样的语言组成规律，在英语语言里能充当预设引发项的，具有同样语序的汉语在多数情况下也往往会引发意义相同的预设。对比研究发现，以上13类预设触发语在现代汉语语言中亦有对应的结构，汉语语言中存在比较活跃的13类预设触发语。推而广之，不仅汉语和英语存在这种契合，其他类似语言之间也应该存在这种契合。至此，我们作出一个基本推论：由于音系/音律、单词、词汇、句法本身具有的预设意义，在预设和引发项之间本身存在一种密不可分的联系。

**(三)预设与蕴涵/衍推、断言、会话含义之间的差异研究**

预设与蕴涵(entailment，又有学者译为"衍推")[①]、断言(assertion)均属于两个语义命题之间的一种关系，隶属语义推理。肯普森(Kempson)[②]、威尔逊(Wilson)[③]、莱昂斯(Lyons)[④]对于预设同蕴涵、断言之间的区分有过较多的研究。

首先，从真值(truth value)角度上，语义蕴涵关系可定义为：A在语义上蕴涵B(写作A II—B)，当而且仅当每一个使A真的情形都使B真。[⑤] 如：

(18)I can see a dog.(A)

(19)I can see an animal.(B)[⑥]

可以看出由命题(A)能推出命题(B)——狗是一种动物，A是B的充分但不必要条件；B是A的必要但不充分条件——动物不仅包括狗，还包括其他动物。从某种程度上，蕴涵与原命题的某些词汇存在着上下级关系、整体与部分的关系，属种关系。

其次，同样从真值的角度上，预设关系可定义为：句子A在语义上预设另一个句子B，当而且仅当

——凡是A是真的情形，B是真的。(A II—B)

——凡是A是假的情形，B也是真的。(—A II—B)[⑦]如：

---

① 参见姜望琪：《当代语用学》，北京大学出版社2013年版，第80页。

② Kempson, R. *Presupposition and the Delimitation of Semantics*. Cambridge: Cambridge University Press, 1975, p. 49.

③ Wilson, D. Presuppositions and non-truth conditional semantics. *Lingua*, 1975, 43.

④ Lyons, J. *Semantics*. Cambridge: Cambridge University Press, 1977, pp. 182-183.

⑤ Levinson, S. C. *Pragmatics*. Beijing: Foreign Language Teaching and Research Press, 2001, p. 174.

⑥ 何自然：《语用学与英语学习》，上海外语教育出版社1997年版，第61页。

⑦ Levinson, S. C. *Pragmatics*. Beijing: Foreign Language Teaching and Research Press, 2001, p. 175.

（20） He has stopped beating his dog.（A）

（21） He has beaten his dog. （B）[①]

(B)是(A)的预设,(B)真值是(A)真值的必要条件;(A)真值也是(B)真值的充分条件。但不同的是,(B)真值是(A)假值的必要条件,即"他停止/没有停止打狗" 都预设着他打过狗,预设的最大特点是在原命题中基本上能够通过否定测试(Negation Test)。

某个话语的命题有"显前提"和"隐前提"之分。"显前提"的命题直接表露于外,而"隐前提"预设的信息隐含于命题之内,在语句之中没有直接明确地进行信息表述。依据以上推理,从真假情形上考虑,(21)B 隐前提"他曾打过狗"是(21)A 显前提"他停止打狗"的逻辑真值的必要条件,亦是保证显前提结果是真结论的必要条件。反之,如果(21)B 是假,则(21)A 没有逻辑真值,真假难辨,或者就是"无意义"。

最后,断言是指肯定、断定或陈述某件事情,从真值角度其定义为: 如果 A 为真,则 B 为真; 如果 A 为假,则 B 为假;如果 A 进行疑问提问,则 B 仍会是假。如此,B 是 A 的断言。如下面的命题,预设是假,断言必为假。

（22） Jack continues to act foolishly. (A)

（23） Jack is acting foolishly. (B)

（24） Jack has acted foolishly. (C)[②]

杰克继续做傻事(A),意味着他正在做傻事(B)和他已经做了傻事(C),(B)和(C)都为真;如果对(A)进行否定,杰克没有继续做傻事,则(B)为假,(C)为真;若对(A)进行疑问提问——杰克在继续做傻事么?(B)亦可能为假,(C)仍然为真。如此,(B)是(A)的断言,而(C)经过否定测试以及疑问提问仍然保持为真的则为原命题的预设。

除此之外,学界经常将预设与断言之间的关系看作是"背景"与"前景"、"旧信息"与"新信息"之间的关系。如:

（25） Pat's book, which was rejected by MIT Press, has sold 2 million copies. [③]

一方面,对于"which was rejected by MIT Press"(派特的书被 MIT 出版社拒绝)是预设背景信息,则"Pat's book, has sold 2 million copies(派特的书被卖 200 万册)表明,派特的书被卖的数量之多为断言新信息;另一方面,如

---

① 何自然:《语用学与英语学习》,上海外语教育出版社 1997 年版,第 61 页。

② 何自然:《语用学与英语学习》,上海外语教育出版社 1997 年版,第 62 页。

③ Bezuidenhout, A. Presupposition failure and the assertive enterprise. *Topoi*, 2016, 35.

果将“Pat’s book, has sold 2 million copies”(派特的书被卖200万册)作为背景预设信息,则“which was rejected by MIT Press”(派特的书被MIT出版社拒绝),则蕴含MIT出版社太遗憾了,犯了拒绝出版这么畅销的书的错误,为此形成了断言凸出前景新信息。

对于蕴涵,有的研究者独出心裁,提到概念蕴涵论(Conceptual Entailment Claim,CEC),概念道德论是其中的一个分类①,如“偷窃”蕴涵有“一个道德分类的理由不去偷窃”的分类。②

预设与会话含义的区别主要在于会话含义与话语中没有正式表达出来的话语部分所传递的意义有关(Horn③, Cruse④)。

**(四)预设中复杂的投射/映射问题研究**

投射/映射问题是指简单句扩大为带有从句(如宾语从句、原因状语从句等)的复杂句后,有的预设被继承保留,有的被抛弃取消的情况。Langendoen & Savin⑤最初曾假设复句的各项预设的集合是各个分句预设的简单相加,即如果 $S_0$ 是由分句 $S_1$, $S_2$… $S_0$组成的复句,那么,$S_0$ 的预设是否等于 $S_1$ 的预设…+ $S_2$ 的预设…+ $S_0$ 的预设?显然对于这种复合预设的简单处理不具有科学性与正确性,需要有一种研究来探讨各分句的预设有哪些在组合而成的复句中得以继承或取消,这种组合问题的研究就是所谓的预设“投射/映射问题”。对于预设的“投射/映射问题”,人们一开始关注两个方面的情形:一是预设在语境中保持而蕴含消失,二是预设在语境中消失而蕴含保持。

对于第一种情况,包括叙实/事实动词(指能够预设其宾语真实性的动词如“知道”“明白”“懂得”)及其他语境(包括模态语境),嵌入诸如可能(possible)、有可能(there is a chance that)的模态词语境等。

---

① Joyce, R. Morality, schmorality. In P. Bloomfield (ed). *Morality and Self-interest* (pp. 51-75). Oxford: Oxford University Press, 2008.

② Kalf, W. F. Moral error theory, entailment and presupposition. *Ethic Theory Moral Prac*, 2013, 16.

③ Horn, L. R. Implicature. In L. R. Horn & G. Ward (eds.), *Handbook of Pragmatics* (pp. 3-28). Malden/Oxford/Carlton: Blackwell, 2006.

④ Cruse, D. A. *A Glossary of Semantics and Pragmatics*. Edinburgh: Edinburgh University Press, 2006, p. 37.

⑤ Langendoen, D. T. & H. Savin. The projection problem for presuppositions. In C. J. Fillmore & D. T. Langendoen (eds.), *Studies in Linguistic Semantics* (pp. 55-60). New York: Holt, Reinhardt & Winston, 1971.

(26) It's possible that the chief constable arrested three men. ①

译为"有可能警长逮捕了三个人",预设存在一个警长,但警长逮捕了两个人的逻辑蕴含不存在。

还有,有一种语境存在于连词"和"(and)、"或"(or)、"如果…那么"(if... then)"以及其他对等词的复杂句中。

(27) If the two thieves were caught again last night, P. C. Katch will get an honorable mention. ②

译为"如果两个贼昨晚再次被捕获,凯奇将受到表扬",预设两个贼过去被捕获不变,但有一个贼昨晚被捕获的蕴含消失。

注意到此种现象并做出卓越贡献的首推卡图南(Karttunen),在研究语言结构的意义是否为其合成部分意义作用的结果与复合句中小句原有的预设能否通过的现象的过程中,著名的"漏词/渗漏词"(holes)、"塞词/堵塞词"(plugs)、"滤词/过滤词"(filters)三词论油然而生。

卡图南将以上第一种现象称为"漏词/渗漏词":允许各项预设向上渗透到整个复句,但使蕴含受阻。与"漏词/渗漏词"不同,第二种现象是有些动词阻碍底层句子的预设向上提升为句子的预设,卡图南将此称为"塞词/堵塞词"。最典型的一类是否定句的使用,如:

(28) John doesn't regret doing a useless PHD in linguistics because in fact he never did do one. ③

主句中预设约翰得到一个语言学博士学位,从句中"他从来没得过"这一内容的添加使主句预设未能上升为整个句子保持不变的预设,而是被直接取消,"塞词/堵塞词的语境主要是某些表达命题态度的动词,如想要(want)、相信(believe)、想象(imagine)、梦想(dream)以及表示说话的动词,如说(say)、告诉(tell)、咕哝(mumble)、反驳(retort)等,这类动词的特点是非叙事性动词宾语的真实性很大程度上取决于主语的可信赖程度。如:

(29) Loony old Harry believes he's the King of France. ④

---

① Levinson, S. C. *Pragmatics*. Beijing: Foreign Language Teaching and Research Press, 2001, p. 192.

② Levinson, S. C. *Pragmatics*. Beijing: Foreign Language Teaching and Research Press, 2001, p. 193.

③ Levinson, S. C. *Pragmatics*. Beijing: Foreign Language Teaching and Research Press, 2001, p. 194.

④ Levinson, S. C. *Pragmatics*. Beijing: Foreign Language Teaching and Research Press, 2001, p. 195.

译为傻瓜老哈里认为自己是法国国王，并不预设“现在有一个法国国王”。

因为话语的语境关系，分句与分句的预设无法相加，导致预设反而被取消了。然而，投射/映射问题最麻烦的则为卡图南给一些连词命名“滤词/过滤词”的第三种现象①，这些连词允许某些预设通过，同时又阻碍其他的预设。有些连词，如上文中提到的“和”“或”“如果…那么”属于允许预设保持的“漏词/渗漏词(hole)”的一种，但有些情况下又同时阻塞着其他的预设。如“If John does linguistics, he will regret doing it”可译为“如果约翰搞语言学，他将后悔”，主句预设“约翰将搞语言学”，但条件从句里连词 if 的假设本身却不预设“约翰将搞语言学”，它允许一部分从句预设升格而同时又阻隔另一部分从句预设升格。

传统的预设投射/映射通常被看作是“从左到右”的输入，预设投射/映射呈现不对称的特征(Asymmetries in presupposition projection)。② 预设触发语在不同的预设投射/映射中扮演着不同的作用，最典型的是起到“总体调整/添加”(global accommodation)和“局部调整/添加”(local accommodation)③的作用。如：

(30) Mary doesn't know that John is having breakfast in New York. ④

(31) John certainly doesn't know that I am going to hire him—for the simple reason that I will never do so. ⑤

例(30)和(31)中，事实预设触发语“know”分别扮演着“总体调整/添加”和“局部调整/添加”的功能。例(30)中，对于“John is having breakfast in New York”的预设共知性不能满足时，“know”的出现将这种新的预设共知性进行了整体添加，我们通常会获知“约翰现在正在纽约吃早饭”的共知信息；而例(31)中，对于“I am going to hire him”的预设不能满足时，则“know”的出现将这种新的预设“雇佣约翰”进行了添加，但由于“for the simple

---

① Karttunen, L. Presuppositions of compound sentences. *Linguistic Inquiry*, 1973, 4(2).

② Chemla, E. & P. Schlenker. Incremental vs. symmetric accounts of presupposition projection: an experimental approach. *Nat Lang Semantics*, 2012, 20.

③ Chemla, E. & P. Schlenker. Incremental vs. symmetric accounts of presupposition projection: an experimental approach. *Nat Lang Semantics*, 2012, 20.

④ Chemla, E. & P. Schlenker. Incremental vs. symmetric accounts of presupposition projection: an experimental approach. *Nat Lang Semantics*, 2012, 20.

⑤ Chemla, E. & P. Schlenker. Incremental vs. symmetric accounts of presupposition projection: an experimental approach. *Nat Lang Semantics*, 2012, 20.

reason that I will never do so"的添加，表明"永远不会雇佣约翰"与之前的"雇佣约翰"相矛盾，因此"know"只起到对于"I am going to hire him"部分句子的预设作用，而非整个句子，故称其为预设的"局部调整/添加"。

综上不难发现，预设中的投射/映射问题是一个比较复杂的现象，有的研究者发现不仅自然语言中含有逻辑关联词和析出词之间引导的并列句含有预设投射/映射现象，而且逻辑暗含相关的并列句也含有预设投射/映射，并为此作出研究①，由此引起学者之间互相辩论，如海姆(Heim)②抱怨卡图南(Karttunen)和彼得斯(Peters)③对预设投射/映射问题的研究只是描述性的而未进行解释。

但总体来说，预设中的投射/映射问题是一个比较复杂的现象。语言哲学家、逻辑学家以及语言学家们对此很难达成共识，找出更多的规律性进行释疑仍存在一定困难。即便如此，我们不能忽视预设研究中的这种现象，未来的探索可能会找到解答这些问题的钥匙。

## 二、语境一语用预设研究

在语言哲学家的各种争鸣当中，哲学家斯特劳森已将预设理论研究聚焦到语境的作用，话语使用者的意图。在不断的思想碰撞中，因为语义预设的缺陷，如从逻辑语义方面分析，语言学的预设关系指的是不管句子是真还是假，预设仍然为真。但是，语言使用的实际情况表明，这种预设关系在一定的语境条件下会消失或被取消。如：

(32) John doesn't regret having failed, because in fact he passed. ④

前半句"regret failing"预设约翰考试没过，后半句言"passed"的补充"考过"，使得前设取消。

另外，预设可以使用否定检验法进行检验。如：

---

① Garcia-Odon, A. Presupposition projection and conditionalization. *Topoi*, 2016, 35.

② Heim, I. On the projection problem for presuppositions. In M. Barlow, D. Flickinger & M. Westcoat (eds.), *WCCFL 2: Second Annual West Coast Conference on Formal Linguistics* (pp. 397-405). Stanford, CA: Stanford University Press, 1991, p. 397.

③ Karttunen, L. & S. Peters. Conventional implicatures in montague grammars. In C. -K. Oh & D. Dineen (eds.), *Syntax and Semantics 11: Presuppositions* (pp. 1-56). New York: Academic Press, 1979.

④ Levinson, S. C. *Pragmatics*. Beijing: Foreign Language Teaching and Research Press, 2001, p. 201.

(33)Mary died/didn' t die before she got her Ph. D.

预设“玛丽获得博士学位”在否定句中存在，肯定句中这种逻辑语义的预设关系得以消失，因为死亡与获得学位相矛盾。

值此，我们发现一个规律，简单句中的预设基本上可以使用否定检验法来对其真值进行检验，一旦进入复杂的复合句，否定检验法的不足和缺陷便会展现出来，有时候一个肯定形式和否定形式的预设不一定相同，肯定句或否定句均有可能使预设通过或取消(关于预设的取消途径等，本书将在第八章以题为“‘预设＋添加(取消)’构式对喜剧小品的功能探究”撰述)。这些发现日益凸显预设的语用语境价值，向语言学家提供了语用学分蘖的最初营养，对于语义预设的动态、复杂性研究的需求，使得注重语境的语用预设语适时而出。如例(31)，倘若说话者在要故意捉弄约翰的语境下发出话语，逻辑信息意义虽矛盾，但交际的效果却得以实现。

**(一)语用预设的提出者及观点**

当人们提到“语用预设预设”这一概念时，居功至伟的人物非美国哲学语言家斯达纳克莫属。[①] 语境具有举足轻重的作用，语义预设是概念意义，关乎上下文的语言语用。斯达纳克在其成果《语用预设》(*Pragmatic Presuppositions*)中非常客观辩证地指出有两种预设：一种是发生在句子或命题之间语义关系的预设，语义预设与断言的区别根据合适表达的句子内容或真值条件，其定义为某个命题中预设的存在条件是其有真假值时预设存在。[②] 命题中的预设，按此定义，依赖于命题的真假值。随之他旗帜鲜明地提到第二种预设，即运用语用分析的角度来研究预设。语用预设与断言之间的区别不是依赖于句子命题，而是根据陈述命题时所发生的情景，如说话者或听话者的意图。

语用预设有点类似于说话者的背景信仰，该信仰是说话者认为理所当然的命题，或看起来理所当然的命题。语用预设可用来解释语义预设所困惑的问题。不管是言语交流，还是非言语交流，都发生在说话者和听话者共有的信仰背景和假设背景之上，并且能被共享信息的说话者和听话者双方认出。人们认为理所当然的共知背景(common ground)信息给予愈多，交流就愈有效。尽管还不是一个定义特别明确的概念，我们在查找多种文献后，发现斯

---

① Stalnaker, R. C. Pragmatic presuppositions. In M. K. Munitz & P. K. Unger (eds.), *Semantics and Philosophy* (pp. 471-482). New York: New York University Press, 1974, p. 473.

② Stalnaker, R. C. Pragmatic presuppositions. In M. K. Munitz & P. K. Unger (eds.), *Semantics and Philosophy* (pp. 471-482). New York: New York University Press, 1974, p. 472.

达纳克对于语用预设进行明显定义并被学界广泛接受的观点为如下一条：

A proposition P is a pragmatic presupposition of a speaker in a given context just in case the speaker assumes or believes that P, assumes or believes that his addressee assumes or believes that P, and assumes or believes that his addressee recognizes that he is making these assumptions, or has these beliefs. ①

按照原文的理解，"命题P在一定的语境中充当说话者的语用预设，在这种语境下，说话者假定或相信该命题P，假定或相信听话者能够假定或相信命题P，并且假定或相信其听话者能够认出说话者正在作出这些假定或信念"。据此，语用预设是说话者的假定和信念，语用预设是人的预设。任何命题都可以作为预设的对象和内容，预设是说话者的命题态度。

语用预设是对预设认识的嬗变和发展，"其推断通过说话者及说话对象动态隐含认知语境的逻辑信息、百科信息和词语信息的系列假设，运用会话推理得以实现"②。受制于语境，使更多语言学家意识到预设是语用现象③，在语用语境中，话语发出者在发话时无论采用什么方式，如肯定、否定、提问，为了达到某种交际意图，如问候、建议、命令、告知、请求，常常会作出一些假定或具有一定的信念，这些假定或具有信念的东西就是前提条件或先决条件、背景知识，话语发出者也相信话语接受者相信或拥有这些前提条件或先决条件、背景知识，从而在话语交际中被理解与接受。这些假定或具有信念作为的前提条件或先决条件或背景知识，便是语用预设。语用预设与语境关系密切，表明话语使用者的信念、假想、态度、目的等。语用预设被不同的人使用，所指不同，如哲学场、世界观，是一种隐含的假设。④

**(二)语用预设的特征**

斯达纳克、肯普森、威尔逊、布尔和莱肯等学者均抛弃大部分语义预设理

---

① Stalnaker, R. C. Pragmatic presuppositions. In M. K. Munitz & P. K. Unger (eds.), *Semantics and Philosophy* (pp. 471-482). New York: New York University Press, 1974, p. 473.

② 丛日珍、仇 伟:《语义预设与语用预设的重叠性与互补性》,载《现代外语》2016年第5期。

③ Stalnaker, R. C. Pragmatic presuppositions. In M. K. Munitz & P. K. Unger (eds.), *Semantics and Philosophy* (pp. 471-482). New York: New York University Press, 1974; Dryer, M. S. Focus, pragmatic presupposition, and activated propositions. *Journal of Pragmatics*, 1996, 26(4); Mey, J. L. *Pragmatics: An Introduction*. Beijing: Foreign Language Teaching and Research Press, 2001, p. 186.

④ Ryan, W. J., R. P. Conti & G. M. Simon. Presupposition compatibility facilitates treatment fidelity in therapists learning structural family therapy. *The American Journal of Family Therapy*, 2013,41.

论，与此相对，他们提倡语用预设的使用。[①] 学界给出的语用预设确切定义不多，但有几个术语被广泛使用，这些术语也正是早期国外学者对于语用预设特征的概括。最典型的从莱文森的定义中可见端倪：

An utterance A pragmatically presupposes a proposition B iff A is appropriate only if B mutually known by participants . [②]

也就是说，话语 A 在语用上预设一个命题 B，当且只当话语 A 是合适的，而且命题 B 为参与者/交际者双方所共知。虽然莱文森本人认为此种定义方法需要完善，但我们不难发现，该定义中提及后来学界认可程度高、使用频度高的两个语用预设特征，即合适性与共知性。

1. 合适性/适切性(appropriateness/felicity)

预设的合适性/适切性是指预设与语境相适应，它是言语行为的先决条件。话语交际者在实施言语行为时，需有语句所处语境提供的合适条件。语义预设中合适性/适切性被认为是真实值的必要条件，语用预设则强调其是实施言语行为的恰当条件，是使话语具有意义所必须满足的条件，为此需要依赖交际双方对共有背景知识的理解，依赖习惯用法及对所含意义理解的基础之上。话语 S 中存在命题 S′，命题 S′为满足话语 S 需具备的合适/适切条件，则 S 在语用上预设 S′，S′则为话语 S 的语用预设。语用预设的合适性/适切性，是一个语句得以成立、交际得以达成要满足的条件。基南(Keenan)提及“有许多句子需在受文化制约的条件或语境得到满足后方能使这些句子的话语为人所理解，而这些条件自然而然应被称为这些句子的预设”[③]。

(34)John has stopped beating his wife.

倘使命题“约翰已经停止殴打他的妻子”这样的逻辑为真，则需要具备多个合适/适切条件：条件一：发话者知道 John 是谁。条件二：发话者相信受话者也知道 John 是谁。条件三：受话者理解并知晓受话者所提到的 John。条

① Stalnaker, R. C. Pragmatic presuppositions. In M. K. Munitz & P. K. Unger (eds.), Semantics and Philosophy (pp. 471-482). New York: New York University Press, 1974; Kempson, R. *presupposition and the Delimitation of Semantics*. Cambridge: Cambridge University Press, 1975, p. 49; Wilson, D. Presuppositions and non-truth conditional semantics. *Lingua*, 1975, 43; Boër, S. E. & W. G. Lycan. The Myth of Semantic presupposition. *Ohio State Working Papers in Linguistics*, 1976, 21, pp. 1-90.

② Levinson, S. C. *Pragmatics*. Beijing: Foreign Language Teaching and Research Press, 2001, p. 205.

③ Keenan, E. Two kinds of presupposition in natural language. In C. Fillmore & T. Langendoen (eds.), *Studies in Linguistic Semantics* (pp. 45-54). New York: Holt, Rinehart & Winston, 1971.

件四:发话者和受话者都知道 John 结婚了,有妻子。条件五:发话者和受话者都知晓约翰在过去某个时候曾经打过其妻子。"话语 A 预设 B,只有 B 是话语参与者也知道的情况,那么 A 才是恰当的"①。这五个条件是话语参与者都知道的情况,命题"约翰已经停止殴打他的妻子"才恰当。

(35)I hereby divorce you. ②

该命题能否成立?依据"I" 和 "you"的所指对象"divorce"一词,预设 "I" 和 "you"是一种夫妻关系,但该命题作为一个施为句(performative),根据社会程序规范来看,"I"没有行使这种权力的能力,具有这种言语行为能力的权力机关应该是法院才可"以言成事"(perlocutionary),缺乏这个合适的先决条件,便会出现预设失灵现象(presupposition failure)③,无法实现话语的交际功能。话语中的要求达成与否与话语者的身份、性别、种族、职业、年龄、亲缘关系等相关,有时还会对话语发生的时间、地点、场合等产生约束力条件。因此,通俗地说,语用预设是施行一个言语行为所需要满足的恰当条件,或是使一句话具有必要的社会合适性所必须满足的条件。这一点早期亦被菲尔莫尔(Fillmore)洞察并提出,语用预设就是指"通过一句话来有效地实施某一个言外行为所必须满足的条件,是说话者为保证句子或语段(utterance)的适宜性而必须满足的前提"④。这种适切又被称为"强力的语境适合限制"(strong contextual felicity constraint,SCFC)。⑤ 话语双方都推想,在成功的交际中,另一方将依赖这些恰切的先决条件进行恰当理解与实施言语的言外之力。倘若交际双方在言外之力的准确理解和合理实施上出现分歧,则导致交际失败,预设失灵的状况就会发生。

2. 共知性 ( mutual knowledge/common ground/joint assumption)

共知性是指在话语发出者和话语接受者之间存在着某种共同语用背景前提,也就是说,存在着一种话语参与者双方共同理解并接受的预设。概而

---

① Levinson, S. C. *Pragmatics*. Beijing: Foreign Language Teaching and Research Press, 2001, p. 205.

② Levinson, S. C. *Pragmatics*. Beijing: Foreign Language Teaching and Research Press, 2001, p. 229.

③ Levinson, S. C. *Pragmatics*. Beijing: Foreign Language Teaching and Research Press, 2001, p. 225.

④ Fillmore, C. J. Verbs of judging: an exercise in semantic description. In C. J. Fillmore & D. T. Langendoen (eds.), *Studies in Linguistic Semantics* (pp. 272-289). New York: Holt, Rinehart & Winston, 1971.

⑤ Tonhauser, J., D. Beaver, C. Roberts & M. Simons. Towards a taxonomy of projective content. *Language*, 2013, 89.

言之，预设是话语参与者双方都可以理解并可以接受作为共同背景知识的存在。

斯达纳克认为，“说话者假定或相信该命题 P，假定或相信听话者能够假定或相信命题 P，并且假定或相信其听话者能够认出说话者正在作出的这些假定或信念”。据此，语用预设是说话者的假定和信念，并且这种假定或信念亦被听话者认出，可推断出语用预设具有共知性，斯达纳克分别使用共同背景（common background）、背景信息（background information）等来表述这一特征。①

莱文森对共知性亦有不同的术语表达，如共有知识（mutual knowledge）、共同背景（common background）、共同假想（joint assumption）等。② 语用预设的共知性是话语发出者对话语环境的设想。成功的言语交际比较符合理想化模式：话语发出者的表达经由话语接受者的理解而被接受，在话语接受者对话语发出者的预设没有认可之前，它总是相对于话语发出者而存在。有时候，话语接受者依据话语发出者的信息推导出共知信息，倘若推导失败，言语交际就不会获得成功。预设为交际双方所共知，才能由潜在预设（potential presupposition）变成实际预设（actual presupposition）。③ 梅（Mey）对此有不同的诠释，要正确理解话语，预设需要一种语境，被称为“共享知识”（shared knowledge）。④

预设作为作为一种共知背景（common ground），是“不需要引起质疑的”（not to be questioned）。⑤ 塞尔（Searle）则将这种预设的共知性看成是一种背景假设（background assumption）。⑥ 查罗（Charlow）从认知理论（epistemological theorizing）的角度，将其看作是先验的可知性（knowability

---

① Stalnaker, R. C. Pragmatic presuppositions. In M. K. Munitz & P. K. Unger (eds.), *Semantics and Philosophy* (pp. 471-482). New York: New York University Press, 1974.

② Levinson, S. C. *Pragmatics*. Beijing: Foreign Language Teaching and Research Press, 2001, p. 204.

③ Levinson, S. C. *Pragmatics*. Beijing: Foreign Language Teaching and Research Press, 2001, p. 212.

④ Mey, J. L. *Pragmatics: An Introduction*. Beijing: Foreign Language Teaching and Research Press, 2001, p. 188.

⑤ Grice, P. *Studies in the Way of Words*. Beijing: Foreign Language Teaching and Research Press & Harvard University Press, 2002, p. 278.

⑥ Searle, J. R. *Expresssion and Meaning: Studies in the Theory of Speech Acts*. Beijing: Foreign Language Teaching and Research Press, 2001, p. 120.

a priori)。[①]

此外，斯波伯和威尔逊(Sperber & Wilson)对于预设的共知性有创新性的概念提出，称为“互明认知语境”(mutual cognitive environment)[②]。互明认知语境，是发话者说出某个特定的句子时存在于头脑的一系列假想。同时，发话者说话时会认定受话者的大脑认知环境中储备有这种知识，或者发话者假定已经激活相关共知背景、概念，由此做到与受话者认知环境互明。语用预设的共知性使说话者认为及假定的事实理所当然，并单方认为对于双方来说无可争议。

需要强调的是，语用预设的共知性还表现为莱文森所提到的共有知识(mutual knowledge)[③]。共有知识指涉广泛，如百科知识(encyclopedic information)、逻辑知识(logical information)，如“图式”(schema)、“框架”(framework)，如“脚本”(script)、“原型”(prototype)，如社会规范、常规关系、特定会话等。

黄衍[④]对于共知性的解释用“I know you know”概括更一目了然，最典型的举隅可以进行有力佐证。

(36)It was/wasn't the porter who called a taxi for John.

≫(I know you know that) someone called a taxi for John.

虽然不同学者对于共知性内涵的表述不尽相同，但在共知性的存在形式方面，我们发现一些规律，存在以下几种情形：一是发话者作出的认知语境假设和受话者的认知语境假设互相显映，预设为话语使用者双方假定对方都已经知晓的信息，可以有效地使发话者表达信息，也可以有效地使听话者获取、理解并接受信息；二是预设的共知性不局限于话语本身内容，还涵盖更广泛的百科知识、对世界的普遍认知等；三是预设具有动态性，话语在进行过程中，通过话语发出者的暗示、协调，新的预设不断被添加、补充，共有、共享，原有预设可能会作为旧的背景知识被取消，而新的预设又会产生并被受话者理解且接受。

---

① Charlow, N. Presupposition and the a priori. *Philos Stud*, 2013, 165.

② Sperber, D. & D. Wilson. *Relevance*: *Communication & Cognition*. Beijing: Foreign Language Teaching and Research Press, 2001, p. 41.

③ Levinson, S. C. *Pragmatics*. Beijing: Foreign Language Teaching and Research Press, 2001, p. 205.

④ Huang, Y. Types of inference: entailment, presupposition, and implicature. In W. Bublitz, A. H. Jucker & K. P. Schneider (eds.), *Foundations of Pragmatics* (pp. 397-421). Berlin/Boston: Walter de Gruyter, 2011, pp. 402-403.

(37) I'm sorry I'm late. I'm afraid my car broke down.

(38) The speaker has a car. ①

预设具有动态性，话语(38)“说话者有一辆车”是依据话语(37)后半句说话者“我的车出问题”作出的表述、暗示，说话者将这项预设进行了添加。此时，由于说话者的协调、暗示听话者形成了预设(38)。

总体来说，语用预设的共知性是“说话者认为命题为听话者所熟悉，极有可能为听话者所信，并可及听话者的知识范围”②，是交际双方可以共同理解的背景知识。

除了合适性/适切性、共知性的两个典型特征之外，研究者们敏锐地观察到语用预设还具有可取消性特征。

3. 可取消性(defeasibility/cancellation)

“可取消性(defeasibility)是预设行为的重要特征之一……在一定的语境中，不管是直接性语言语境还是非直接性的语篇语境，或者是在作出相反假设的情形下，预设的奇怪现象之一是有可能蒸发掉……”③语用预设传递的是话语发出者的语境假设，若传递的话语信息、语境假设未被受话者理解，或话语发出者传递的信息在听话者的认知语境中未形成储存，致使语境假设不能互明显映(mutually manifest)，该语境假设即语用预设便被取消。期待与现实产生冲突、矛盾，预设亦得以取消。

(39)Mother: John, do you like sandwich for you breakfast?

John: Yes, I do like it.

Mary: Mummy, sandwiches? What kind of food?

Mother: It's kind of delicious food, made of slice breads with meat, etc. in between.

Mary: Well, I like it, too. ④

母亲的语境预设为：孩子们，如约翰、玛丽，均对于她所指的哪一种三明治面包作为早餐了然于心。儿子约翰的回答验证了她假设的预设共知性已经获得接受；小女儿玛丽却对三明治的种类，即三明治是一种什么样的食品

---

① Levinson, S. C. *Pragmatics*. Beijing: Foreign Language Teaching and Research Press, 2001, p. 205.

② Givón, T. Logic vs. pragmatics, with human language as the referee: toward an empirically viable epistemology. *Journal of Pragmatics*, 1982, 6(2).

③ Levinson, S. C. *Pragmatics*. Beijing: Foreign Language Teaching and Research Press, 2001, p. 186.

④ 邱天河:《谈谈前提的特性核类型》,载《外语教学》2002 年第 1 期。

进行了询问，与妈妈期待相左，由此可以看出，妈妈作出的语境假设在女儿认知环境中未得到显映，该语境假设此时便得以取消。为达成交际目的，母亲重新将新的语境假设添加、补充，明确三明治是一种“味道鲜美的食品，由面包片内部夹肉做成”，从而使语用假设由母亲单有变成与女儿的共有。由此可见，语用预设是断言性质的语境假设，具有单方面的主观性，若语境假设未被听话者辨认出，则原有预设因被取消而失灵。

语用预设被取消，有时是因为逻辑推理有悖于常识，如：

(40)Sue cried before she finished her thesis.

(41)Sue died before she finished her thesis.

(42)Sue finished her thesis. [①]

话语(40)预设命题(42)，即“苏完成了论文写作”。但表达词语不同，预设的效果大相径庭。话语(41)中动词“died” 替代“cried”之后，(41)“论文完成前苏已经去世”使得(42)“苏完成了论文写作”变成了不可能，因其违背常识，而(40)中动词“cried”若换成其他动词如“smiled” “lost her temper”等，就可以使得命题预设(42)成立，但若置换成 Sue was mad/was mentally disabled /suffered from a traffic accident and lost her memory before she finished her thesis，即一些影响到 Sue 完成论文写作的事情发生，预设(42)“苏完成了论文写作”均得以取消。

关于预设的可取消性问题，笔者通过查阅多部文献，发现语用预设可取消的途径五花八门，该种现象亦非常有趣，将其运用到现代汉语喜剧小品的研究中竟然有意想不到的收获。实际上，不只语用预设具有可取消性的特征，语义预设也具有该特征，为此本书将在第八章专门论述。

另外，语用预设还具有主观性的特征。语用预设关注发出话语、命题的发话者与话语、命题的传递被接受者接受并理解的过程，往往涉及发话者的言语主体、接受者的言语客体，有时还关乎言语环境（包括时间、地点乃至更广阔的社会背景）。在言语交际过程中，作为言语主体的话语发出者，在使用语言符号表达思想信息时，往往会对命题的态度、信念持有主观性，在被话语接受者赞同、认可之前只是单向性地存在于话语发话者的认知假想中。概而言之，语用预设具有合适性、共知性、可取消性、主观性、单向性等特征，与语

---

① Levinson, S. C. *Pragmatics*. Beijing: Foreign Language Teaching and Research Press, 2001, p. 204.

境相关联。[①]

总体来说,国外有关预设研究的两大主体分流——逻辑一语义预设和语境一语用预设是随后国内展开各种预设研究的理论基础。这些基本预设理论经国内同行专家、学界精英的引进、译介并得以延伸扩展,使得国内研究亦取得丰硕成果。

---

① Levinson, S. C. *Pragmatics*. Beijing: Foreign Language Teaching and Research Press, 2001, p. 204.

# 第三章　国内预设研究的特色调查与述评

国内对预设的研究与国外研究相比，最初对于理论的界定创新性研究较少，更多的是进行各种理论的译介、引进，而后经过不断的探新、求索，国内预设理论研究呈现出一种如火如荼、百花齐放的盛景。

韩文静认为预设的定义，源自周礼全主编并于1994年出版的《逻辑——正确思维和成功交际的理论》一书，他把预设视为一种语用现象，并提到了“命令话语”“疑问话语”及“直陈话语”预设的区分。[①]冯婷婷将2014年前近10年的国内语用预设进行了理论性、实用性的探究与反思，提出理论性研究实现跨学科的交叉与融合，展现出国内预设研究的一个特点。[②] 曹蕾在对国内预设理论研究30年的述评中，概括性地将预设从语义预设的一维研究扩展到语用预设、预设的认知等多维研究，在认知研究中简单分析了理想化认知模式(ICM)、图形一背景理论、心理空间理论、关联理论对于语用预设的诠释。[③] 刘亚楠通过对预设国内研究进行综述，提到了尚需对汉语触发语及其种类进行扩大研究以便诠释清楚预设的投射与取消、心理机制的问题。[④] 苏兰姣将国内对于预设的种类、触发语研究进行了较全面的概括。[⑤] 方宝、谭晓春将2007年之前10年的国内预设研究进行了探讨，虽然范围较小，但客观地肯定了我国国内预设研究视野的开阔、研究领域的扩大、研究方法的创新。[⑥] 王跃平对于国内预设的资料研究较全面、客观，包括预设研究撰写的论著、期刊论文及学位论文，他提出国内最早对“预设”概念进行引介的第一人当属外语界老前辈胡壮麟先生，并提出将来的研究重点是进行汉语预设理

① 参见韩文静：《预设理论的发展历程及趋势研究》，燕山大学硕士学位论文，2011年。

② 参见冯婷婷：《近十年国内语用预设研究述评》，载《海外英语》2014年第9期。

③ 参见曹蕾：《一维·多维·多维下的统一——国内预设理论研究30年》，载《牡丹江大学学报》2012年第10期。

④ 参见刘亚楠：《国内预设研究综述》，载《北方文学》(下半月)2017年第4期。

⑤ 参见苏兰姣：《预设研究综述》，载《重庆工学院学报(社会科学版)2008年第9期。

⑥ 参见方宝、谭晓春：《国内外预设研究十年述评》，载《绥化学院学报》2007年第2期。

论框架的构建，并将其细化、深化与科学化。①

鉴于国内对预设研究的综述较为全面，本书为了从不同侧面了解国内对预设的研究状况，另辟蹊径，拟依据 CNKI 中国知网的数据信息展开对研究重点的特色调查。该特色调查将分析以下几个问题：(1)有关预设研究的年发文量及趋势如何？(2)在预设研究方面做出卓越贡献、有影响力的专家有哪些？(3)高水平论文集中在哪些研究方向上？(4)发文刊物的质量、档次是否在高水平论文方面占有优势？

## 一、国内预设研究特色调查

为了使以上问题具有相对可靠的调查答案，增加效度，本书分别依据中文关键词“预设”和主题“预设”两个标准进行了 CNKI 中国知网文献检索，寻找数据，得到相关信息。检索标准不同，调查研究的结果也有所不同。经过两个标准的检索，发现在 CNKI 的期刊文献中，以 2018 年 8 月 8 日为截止日期，向前追溯最早的一篇论文出现在以中文主题“预设”的标准检索得到的文献中，发表时间为 1985 年。由此，我们可以得出一个清晰的结论：国内对于预设的研究已经风风火火进行了 34 年，本调查数据涉及 30 多年的时间跨度。以下是两种不同检索的调查结果。

### (一)以中文关键词“预设”为检索标准的调查及发现

在以中文关键词“预设”为检索标准的调查中，文献条目有 1141 条。

1. 调查研究选择的标准

通过 CNKI 以关键词为检索标准，搜索中文“预设”，即论文题目中可能不含有“预设”二字，但文章下面的关键词条目中把“预设”作为其中的一个关键词列出，如《用批评语篇分析解读布什的演讲》《“都”的加合性语义功能及其分配性效应》，题目中均未出现“预设”二字，但却被作为其中之一的关键词内容列出。(注：本研究剔除了相关硕博士论文、论著)

2. 开山之作

通过 CNKI 检索关键词“预设”，发现国内最早的一篇相关论文完成于 1994 年，作者是康家珑。该文将“幽默”进行分类：有通过形象来表现的“形象幽默”，如漫画等；有通过行为表现的“行为幽默”，如哑剧等；有通过语言表

① 参见王跃平：《近三十年国内预设研究综述》，载《中国矿业大学学报》(社会科学版)2012 年第 1 期。

现的“语言幽默”,如对话、字文作品等。康家珑旗帜鲜明地提出,幽默并非一种修辞格,而是一种语用效果,以“在北京读中学时,《红楼梦》就不是我唯一爱读的名著”为例,说明一个句子可以有多个预设。康氏提出的关于预设的这些观点,对后续探究预设的多维性特征带来很大的思想启迪。[①]。

3. 调查数据处理

1141 条有关预设的研究论文涉及各个领域,如预设的理论研究、预设的应用研究等。预设的应用研究又分类广泛,如广告中的预设应用研究、法庭用语中的预设应用研究、教育教学中的预设应用研究等。各种理论与应用研究可谓汗牛充栋。

尽管对所有的 1141 条预设进行逐条分析有利于研究的全面性,但为了寻找特色,需要针对上述四个问题进行有对应性、有的放矢的探究,我们选择能说明问题的几个维度,以便得出相关数据与结论。针对第一个问题,我们使用下面的维度一进行对比说明。某种程度上,是不是高水平论文的界定标准之一是要看被引用情况,故我们将调查数据聚焦于引用率排名前 20 名和排名前 50 名的论文,选择使用下面的维度二和维度三来分析回答后三个问题。

维度一:了解 1994～2018 年期间有关以“预设”为关键词的论文总量,进行直观的数据对比。

维度二:了解论文被引用率排名前 20 名的被引数据与论文研究重点方向。

维度三:了解论文被引用率排名前 50 名的被引数据与论文研究重点方向、发文刊物、作者信息等,以便更全面地探知研究关注重点,并考察哪些学者在预设研究方面起到领航作用等。

依据以上维度一、维度二、维度三的相关研究结果,请分别见下图 3-1,图 3-2,表 3-1。

---

① 参见康家珑:《语用生“幽默”“预设”出神力》,载《玉林师专学报》(哲学社会科学版)1994 年第 2 期。

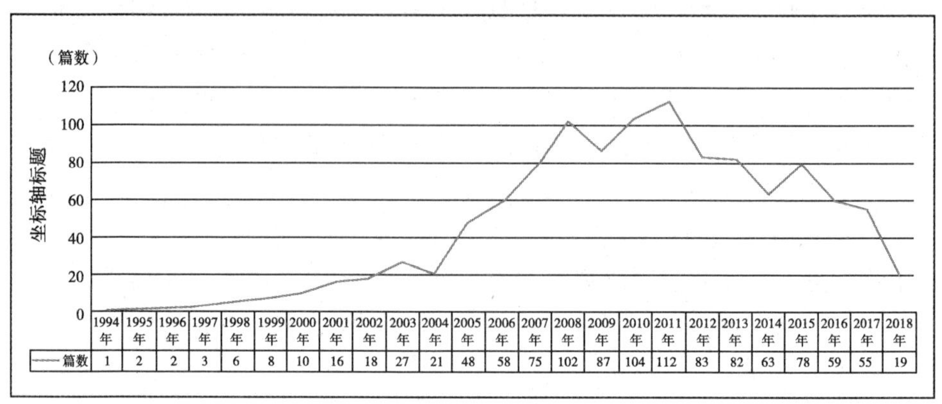


图 3-1　1994～2018 年以“预设”为关键词检索到的论文数量

图 3-1 向我们展示了 CNKI1994～2018 年国内有关预设的论文数量。通过图 3-1，我们可以清晰地看到每年发表的论文量呈现不均衡的状况。从 1994 年的 1 篇，到 1999 年的 8 篇 ，6 年时间计有 22 篇。自 2000 年起，每年的论文数量上升到了两位数，到 2003 年 27 篇，一年的发文量就超过最初的 6 年，之后 2004 年降至 21 篇。自 2005 年开始，有关“预设”研究的论文出现总体持续飙升的情形，到 2011 年达到最高峰的 112 篇。之后的 6 年研究热度总体开始持续下降，2016 年和 2017 年的论文数量基本和 10 年前 2006 年持平。总体来看，有关预设的研究，1994～2002 年处于研究初期，2003～2012 年处于研究稳定上升期，2012 年至今，热度有所下降，处于稳定下降期。

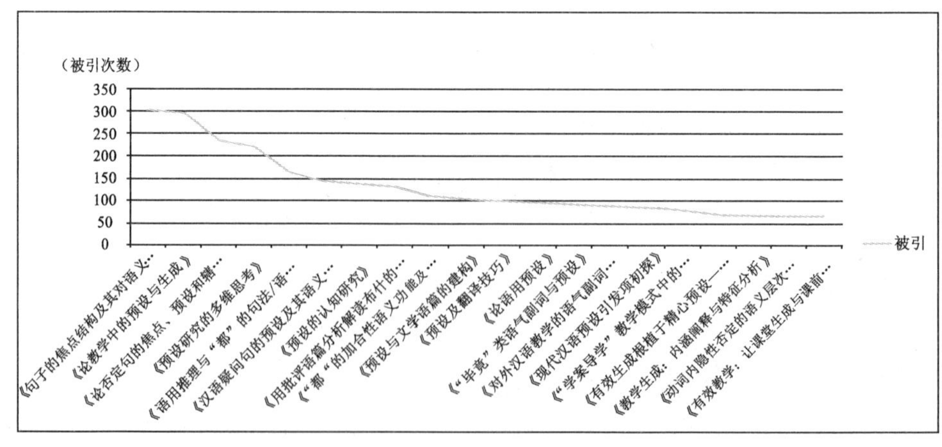


图 3-2　论文被引用次数排名与论文名称

从图 3-2 中，我们看到，论文《句子的焦点结构及其对语义结构的影响》一文，在被引用率方面稳居榜首，被引次数达到 300 次以上；紧随其后的是

《论教学中的预设与生成》一文;第三名为《论否定句的焦点、预设和辖域歧义》一文。从前 3 名高引用率的论文来看,分别属于预设的理论研究、预设的教学研究、预设的理论研究方向。由此,我们将第 4 名至第 20 名的论文根据研究内容的方向性,进行了如下分类:一类是理论类的预设研究,篇名分别为《预设研究的多维研究》《语用推理与“都”的句法、语义特征》《汉语疑问句的预设及其语义分析》《预设的认知研究》《“都”的加合性语义功能及其分配性效应》《论语用预设》《“毕竟”类语气副词与预设》《现代汉语预设引发项初探》《动词内隐性否定的语义层次》,共 9 篇;教学类的预设研究,篇名分别为《对外汉语教学中的语气助词》《“学案导学”教学模式中的预设与生成》《有效生成根植于精心预设——新课程视阈下课堂教学改革的审思》《教学生成:内涵阐释与特征分析》《有效教学:让课堂生成与课前预设互动生成》,共 5 篇;另尚有预设应用型论文,分别为《用批评语篇分析解读布什的演讲》《预设与文学语篇的建构》《预设及翻译技巧》,共 3 篇。总体来看,被引用率排名前 20 名的论文集中在三个研究方向,占主体的是理论研究方向,共 11 篇,占总数的 55%;其次为教学研究方向,共 6 篇,占到总数的 30%;最后为应用研究方向,共 3 篇,占到总数的 15%。基于此,从前 20 名被引率排名及总数量来看,理论研究之所以成为被引用率高的主体,符合理论为实践服务的辩证哲理,后续各项研究缺乏理论基础,则成了无源之水,以理论为指导的后续研究开展需要强大的理论支撑。同时,通过引用率较高的教学类论文占到 30%的比例来看,后续的研究者注重将预设理论投入教学中使用,预设理论在教学方面发挥强大的指导力;另外,占到 15%的预设被引用的应用方向表明学界亦开始从预设理论在文学、翻译、演讲等方面的启发应用,将其应用扩展至其他领域,如楼盘广告中的应用研究等。概而言之,被引用率高的论文为后续的预设理论研究、预设教学研究、预设在其他领域的应用研究起到垫脚石的作用。

为了获得更多的发现,进行直观的认识与分析,我们将论文的数量从被引率的前 20 名扩大到前 50 名,包括文章被引率的排名、作者姓名、发表期刊名称、论文发表时间、被引次数、下载次数、论文研究重点、所发刊物是否属于语言类 CSSCI 刊物等信息。详细情况见下表 3-1。

表 3-1 以关键词“预设”检索到的被引数前 50 名的论文详细信息

| 序号 | 篇名 | 作者 | 刊名 | 发表时间 | 被引次数 | 下载次数 | 研究重点（中图分类号） | 语言类CSSCI刊物（含扩） |
|---|---|---|---|---|---|---|---|---|
| 1 | 《句子的焦点结构及其对语义解释的影响》 | 袁毓林 | 《当代语言学》 | 2003/12/15 | 303 | 5930 | 理论研究 | 是 |
| 2 | 《论教学中的预设与生成》 | 余文森 | 《课程·教材·教法》 | 2007/5/5 | 297 | 3350 | 教学研究 | 否 |
| 3 | 《论否定句的焦点、预设和辖域歧义》 | 袁毓林 | 《中国语文》 | 2000/3/10 | 235 | 3367 | 理论研究 | 是 |
| 4 | 《预设研究的多维思考》 | 魏在江 | 《外语教学》 | 2003/3/30 | 221 | 2825 | 理论研究 | 是 |
| 5 | 《语用推理与“都”的句法/语义特征》 | 蒋　严 | 《现代外语》 | 1998/1/30 | 164 | 2199 | 理论研究 | 是 |
| 6 | 《汉语疑问句的预设及其语义分析》 | 戴耀晶 | 《广播电视大学学报》（哲学社会科学版） | 2001/5/28 | 142 | 1580 | 理论研究 | 否 |
| 7 | 《预设的认知研究》 | 王文博 | 《外语教学与研究》 | 2003/1/20 | 137 | 2206 | 理论认知研究 | 是 |
| 8 | 《用批评语篇分析解读布什的演讲》 | 张　蕾 | 《西安外国语学院学报》 | 2005/3/1 | 132 | 2090 | 应用研究 | 是 |
| 9 | 《“都”的加合性语义功能及其分配性效应》 | 袁毓林 | 《当代语言学》 | 2005/12/15 | 112 | 2878 | 理论研究 | 是 |
| 10 | 《预设与文学语篇的建构》 | 王守元、苗兴伟 | 《外语与外语教学》 | 2003/3/1 | 104 | 1235 | 理论研究 | 是 |
| 11 | 《预设及翻译技巧》 | 戈玲玲 | 《中国翻译》 | 2002/5/15 | 96 | 1434 | 应用研究 | 是 |
| 12 | 《论语用预设》 | 胡泽洪 | 《华南师范大学学报》（社会科学版） | 1996/12/15 | 96 | 1332 | 理论研究 | 否 |
| 13 | 《“毕竟”类语气副词与预设》 | 高书贵 | 《天津大学学报》（社会科学版） | 2000/6/25 | 91 | 977 | 理论研究 | 否 |
| 14 | 《对外汉语教学中的语气副词教学研究》 | 齐春红 | 《云南师范大学学报》 | 2006/5/15 | 89 | 1470 | 教学研究 | 否 |
| 15 | 《现代汉语预设引发项初探》 | 蓝　纯 | 《外语研究》 | 1999/8/30 | 88 | 1051 | 理论研究 | 是 |

续表

| 序号 | 篇名 | 作者 | 刊名 | 发表时间 | 被引次数 | 下载次数 | 研究重点(中图号分类) | 语言类CSSCI刊物(含扩) |
|---|---|---|---|---|---|---|---|---|
| 16 | 《"学案导学"教学模式中的预设与生成》 | 张晨阳 | 《新疆师范大学学报》(自然科学版) | 2008/12/30 | 80 | 1088 | 教学研究 | 否 |
| 17 | 《有效生成根植于精心预设——新课程视阈下课堂教学改革的审思》 | 吴玲、吴支奎 | 《课程·教材·教法》 | 2007/7/5 | 71 | 1249 | 教学研究 | 否 |
| 18 | 《教学生成:内涵阐释与特征分析》 | 李祎 | 《全球教育展望》 | 2006/11/15 | 69 | 628 | 教学研究 | 否 |
| 19 | 《动词内隐性否定的语义层次和溢出条件》 | 袁毓林 | 《中国语文》 | 2012/3/10 | 67 | 3851 | 理论研究 | 是 |
| 20 | 《有效教学:让课堂生成与课前预设互动共生》 | 吴玲、郭孝文 | 《中国教育学刊》 | 2007/11/25 | 67 | 2008 | 教学研究 | 否 |
| 21 | 《语用预设及其功能》 | 王扬 | 《湖北民族学院学报》(哲学社会科学版) | 2005/2/28 | 65 | 1683 | 理论研究 | 否 |
| 22 | 《疑问句的语义、语用考察》 | 徐阳春 | 《汉语学习》 | 2003/8/15 | 65 | 1313 | 理论研究 | 是 |
| 23 | 《预设·调核·焦点》 | 张克定 | 《外语学刊》 | 1999/10/25 | 63 | 973 | 理论研究 | 是 |
| 24 | 《语义预设与语用预设研究》 | 杨年保 | 《云梦学刊》 | 2005/5/20 | 60 | 1911 | 理论研究 | 否 |
| 25 | 《教学生成:为了学生的精彩观念和幸福生活》 | 程良宏、李雁冰 | 《全球教育展望》 | 2007/3/15 | 51 | 806 | 教学研究 | 否 |
| 26 | 《过去完成体标记"的"在对话语体中的使用条件》 | 王光全 | 《语言研究》 | 2003/11/30 | 49 | 1271 | 理论研究 | 是 |
| 27 | 《谈蕴含和预设的区分问题》 | 刘哲 | 《解放军外国语学院学报》 | 2001/5/25 | 49 | 1772 | 理论研究 | 是 |

**续表**

| 序号 | 篇名 | 作者 | 刊名 | 发表时间 | 被引次数 | 下载次数 | 研究重点（中图号分类） | 语言类CSSCI刊物（含扩） |
|---|---|---|---|---|---|---|---|---|
| 28 | 《汉语焦点研究概观》 | 莫红霞、张学成 | 《杭州师范学院学报》(人文社会科学版) | 2001/8/25 | 49 | 847 | 理论研究 | 否 |
| 29 | 《认知、预设及预设推理》 | 陈意德 | 《中国外语》 | 2005/9/15 | 48 | 675 | 理论认知研究 | 是 |
| 30 | 《初中语文阅读有效性教学初探》 | 岳二平 | 《教育教学论坛》 | 2010/10/5 | 45 | 70 | 教学研究 | 否 |
| 31 | 《试论现代汉语语气副词状语的信息功能》 | 李　杰 | 《新疆大学学报》(哲学社会科学版) | 2005/3/15 | 45 | 812 | 理论研究 | 否 |
| 32 | 《英汉新闻标题中的预设机制：调查与分析》 | 吴珏、陈新仁 | 《外语教学》 | 2008/7/6 | 43 | 1587 | 应用研究 | 是 |
| 33 | 《关于"没(有)"跟"了"共现的问题》 | 王灿龙 | 《世界汉语教学》 | 2006/1/5 | 43 | 1380 | 理论研究 | 否 |
| 34 | 《西方政治语篇分析的语用学视角》 | 杨　敏 | 《中国外语》 | 2011/3/15 | 42 | 1567 | 应用研究 | 是 |
| 35 | 《基于弹性预设下的课堂教学生成》 | 金亦挺 | 《当代教育科学》 | 2004/11/15 | 41 | 375 | 教学研究 | 否 |
| 36 | 《莫斯科语义学派》 | 张家骅 | 《外语研究》 | 2001/12/30 | 41 | 613 | 理论研究 | 是 |
| 37 | 《预设的触发语研究》 | 丁爱群 | 《长治学院学报》 | 2006/12/15 | 38 | 1123 | 理论研究 | 否 |
| 38 | 《预设在广告中的语用功能》 | 欧阳巧琳 | 《中南民族学院学报》(人文社会科学版) | 2001/10/30 | 38 | 1077 | 应用研究 | 否 |
| 39 | 《也谈转折复句的内部分类》 | 李军、王永娜 | 《暨南大学华文学院学报》 | 2004/6/30 | 37 | 641 | 理论研究 | 否 |
| 40 | 《"有"字句中的预设》 | 蔡　玮 | 《修辞学习》 | 2003/4/30 | 37 | 963 | 理论研究 | 否 |
| 41 | 《语用预设的构式研究——以汉语楼盘广告为例》 | 魏在江 | 《外语学刊》 | 2011/5/5 | 36 | 2010 | 应用研究 | 是 |

续表

| 序号 | 篇名 | 作者 | 刊名 | 发表时间 | 被引次数 | 下载次数 | 研究重点（中图号分类） | 语言类CSSCI刊物（含扩） |
|---|---|---|---|---|---|---|---|---|
| 42 | 《现代汉语状位语气副词的预设内容》 | 李　杰 | 《暨南学报》(哲学社会科学版) | 2007/9/15 | 34 | 716 | 理论研究 | 否 |
| 43 | 《蕴涵、预设与句子的理解》 | 张　斌 | 《世界汉语教学》 | 2002/9/15 | 33 | 1704 | 理论研究 | 否 |
| 44 | 《"知道"与"认为"句法差异的语义、语用解释》 | 张家骅 | 《当代语言学》 | 2009/7/15 | 32 | 1329 | 理论研究 | 是 |
| 45 | 《教学目标的预设与生成》 | 龙安邦 | 《现代教育科学》 | 2008/12/20 | 32 | 1123 | 教学研究 | 否 |
| 46 | 《"都＋V＋的＋N"的构式分析》 | 林晓恒 | 《语言研究》 | 2006/3/30 | 32 | 1312 | 理论研究 | 否 |
| 47 | 《论"又不P,～Q"中"又"的意义》 | 吴中伟 | 《汉语学习》 | 1999/8/1 | 32 | 551 | 理论研究 | 否 |
| 48 | 《预设和蕴涵》 | 范晓、陈忠 | 《信阳师范学院学报》(哲学社会科学版) | 2002/10/10 | 31 | 1277 | 理论研究 | 否 |
| 49 | 《"比"字句的否定形式"不比"的语用分析》 | 余　敏 | 《重庆三峡学院学报》 | 2008/1/20 | 30 | 787 | 理论研究 | 否 |
| 50 | 《祈使句的构成、预设及恰当性》 | 徐阳春 | 《绍兴文理学院学报》(哲学社会科学) | 2004/4/30 | 30 | 581 | 理论研究 | 否 |

从表3-1中我们发现：

(1)预设研究论文的高引作者。被引次数排在第一位的论文作者是袁毓林，前50名中共有4篇论文被引用，被引次数排名序号分别是第1名、第3名、第9名、第19名，相应的4篇论文分别被引用303次、235次、112次、67次，共计717次；相应的4篇论文的下载关注率亦高居榜首，分别是5930次、3367次、2878次、3851次，共计16026次；3篇论文都是有关预设理论方面的探究，发表刊物档次非常高，均是语言类CSSCI刊物。被引次数排在第二位的作者为余文森，前50名排名中共有1篇论文被引用，相应的这篇论文被引用297次；相应的下载关注率是3350次；该篇论文的研究重点是预设在教学中的应用。被引次数排在第三位的作者是魏在江，前50名中共有2篇论文被引用，被引次数排名序号分别是第4名、第41名，相应的2篇论文分别被引用221次、36次，共计258次；其下载关注率分别是2825次、2010次，共计4835次。两篇论文的研究方向，一篇为预设理论方面研究，另一篇为预设应用方面的研究。发表刊物档次亦非常高，均是语言类CSSCI刊物。至此，我们通过高被引次数了解到在预设研究方面做出卓越贡献的这些学者，向这些“前人栽树，后人乘凉”的专家学者们致以崇高的敬意。

(2)预设研究的高引论文的发表刊物。前50名高引论作中，以语言类CSSCI(含扩展版)期刊引用率作为高发表刊物标准，经过归类后，我们发现在语言类CSSCI期刊，如《当代语言学》《中国语文》《外语教学》《现代外语》《外语教学与研究》《西安外国语学院学报》《外语与外语教学》《外语研究》《外语学刊》《当代语言学》《中国翻译》等的高引用论文共有25篇，占到总数的50%。这一点说明，语言类CSSCI刊物在国内有关语言研究的论文发表方面的确起到引领作用。除此之外，少数非语言类CSSCI期刊以及普通期刊发文数量占到50%。这一点说明，非语言类CSSCI期刊以及普通期刊上出现的论文，只要思想上有创新性，学术研究方法有独特性，研究结论有启发性，“英雄不问出处”，依旧可以影响深远，为后续进行预设研究者所借鉴。

(3)预设研究高引文论文的研究重点。前50名高引论文中，我们参照前20名的研究重点分类标准，归类后依然有三个研究领域：有关预设的理论研究、有关预设的应用研究、预设应用到教学的研究。经过统计，34篇高引论文就理论进行探讨，占到总数的68%；6篇高引论文是将理论进行运用，占到总数的12%；10篇高引论文是将理论运用到教学研究，占到总数的20%。至此，论文质量较高的高引次数的主体，依旧是理论研究文章，将预设运用到教学中的高引次数论文处于次席，说明预设理论对教学应用的强大指导力。预设在其他领域的应用研究论文略少，表明学者们前期的论文关注应用层面相对较少。

**(二)以中文主题“预设”为检索标准的对比调查**

CNKI中统计了以中文主题“预设”为检索目标的论文，发现文献条目7643条。通过图3-3“1985～2018年以中文主题‘预设’检索到的论文数量”来看，有关预设的研究一直处于稳中有升的势头，2014年达到峰值。表3-2为“以主题‘预设’检索到的被引数前50名的论文详细信息”。

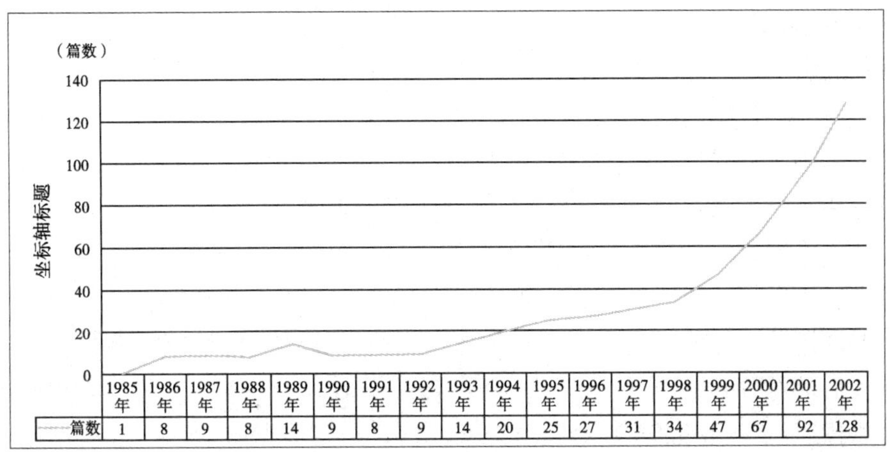


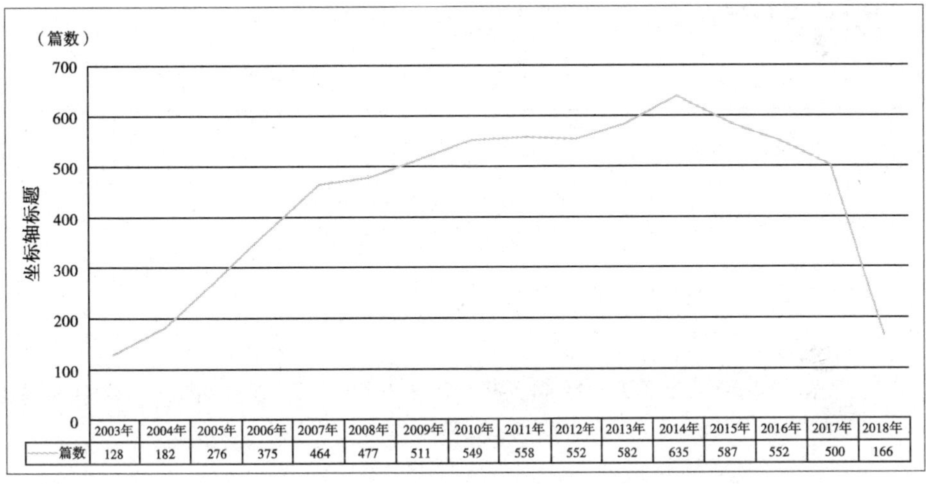


图 3-3　1985～2018 年以中文主题“预设”检索到论文总量

下面是相关的不同调查结果，主要体现为开山之作的不同、高被引学者与论文的不同。（注：同样，本研究剔除了相关硕博士论文、论著）

1. 开山之作

通过 CNKI 检索中文主题“预设”，发现国内最早的一篇有关论文完成于 1985 年，作者为范开泰，论文《汉语语用分析三题》在第一届国际汉语教学讨论会上被宣读，并被存入国际会议数据库，成为国内有关预设研究的开山之作。在该论文中，预设被放到句子内探讨句子内预设与焦点的区别。重新研读该文，发现后续学者们在各项研究中提到的诸多理论，几乎都可以发现其依据来源于该文的蛛丝马迹。比如，新旧信息的判定，理论依据为焦点即为新信息，是说话人在一句话中要强调的信息重点，通过话语直接表述，预设是旧信息，提供了焦点存在的背景信息，是一种隐含意义；比如，焦点的心理因素，理论依据是焦点为说话者的心理因素所决定，据此要自由选择表达信息重点；再比如，句子中有预设多维性的诠释，理论依据是一句话中可以有多个焦点，相应有多个预设，以"小王昨天在校园里买了一本英汉字典"一句为例，焦点因为"小王""昨天""在校园里""买了""一本""英汉""字典""一本英汉字典""买了一本英汉字典"等不同，预设亦相应调整。[①] 这种因说话焦点不同而产生不同预设的多维性特征，可以给我们理解预设新内涵带来启发。这种启发就是，结合斯达纳克词汇施加预设限制的诠释[②]，以及魏在江研究的关于《辞海》《说文解字》等辞典（字典）意义上对预设的界定[③]，我们认为，任何一个话语都存在着 N 个预设，一方面，根据说话者的心理因素进行新信息的焦点传递，带来相应的预设；另一方面，根据每一个词语的辞典（字典）意义语言表达时进行语言选择，词汇带有词义的预设辞典（字典）意义。

**表 3-2 以主题"预设"检索到的被引数前 50 名的论文详细信息**

| 序号 | 篇名 | 作者 | 刊名 | 发表时间 | 被引次数 | 下载次数 |
|---|---|---|---|---|---|---|
| 1 | 《语用预设的语篇功能》 | 朱永生、苗兴伟 | 《外国语》(上海外国语大学学报) | 2000/6/20 | 363 | 4753 |
| 2 | 《论广告用语中的语用预设》 | 陈新仁 | 《外国语》(上海外国语大学学报) | 1998/10/20 | 356 | 5231 |
| 3 | 《论教育的过程属性和过程价值——生成性思维视域中的教育过程观》 | 郭元祥 | 《教育研究》 | 2005/9/17 | 324 | 3483 |
| 4 | 《论教学中的预设与生成》 | 余文森 | 《课程·教材·教法》 | 2007/5/5 | 297 | 3355 |
| 5 | 《教师有效课堂提问：价值取向与标准建构》 | 卢正芝、洪松舟 | 《教育研究》 | 2010/4/15 | 275 | 8779 |
| 6 | 《反问句的语义语用特点》 | 郭继懋 | 《中国语文》 | 1997/3/10 | 255 | 2206 |
| 7 | 《论否定句的焦点、预设和辖域歧义》 | 袁毓林 | 《中国语文》 | 2000/3/10 | 236 | 3373 |
| 8 | 《从焦点理论看句尾"的"的句法语义功能》 | 袁毓林 | 《中国语文》 | 2003/1/10 | 224 | 4491 |

① 参见范开泰：《汉语语用分析三题》，第一届国际汉语教学讨论会论文，北京，1985 年，第 167～169 页。

② Stalnaker, R. C. Pragmatic presuppositions. In M. K. Munitz & P. K. Unger (eds.), *Semantics and Philosophy* (pp. 471-482). New York: New York University Press, 1974, p. 475.

③ 参见魏在江：《语用预设的认知语用研究》，上海外语教育出版社 2014 年版，第 82～89 页。

续表

| 序号 | 篇名 | 作者 | 刊名 | 发表时间 | 被引次数 | 下载次数 |
|---|---|---|---|---|---|---|
| 9 | 《预设研究的多维思考》 | 魏在江 | 《外语教学》 | 2003/3/30 | 221 | 2829 |
| 10 | 《生成性教学的基本特征与设计》 | 李祎、涂荣豹 | 《教育研究》 | 2007/1/30 | 216 | 3344 |
| 11 | 《乡村教育的问题与出路》 | 刘铁芳 | 《读书》 | 2001/12/10 | 181 | 2493 |
| 12 | 《作为典型构式句的非典型"连"字句》 | 刘丹青 | 《语言教学与研究》 | 2005/7/25 | 177 | 3921 |
| 13 | 《语用推理与"都"的句法/语义特征》 | 蒋 严 | 《现代外语》 | 1998/1/30 | 164 | 2201 |
| 14 | 《试论关联形式"连…也/都…"的多重语言信息》 | 崔希亮 | 《世界汉语教学》 | 1990/9/15 | 155 | 2255 |
| 15 | 《论情境认知理论视野下的课堂情境》 | 巩子坤、李 森 | 《课程·教材·教法》 | 2005/8/20 | 147 | 1823 |
| 16 | 《否定的强化》 | 张伯江 | 《汉语学习》 | 1996/2/1 | 144 | 1888 |
| 17 | 《汉语疑问句的预设及其语义分析》 | 戴耀晶 | 《广播电视大学学报》(哲学社会科学版) | 2001/5/28 | 142 | 1580 |
| 18 | 《有效教学概念新探——综合有效教学观之下的有效教学》 | 刘桂秋 | 《课程·教材·教法》 | 2008/9/5 | 141 | 4003 |
| 19 | 《预设的认知研究》 | 王文博 | 《外语教学与研究》 | 2003/1/20 | 138 | 2206 |
| 20 | 《课堂教学过程再认识:功夫重在论外》 | 叶 澜 | 《课程·教材·教法》 | 2013/5/1 | 136 | 5845 |
| 21 | 《用批评语篇分析解读布什的演讲》 | 张 蕾 | 《西安外国语学院学报》 | 2005/3/1 | 133 | 2090 |
| 22 | 《"预设"新论》 | 徐盛桓 | 《外语学刊》(黑龙江大学学报) | 1993/3/2 | 133 | 1390 |
| 23 | 《GA-BP神经网络与BP神经网络性能比较》 | 刘春艳等 | 《中国卫生统计》 | 2013/4/25 | 130 | 5541 |
| 24 | 《语用学和语义学的分界》 | 沈家煊 | 《外语教学与研究》 | 1990/5/1 | 127 | 4176 |
| 25 | 《新课程教学中应处理好的几个关系》 | 宋秋前 | 《教育研究》 | 2005/6/17 | 125 | 1084 |
| 26 | 《对焦点敏感的结构及焦点的语义解释(上)》 | 李宝伦等 | 《当代语言学》 | 2003/3/15 | 121 | 3248 |

**续表**

| 序号 | 篇名 | 作者 | 刊名 | 发表时间 | 被引次数 | 下载次数 |
|---|---|---|---|---|---|---|
| 27 | 《句末语气词的四种语用功能》 | 孙汝建 | 《南通大学学报》(社会科学版) | 2005/6/30 | 119 | 2527 |
| 28 | 《预设与文学语篇的建构》 | 王守元、苗兴伟 | 《外语与外语教学》 | 2003/3/1 | 105 | 1235 |
| 29 | 《公共危机应急反应管理体系:反思与重建》 | 王　强 | 《江海学刊》 | 2004/4/30 | 104 | 1155 |
| 30 | 《广告用语中的语用预设》 | 陈新仁 | 《修辞学习》 | 1999/2/15 | 103 | 1732 |
| 31 | 《新课程课堂教学:从弹性预设到动态生成》 | 李　祎 | 《当代教育科学》 | 2005/5/15 | 102 | 1099 |
| 32 | 《名词化与语用预设》 | 程晓堂 | 《外语研究》 | 2003/6/15 | 97 | 1651 |
| 33 | 《交际意图的语用认知新探》 | 林波 | 《外语教学》 | 2002/5/30 | 97 | 929 |
| 34 | 《预设及翻译技巧》 | 戈玲玲 | 《中国翻译》 | 2002/5/15 | 96 | 1435 |
| 35 | 《论语用预设》 | 胡泽洪 | 《华南师范大学学报》(社会科学版) | 1996/12/15 | 96 | 1332 |
| 36 | 《关联与预设》 | 魏在江 | 《外语与外语教学》 | 2006/8/1 | 94 | 2343 |
| 37 | 《生成性教学研究述评》 | 李　祎 | 《宁波大学学报》(教育科学版) | 2006/8/30 | 94 | 1328 |
| 38 | 《"毕竟"类语气副词与预设》 | 高书贵 | 《天津大学学报》(社会科学版) | 2000/6/25 | 91 | 977 |
| 39 | 《普通高校高水平足球队发展现状与对策研究》 | 秦志辉 | 《中国体育科技》 | 2002/11/15 | 89 | 471 |
| 40 | 《现代汉语预设引发项初探》 | 蓝　纯 | 外语研究 | 1999/8/30 | 88 | 1052 |
| 41 | 《相对程度副词句法语义分析》 | 肖奚强 | 《南京师大学报》(社会科学版) | 2003/11/25 | 85 | 1288 |
| 42 | 《从心理空间理论看语用预设的理据性》 | 陈家旭、魏在江 | 《外语学刊》 | 2004/11/20 | 83 | 1952 |
| 43 | 《实时实地氮肥管理对不同杂交水稻氮肥利用率的影响》 | 贺帆等 | 《中国农业科学》 | 2008/2/10 | 81 | 953 |
| 44 | 《汉语的焦点和"得"字句》 | 张豫峰 | 《汉语学习》 | 2002/6/20 | 81 | 1296 |
| 45 | 《"学案导学"教学模式中的预设与生成》 | 张晨阳 | 《新疆师范大学学报》(自然科学版) | 2008/12/30 | 80 | 1088 |
| 46 | 《有关汉语句子信息结构分析的一些问题》 | 方经民 | 《语文研究》 | 1994/4/20 | 80 | 784 |

续表

| 序号 | 篇名 | 作者 | 刊名 | 发表时间 | 被引次数 | 下载次数 |
| --- | --- | --- | --- | --- | --- | --- |
| 47 | 《实践法律观要义——以转型中的中国为出发点》 | 郑永流 | 《中国法学》 | 2010/6/9 | 79 | 2283 |
| 48 | 《语用预设与信息中心》 | 张克定 | 《外语教学》 | 1995/6/30 | 78 | 752 |
| 49 | 《“毕竟”的语篇分析》 | 祖人植、任雪梅 | 《中国语文》 | 1997/1/10 | 77 | 983 |
| 50 | 《语义预设、语用预设和会话含义》 | 俞如珍 | 《四川外语学院学报》 | 1996/1/30 | 76 | 1817 |

2. 图表数据展示及分析

从表 3-2 中我们可以发现，有关预设研究的高引论文的发表刊物亦是语言类 CSSCI 期刊占多数，另有部分论文发表于一般期刊，“英雄不问出处”的论断依然成立。有关预设的高引论文的研究重点亦聚焦于预设理论、应用、教学方面。另有几篇论文，如《普通高校高水平足球队发展现状与对策研究》《实时实地氮肥管理对不同杂交水稻氮肥利用率的影响》《实践法律观要义——以转型中的中国为出发点》《GA-BP 神经网络与 BP 神经网络性能比较》也被列入此类标准中，这有些莫名其妙，在它们的关键词中，寻找不到与“预设”有关的内容。

以主题“预设”为检索标准，与以关键词“预设”为检索标准进行调查比较，结果发现差异最大的是预设研究论文的高引作者与对应的论文的排名状况。通过表 3-2，我们看到，高引作者的前 10 名分别是朱永生、苗兴伟、陈新仁、郭元祥、余文森、卢正芝、洪松舟、郭继懋、袁毓林、袁毓林、魏在江、李祎、涂荣豹(相应的论文名称，详见表 3-2)，由此可见，检索标准不同，有时结果会大相径庭。但有一点却是毋庸置疑的，本检索路径下的各位学者的研究为后来的学术研究奠定了良好的基础。

利用两种不同的检索标准进行高引次论文调查后发现，国内的预设研究主要为理论类研究、应用类研究两大类。理论类包括预设纯理论、预设的认知理论、预设的交叉理论、预设的调查研究综述；应用类包括预设理论运用到社会各个领域，如教学、法庭、广告、戏剧等方面。

下面拟选择发表于 2018 年前有代表性的理论与应用方面的论文，对其特色观点进行分类总结与述评。

## 二、国内预设研究特色观点与述评

国内学者在预设的理论探究方面可谓硕果累累，经过广泛调研，笔者发现如下有关预设理论与应用研究的特色观点，并进行了述评，以便使我们对预设所指有更全面的了解。

### (一)理论研究特色观点与述评

张家骅区分了语义预设与语用预设，指出语用预设与语义预设是并列、本体有别的预设。语义预设是说话人的常时背景知识，未必一定是受话人已知的；语用预设是说话人立足于受话人，与之有相同的即时信息；蕴含方式主要借助实际切分，与语句实际切分主位的表达手段大体一致，即主位在大多数情况下相当于语用预设。该研究试图用预设理论解释吕叔湘先生提出的为什么“不相信他不知道＝相信他知道”的句法问题。①

周铁项的研究亮点在于对预设进行了三种分类：语义预设和语用预设；直陈句预设（直陈简单句预设、直陈复合句预设和特殊直陈句预设）、疑问句预设（选择疑问句预设、是否疑问句预设和特指疑问句预设）和命令句预设；存在预设、事实预设和各类预设。但其对此三种分类的标准依据缺乏说明，对它们相互之间的关联性亦没有进行考察，并且对预设的特征分析不全面。②

阮熙春从认知的关联理论视角对预设可取消性进行诠释，语境被看作变量，语境改变导致预设可取消，故预设的可取消性是交际双方语境认知改变的结果。预设在交际中被作为一种普遍潜在的现象存在，潜在性存在于交际双方的大脑中，若想成为现实的预设，言者须通过话语明示有意识地让预设被听者确认。斯波伯和威尔逊经典语境效果的三种情形为：新信息与旧假设相结合、新信息加强旧假设、新信息与旧假设相互矛盾产生会话含义得到强调。③

冯棉将语用预设的概念扩大，一个语言环境中的任何参与者都可以是预设的主体，任何命题都可以是预设的对象和内容，疑问句和祈使句也进入了

---

① 参见张家骅：《“语义预设/语用预设”的一个视角》，载《外语学刊》2009 年第 3 期。

② 参见周铁项：《刍议预设的特征和种类》，载《河南师范大学学报》（哲学社会科学版）2001 年第 5 期。

③ 参见阮熙春：《关联理论对预设可取消性的解释力》，载《上海师范大学学报》（哲学社会科学版）2003 年第 6 期。

研究的视野。无论是进行陈述、提出问题，还是发出命令、作出请求，往往相信或假定了一些前提条件或背景知识。该研究主张任何命题都可以是预设的对象和内容，使得学界对于预设的认识不囿于耳熟能详的预设触发语，把对预设的认识推进了一大步。概而言之，每一句话，无论陈述句、疑问句还是祈使句等均有预设的存在，呈现的是事态。①

袁毓林通过对否定性词语作用于简单句的肯定句上，造成作为复合句的否定句否定的辖域、焦点和预设等概念的讨论，说明否定在表层结构上是一种线性的语法范畴，否定有独立的辖域和焦点，否定词的位置有特定的语序效用。该研究中，预设被凸显，被看作是已知信息，由上下文或语境提供情况，它是一个句子意义中的背景部分；新信息是说话人所要表达的新内容，它是一个句子意义中的前景部分，即焦点信息。此外，通过特殊疑问句的问答测试来显示预设与焦点的区别令人耳目一新。该研究对否定句预设调整的"immediate accommodation"与"local accommodation"现象的诠释有一定的借鉴作用，诸多观点被学界研究者采用，成为高被引论作。②

许世茂将预设定义为交际过程中双方共同接受的命题，其辩证的观点是在人们言语交际活动中，任何一种语言形式，如词组、单句（不论是陈述句、疑问句、祈使句、感叹句）、复句、句群等都存在预设；另外，预设有记述某个个体具有某种性质的存在预设和交际者对语境所作的假设的理论预设之类型划分，并对语形学、语义学、语用学三个层面进行预设析出，可全面、真实地理解对方的言外之意，获取更多有效信息，正确高效地解答问题。③

何玲梅的研究亮点在于分析在一定语境条件下会消失或取消、在复合句中难以准确表现出来、否定检验法亦不是万能的逻辑语义预设缺陷，凸显了语用预设的价值。另外，该研究还提到导致预设消失的语言话语上下文因素，与交际双方所共同具有的知识或设想和某一预设矛盾的非语言因素的冲突，导致预设的取消。该研究为后续预设的可取消性途径研究，如语义预设——在语言层面进行增加语言的外部取消和语用预设——语言内部逻辑百科知识矛盾取消带来很深的启发。④

张家骅根据《新编俄语同义词解释词典》对预设有不同诠释，代表着莫斯

---

① 参见冯棉：《含有预设的推理与推理的有效性》，载《华东师范大学学报》（哲学社会科学版）2003年第4期。

② 参见袁毓林：《论否定句的焦点、预设和辖域歧义》，载《中国语文》2000年第2期。

③ 参见许世茂：《论预设》，载《扬州大学学报》（人文社会科学版）1998年第3期

④ 参见何玲梅：《论预设现象的语用特征》，载《求索》2004年第8期。

科语义学派服务于词汇释义的预设观。预设不仅可以用于句义分析，还可以用于词义分析，如名词“单身汉”包含“人”“男性”“成年”“未婚”四项语义预设因素。其成绩主要在于不满足于词汇预设的个别举例，而是将这一概念逐个地运用到大量词汇语义单位的元语言具体释义当中，将词汇语义单位按照有无预设成分区分为只有预设成分、有预设成分、没有预设成分三种类型，立体式、令人信服地全面展现了词汇语义单位意义结构的微观层次性和语言词汇体系的宏观系统性。若干义素因扮演的预设/陈说角色不同，可能组配为不同的词。如此，该研究对语义预设研究的巨大空间提供了启发性与借鉴性。①

何云峰、鲍宗豪从认识论的视角扩大预设的设定范围并对预设有全新的解释：知识的建构本质意味着认识预设的先在性，认识活动中的预设分关于客体、主体以及知识本身假设等三个方面。预设是主体在认识客体之前首先要作出一系列的预设、认识活动的前提，认识则是在这些预设的基础上发生的主客体相互作用的结果。在特定情况下，预设和前提是两个不同的概念，前提是认识发生的客观的、真实必要的条件，而预设却是一个信念，属于主体的一种主观状态。认识的复杂性决定客体预设分为实在性、结构性、连续性、可说明性预设；主体的种种信念假设分为主体能力、脑功能、异己意识预设；认识和知识本身作出种种预设包括构造性预设、选择性预设、客观性预设。②

胡红燕的研究将预设聚焦于副词预设触发语“再”。由于修饰词性的不同，如动词、形容词、数量词、方位词等，预设功能便有所不同。比如，对已经发生的动作行为，该动作行为在话语中不是非说不可，但一般可以从“再”后面的那一动作行为看出来；如若表程度增加，与句子的预设构成递进关系，预设某一事物原来已有一定的程度；表重复、反复、多次，与句子的预设构成重现关系或追加关系等。③

李淑杰研究的最大亮点在于抛开预设的语义语用之争，而将预设纳于认知语言学的视野进行阐述。预设被看作是在图形/背景等认知原则管束下，任何先前沉淀的环节均有可能成为背景，包括为字面意义所笼罩的部分、当事场景所覆盖的信息以及百科知识所提供的潜能，等等。讨论预设时须采取全息论观点，将义元纳入与之相关的理想认知模型中，然后进一步探索其在

---

① 参见张家骅：《莫斯科语义学派的“预设”观》，载《外语学刊》2002 年第 2 期。

② 参见何云峰、鲍宗豪：《试论认识活动的种种预设》，载《浙江社会科学》1999 年第 4 期。

③ 参见胡红燕：《试论预设触发词“再”》，载《安徽文学》2010 年第 4 期。

认知域中的组构特征及动因。焦点与预设的关系是前台前景与后台背景信息之间的关系，是单一视域与全息论之间的关系。囿于视域的单一性和随机性，预设不可避免地体现出动态性、层级性及异质组构性。①

刘哲非常系统全面地将预设、蕴涵与断言进行了区分。预设是话语的非断言部分表达的意义。断言则是对客观事物现象存在的真实性有所断定，是主要信息的承载者，断言的成分并不一定是语法结构上的主要成分（如主语、谓语），从意义的表达上看，附加成分（如定语、状语、补语部分）往往是表意的着重点所在。蕴涵是话语的断言部分表达的意义，与句子之间存在上下位或部分整体关系，有强蕴涵和弱蕴涵之分。具体语境中信息焦点的变化使每次只能实现其中一个蕴涵，如"我昨天到火车站买票"可有不同蕴涵：某人、某天、某处、某事。②

蓝纯的创新观点在于，认为一句话预先假设当然成立的众多命题并非都是语言学家所说的预设，那些由话语表层结构中特定语项引发的命题才可被称作真正的预设。如"小王特别后悔，这次离开北京前又没跟小芳道别"，出现了专有名词、事实动词、时间状语从句、状态变化动词和重述词等五种预设引发项（即预设触发语）。事实和非事实动词否定形式往往暗指其宾语的真实性，肯定形式则不然，典型举隅"她从不抱怨命运对她不公平"除了表达说者的钦佩之意以外，还似乎暗示"命运的确对她不公平"。此外，列举分析了九类在现代汉语中比较活跃的预设引发项，强调在英语中均能找到对应的结构。③

熊永红研究的创新点是将虚假语用预设从发话者和听话者两个方面进行诠释。语用预设存在两种过渡性认知变体为发话者（言者 S）的既定预设和听话者（听者 H）的假想预设。既定预设和假想预设在实现交际中相一致时，"表达"—"理解"— "接受"的交际成功程序就会畅通，否则，该语用预设就转化为虚假语用预设。虚假语用预设在具体交际中衍生出来超常操作预设现象，破坏性地利用常规预设单向性、主观性、隐蔽性种种特点，在形同神异中传递对于交际中的一方来说至少是未知的或因有争议而不能接受的非言语双方共有知识，是语用预设超常规状态下的变异使用。④

魏在江洞察语用预设对拈连辞格有很强的制约作用。构式被看作是语

① 参见李淑杰：《试析预设认知语用嬗变的主体依据》，载《江苏社会科学》2012 年第 6 期。
② 参见刘哲：《谈蕴含和预设的区分问题》，载《解放军外国语学院学报》2001 年第 3 期。
③ 参见蓝纯：《现代汉语预设引发项初探》，载《外语研究》1999 年第 3 期。
④ 参见熊永红：《虚假语用预设及其认知解读》，载《西安外国语大学学报》2010 年第 3 期。

言中相当固定的形式与意义结合体；拈连，又名“轭式搭配”，一般构成“AX”则“BX”或“XA”则“XB”的格式；拈连中的两件事物，往往甲较具体，乙较抽象，运用拈连手法便赋予抽象事物以具体形象，增加语言艺术美。通感式拈连利用音响相似和字词相邻生成的表达，即使有所“不妥”，也因通感可临时接受。拈连构式本身的意义源于语用预设的意义，“拈”“连”须依赖于语用预设制约产生构式才有意义，语用预设是此类句法结构生成与理解的重要的机制之一。①

陈兴莉、秦德娟、袁菁突出顺应论及关联论对语用预设调节性建构的理论依据，指出为顺应对方选择的语言，需对己方的语言作出调整、选择。这与维索尔伦（Verschueren）的观点“语言具有变异性、商讨性和顺应性”相一致，选择与顺应是关联的；语用预设调节性功能是指语用预设具有共知性、可推理性，但共有知识并非固定不变，会不断地修正、扩展。该研究的特色之处亦在于强调语用预设是表达与理解的统一体，表达与理解均需调节性建构，呈现主观性特征，使之发挥优势，交际经济高效。②

朱永生、苗兴伟研究的贡献是将预设从句子层面诸如谓词的分析转向超句的语篇结构中，语篇中的预设限定着后续语句范围。动态的语言交际是发话者和受话者为进行信息传递而磋商共有场的互动过程，发话者根据自己的假设将共有场中的信息以隐含的方式表述为预设命题，并以此作为信息传递的背景信息，从而保证语篇信息流的畅通。在语篇的发展过程中，发话者对受话者知识状态的假设体现在语篇的组织方式上。语篇的简洁性和表达的经济性、信息递增性原则，使得语用预设对语篇信息流的发展施加延续制约，起到衔接作用。该文以主题“预设”为检索标准的排名中，位列第一。③

魏在江将预设研究推向崭新的一页。他在维索尔伦提出的语言顺应理论和元语用意识理论的基础上，探讨了语用预设与语言使用者的元语用意识之间的关系，还有不同语用预设的语言标示的元语用功能，指出人们使用语言的过程是不断作出语用选择的过程，这一过程受元语用意识不同程度的指导和调控。元语言是有关语言的语言，可对目标语言或目标信息进行标示、评说或评述等。语用预设的语言表现手段可以在语言结构的任何一个层面上表现出来，在语音、词汇、句法、语篇等语言层面上留下明显的语言痕迹。④

---

① 参见魏在江：《英汉拈连辞格预设意义的构式研究》，载《外语与外语教学》2011 年第 5 期。

② 参见陈兴莉、秦德娟、袁菁：《语用预设的调节性建构》，载《现代语文》2013 年第 4 期。

③ 参见朱永生、苗兴伟：《语用预设的语篇功能》，载《外国语》2000 年第 3 期。

④ 参见魏在江：《语用预设的元语用探析》，载《外语研究》2006 年第 1 期。

郅丽梅从顺应理论的角度结合具体的交际语境来探讨有思想、有意志、有七情六欲的社会人对于预设的使用，语言被看作是社会行为，与人类生活中的认知、社会以及文化因素紧密相关。交际语境包括语言使用者、心理世界、社交世界和物理世界等因素。顺应心理世界重在使说话者的语言选择顺应自己或听话人的心理世界的一个动态过程；顺应物理世界强调顺应包括时间和空间的指示关系，并囊括交际者的身体姿势、手势，外表形象、生理特征；从语境顺应的角度诠释语言使用者对于预设的使用是一个尝试性的研究。①

张克定的研究重视语用预设动态性特征，语用预设可以是听话人依据说话人话语推断（如 my car）；强调语用预设与语境的关系，涉及交际者的身份、年龄、地位等（如臣妾不敢、您老人家放心）；言语交际活动的信息包括已知信息和新信息。信息中心最后一实义词项的正常位置为无标记中心，落在信息单位其他词项上形成有标记信息中心。调核在语句中的位置是信息中心所在。英语聚焦副词（如 even）和汉语的“连”具有标明语句信息中心之效。语音、词汇、句法手段皆具有突出信息中心目的，前提是交际者心中总有某种语用预设。②

徐盛桓将预设分为狭义的语义—逻辑性质的预设与广义的预设。前者认为一个句子一旦形成，预设就已蕴含于句义中，以语言片断自身作为判断。后者将其看成是交际双方预先设定的先知信息。其研究聚焦于狭义预设。句子表述的整个事态、情况的事实基础在于预设是句义中体现出或暗含着的某些客观事态、情况。预设可能只有一项，这一项就成为这个句子的完全预设（与后来研究者提到的预设漏词现象吻合）；预设由若干设项组成，设项间有传递性、包含性、归并性。预设有绝对和相对预设，又分别对应存在性和事态性预设分类。③

综上，我们看到国内学者对于预设理论的探究具有一定的创新性，在研究中有不同的侧重，小到关注预设触发语、预设的调核、预设的多维性，大到关注预设、蕴含、断言的概念区分，还有预设的关联、顺应认知解释、预设的种类等，包罗万象，视角广泛，方法独特，挖掘了理论深度与广度，展现出国内预设理论研究的生机与活力。

**（二）应用研究特色观点与述评**

国内学者在对预设理论进行挖掘、拓宽的同时，对预设应用的研究也颇

① 参见郅丽梅：《语用预设与交际语境顺应》，载《山西财经大学学报》2011 年第 5 期。

② 参见张克定：《语用预设与信息中心》，载《外语教学》1995 年第 2 期。

③ 参见徐盛桓：《“预设”新论》，载《外语学刊》1993 年第 1 期。

为关注,将其运用到各种社会领域,如教学、广告、演讲、喜剧创作等。下面将同样列举一些与众不同、较有特色的研究观点并加以述评。

王守元、苗兴伟在应用研究中谈到预设在文学语篇中的影响。预设主要采用从语用—语境角度的广义预设。预设被认为是以隐含的方式内嵌于句子或语段之中的无须断言的信息或命题。文学语篇表征虚拟世界,存在预设为文学语篇发展提供背景,使读者迅速融入作者所建立的虚拟世界。一些常识性的信息通过预设的方式经济性地内嵌于文学语篇之中,产生幽默或荒诞的文体效果。预设信息与语篇世界中的一般事理发生矛盾产生预设冲突。该研究诸多论点为后续绵延不断的研究者使用,被引率较高。①

陈新仁从消费者心理接受角度来探讨预设在广告语言中的应用。因为广告宣传是一种说服性言语语用行为,带有明显的功利性,目的在于说服交际对象(消费者)接受其产品、服务等,语用预设的合适性、共知性、隐蔽性、单向性、主观性的特征使用能够满足广告的这种说服性目的语言表达的策略需求。在特殊的广告语篇中,预设被分为事实预设、状态预设、信念预设、行为预设四大类,具有极大的创新性。作者在选择一定的样本进行调查时,得出的结论是状态类预设的使用比较高。②

金星在探究预设在广告语中的使用原则时,与陈新仁的研究侧重点不同,他提出广告语中的预设与语言全息有关,表现形式有语音、语义和语用预设。预设的递归性、主观性、单向性、隐蔽性、可撤消性、信息凸显和认知多维性等,决定了广告语讲究客观实在性、情境适合性、民族文化性及艺术性的原则。该研究的最大创新在于使用预设以一词多义或一字多义素、谐音、回环、对仗、设问、语义对比等句式创设新奇性,凸显内容。此外,以方言腔、小曲儿以及其他艺术形式作为预设内容,在声音上可以唤起消费者的共鸣。③

魏敏、陈蕾在其研究中通过语用预设的特点及分类对奥巴马就职演讲进行分析。鉴于演讲具有通过语言交流来感染公众思想,具有号召、鼓动的作用,并且领导者的就职演讲需要具备技巧性、说服性、号召性以及感染性,该研究,诠释奥巴马就职演说的语用预设的单向性、主观性、隐蔽性特征的体现情况,具备一定的说服性。但基于文化预设分类、语境预设分类以及功能预

---

① 参见王守元、苗兴伟:《预设与文学语篇的建构》,载《外语与外语教学》2003 年第 3 期。

② 参见陈新仁:《论广告用语中的语用预设》,载《外国语》1998 年第 5 期。

③ 参见金星:《广告语创作的预设原则》,载《云南民族大学学报》(哲学社会科学版)2008 年第 3 期。

设分类时，功能预设的举隅未达到幽默性分析的目的。[①]

邓琳的研究中采用斯达纳克的观点，预设指说话人对听话人知识的一种假设或判断，是说话人认为正确或者对方会理所当然接受的事实，是带有断言性质的语境假设；除了预设常规的共知性等特征外，该研究还将预设具有认知多维性(动态性、变化性)这一特点进行突出，强调在具体的语言环境中，一个话语可能有多个预设，一个预设也可能有多重含义；同时，该研究的亮点在于提及将预设可撤销性和可追加性的特点应用于言语幽默的解释中。[②]

贾永青探究英汉互译中对于预设的处理。他认为鉴于源语也有语义预设和语用预设，译者在把源语转换成目的语的过程中，应尽可能地将源语中的预设体现出来。对于同一语义预设，尽管在源语中的表现形式与在目的语中的表现形式有所不同，但译者还是可以在目的语中找到合适的语言表达方法，如采用翻译中的概略化手段。此外，该研究还提出，语用预设与上下文语境、情景语境以及文化语境紧密相关，可采用增益、补足和加注的翻译手段。[③]

郭英珍探讨了翻译教学中预设的作用，主张在翻译教学实践中，注重诱导学生使用以下三种方法来处理预设关系：(1)用直译法保留共有预设信息；(2)用替代法转换已知预设信息；(3)用意译法增添未知预设信息。此外，在该研究中提到翻译教学中的预设思维诱导的功能，可训练、帮助学生从一个侧面对翻译实践中的相关问题作出理据性诠释，揭示不同文化下词句选择的心理机制和思维差异与不同的语言形式行文要求之间的制约关系。[④]

于杰、田霞对于预设的分类让人耳目一新，具有层级性特征：言内预设(句子预设：上下文；前后句。语篇预设：段落、语篇)、言伴预设(现场预设：时间、地点、场合、境况、话题、事件、目的、对象。伴随预设：语体、风格、情绪、体态、关系、媒介以及其他各种临时因素)、言外预设(社会文化预设：文化传统、思维方式、民族习俗、时代环境、社会心理。认知背景预设：整个现实世界的知识、虚拟世界的知识)。民俗文化的预设凸显译法，如采用直译法、信息填

---

① 参见魏敏、陈蕾：《奥巴马就职演说的语用预设分析》，载《吉林师范大学学报》(人文社会科学版)2010 年第 2 期。

② 参见邓琳：《从预设的语用学角度解读英语中的言语》，载《山西师大学报》(社会科学版)2012 年第 2 期。

③ 参见贾永青：《刍议英汉互译中预设的处理》，载《山西财经大学学报》2011 年第 2 期。

④ 参见郭英珍：《翻译教学中的预设诱导》，载《上海翻译》2009 年第 4 期。

充法、视点转换法和缩略法进行翻译。[①]

李立的研究聚焦预设在法庭审判中的使用。预设因其隐蔽性和主观性成为法庭巧妙提问的一个重要手段。法庭语篇中，预设发生在公诉人、法官和律师三个主体中。法庭语篇中，预设的主要表现形式为句式预设[祈使句预设、选择疑问句式预设、感叹句预设；成分预设（疑问词预设、副词预设、限定词预设、名词预设、实现谓词预设、补语预设）]。预设可预测和识别后，只要采取正确策略，通过一定语言技巧可以破解法官、检察官、律师常常在问话中带上"预设"命题，引导答话人满足问话者推理要求。[②]

丁士松的研究延伸范围较广，从儒家人治理念，以"德治—人治"为核心，探讨形成了四项价值预设：一是人性本善或可善；二是人具有通过内在修炼成就圣贤人格的无限能力；三是人是天生的道德动物，必须过社会道德生活；四是社会由圣王治理天经地义。该研究指出儒家理念中的人治是圣王之治，儒家人治理念是从其德治理念中引申出来的。从儒家角度探讨的价值预设明显区分于语言学视角的价值预设，为价值预设的拓展性研究提供了启发，带来思考。[③]

李妍妍有一个清晰的图式与预设的概念区分。图式理论强调阅读者的先前知识，即背景知识；而预设理论注重作者对读者知识状态的理想假设。图式在旧知识与新信息相互联系的基础上，通过"同化"与"顺应"形成，是以往经验的积极组织。阅读后留下印象的往往是内容而不是语言图式。阅读理解过程不依赖读者一方的主观意念，而是处在作者的立场，根据作者的观点去理解含义。阅读理解的过程图式与预设的关系是：读者与作者进行交流，读者建立或激活头脑中相关图式知识，正确得出作者预设的过程。[④]

张欣欣强调常规语用预设的三种分类：把语用预设理解成说话人对言语的语境所做的设想；把语用预设看作是成功实施一个言语行为所需要满足的恰当条件，或者是使一句话语具有必要的社会合适性所必须满足的条件；把语用预设看作是交际双方所共有的知识或者说背景知识。该研究以情景

---

① 参见于杰、田霞：《关照理论关照下的民俗文化的预设凸显翻译方法探讨》，载《外语与外语教学》2008 年第 5 期。

② 参见李立：《论法庭话语中的预设》，载《中国政法大学学报》2008 年第 3 期。

③ 参见丁士松：《儒家人治理念的价值预设及其现实困境》，载《武汉大学学报》（哲学社会科学版）2007 第 5 期。

④ 参见李妍妍：《图式理论和预设在英语阅读教学中的运用》，载《内蒙古师范大学学报》（教育科学版）2009 年第 5 期。

喜剧《武林外传》为语料，利用预设的主观性、隐蔽性、可取消性特征以及偷换语用预设、误置预设、接用预设等策略探究预设对喜剧幽默的影响。[①]

张欣欣还尝试性地将语言学和文学相结合，利用预设的主观性、预设的隐蔽性、预设的取消性、预设的接用（欲擒故纵、欲抑先扬），初步分析预设在马可·吐温小说《败坏了哈德莱堡的人》中的应用，并指出语用预设在揭示角色性格特征、推动情节发展方面具有的重要作用。在戏剧性方面，预设的作用是：用强加预设交代背景信息，利用预设不断凸显信息。得出的结论为：语用预设可作为一种非常有效的制造幽默效果的策略，运用到文学创作中。[②]

张维、李曼娜以情景喜剧《老友记》中的隐喻话语为语料，研究隐喻话语中预设信息获取，包括依据预设的触发语来推理、依据发话者和受话者的背景知识来推理、直接从发话者的预设中获取信息；隐喻话语中语用预设的合适性特征需要达成发话者符合语境并为受话者所认同的要求，预设符合社会文化的要求，预设符合认知心理的要求；共知性特征的使用被认为需要满足三种情形；其颇有特色的结论是预设可促进隐喻话语顺利进行，实现难以达到的交际目的的功能。[③]

张珣、袁菲在研究中把预设看作是说话人的命题态度，是交际双方的共有知识或话语的背景知识，是实施有效言语行为应当满足的合适条件。《三国演义》语料中，通过巧置预设、曲解预设、强加预设、更换预设策略等的使用，提出鲜明观点：语用预设是言语中一种普遍现象，对语义的表达与理解起着关键性作用，在当代语用中不需要我们“以三寸不烂之舌，退却百万之师”，但在外交、司法、谈判等言语活动中，语用预设策略的灵活性和巧妙性仍然是克敌制胜的关键所在。[④]

陈丽霞、曾燕冰指出，文学是语言的艺术，是日常语言的审美变异。其研究力图从预设角度探讨文学语篇的文本意义，拓宽语言学研究和文学研究的接面。作者与读者之间的文本交际通过文学语篇为建构和理解话语而磋商

---

① 参见张欣欣：《浅谈预设在情景喜剧〈武林外传〉中的应用》，载《山西师大学报》（社会科学版）2011年第11期。

② 参见张欣欣：《浅析预设在小说〈败坏了哈德莱堡的人〉中的应用》，载《山西师大学报》（社会科学版）2008年第12期。

③ 参见张维、李曼娜：《隐喻话语中的语用预设——以情景喜剧〈老友记〉为例》，载《西南农业大学学报》（社会科学版）2013年第7期。

④ 参见张珣、袁菲：《语用预设策略的巧妙运用——以〈三国演义〉为例》，载《黑龙江教育学院学报》2009年第7期。

共有场，揭示预设在超句结构中的运作机制，阐释语篇信息组织的来龙去脉，遵守日常言语交际的言语规律得到强调。文本交际中读者与作者共同建立虚拟文本，内嵌不同预设，可使人物矛盾、冲突在话语的你来我往中爆发，突出矛盾，展现个性。①

蒋冰清在研究中将预设对于言语幽默的生成作用作了较全面、较完整的诠释，涵盖预设的种类，如存在预设、事实预设、行为预设和状态预设，还有预设的特征，如可撤消性、合适性和共识性的使用，并以英汉举隅为语料，阐释预设理论对言语幽默的价值所在。文中所提到的虚假语用预设、点明语用预设和保存语用预设定义及使用的三种情况，观点及论述令人耳目一新，给后续学者包括笔者在内的各项研究带来极大的启发性。②

周艳丽、陈莉莉把语用预设看成是一种语用推理、语言策略，并运用至现代汉语喜剧小品的应用分析中。论述了四种常用预设手段，一是故意误置语用预设；二是揭示对方观点的荒谬性、可笑性，依样画瓢，以子之矛攻子之盾法的类推语用预设；三是故意转移语用预设焦点和利用谐音进行的转换语用预设；四是伤害面子，从语言上取消的否定语用预设，被用以分析现代汉语喜剧小品中幽默产生之因。这些手段对喜剧小品营造幽默气氛、突出人物形象、升华主题起了很大作用。③

池昌海将预设理论用于探讨相声中的抖包袱现象。“包袱”是以会话言语行为为主、说唱艺术的相声的命根子。在构拟“包袱”的多种样式中，言语行为中“预设”手段的虚假使用，可使包袱隐蔽其中，逗出来脆亮。相声中的言语行为冲突，由说话者之一揭开，得出与前言语表层形式理解完全相反的结论。预设词语、语音、词义的规约设置和可预测性制造的言语陷阱，理论上决定了相声等幽默言语行为中虚假表达的可能、有效。④

左思民的语用学研究成果助力增强汉语修辞学的分析深度与解释力，并提出找到两者之间的相通点进行准确性对接。他建议运用举隅“Shelia's engaged to be married, and her fiance's airline pilot”和“Shelia's fiance's airline pilot, and she's engaged to be married”来表明预设信息促进话语连贯与预设不当导致强加话语生成生硬。其研究对操纵性预设有较好的解释，认为它是指以特定、从前的文本经验和假想来要求解释性主体，如此，这些文本

---

① 参见陈丽霞、曾燕冰：《预设及其在文学语篇建构的作用》，载《江西社会科学》2010 年第 9 期。

② 参见蒋冰清：《预设理论与言语幽默的生成机制阐释》，载《外语与外语教学》2009 年第 3 期。

③ 参见周艳丽、陈莉莉：《语用预设与喜剧小品》，载《四川教育学院学报》2008 年第 3 期。

④ 参见池昌海：《相声“包袱”与语用“预设”“含意” 虚假》，载《修辞学习》1996 年第 3 期。

经验和假想就会进入主题的意识形态。事实预设具有真假性，价值预设传递评价，与听话者价值观相碰撞而产生共鸣。①

曹军将研究重点落到预设对外语教学中听力理解的作用。该研究提出：在听力理解中，预设信息可以被利用来培养理解的预测能力，增强对语篇的理解及记忆。该过程需要教师有意识、有目的地引导受教者学生依据听力材料提供的文字表述和答案选项中的线索，找寻可能的背景预设信息，缩小听话范围，推测可能的问题类型与匹配选项，以免因为过分注重单个词的意义影响到对听力语篇材料的整体理解。②

匡骁从朱永生、苗兴伟的研究论点"语言交际是发话者和受话者为传递信息而切磋的共有场的互动过程，交际双方共同构建一个语篇世界，而语篇则从语篇世界的语言表征"中获得启发，提出语用预设应为语篇信息流畅通服务的观点，写作过程中重视以语用预设来谋篇，培养学生形成以篇章为单位的整体宏观语境，在写作中的交际主体即写作者和阅读者之间架构共有知识，考虑、预测阅读者的知识状态，使写作者和阅读者之间的信息可及度达到最佳。③

蔡晓丽将预设理论运用到幽默言语的分析当中。在其研究中，预设一直被前提替代，表示英文中的"presupposition"译文。其中前提可以被利用来制造幽默的五种有效手段是：利用前提的可撤销性，取消前提的合适性，将前提延后而巧妙追加前提，利用虚假前提，利用前提触发语。故意将前提延后，对对方的言语进行巧妙的否定或批评手段的提出，在预设研究中具有一定的新颖性，使用虚假前提来制造幽默具有一定的策略性。④

综上，由于语言的无处不在，国内用预设理论探究各领域的语篇语言也是无处不在，虽然侧重点不同，但研究成果颇多，可谓成绩斐然。他们的研究几乎触及各个领域，囊括外语教学中听、说、读、写几个方面。预设理论在修辞语言、幽默语言探究中的运用，在广告语篇、法律语篇中的广泛使用，在小品、相声中的广泛运用，在文学语篇、演讲语篇中的运用，证明了其强大支持力，可以用来指导各种不同题材语篇的文本创作，并作为一种有效语用手段运用于日常语言的交际中。以上各项理论与应用研究成果，为本书研究的主

---

① 参见左思民：《预设与修辞》，载《修辞学习》2009 年第 1 期。

② 参见曹军：《从信息结构角度分析预设在听力理解中的应用》，载《山东商业职业技术学院学报》2005 年第 1 期。

③ 参见匡骁：《语用预设理论对英语写作教学的启示》，载《外语学刊》2009 年第 5 期。

④ 参见蔡晓丽：《幽默话语的前提动因》，载《社会科学家》2005 年第 6 期。

体内容“预设在现代汉语喜剧小品语篇中的应用”提供了各种基本理论支撑，带来了思想的启迪。

此外，虽然国内外对于语义预设和语用预设研究进行得如火如荼，但却鲜见对于两者之间关系的考量，下文将补此缺憾。

# 第四章 逻辑－语义预设与语境－语用预设的关系考量

英国著名语言学家利奇(Leech)认为语义学解决"what does X mean"的问题,揭示的是二元关系的话语意义;而语用学解决"what does X mean by Y"的问题,揭示的是三元关系的话语意义。相应地,从语义学角度看,句子所包含的"预设"和句子本身的逻辑意义存在着二元关系;从语用学的角度来看,话语所包含的"预设"和语境、话语者存在着三元关系。前文中通过对预设的国外研究与国内研究文献进行梳理,笔者发现,长期以来,研究者们致力于对语义预设与语用预设的界定,忽视了语义预设与语用预设的耦合关系,漠视了两者之间有时并行不悖的现象。基于此,本章拟探讨考量逻辑－语义预设与语境－语用预设之间的关系,两者呈现共相性、依附性为形式的重叠性特征以及交融性为形式的互补性特征。[①]

语义预设与语用预设是语义学与语用学中的经典议题,对其研究需有新的视角才能有所发展与突破。语义预设亦称"传统/词汇预设",发轫于哲学、逻辑预设研究弗雷格－斯特劳森(Frege-Strawson)模式中的确定描述(definite description)。[②] 自20世纪60年代末始,语义预设的理论建树有:预

① 本部分内容曾发表于《现代外语》2016年第5期,撰写此书时内容略有删减。

② Frege, G. On sense and reference. In P. Geach & M. Black (eds.), *Translations from the Philosophical Writings of Gottlob Frege* (3rd edition) (pp. 56-78). Oxford: Blackwell, 1960; Strawson, P. F. On referring. *Mind*, 1950, 59.

设触发语的研究(Horn[①],Kiparsky & Kiparsky[②],Fillmore[③],Karttunen[④],Levinson[⑤]),预设同蕴涵、断言之间的区分(Kempson[⑥];Wilson[⑦];Lyons[⑧]);预设关系中较复杂的投射研究(Langendoen & Savin[⑨],Karttunen[⑩];Levinson[⑪])。总体上,语义预设以探讨语句语义逻辑、理解词汇原型附带意义为真谛,将词语或局部语言结构视为研究焦点。语用预设是对预设认识的嬗变和发展,指"对语境敏感的、与说话人(有时包括说话对象)的信念、态度、意图有关的前提关系"[⑫]。其推断通过说话者及说话对象动态隐含认知语境的逻辑信息、百科信息和词语信息的系列假设,运用会话推理[⑬]得以实现,具有合适性、共知性、主观性、单向性、可取消性等特征,与语境相关联。[⑭] 语用预设自诞生之日起,翘楚人物斯达纳克[⑮]推介一切事实都可从说话者预设角

---

① Horn, L. R. Metalinguistic negation and pragmatic ambiguity. *Language*, 1985, 61.

② Kiparsky, P. & C. Kiparsky. Fact. In M. Bierwisch & K. E. Heidolph (eds.), *Progress in Linguistics* (pp. 143-173). The Hague: Mouton, 1970.

③ Fillmore, C. J. Verbs of judging: an exercise in semantic description. In C. J. Fillmore & D. T. Langendoen (eds.), *Studies in Linguistic Semantics* (pp. 272-289). New York: Holt, Rinehart & Winston, 1971.

④ Karttunen, L. Implicative verbs. *Language*, 1971, 47(2).

⑤ Levinson, S. C. *Pragmatics*. Beijing: Foreign Language Teaching and Research Press, 2001, p. 181.

⑥ Kempson, R. *Presupposition and the Delimitation of Semantics*. Cambridge: Cambridge University Press, 1975, p. 49.

⑦ Wilson, D. Presuppositions and non-truth-conditional semantics. *Lingua*, 1975, 43.

⑧ Lyons, J. *Semantics*. Cambridge: Cambridge University Press, 1977, pp. 182-183.

⑨ Langendoen, D. T. & H. Savin. The projection problem for presuppositions. In C. J. Fillmore & D. T. Langendoen (eds.), *Studies in Linguistic Semantics* (pp. 55-60). New York: Holt, Reinhardt & Winston, 1971.

⑩ Karttunen, L. Presuppositions of compound sentences. *Linguistic Inquiry*, 1973, 4(2).

⑪ Levinson, S. C. *Pragmatics*. Beijing: Foreign Language Teaching and Research Press, 2001, pp. 189-191.

⑫ 何自然:《语用学与英语学习》,上海外语教育出版社 1997 年版,第 68 页。

⑬ Boër, S. E. & W. G. Lycan. The myth of semantic presupposition. *Ohio State Working Papers in Linguistics*, 1976, 21; Atlas, J. D. Negation, ambiguity and presupposition. *Linguistics and Philosophy*, 1977, 1; Atlas, J. D. & S. C. Levinson. It-clefts, informativeness and logical form. In P. Cole (ed.), *Radical Pragmatics* (pp. 1-61). New York: Academic Press, 1981.

⑭ Levinson, S. C. *Pragmatics*. Beijing: Foreign Language Teaching and Research Press, 2001, p. 204;陈新仁:《论广告用语中的语用预设》,载《外国语》1998 年第 5 期;王守元、苗兴伟:《预设与文学语篇的建构》,载《外语与外语教学》2003 年第 3 期;魏在江:《预设研究的多维思考》,载《外语教学》2003 年第 2 期。

⑮ Stalnaker, R. C. Pragmatic presuppositions. In M. K. Munitz & P. K. Unger (eds.), *Semantics and Philosophy* (pp. 471-482). New York: New York University Press, 1974, p. 473.

度来进行陈述或说明，预设是人的预设。

综上，预设研究的发展中形成了语义与语用完全不同的研究视角与概念，双方自 20 世纪 60 年代末始，似乎泾渭分明地分为“两张皮”：语义预设将研究范围限定于语句/命题内部语言形式，语用预设则为考察语句/命题外说话者的预设。[①] 语用预设倡导者强调说话者、语境在预设推理中发挥作用，在人们愈来愈重视发挥人的主观能动性以认知为理据进行思考的现代具有较强的可接受性，但语义预设作为语言形式的研究是否无功能可言值得商榷。另外，在这场“博弈”中，鲜有学者注意到两者皆带有“预设”，继而探讨其“基因”方面的共相内涵。鉴于此并受启发于学者黄衍[②]“语用语义界面(interface)、重叠性(overlap)、互补性(complementarism)、预设为其一”的思想，本章旨在通过文献考察厘清两者间的真正关系。研究结果借助数学概念中的三个图形关系——相交、相切、相离来阐释两者既有重叠性又有互补性。

## 一、语义预设与语用预设的重叠性

语义与语用预设的重叠性是指两者均具有的特征，即共相性。无论语义预设还是语用预设，听觉与视觉中可听到或看到的“预设”成就并赋予二者共相内涵。因此在研究者十分关注其差异背景下，本质上，剥离语义与语用差异，其共同具有的“预设”应为探究两者关系的第一要厄。其共相性如图 4-1 所示：

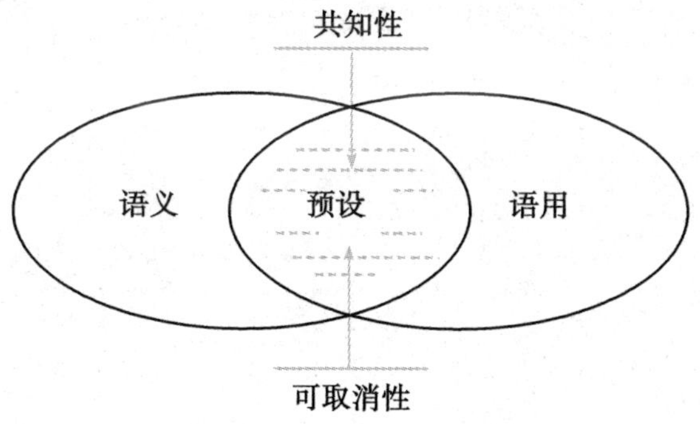


图 4-1 语义与语用预设的相交共相性

① Beaver, D. I. Presupposition. In J. van Benthem & A. ter Meulen (eds.), *The Handbook of Logic and Language* (pp. 939-1008). Amsterdam: Elsevier, 1997, p. 939.

② Huang, Y. *Pragmatics*. Beijing: Foreign Language Teching and Research Press, 2009, pp. 209-210.

语义和语用预设在逻辑和推论的定义方面是相容的，但两者最典型的共相性在语言信息均具有共知性及已知语言信息可取消性层面得以展现。

**(一) 语义预设与语用预设都具有共知性**

关于共知性特征，学界一般认为是语用预设所具有的，因此关于语用预设共知性的表述术语繁多，表述不一，如共同背景/背景信息（common background/ background information）①，共有知识、共知背景或共同假想（mutual knowledge, common ground or joint assumption）②，共享知识（shared knowledge）③，相互认知语境（mutual cognitive environment）④等。基于莱文森的分类，我们将纷纭复杂的语用预设共知性分类附图如下：

语用预设共知性
- 1. 共有知识：逻辑知识、百科知识、社会规范、常规关系、特定会话等
- 2. 共知背景：言语语境、情景语境、文化语境等
- 3. 共同假想：认知假想、相互认知环境等

图 4-2 语用预设共知性分类

语用预设共知性指涉广泛，是存在于语言之外的共有知识、共知背景、共同假想，道德语篇中对于道德现实主题（Moral Reality Thesis）的承诺模式（mode of commitment）也是预设之一⑤，法律系统内法律官员遵守符合他们身份的法律规范隶属预设共有知识。⑥ 因此，预设共知性具有为“说话者认为命题为听话者所熟悉，并极有可能为听话者所信，并可及听话者的知识范围”⑦，是交际双方可以共同理解的背景知识。例如：

(1) A. Can you tell me the time?

---

① Stalnaker, R. C. Pragmatic presuppositions. In M. K. Munitz & P. K. Unger (eds.), *Semantics and Philosophy* (pp. 471-482). New York: New York University Press, 1974, p. 474.

② Levinson, S. C. *Pragmatics*. Beijing: Foreign Language Teaching and Research Press, 2001, p. 204.

③ Mey, J. L. *Pragmatics: An Introduction*. Beijing: Foreign Language Teaching and Research Press, 2001, p. 185-186.

④ Sperber, D. & D. Wilson. Relevance: Communication & Cognition. Beijing: Foreign Language Teaching and Research Press, 2001, p. 41.

⑤ Kalf, W. F. Moral error theory, entailment and presupposition. *Ethic Theory Moral Prac*, 2013, 16.

⑥ Sciaraffa, S. The questionable presupposition underlying hartian accounts of legal facts. *Philosophy Compass*, 2016, 11(2).

⑦ Givón, T. Logic vs. pragmatics, with human language as the referee: toward an empirically viable epistemology. *Journal of Pragmatics*, 1982, 6(2).

B. Well, the milkman has come. [①]

说话者B假定听话者A熟谙送奶工每天送来牛奶的时间,该语言外的背景知识在听话者A的认知语境中得以储蓄:B首先单方相信自己对于该事实的认定无可争议,也相信A能够认出B作出的假定,并且A亦将该事实的认定视为理所当然,如此做到双方认知环境的互明,交际得以有效完成。

有的研究者在使用Common grounds的概念时,指出其不仅包括已经说过的或接受的(事实或话语)记录,还包括共享百科背景知识和公众所能理解的(事实或话语)。[②] 已经说过的或接受的(事实或话语)记录偏重于语义预设的内涵与特点。

确切地说,共知性并非语用预设所独享,语义预设不乏该种特征存在,唯存在方式与存在先后顺序不同:前者存在于非语言中,而后者存在于语言表达中;前者在听话者心智中已经得到储备积累,得到发话者编码信息的激活,而后者在听话者中未曾储备,当发话者给予预设触发语信息后,由发话者头脑中单有变成了与受话者的双有,发话者在给予共有信息前,共有信息也只相对于发话者单方存在。语义预设的共知性存在于语言本身,通过重读的音系/音律触发手段,通过确定性描述、含蓄/实情/状态变化/反复/判断性动词、比较和对比等词汇触发手段,通过时间从句、强调句或断裂句、非限定性关系从句、反事实条件句、问题句等句法触发手段将信息由单有变成双有。例如:

(2) Fred has stopped beating his wife. [③]

(3) Fred has not stopped beating his wife.

发话者在说出话语之前,受话者未必知道"弗雷德打老婆"一事,该信息皆因发话者运用了状态变化预设触发"stop"表述后,受话者与之共有。因此,在绝大多数情况下,语义预设的共知性只有通过预设触发语信息传递,通过说话者话语的表述而被立即确定,受话者脑海中共有信息获取呈现动态。语义预设共知性同样不以对施事动作否定而消失,如例(3)中新传递给受话者"弗雷德打老婆"的共有信息仍然存在,消失的是断言信息,简示为:$-X = P \text{ of } X \neq A \text{ of } X$(X表示命题,P表示预设,A表示断言)。

语义与语用预设共同具有的共知性区分了背景与前景(background and

---

① Levinson, S. C. *Pragmatics*. Beijing: Foreign Language Teaching and Research Press, 2001, p. 97.

② Martin, S. & C. Pollard. A Higher-order theory of presupposition. *Studia Logica*, 2012, 100.

③ Karttunen, L. Presuppositions of compound sentences. *Linguistic Inquiry*, 1973, 4(2).

foreground),两者相联通的共知性如同格式塔(Gestalt)的“图形与背景”(figure and ground)一样,占据背景位置,以凸显断言,即以新信息内容为目的,是结构外显性(语义预设)和结构内隐性(语用预设)的背景信息。另外,两种预设存在的依据与乔姆斯基最简方案提倡的“自然语言中的经济性、非冗余性”[①]相吻合,故两者共知性特征的直接结果给予语言展现风格上经济性,剔除冗余信息,位列非显眼处却有助于达成交际过程中语篇连贯制约和照应功能。设若将例(1)B进行诸如“You see, the time when the milkman delivers the milk here is usually 7 0'clock. Now the milkman has come. So it is 7 o'clock”和例(2)进行“Fred used to beat his wife. Now he has stopped beating”等类似语言操作都将使话语繁冗不堪,语效拙涩。

再者,布拉格学派马赛修斯(Mathesius)信息交际动态论[②]将话语分析分为形式(指句法)和功能(指交际目的),以此视域审视语义与语用预设的共知性特征:预设共知性归属已知共享信息,已知共享信息被认为是具有最低程度的交际动态,并且提供的共享信息愈多,交际性愈强,两者都可使言听者以最小的处理心力获得最佳语境效果。

**(二)语义预设与语用预设都具有可取消性**

与共知性特征一样,可取消性特征也被语用预设研究首先提及,是预设行为的重要特征之一。语用预设传递的是说话者的语境假设,若传递的信息为争议内容,语境假设未被受话者理解,说话者传递的信息在听话者的认知语境中未得以储存致使不能互明显映,原有语用预设得以取消。如例(1)中倘若听话者A未知送奶工送来牛奶的时间,该会话将因说话者B的预设失灵导致交际失败,这根源于语用预设的单向性特征。其次,语用预设取消性亦体现在虚假预设的存在使逻辑意义出现矛盾,虚假语用预设构式主要依赖虚假动词、虚假实体主语、虚假实体宾语的呈现。例如:

(4) Bob believes that Santa Claus came last night.[③]

叙实动词(Factive verb)“believe”语义预设“圣诞老人(Santa Claus)昨天来过”,但对于圣诞老人的语用(预设)百科知识告知受众现实生活中圣诞老人不存在,因此前设得以取消。虚假语用预设得以取消的特点是该话语缺乏真值,却引发会话含义功能:Bob可能是一位听言有圣诞老人且圣诞老人会在圣诞夜送来礼物的孩子,在圣诞第二天Bob果然看到了礼物,“现实一语

---

① 刘润清:《西方语言学流派》,外语教学与研究出版社2013年版,第262页。

② 参见戴炜华主编:《新编英汉语言学词典》,上海外语教育出版社2007年版,第157页。

③ Katz, J. J. & T. Langendoen. Pragmatics and presupposition. *Language*, 1976, 52(1).

言”之间凸显了话题对象的认知能力。

研究发现，语义预设同样具有可取消性，语用预设主要通过与认知环境互明失灵，与百科知识相悖的非语言语境得以取消；相形之下，语义预设则通过语言语境，通过前后添加一些词语、小句或对语句作出某些修改的语言手段，使得前设和修改后的语句在语义或逻辑上出现矛盾得以实现，该实现被称为“添加预设信息的预设调整”(accommodation for presupposition)①。通过预设调整，通过补充预设量(presupposition Quantity)②，说话者添加新的共有信息，传递于听话者。由于“会话预设的‘共享’或‘共有’知识并非总是事先给予，通过会话人们才能构建该知识，并不断补充、修正”③，语义预设不断添加具有的动态性促成预设的取消。最典型的取消是预设被直接否定。例如：

(5) John has/hasn't stopped beating his wife because, in fact, he never beats her at all. ④

例(5)中，无论肯定与否，前句都预设“约翰过去打老婆”，后言“never beats”的添加使得该预设被取消。除直接否定外，夏伦(Shanon)⑤建议“如果P是预设，则P可以被‘稍等’手段(‘wait a minute’-style devices)否定”，达成明确信息的语用功能。例如：

(6) Sam quit smoking.

a. Hey, wait a minute: I didn't know that Sam smoked!

b. Just a second: Sam never smoked!⑥

说话者自认为在发出“山姆戒烟”话语后，听话者已经拥有“山姆过去吸烟”的共有信息，但听话者在语言中采用“稍等”手段及其变体(just a second)，并附以话语“不知道山姆吸烟”和“山姆从不吸烟”取消前设。此外，语义预设的可取消性还体现为添加了一定的假设附加条件句。例如：

---

① Lewis, D. Scorekeeping in a language game. *Journal of Philosophical Logic*, 1979, 8.

② 参见魏在江:《语用预设的认知语用研究》，上海外语教育出版社2014年版，第146页。

③ Mey, J. L. *Pragmatics: An Introduction*. Beijing: Foreign Language Teaching and Research Press, 2001, p. 188.

④ Atlas, J. D. & S. C. Levinson. It-clefts, informativeness and logical form. In P. Cole (ed.), *Radical Pragmatics* (pp. 1-61). New York: Academic Press, 1981, p. 3.

⑤ Shanon, B. On the two kinds of presupposition in natural language. *Foundations of Languages*, 1976, 14(2).

⑥ Potts, C. Presupposition and implicature. In S. Lappin & C. Fox (eds.), *The Handbook of Contemporary Semantic Theory* (2nd edition) (pp. 1-48). Oxford: Wiley-Blackwell, 2014, p. 10.

(7) a. If Sam is smart, then he quit smoking.

b. If Sam smoked in the past, then he quit smoking. ①

(8) If Jack has children, then all of Jack's children are bald. ②

(7)a 预设 Sam 过去吸烟,(7)b 并不一定预设吸烟,规律在于(7)b 中"smoke" 的内容做到了"在线自返",即假设附加条件句中的"smoke"在主句预设中得以蕴含,导致前设的取消;同样例(8)附加条件句中的蕴含"Jack has children",正是主句"Jack's children"的预设,预设内容实现了与从句蕴含假设内容"在线自返",前设得以取消。语义预设这种添加转折或者附加条件句的变化验证了语言的递归性——语言可以无限制添加下去。

综上,语义与语用预设皆具有可取消性特征,纵然可取消性的途径与方式不同,其共相性却使语义关系或话语推论产生矛盾,矛盾结果使受话者更加明晰信息,使得语言作为信息传递的功能增强。

## 二、语用(语义)预设对语义(语用)预设的依附性

语用预设对语义预设的依附性是指某些情况下语义预设本身的词汇内涵提供语用预设诠释的原型语义编码,而语义预设对于语用预设的依附性则呈现为语用预设为语义预设提供话语环境。此两种情形下的依附性是一种特殊情形的重叠性,其界面处反映出一点相连性,依附性可见图 4-3:

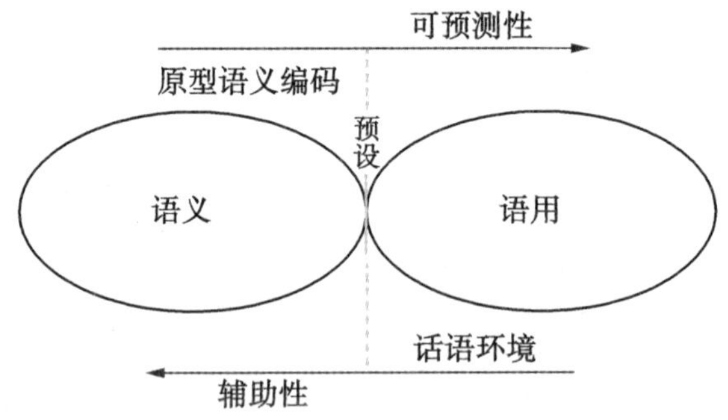


图 4-3 语义与语用预设的相切依附性

亚设和拉斯卡里德斯(Asher & Lascarides)倡导语义预设与语用预设的

① Potts, C. Presupposition and implicature. In S. Lappin & C. Fox (eds.), *The Handbook of Contemporary Semantic Theory* (2nd edition) (pp. 1-48). Oxford: Wiley-Blackwell, 2014, p. 8.

② Karttunen, L. Presuppositions of compound sentences. *Linguistic Inquiry*, 1973, 4(2).

融入、渗透(integrate)其实就是一种相互依附;除了人们惯知的预设触发语导致语义预设外,词汇内涵本身的字典意义即是语义预设。[①] 语用激进代表斯达纳克提及"语义预设的要求是将意义写进字典"[②],意味着在字典词条中对词汇施加以预设限制;在对语用预设进行认知阐释、寻找认知理据时,魏在江追根溯源于"预设机制"和"预设之源",所指《辞海》《汉英大辞典》《说文解字》中的意义亦为本论断的有力佐证。[③] 这一点可称为预设的词汇主义(lexicalism),指引发任何话语表达的预设均包含有一定的词汇项目。[④] 因此,语用预设有时需由预设触发语引发的语义输入,有时需要来自语义原型描绘层面的词汇编码,语义预设为语用预设达成提供可预测性。例如:

(9) a. Sue cried before she finished her thesis.

b. Sue died before she finished her thesis. [⑤]

语言具有模仿复制的功能,例(9)b 作为(9)a 的模仿平行式,语法结构由时间触发语"before"引导,貌似预设 Sue 将论文完成,语义预设以理解词汇附带意义的特征表明字典意义中"die"与"cry"语义概念表征不同,百科知识(语用预设)"人死后"使"完成论文写作"变得无意义,致使前设得以取消。可见,语用预设在某些时候以语义预设词汇内涵为原型,语义预设起到固化明示作用,作为词汇预设基础上的世界知识预设,作为社会全息,语用预设要求受众储备并激活基于原型词汇基础上的有关社会百科知识。

语用预设的语境依赖性与敏感性给语义预设提供话语环境。话语环境就是语境,包含语言内语境和语言外语境。语用预设发挥作用的是语言外语境,如情景语境、文化语境、认知语境等。语言外语境助力,使原有预设通过隐喻、转喻等类推机制形成新的预设,因此语用预设为语义预设的实现提供辅助性。某种程度上,语义预设在"词汇、结构或话语在特定语境下的语用收窄、语用扩充的语用充实过程"[⑥],形成了语用预设。有些话语既含有语义预

---

① Asher, N. & A. Lascarides. *The semantics and pragmatics of presupposition*. *Journal of Semantics*, 1998, 15.

② Stalnaker, R. C. Pragmatic presuppositions. In M. K. Munitz & P. K. Unger (eds.), *Semantics and Philosophy* (pp. 471-482). New York: New York University Press, 1974, p. 475.

③ 参见魏在江:《语用预设的认知语用研究》,上海外语教育出版社 2014 年版,第 82~89 页。

④ Lepore, E. & A. Sennet. Presupposition and context sensitivity. *Mind & Language*, 2014, 29 (5).

⑤ Levinson, S. C. *Pragmatics*. Beijing: Foreign Language Teaching and Research Press, 2001, p. 204.

⑥ 冉永平:《词汇语用探新》,外语教学与研究出版社 2012 年版,第 79 页。

设也包含语用预设的特征，因为它们必须在话语参与者共知性的背景下得以评价。例如：

(10) The king of France is wise. ①

(11) Bob knows that Nixon was behind Watergate. ②

“The king of France”定冠词确定描述预设法国有一个国王，但情景语境为法国国王不存在，断言“wise”就会出现真值空缺，语用预设的合适性导致该话语寄存为虚假预设。叙实动词“know”语义预设“Nixon was behind Watergate”，如若话语接受者在得知话语后添加“鲍伯知道 Nixon 在 Watergate 后面干啥”或“为什么不是如火门(firegate)”，即话语接受者认知语境中对“Nixon”和“Watergate”事件的关系未能显映，语义预设亦得不到实现。同时，语境的助推作用，基于词汇原型意义（即语义预设）“Nixon 与 Watergate”之间事件的相关性转喻化类推语用扩充过程，形成了语用预设。可见，语言选择是语境适应与顺应的结果，意在明示说话者的主观意图，表达元语用意识，达成特定交际目的、满足期待等。

由此，语义预设与语用预设的混搭构式，由于句法和语用结合在一块，处在两者的接口上。语用预设的理解受到语义预设原型意义的影响，语义预设提供描述性词汇编码，具有可预测性；语用预设为语义预设提供话语环境，进一步帮助语义预设交际目的达成，具有辅助性。故此种意义上的语用预设与语义预设不是非此即彼的命题，将二者有机结合可以很好地处理句法和语用割裂问题。

## 三、语用预设与语义预设的互补性

所谓互补性，亦称“交融性”，是指甄别两者不同，即两者处于相离位置，但需要交互、融合的过程。两种预设在特殊情况下具有一定的依附性，但有更大程度的相离性。相离性需要两者交互，将“此有彼无，此无彼有”相对立的传统特点进行融合。

---

① Strawson, P. F. On referring. *Mind*, 1950, 59.

② Katz, J. J. & T. Langendoen. Pragmatics and presupposition. *Language*, 1976, 52(1).

语义与语用预设的互补性可图示如下：

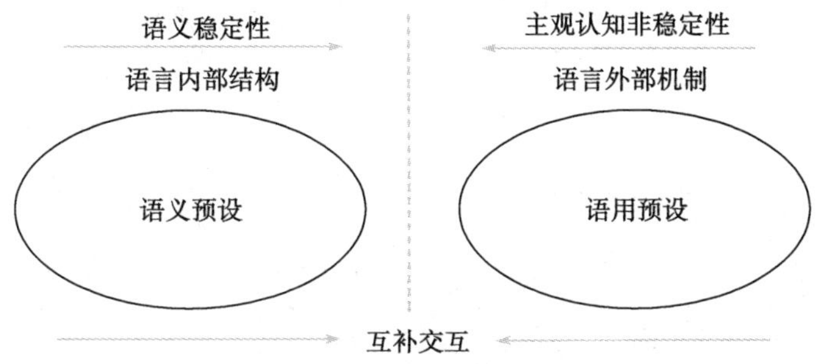


图 4-4 语义与语用预设的互补性

首先，语义与语用预设显著相离性林林总总，如表 4-1 所示：

**表 4-1 语义预设与语用预设的显著相离性**

| classification of presupposition（预设分类） | semantic presupposition（语义预设） | pragmatic presupposition（语用预设） |
|---|---|---|
| state（状态） | static（静态） | dynamic（动态） |
| existing environment（存在环境） | within sentence/ surface linguistic element /syntactic and prosodic（句内/表面语言/ 句法和有韵律） | out of sentence/ not directly linked to the lexicon, syntax, or prosodic fact（句外 /与词法、句法或韵律事实不直接关联） |
| basic property（基本特点） | logic truth（逻辑真值性） | context dependability, appropriateness, common ground（语境依赖性、合适性、共知性） |
| existence（呈显性） | explicate（显性） | implicate（隐性） |
| meaning（意义） | regular/conventional/ natural/general meaning（规约意义/ 常规/ 自然意义/普遍意义） | non — regular/non — conventional /non—natural/ specific meaning（非规约/非常规/ 非自然意义/特定意义） |
| valid（稳定性） | valid in denying（否定后仍稳定） | assumed belief（非确定性假想） |
| knowledge concerned（涉及知识） | grammar and dictionary/word（语法字典词汇知识） | Encyclopedia/world（百科知识/世界知识） |

**续表**

| relationship<br>（关系） | sentence and proposition<br>（语句与命题） | attitudes and intentions of the speaker and his / her audience<br>（说话者和受话者之间的态度和意图） |
|---|---|---|
| condition<br>（条件） | on bivalence<br>（真值） | on sincerity<br>（真诚） |

从表 4-1 中我们发现，语义预设与语用预设在存在状态上，前者处于静态而后者处于动态；前者具有逻辑真值性，而后者具有语境依赖性、合适性、共知性特征等。意义方面，前者为规约意义（常规/自然/普遍意义），而后者则为非规约意义（非常规/非自然/特定意义）等。但是，两者最大对话相离性的核心凸显为语义预设属于语言内部的语义、语法结构，具有语义稳定性（与前面提及的可取消性并不矛盾，评价方式与参照点不同），语用预设以人为主体的认知内容或焦点不同，属于语言外机制，具有非稳定性。语义预设的语义稳定性在于可以通过否定测试。此外，对预设 P 如添加表示可能的情态格，建构一个条件句，进行一般疑问等语义操作，预设 P 的内容不变。例如：

(12) a. Sam quit smoking.

b. Sam didn't quit smoking.

c. Sam might quit smoking.

d. If Sam quit smoking, he'll be grumpy.

e. Did Sam quit smoking?①

例(12)a 至(12)e 中，陈述句、否定句、添加可能情态动词、条件、一般疑问等的变体并不影响"Sam smoked"的事实，属于卡图南所提漏斗（Hole）现象，各种语言变体仍旧使原有预设通过。②

与此相比，由于语用预设强调说话者存在大脑中的一系列假设构成的心理结构体，涉及人，存在着表达多维性，因此单体话语有时会有多元预设，每个单体预设也可能有多种含义，预设亦存在多维性（预设集或预设池）。而听话者可能有意识或无意识地倚赖优选论、关联理论，在预设池 $P_1$，$P_2$，…$P_n$ 中选择最优项或最关联项作为最佳选项，此时起作用的可能是心理、文化、社会

① Potts, C. Presupposition and implicature. In S. Lappin & C. Fox (eds.), *The Handbook of Contemporary Semantic Theory* (2nd edition) (pp. 1-48). Oxford: Wiley-Blackwell, 2014, p. 8.

② Karttunen, L. Presuppositions of compound sentences. *Linguistic Inquiry*, 1973, 4(2).

因素，但更多涉及语境和主观性即意向性元语用分析，对假设的理解亦存在着多维性。语用预设作用的发挥其实关乎到认知问题，注重话语双方依据自身经验储备一定的百科知识，强调话语双方的主观能动性与语境对话语理解（命题）的影响。由于话语发出与接受受到双方认知语境、主观性的制约，语用预设具有复杂的不稳定性。至此，“需要一个预设理论，本质上是混合的……应该是语义与语用复杂交际的产物”[①]，“以话语相邻对为基本分析单位进行语用、语义综合分析”[②]，否则可能会有意想不到事件发生，如尴尬、乖讹等。例如：

(13) Man: Does your dog bite?

Woman: No.

(The man reaches down to pet the dog. The dog bites the man's hand.)

Man: Ouch! Hey! You said your dog doesn't bite.

Woman: He doesn't. But that's not my dog. [③]

该著名例释为尤尔（Yule）所使用，来分析语言学合作原则中数量准则的违反，但“合作原则、预设等不应只看作是不同的语言现象，应是共同现象的不同谈论方式”[④]，从预设角度考察，语义与语用预设轮番上场发挥作用。语言选择与策略选择为交际目的所支配，男子将眼前看到的狗“your dog”语义预设确定所指为“女士家的狗”（疑问句保留此预设，具有语义稳定性），断言信息“咬人与否”；女士回答“不咬人”（no）缺省补充“不是我家的狗”（形成了语用预设的主观性、单向性、非稳定性），该回答使男子启动大脑中有关语用预设共有常识的认知语境最佳关联与经验联想：狗不咬人，可放心触摸。并以言行事，行为上呈现该元语用意向，结果却因主观预设焦点内容不一、预设错位引发被狗咬手这样与认知期待相左的乖谬不和情形。正如钱伯斯和胡安（Chambers&Juan）所说：“对于语义预设的理解不能仅仅从理解者的角度去考虑，而要考虑能否做到会话伙伴之间会话知识的共享性，即会话中的听话者是否拥有和说话者共享的信息。”[⑤]

---

① Levinson, S. C. *Pragmatics*. Beijing: Foreign Language Teaching and Research Press, 2001, p. 225.

② 向明友：《试论话语前提分析》，载《外国语》1993年第4期。

③ Yule, G. *Pragmatics*. Oxford: Oxford University Press, 2000, p. 36.

④ Verschueren, J. *Understanding Pragmatics*. Beijing: Foreign Language Teaching and Research Press, 2000, p. 42.

⑤ Chambers, C. G. &. V. S. Juan. Perception and presupposition in real-time language comprehension: insights from anticipatory processing. *Cognition*, 2008, 108.

可见，打破相离状态下语义与语用预设间的樊篱，建立双方的沟通与交互，将语义预设的语义稳定性和语用预设的主观认知的非稳定性沟通，将泾渭分明的语义、语用各自为阵的“两张皮”融合，使两者双发力来共同解决一些问题将更加实际、辩证。

本书重拾语义与语用预设传统话题，试图通过文献考察，将两者的真正关系进行深度挖掘与梳理。经研究，得出如下新结论：(1)语义、语用预设在语言学发展史上各自做出了卓越贡献，话语使用中的预设研究渗透于语内(语义预设——如词、小句等)和语外(语用预设——如社会、文化、认知等)各信息层的有机结合模式是科学、全面的。自然语言理解中的预设不是选一弃二的使用过程，有时需要两者同时发力，将两者的不同特征进行交互与融通，这对于话语的理解将更加实际、辩证。(2)语义与语用预设的共相把握和认定是必要的，两者的背景共知性可使语言表达更经济省力，达成语篇连贯制约和照应功能；两者的可取消性使后言与前设产生矛盾，信息性增强。(3)在某些特殊话语分析中，两种预设互有一定的依附性：语义预设的词汇内涵、语义编码为语用预设提供描述性话语，同时语义预设依赖于语用预设提供的话语环境。综而概之，预设绝非纯粹的语义或语用概念，把预设作为语义与语用预设分别考虑属形而上学思维范式。两者作为“龙凤胎”，虽分属“语义”与“语用”性别，却非完全对立、博弈的“两张皮”，语义与语用预设相交、相切和相离呈现两者关系的三个方面：“预设”的存在，明示着彼此间共相内涵的存在及相互依存；“语义”与“语用”术语的不同引发两者间相互交融。最后，对于已然形成的语义与语用预设间诸如只有“泾渭分明”等关系，本书期待产生一定的撬动、修正意义，并期待有更多的研究成果对此进行完善、指正。

中国人有注重实用的习惯，在预设理论的统摄下，本书基于语义预设与语用预设的耦合关系，致力于探讨预设在现代汉语喜剧小品中的应用。现代汉语喜剧小品有辉煌的过去，更有辉煌的未来。在对中国喜剧小品的现状进行分析以及对预设理论进行系统梳理后，我们将探讨两者之间的交集，探讨如何从预设理论的视域发掘其在喜剧小品中的应用，希冀对现代汉语喜剧小品的文本创作思维有所裨益。为突出预设在现代汉语喜剧小品中发挥作用的侧重点不同，本书将其应用分为语篇个案篇、演员个人篇、认知探究篇及理论探新篇四大部分。

# 第五章　预设在现代汉语喜剧小品中的应用(语篇个案篇)

本章将以个案小品《不差钱》与《扶不扶》为研究对象,探讨预设是否可以作为一种强有力的语用策略,助力中国喜剧小品达成幽默的语用功能。

## 一、语用预设与中国喜剧小品——以小品《不差钱》为例①

语用预设具有共知性、单向性、可取消性、隐蔽性、多样性。这些特点在中国喜剧小品中能发挥多大作用?下文将依据预设的这些特征,以小品《不差钱》为例,探讨语用预设的各种特征能否助力该小品达到"逗乐"的喜剧效果,实现幽默的语用功能。

### (一)共知性与幽默逗乐

所谓共知性,是指预设是说话人和受话人或一般人所共知的信息,语用预设为交际双方所共有,为双方或多方所了解,通过说话人的话语暗示出来,是预先设定的并得到了受话人的理解,对于谈话双方来说是理所当然的信息。② 共知性是交际双方所共知的背景知识信息,或者是说话人暗示出来的能够得到听话人理解的信息。交际中,说话人应适当选择双方所共有的信息来表达自己想法,以便听话人能够利用共有的知识来分析语言表面暗含的信息。

(1)赵本山:给一百块钱还帅,我跟你说,这不白给啊,一会儿客人到了,你一定要给足我面子,明白吗?我到点菜的时候,你得替我兜着点。

小沈阳:咋兜啊?

赵本山:既把面子又给了,但是你又不能花得太狠,就是我要点贵菜?

小沈阳:我就说没有呗!

---

① 本小节内容曾发表于《内蒙古民族大学学报》2011 年第 1 期,撰写此书时内容略有删减。

② Verschueren, J. *Understanding Pragmatics*. Beijing: Foreign Language Teching and Research Press, 2000, pp. 26-27.

在当时的语境中，讲话者赵大叔为了达到交际目的——既省钱又有面子，委婉地表达出自己的意见："我到点菜的时候，你得替我兜着点。"随即作出假设，"我要点贵菜?"受话人小沈阳领悟话语意图，立马作出反应："我就说没有呗!"从而达到了幽默逗乐效果。幽默逗乐的前提，就在于交际双方拥有生活中的共有知识：所谓"吃人嘴短，拿人手短"，在拿人100块钱好处的背景下，理应替人办事。正是这一社会规约的遵守，不但与上文构成了语意上的连贯，还完成了结构上的衔接，为断言信息的引入提供了一个起点，令人忍俊不禁。

**(二)单向性与幽默逗乐**

所谓单向性，是指预设由说话人单方面作出的，在被听话人处理之前它只相对于说话人而存在。因此，在具体交际情境中，语用预设并非总是无阻隔地顺利实现的。因为预设是说话人单方面作出的，当其实现情况在主客观因素影响下发生偏离时，话语中的预设就转换成了虚假语用预设。作为在具体交际中衍生出的不同于一般语用预设的超常规操作现象，虚假语用预设"破坏性"地利用常规预设单向性的种种特点，借用语用预设的触发机制，在形同神异中传递对于交际中的一方来说至少是未知的，或因有争议而不能接受的非言语双方共有知识。利用预设的单向性，有意识地妙用虚假语用预设构建谈话框架，可以误导对方理解话语意图，使交际充满生机和活力。

(2)小沈阳：哎呀我的妈呀！毕老师来了，你咋出来了呢？哎呀我的妈呀！快来人哪，快来呀！一会儿该跑了，毕老师，毕……

赵本山：干啥玩意儿？吵了吧乎，让狼撵了咋的这是？

小沈阳：毕老师！

赵本山：我知道，这就是我要请的客人。

小沈阳：哎呀我的妈呀，毕老师你跟我照个相呗！

见到了毕老师，小沈阳心潮澎湃，万分激动。这种激动如何体现？小沈阳有意识地运用人们对"你咋出来了呢？哎呀我的妈呀！快来人哪，快来呀！一会儿该跑了"的社会共有常识的理解：坐牢的人才会出来并跑了，诱导受众误解毕姥爷为监狱逃犯。于是，受众的思路在小沈阳使用的有意而为之的单向语用预设策略推动下，与相关因素发生关联并进行信息再加工，逗乐的真实意图巧妙地得以实现。

**(三)可取消性与幽默逗乐**

可取消性，有时是主观性诱因，指带有断言性质的语境假设，本身并不具备必然的真实性或正确性。利奇曾说，"在说X时，说话人自认为Y理所当然是真的"。主观性的另一方面，表现出语用预设的可取消性，这种特性"取决于说话人的态度和信念"。[①]

(3)赵本山：他在乡里等你呢。哎呀！乡里布置老隆重了，乡长、书记都在那儿排队等你呢，布一个大厅，完事弄一个大房间，给你弄一个大照片挂中间了，周围全是花呀！

毕福剑：老哥，那花都是什么颜色的？

赵本山：白的黄的都有啊！可漂亮了，真的，老百姓都拿笔等着，跟那都哭了，等你！

毕福剑：哭什么？

赵本山：激动嘛，你去了。来吧，进屋先吃点。

与韩礼德(Halliday)的主位推进(thematic progression)相一致的是，语用预设与语句的信息焦点和信息结构密切相关。在言语交际活动中，交际者往往把自己所要传递的信息组织成一个个信息单位。一个信息单位通常包含已知信息(given information)和新信息(new information)两部分。已知信息是交际者认为对方已知的信息，而新信息则是交际者认为对方还未知的信息，所以，新信息是交际单位中必不可少的部分。在一般情况下，新信息位于信息单位的后部。[②] 此番对话，按照信息结构的特点，旧信息应为："乡里布置老隆重了，乡长、书记都在那儿排队等你呢，布一个大厅，完事弄一个大房间，给你弄一个大照片挂中间了，周围全是花呀！""白的黄的都有啊！可漂亮了，真的，老百姓都拿笔等着，跟那都哭了，等你！"新信息则为："激动嘛，你去了。"若将新旧信息调换则猎奇、悬念的目的明显达不到。这种常规信息布局的打破正是利用了预设可取消性的特点：对话中的旧信息——"布一个大厅，完事弄一个大房间，给你弄一个大照片挂中间了"，所折射的预设信息为：人们在为亡者默哀，"周围全是花呀，白的黄的都有啊"，进一步证实了该预设，"老百姓都拿笔等着，跟那都哭了"好似原有预设确真无疑，然而，最后一句"激动嘛，你去了"抖开包袱，突然使原有预设得以取消，悬念揭开，但新旧信息调整前后喜剧效果却大相径庭。

**(四)隐蔽性与幽默逗乐**

所谓隐蔽性，是指说话人将语用前提隐含于话语中，通过一种特殊的语境和语言表达方式加以暗示，没有被说话者直接表述，但在交际过程中得以

---

① Leech，G. N. *Semantics*. Harmondsworth：Penguin，1981，p. 287.

② 参见王扬：《语用预设及其功能》，载《湖北民族学院学报》2005 年第 1 期。

传递的信息。利用语用预设隐蔽性的特点，说话人可以含蓄地把不愿意或不方便明说的内容用预设的方式暗含在话语中。预设的隐蔽性可以帮助言语交际者表达多种言外之意。这种表达有时是靠预设触发语来实现的。预设触发语是指预设不必以整句话的语义内容为基础，有关预设的信息来自表层结构，可以以某些词语、句式为基础，这些作为预设基础的词语或表层结构形式称为"预设触发语"，又称"词汇预设""结构预设"。[①] 按照莱文森的分类，预设触发语主要有 13 种：表示限定词的描述，各类动词、句式结构、时间状语从句、断裂句、表示比较的结构和词语、非限定性定语从句、与事实相反的条件从句、疑问句、一定的音系手段。[②]

(4)小沈阳：毕老师，你跟我照个相呗，毕老师。

毕福剑：您是男服务员是吧？长得挺委婉的是吧？

小沈阳的打扮在小品《不差钱》中可谓给受众留下深刻印象——女装扮相，苏格兰裙的搞笑形象获得良好"笑"果，亦成了小沈阳的"噱头"与老百姓的"看点"。但作为中央电视台著名节目主持人的毕福剑，其文化底蕴与素质决定着他本人不可能像小品中作为农民形象出现的赵大叔具有相同的言辞："我刚开始来都误会了，你说哪有这打扮的?"受用两个疑问句"您是男服务员是吧""长得挺委婉的是吧"来表示对这种打扮的惊诧，将自己不方便明说的内容暗含在话语中。这种疑问句的使用，构成了与上文的衔接关系，既与其身份相符，又幽默了观众，表达了意义。

这种隐蔽性具有很大的"欺骗性"，作为听话方，稍不留神，就可能接受说话人预设的前提。此外，在"不差钱"中除了利用预设触发语的隐蔽性来表达言外之意外，还可以妙用虚假语用预设，利用预设的单向性与主观性构建谈话框架，使谈话更有策略，更富技巧，体现发话者的睿智。

(5)毕福剑：下边我看看，鱼——鱼翅就更不要点了。

赵本山：鱼刺有也别吃了，我吃鱼刺有一回就卡住了嘛！后来用馒头噎、用醋泡都不好使，到医院用镊子拿出来的。

对于毕福剑来说，他深知鱼翅的昂贵，不想让一位农民去破费，这是他的真心。而对于赵大叔来说，对鱼翅要花费很多这一隐含信息显然是了然于心的，但为了撑足面子，他有意识地利用自己的身份特点——貌似农民见识少，主观性地把"鱼翅"误听为"鱼刺"，产生虚假语用预设，故意没有与毕所说的

---

① Yule, G. *Pragmatics*. Oxford: Oxford University Press, 2000, p. 28.

② Levinson, S. C. *Pragmatics*. Beijing: Foreign Language Teaching and Research Press, 2001, pp. 181-184.

“鱼翅”达成共识，运用语用模糊的多种言外之力，使交际朝着有利于自己的方向发展：既少花钱，又撑足了面子。毕福剑如若“蓄意生事”：此“鱼翅”并非彼“鱼刺”，那赵大叔就有些尴尬了。

**（五）多样性与幽默逗乐**

幽默逗乐的获得可能是某时某个语用预设的特点起主导作用，但不是绝对的，更多时候是多种特点的共同或联合作用发挥功能。言语交际的重要原则是语言的经济性（economy）。语用预设的使用恰好符合这一特点。因为言语交际中，为了突出主要信息，发话者在话语信息的组织上一般将次要信息以语用预设的形式内嵌入话语之中，作为对主要信息的铺垫和衬托。如果没有预设信息，那么整套话语就会显得冗赘烦琐，难以使受话人体会出发话者的真实意图。[①] 因此，在喜剧小品中，许多信息可以通过语用预设的方式来表达，特别是一些常识性的信息，都可以以语用预设的方式嵌入语篇之中。即使有些信息不属于受话者的已知信息，表演者也完全可以以语用预设的形式将其内嵌入语篇之中，仿佛这一信息已经是受话者的已知信息。经济性的语言可以使语篇语言简洁、脉络清晰、流畅自然，一般不会造成理解上的困难。但在喜剧小品中，有些语用预设过于经济，形成了误解。不过，这种误解反而歪打正着，取得了特定的喜剧效果。

(6)赵本山：不是，你这酒店怎么要啥啥没有呢？你干什么玩意儿这是？这人能容易来一趟吗？你把你老板找来。

小沈阳：没有。

赵本山：合着你就记住一个没有了是不？老板！

小沈阳：啊，老板哪！老板出去了。

上述对话的前提预设是共有性的信息：既让赵大叔少花钱，又给足他面子。小沈阳对前面的这种预设共有知识已形成了“一根筋”，之后出现的声言1：点澳洲鲍鱼四只，没有。声言2：点四斤的龙虾一只，没有。声言3：点一斤多的，那也没有。当赵大叔让其把老板找来时，小沈阳马上就在大脑中激活，已成思维定式的“没有”信息，使语言交际更为经济、有效，于是出现了多次声言“没有”，就不足为怪了。作为言语接受者的小沈阳对于已知的共有信息具有单向性和主观性的认识，但却缺乏一定的机敏性，即忘记了预设的适宜性，没有及时破解其中潜在的信息，随语境变化而作出调整，因而很容易地就被“蒙蔽”：回答与期待相左。在赵大叔的暗示下：合着你就记住一个没有了是

① 参见王扬：《语用预设及其功能》，载《湖北民族学院学报》2005年第1期。

不？老板！小沈阳又利用预设的可取消性的特点及时作出新的合理的语境假设，恍然大悟："啊，老板哪！老板出去了。"其喜剧效果达到了顶峰，不禁令人开怀大笑。

笔者发现以小品《不差钱》为例研究语用预设在中国喜剧小品中的功能，乐在其中，其意无穷。语用预设的单向性、主观性、隐蔽性等特点在喜剧小品营造幽默气氛、突出人物形象等方面起到很大的作用。同时上述例5、例6也证实，幽默、逗乐的效果是靠语用预设的一种特点或多种特点的作用实现的。不管怎样，以小品《不差钱》为例分析语用预设在喜剧小品中的作用，得出的结论是：语用预设可以帮助中国喜剧小品达到幽默、逗乐、令人发笑的喜剧效果，是一种可以在喜剧小品中发挥的强有力作用的语用策略。[①]

## 二、喜剧小品演员幽默言语行为预设策略与运行机制阐释——以小品《扶不扶》为例[②]

2014年马年春晚小品类节目骤减为5个，为历年春晚最少，个别小品被网民吐槽，受宠、走俏的喜剧小品不再风光，面临挑战与考验。作为历届春晚撑场关键节目的喜剧小品，从曾经的风生水起发展到如今的风轻云淡，促使人们反思总结，原因如下：赵本山等优秀喜剧演员退出春晚表演；具有生活化并能传递正能量的"饶有蕴涵"的题材偏少；演员言语行为缺乏喜剧效果，无法产生使受众不停发笑的语效等。在以往优秀演员复出无望，喜剧小品在创作题材上难以做到"饶有蕴涵"的现状下，相对来说，在演员言语行为给受众带来幽默效应方面还具有较大提升空间。有鉴于此，笔者以2014年马年春晚脱颖而出的喜剧小品《扶不扶》为例，运用预设理论对该小品演员幽默言语行为进行研究，抛砖引玉，希望为喜剧小品在台词创作与表演方面的复兴提供参考。

### (一)喜剧小品演员幽默言语行为的预设策略

小品《扶不扶》源自2013年"老人摔倒，路人该不该扶"的国内争论热点，选材生活化，寓意清晰。通过研究演员言语行为所使用的预设策略所达到幽默效果，该小品可谓成功。其采用的预设策略分别为：

---

① 参见丛日珍：《预设在戏剧文学语篇中的语用效应》，载《山东外语教学》2010年第3期。

② 本小节内容曾发表于《西安外国语大学学报》2015年第1期，撰写此书时内容略有删减。

1.抛砖引玉型策略

抛砖引玉型策略是指小品开端部分,演员通过言语触发语引发的预设新旧信息串合,结合常识性预设对后续故事情节进行铺垫,并迅速甩下包袱的幽默言语行为。中国喜剧小品之所以被大众喜爱,在于它以喜剧类型元素为定位,以花样翻新的形式吸纳相声抖包袱效应,运用夸张搞笑(幽默)的方式,以微小精巧的篇幅展现一个完整的故事情节来反映现实。因此,在一部优秀的喜剧小品中,演员言语行为应在开端部分迅速结紧包袱、设置悬念、抓住受众心灵并迅速达到幽默效果。例如:

(1)郝建:哎幺……(一位穿着破旧的军大衣,脸上青一块紫一块的男子,提着前圈瓢掉了一半的自行车上)你说**我**这人哪,有个最大缺点,**就是**太好多管闲事。这不,**刚才**在马路上看见一辆汽车,后备箱没关,我骑车子在后面这顿追呀,寻思告诉人一声,结果人家一个急刹车,我钻人后备箱里去了。这刚爬**出来**……。你说我这**是不是**多管闲事?我发誓,以后我要**再**多管闲事的话,我**就不叫郝建**,我就叫非常贱。

好人郝建通过单口相声自捧自逗地给整个小品后续故事的发展作了背景介绍,通过对例(1)中加粗的字词中预设触发语的分析就可发现情趣所在:“我”为确定性描述触发,预设“有人有个最大缺点”;“就是”为信念触发,预设“好管闲事”;“刚才”为时间状语触发,预设“一辆汽车后备箱没关,这人想告诉人家一声”;“出来”为反复词语触发,预设“进了汽车后备箱”;“再”为反复词语触发,预设“我管过闲事”;“就不叫郝建”为状态改变触发,预设“我叫郝建”;“是不是”为问题触发,预设“是或不是多管闲事”,答案为其中之一,由受众评判。由于“在交谈过程中,双方都不断地为进一步的谈话提供基础或者预设”[①],因此将上述触发语带来的预设新旧信息串合(请串读引文中下划线内容),令人称奇的是,串合内容正是小品的主题。“穿着破旧军大衣”“脸上青一块紫一块”“直行车前圈瓢掉了一半”的状况,与受众心智中丑角常识性预设相显映(mutually manifest)[②],即交际者认知语境中假设的互明,令人忍俊不禁;“此人是不是管闲事”的评判噱头,吸引受众欲罢不能地看下去。至此,预设新旧信息串合结合常识性预设,使得该小品开端部分就激发了受众的好奇心和探究心理,对整个小品的笑点乃至后续发展起到抛砖引玉之效。

---

① 何兆熊、俞东明等:《新编语用学概要》,上海外语教育出版社 1999 年版,第 287 页。

② Sperber, D. & D. Wilson. *Relevance: Communication & Cognition*. Beijing: Foreign Language Teaching and Research Press, 2001, p. 42.

2. 偷梁换柱型策略

偷梁换柱型策略，是指喜剧小品中演员通过偷偷改变语义焦点或信息真值，隐蔽性地以假代真，使预设内容发生转变而引发的幽默言语行为。命题语句中语义焦点不同，预设内容随之改变，命题语句中可以是数个预设或预设池(presupposition pool)，以“John flew to London yesterday”为例，设若语义焦点位移或调核至 John，即 John flew to London yesterday，预设“昨天有人乘坐飞机去了伦敦”。以此类推，说话人的意图决定了语句中作为语义焦点的成分和触发前提。同时，一个预设可以有多重含义，存在着认知多维性，不同的认知使焦点信息不同甚至使真值出现了偏差。例如：

(2) 大妈：那不是我的自行车啊！不是我的自行车。

郝建：你老伴儿自行车你也没蹬那么快呀！

例(2)中，“我”为专有名词，按照弗雷格“使用的专有名词——无论简单或复杂的，都必有所指”[①]之说，大妈“那不是我的自行车”中语句焦点是自行车所有人，预设自行车所有人不是她，根据当时情景，意欲表达“自行车是躺在地上小伙子的”(声言)。但由于其说话有些经济，违反合作原则的数量准则(如可再补充一句，是那个小伙子的)，带有歧义，给了郝建可乘之机，他便取消大妈所作出的声言，将语义焦点仍然定位自行车所有人，但信息真值作了改变：虚假预设“你老伴儿自行车”，预设不是“你老伴儿自行车”嵌入后面语境“你也没蹬那么快呀”，映射出来的声言不变，还是大妈的自行车。此处郝建巧妙、隐蔽性地选择与大妈关系最近的老伴作虚假预设，可以增加说服力与可信度，更重要意图就是使自己脱离干系。这种焦点信息真值改变，预设内容随即也发生变化，大妈被圈入其中，受众捧腹。

3. 移情求缓型策略

移情求缓型策略，是指在喜剧小品中演员通过反事实预设等策略，破坏语用共知性，进行语用移情以求语用缓和的幽默言语行为。语用缓和(pragmatic mitigation)强调说话人在其元语用意识的监控下，可以不把话说满、说绝，总是留有一定的回旋的余地，使以言行事更为有效[②]。语用移情(pragmatic empathy)是语用缓和策略之一，是“说话者对其所描述的话语中事件相关的参与者关系的定位”[③]，交际双方尊重对方的思想进行语言编码。

---

① Frege, G. *On Sense and Referenc*. Oxford: Blackwell, 1952, p. 69.

② Caffi, C. On mitigation. *Journal of Pragmatics*, 1999, 31(7).

③ Kuno, S. *Functional Syntax: Anaphora, Discourse and Empathy*. Chicago: University of Chicago Press, 1987, p. 206.

例如：

(3) 郝建：警察叔叔。我跟你解释一下哈，我拎着我那车子从您这出来……

……

郝建：大妈，你这么顽皮，你家里人知道吗？

小品角色关系中，郝建与警察是同龄人，但在称呼上郝建违背事实，实施反事实预设，进行身份偏离，故意低警察一辈，称其为“叔叔”，依据当时情景，是一种找着救命稻草的激动，称呼之亲切迫使警察深感肩负社会职责之神圣，下意识中提醒自身更好地履行职责、秉公办事。“顽皮”是评价孩子的特点，将该词用在大妈身上亦为反事实预设，具有一箭双雕之效：郝建仍处于冤枉之境，定位大妈为老人，站在对方角度考虑问题，虽然他急于洗冤，但需要维护老人的负面或消极面子——不希望自己强加给老人“不通事理，胡搅蛮缠”，但老人误认为自己就是肇事者的行为也不受自己干涉、阻碍，于是他便采用语用缓和策略，话不说满，不强烈刺激，取得很好的控效。此外，从礼貌层级的三个语用尺度来衡量，这种虚假妙设，间接层级和选择层级较高，损惠层级中的损贬程度较低，人际关系得以润滑，增进了情感，维护了听话人的形象，不论大妈和受众都有舒服的收效。因此，这种尊重对方想法，站在对方角度采用反事实预设产生的语用缓和，在喜剧小品的幽默机制中犹如春暖花开般地令人愉悦。

4. 南辕北辙型策略

南辕北辙型策略，是指在喜剧小品中演员破坏预设常规共知性，出现与受众心理期待相反的幽默言语行为。语用预设的共知性特征中包含一种常规关系(stereotypical relations)，“若事物A一般总是常规性地同事物B等联系在一起，A和B就构成常规关系”[①]。比如对于问题：“你吃饭了？”常规关系告知你应该回答“吃”或者“没吃”。例如：

(4) 郝建：快看看摔坏了没有，疼不疼？

大妈：哎呀，我的胳膊肘呀，哎呀，我的波楞盖呀……(停顿)都不疼啊！

例(4)中，通常发生交通事故时，按照预设常规关系，人们首先关心受伤者的身体状况。大妈的摔倒，其安全问题自然引发好人郝建关注，聚焦“身体哪些部位出问题”属典型的信息交流型话语，按问题一回答的毗邻应对常规关系，此种情况下大妈只有回答“我这胳膊肘呀，波棱盖呀，腰间盘呀，都有问

① 冉永平、张新红：《语用学纵横》，高等教育出版社2007年版，第107页。

题或都疼”才符合人们心理期待，也符合关联最大化原则，只需费最小处理心力就可获得。但最后妙语句(punch line)“都不疼”的出现，使人们心理期待落空，反而获得了幽默的语境效果。因此幽默产生于“紧张的期待的落空而造成的感情爆发”，而且“这种由‘落空’到‘落实’的心理过程犹如受话人被诱惑着走在花园的一条路径上，而后却发现走错了路，即所谓‘花园路径现象’(garden path phenomena)”①。落空与说话人预想的差距愈大，幽默效果愈好，可谓进退相让之系，如同说书人去跳舞一样滑稽。这种南辕北辙型策略，是“从命题的第一种解释突然过渡到第二种迥异的解释而产生一种惊异效应，是幽默的典型语用特征之一”②。

5. 以谬治谬型策略

以谬治谬型策略，是指在喜剧小品中演员“把对方的预设借用为自己说话的前提，以归谬的方法揭示对方观点的荒谬性…又叫依样画瓢，以子之矛攻子之盾法”的幽默言语行为。③ 除言语幽默外，喜剧小品中还有肢体行为带来的非言语幽默。肢体语言如喜、笑、悲、泣等，能够帮助人们找到进行交际的共通点，这一点与语用预设的共知性特点相和谐。“例如，看到舞台上的一个戏剧人物，他的穿戴、音容笑貌和行为，甚至在听清他的话语之前就开始忍俊不禁。”④作为整个小品中带来笑声最多的高潮阶段，更确切地说，预设的归谬型幽默策略是借助于言语加肢体行为实现的。例如：

(5)大妈：(握警察手不松)

郝建：(就地倒下，抽搐)……

郝建：(分别动着相关部位)哎呀，我这胳膊肘呀！哎呀，我这波棱盖呀！哎呀，我这腰间盘呀！

郝建：走应该是能走了，但肯定也得是按表走了。

郝建：那我飞几米，都这会儿了，还跟我较那三米两米的真儿，有意义吗？

郝建：终于真相大白了大妈呀！……，才跟你演了遍回放。

肢体语言可以起到表情、模仿、替代等作用。大妈“握警察手不松”的行为，是一种表情功能，有一种找着救星的兴奋与激动，也不乏幽默功能。郝建的行为(就地倒下，抽搐)是一种替代功能，表示身体出了状况，但对受众来

① 黄碧蓉：《幽默话语“花园路径现象”的关联论阐释》，载《外语研究》2007年第6期。

② Giora, R. On the cognitive aspects of the joke. *Journal of Pragmatics*, 1991, 16(5).

③ 参见周艳丽、陈莉莉：《语用预设与喜剧小品》，载《四川教育学院学报》2008年第3期。

④ Leech, G. N. & M. H. Short. *Style in Fiction*. London: Longman, 1981, p. 335.

说，马上联想到先前大妈就是这么倒下的，随即一句接一句的话语使受众一直处于笑声当中。郝建为能洗清冤屈，不得以选择最佳相关明示刺激——用一系列大妈说过并受众熟悉的言行，达到交际意图，有了这种语用预设共有背景作铺垫，"笑"果非同凡响。究其根源，郝建运用的是逐步抖开包袱，把大妈言行构成的预设借用为自己说话的前提，进行了归谬，他也承认"演了遍回放"，属于"言语交际的结尾补充给观众和角色的共有信息的预设"的点评预设①，令人捧腹的效果达到顶峰。这种策略也可谓之"请君入瓮"型预设策略，用在惩治丑事、恶人的喜剧小品中。

**（二）喜剧小品演员幽默言语行为预设策略的运行机制**

各种预设策略使喜剧小品演员言语行为产生幽默的过程中，有一共同的运行机制或理据，即以预设的共知性特点为原型，以显映、缺损或打破为条件映射出幽默的产生。如图 5-1 所示：

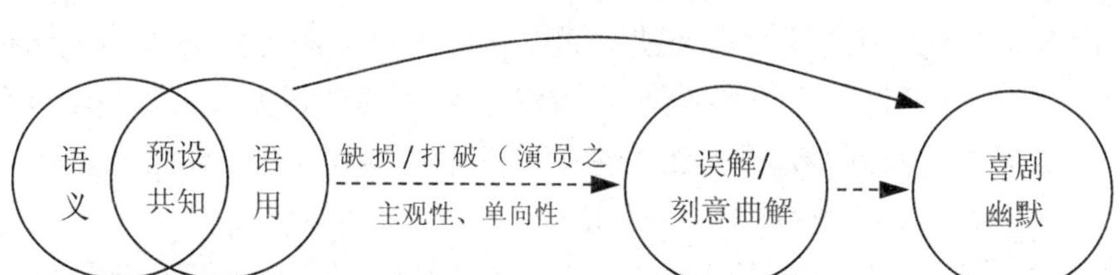


图 5-1 喜剧小品演员幽默言行预设策略的运行机制

1. 共有知识的显映

由图 5-1 可以看出，在喜剧小品演员言语行为产生幽默的过程中有三种角色分类：一是作为幽默言语行为主要参与者的演员，二是作为喜剧小品幽默故事作者的编剧，三是对喜剧小品幽默故事进行解读的受众。最上面一条箭头指向表明，喜剧小品的幽默效果都是相对于受众而言，只有受众理解编剧、演员创造的幽默，幽默才得以产生。换言之，只有受众的认知环境、知识储备与预设表达者的编剧和幽默言语行为参与者的演员认知环境显映的事实或假设相同时，才能使幽默真正产生，这是幽默产生的必要条件。总体来看，语义预设强调逻辑性，语用预设强调语境性，但无论是语义预设以隐蔽性的方式内嵌于命题语句中，还是语用预设作用于命题语句之外，其共同特点都是无须断言的信息或命题，即语义预设与语用预设存在着共知特征的重叠性，在喜剧小品幽默言语行为中发挥作用的预设策略也是以共知性为原型，

① 蒋冰清：《预设理论与言语幽默的生成机制阐释》，载《外语与外语教学》2009 年第 3 期。

语义与语用预设的共知性是人们首先认知的，编剧在编写台词时给出的预设是受众熟知的信息，建立在对受众经验性、知识性常识大致了解的基础上，共知性或共有知识的使用不需要额外进行推理，或者所付出的推理努力非常小，可视为原型。以上各种预设策略，如“抛砖引玉型”策略举隅中演员穿着破旧军大衣的打扮、脸上青一块紫一块等状况带来的丑角效应与受众认知储备中的常识性预设相和谐；“以谬治谬型”策略是建立在受众已知晓小品前面内容的基础上。因此，如果受众的认知储备与编剧、演员创造表演的预设共知性相和谐、显映，理解和实施幽默的效应就实现了一半。

2.共有知识的缺损/打破

喜剧小品中演员言语行为幽默的产生也离不开下面一条虚线箭头指向——喜剧小品演员之间作为幽默言语行为参与者，假若他们之间的预设共有知识没有显映，就会出现缺损或打破两种情况 ：第一，预设共知性成功是表达与理解的统一体，但失败或缺损却可以发生在实施和理解幽默话语的喜剧小品演员任何一方，可以是幽默发话方演员不熟谙接受方演员知识储存的共知性范围，可以是接受方不能准确理解发话方的预设共知性。总之，在发话方和听话方的双向活动中，双方的知识共享出现了问题，导致的结果是误解。第二，喜剧小品演员幽默言语发话方的预设共知性得到喜剧演员接受方充分理解，但由于有多层面信息发射系统的预设有不同层面不同理解（即认知多维性），接受方对发话方预设共知性的理解不是被动的，而是会对已经发出的信息进行过滤与筛选，从预设库中寻找出有利于自己交际意图的信息，故意进行破坏，导致的结果是刻意曲解，在言语行为中有时产生幽默。这两点可谓预设策略产生幽默的充分条件。究根溯源，另一方的误解或刻意曲解都是预设的单向性与主观性引起，在喜剧小品中，作为接受一方的演员在接受与理解过程中发挥自己的主观性，是为了顺应、调控自己的交际意图，从而打破预设共知性的固化或高频含义，如“移花接木型”“以谬治谬型”预设策略都是典型的刻意曲解，旨在使交际双方朝着有利于自己的方向发展，达到幽它一默的目的。

上述以小品《扶不扶》为语料，不同程度地利用了语义预设和语用预设的互补性合力阐述对喜剧小品演员幽默言语行为产生的影响。研究发现，演员言语行为通过两种预设中所称“抛砖引玉”“偷梁换柱”等策略使该小品获得最佳的幽默效应。由此可见，一方面一部优秀的喜剧小品离不开好的体裁，另一方面小品语言本身的幽默风趣和小品演员肢体行为的幽默也必不可少，这对编剧、演员都颇具启发性。应该说言语加肢体行为的结合产生幽默感的小品更能为受众所喜欢。此外，喜剧小品演员幽默言语行为预设策略的运行机制或理据是以共知性特点为原型，其显映、缺损或打破产生幽默。最后，不同喜剧小品演员在幽默言语行为中所使用的预设状况如何？这是本书接下来将要探讨的话题。

# 第六章 预设在现代汉语喜剧小品中的应用(演员个人篇)

在现代汉语喜剧小品表演中,我们寻找表演精湛并能给受众心灵留下深刻印记的幽默演员,其中最典型的有陈佩斯和沈腾等。通过对其系列小品进行考察,在预设理论的使用方面,各自的作品中呈现出不同特征。以下将对两位优秀演员在喜剧小品表演中的预设使用情况进行探究。

## 一、"配角"不"配"——陈佩斯系列喜剧小品预设使用探究

CCTV4 国际频道《中国文艺》栏目自 1996 年开播以来,陪伴国内外受众 20 余载,旨在将中国经典文化传递给国外华侨及全球友人,倾情构造融中华传统和现代艺术于一体的电视传播平台。其中,《中国文艺》周末版推出了系列品牌"向经典致敬",以致敬经典文艺作品及德艺双馨的艺术家为宗旨,以"抢救式记录""手工质感"和"时光打磨印记"为特征,回忆经典艺术家和艺术作品带给受众的刻骨铭心的触动。中国第一代小品王——被冠之中国的"憨豆先生""卓别林""喜剧工匠"的陈佩斯亦出现在该板块中,对其经典喜剧小品进行了一系列播放,极大地展现了其表演的广泛认可度。

陈佩斯在中国春节联欢晚会上表演过的系列喜剧小品包括:《吃面条》(1984 年)、《拍电影》(1985 年)、《卖羊肉串》(1986 年)、《狗娃与黑妞》(1988 年)、《胡椒面》(1989 年)、《主角与配角》(1990 年)、《警察与小偷》(1991 年)、《姐夫与小舅子》(1992 年)、《大变活人》(1994 年)、《宇宙体操选拔赛》(1997 年)、《王爷与邮差》(1998 年)。1984 年陈佩斯和朱时茂表演的小品《吃面条》在中国喜剧文艺发展历史上意义非凡,因其在中央电视台平台播放及播出后的巨大影响力,学界一般将其视为我们国家晚会上真正意义上的第一个小品。虽然该小品没有什么政治意义,但陈佩斯空气中吃面,吃得兴高采烈,表演得惟妙惟肖,引发受众此起彼伏的笑声与掌声,逗乐效果让人难以忘却,与过节的喜庆氛围完美融合。

综观陈佩斯在一系列小品中的舞台表演及台词文本，言语幽默、非言语幽默（如情景幽默、肢体幽默）被其展现得淋漓尽致，预设策略的使用手段也丰富多彩。通过对其预设策略的使用情况进行探究，发现在陈佩斯所饰演的角色中，其作为说话者的言语行为与受众的预设假设呈现出非常明显的显映特征，可谓"五光十色""五彩斑斓"。下文将从与受众的认知语境达成五种显映视角，概括其典型预设的使用情况。

**（一）外相与搭档设置和受众认知语境中的外相和搭档预设的显映**

1. 外相设置

外相设置是指陈佩斯扮演的角色在外相上的符号化、标签化，构成与受众大脑语境已有的外相预设相显映。如同世界级喜剧大师卓别林的出场一样，在表演形象上，他虽身材矮小，但呈现绅士气度，穿着窄小礼服，配上大号裤靴，头戴圆顶礼帽，手持文明拐杖，蓄有小撇胡须的形象，基本已被符号化。与此相同，陈佩斯扮演的角色在绝大多数喜剧作品舞台表现中，也基本上在表演一出场时，与受众对其已有的外相符号化达到了预设的共同显映：丑角居多，衣衫褴褛（绝大多数情形下为低层人物装扮），聚光的眼睛，突出的鼻子，锃亮的光头及"已到画堂前的额头"，滑稽、笨拙。有时会扮演本性不失善良的小人物（如《拍电影》中饰演群众演员、《卖羊肉串》中饰演不遵纪守法的市场小贩、《胡椒粉》中饰演低层不讲究的粗犷市民、《警察与小偷》中饰演小偷一角、《王爷与邮差》中饰演表面装傻实则策略性嘲弄、挑战、鞭笞外国洋人势力的爱国邮差等）。此外，陈佩斯本人的长相亦颇具喜感，一举一动，一颦一蹙，均能产生不言即可引人发笑的幽默效果。正如小品《主角与配角》语篇中朱时茂和陈佩斯之间话语交际所提到的：

（1）朱时茂（八路军）[①]：（指着陈）这鼻子，这眼睛，这脑袋瓜子，那几千年才出一个呀！

陈佩斯（叛徒）：（沾沾自喜）。

朱时茂：像你这样的形象是吧，小偷小摸啊、不法商贩啊、地痞流氓啊，不用演，往那儿一戳，就行了！

陈佩斯：（瞪着朱）几千年就出这么个东西，是吧？

（《主角与配角》，1990 年）

朱时茂戳中受众的共鸣点，陈佩斯的外相正如朱时茂所说，"像你这样的形象是

---

① 注：以下的小品举隅中在扮演角色第一次出现时，书写上按照小品演员姓名在前，小品中所扮演角色在后的顺序，即采用"演员姓名（扮演角色）"的格式；第二次出现时，只使用"演员姓名"，以便记载并感谢众多优秀小品演员对现代汉语喜剧小品所做的贡献。

吧,小偷小摸啊、不法商贩啊、地痞流氓啊,不用演,往那儿一戳,就行了”,连陈佩斯也自嘲“几千年就出这么个东西”。大多数情况下陈佩斯在表演中扮演的痴傻、呆萌形象和乖戾行为惟妙惟肖,仅仅依靠其外相,即便不用借助外物,不必人为的修饰,随时都能展现幽默的风致。陈佩斯这种独特的外相风格与独特的肢体语言和言语幽默展现的舞台魅力,真可谓“淡妆浓抹总相宜”。

2.搭档设置

我们发现,但凡是艺术作品,搭档预设起着不可小觑的作用。比较经典的搭档预设如中国四大古典名著之一《西游记》中孙悟空与猪八戒之个性对比,一个敏捷如风,神通广大,一个贪吃懒惰,憨蠢笨拙。再如1998年收视率创造中国第一、亚洲第一、重播率最高的电视剧《还珠格格》中小燕子和紫薇的对比搭配:一个有口无心,一个蕙质兰心;一个热情冲动,一个柔美恬静;一个大大咧咧,一个温婉高贵;一个不善书艺,一个琴棋书画精通,形成鲜明对比。在所有喜剧小品中,我们不难发现,朱时茂与陈佩斯的搭配堪称标配。在历届春节联欢晚会上陈佩斯表演的喜剧小品中,除了《狗娃与黑妞》是陈佩斯与小香玉合作外,其余皆为与朱时茂搭档。虽然朱时茂一直是陈佩斯的配角,但给人留下了深刻的印象,甚至可以说,陈佩斯小品的舞台表演成功,朱时茂是不可或缺的绿叶,朱时茂对于陈佩斯独特风格、舞台魅力的展现起到了如虎添翼之效。“鸟随鸾凤飞腾远,人伴贤良品自高”,正是两者珠联璧合、双剑合一互为贵人、互相提携,在喜剧江湖上愈行愈远。并且许多年以来,受众对于两者形象、角色上的强烈反差在大脑认知环境中早已积淀并伴随二人的舞台出现形成显映。两者相貌上的一文明一粗鲁、一睿智一憨傻、一白脸一黑脸以及绝大多数情形下表现出的一正一邪,按照优势论/优胜论/ 蔑视论(Superiority theory)幽默理论来审视,对于那些被描述或表现为痴傻、愚笨、呆蠢、刻板、丑陋、遭受不幸的人,受众往往表现的一种优越感,观其面相即令人发笑。设若剧本反转,陈佩斯扮演的角色代表着文明正气,与受众心目中认知语境储蓄的预设不相匹配,受众就会不以为然。恰如小品《主角与配角》中的角色扮演中,八路军地下党与叛徒特务的角色进行服装互换,身着八路军着装的陈佩斯看起来仍然像叛徒特务,而朱时茂虽然衣着被给定的叛徒特务行头,依然呈现出八路军或地下党员的派头。对此,小品中朱时茂有一句一语中的点明预设的台词:

(2)朱时茂(八路军):你说就我这样的,他穿上这个衣服他也是个地下工作者啊!(指陈)你们再瞧瞧这位。他整个儿一个打入我军内部的特务!

(《主角与配角》,1990年)

如此令人忍俊不禁，完完全全和受众认知语境中语用预设的共知性产生共鸣。所以，二人的外貌、角色形象，已经处于“鱼离不开水，水离不开鱼”的微妙关系，多年来已经在受众的大脑认知语境中定型。

喜剧小品也是描写人物的艺术，喜剧语篇的创作能够为喜剧人物的“成长”提供必然性条件，喜剧人物的成长需要在一定的语境、一定的人物关系中得到彰显与表现，喜剧人物表演状况、思想意蕴都直接影响到喜剧故事情节的展开与推进，同时影响到舞台剧场性气氛的营造。陈佩斯表演了一系列小品，以经典代表作《主角与配角》为例，其主题在于突出刻画人物形象，即突出群众演员表现出来“二皮脸”形象：本不想扮演反角叛徒，但千变不化又回到受众的期待，最终仍然跳不出叛徒特务的设定。陈佩斯在表演中的一言一行、一举一动，有利于深化主题，突出“叛徒”这一人物形象，表演惟妙惟肖，入木三分，令人捧腹。下面先以该小品为例探讨在深化主题、突出人物形象方面，演员陈佩斯以及文本是如何使用不同预设手段的。总体来看，几种显映方式如激发受众的语言、内容图式与之相显映以及与受众的百科认知常识、顺序相显映等得到运用。

**（二）激发图式预设与受众的认知语境知识储备相显映**

陈佩斯系列喜剧小品在突出人物形象方面，可以给其他喜剧小品起到很好的示范作用。陈佩斯扮演的一般都是小人物，绝大多数是丑角。其中，激发受众的图式相显映的预设使用是达到该种交际意图的手段之一。根据图式理论的基本观点，图式一般可以分为三种类型：语言图式（linguistic schemata）、内容图式（content schemata）、修辞图式（rhetorical schemata）。下面将重点探讨语言图式和内容图式。

1. 语言图式及其显映

语言图式是指掌握运用语言的能力，如掌握一定的词汇、句法和习惯用法等方面的语言知识以及相对应的规约意义，重在强调对构成材料的语言的掌握程度。语言在传递信息过程中起到奠基作用，没有相应的语言图式，就无法进行其他相关活动。在陈佩斯表演的小品中，语言图式最明显的词汇手段是预设触发语词汇本身意义的激活，与受众的认知语境相互显映。如：

(3)朱时茂（八路军）：你是叛徒？

陈佩斯（叛徒）：（惊讶不解）我是叛徒?！哪部戏？

朱时茂：就这个戏。

陈佩斯：啊！这回，这回我又叛变了？

（《主角与配角》，1990年）

话语“这回我又叛变了”中的“又”字作为表示反复触发语的词汇使用，预设在以前的角色扮演中，陈就扮演过叛徒，与受众大脑认知环境的“丑角”显映。再如：

(4)陈佩斯(叛徒)：我是第几场？第四场被鬼子给抓住的？

朱时茂(八路军)：对。

陈佩斯：受尽了敌人的折磨、严刑拷打，你说我要是再坚持一下……

朱时茂：嗯？

陈佩斯：我要是再咬咬牙(停顿)不就挺过来了吗？

朱时茂：那你不就成了正面人物了吗？

(《主角与配角》，1990 年)

话语“你说我要是再坚持一下……”中的“要”相当于预设触发语的反条件句法，预设“没挺过来，当了叛徒”；“不就挺过来了嘛”作为反问疑问句法，预设“没挺过来”，再次加强前言。

2. 内容图式及其显映

虽然语言图式在信息传递过程中起到奠基作用，但内容图式对于信息传递及交际获得的作用不可小觑。内容图式包括语言的意义和有关篇章内容的文化背景知识，指对篇章相关内容的掌握能力，能够帮助听话者预设信息，排除歧义，圈定信息，锁定对篇章相关内容的理解。某种程度上，内容图式可以弥补语言图式的不足。在陈佩斯表演的小品中，内容图式的显映主要体现在激活受众大脑认知语境中有关“叛徒特务”的内容图式，与受众已有的“叛徒特务”背景知识中的形象显映，其效果达成是通过显性话语的明示。如：

(5)陈佩斯(叛徒)：你、你、你看，你，老茂，啊！咱咱咱——山东大汉，讲义气，够朋友！为朋友情愿两肋插刀啊！今天——朋友我有点忙你得帮一帮吧？

朱时茂(八路军)：你有什么事儿尽管说啊！

陈佩斯：你看——你替我叛变一下？

(6)陈佩斯(叛徒)：你、你要是觉着吃亏，这件绸子衣服给你，我穿粗布的。

(说着就想跟朱换衣服)

(7)朱时茂(八路军)：是——你小子！

陈佩斯(叛徒)：是老子我！

朱时茂：啊！是你把敌人引到这儿来的？

陈佩斯：嗯……嘿嘿……队长，(嬉皮笑脸)，皇军托我给您带个话儿，

(边说边把朱引得背对观众)只要你能够投降皇军……

(8)朱时茂(八路军):(不耐烦地推开陈)白日做梦！你这个叛徒！

陈佩斯(叛徒):(嬉皮笑脸地又挡过来)呃——我这都是为了您好啊。太君说了……(用帽子遮住朱的脸)

(9)朱时茂(八路军):开始！

陈佩斯(叛徒):(亮相)同——志们！坚持就是胜利！人民等着我们立功的消息。弟兄们！给我顶住！顶——住！

朱时茂:什么啊这是！(说着就要下去)

陈佩斯:哎！上啊！

朱时茂:(跑回来)队长！

陈佩斯:什么人！

朱时茂:别开枪！是我！

陈佩斯:啊——是你小子！我问你！是你把八路军……

(10)陈佩斯(叛徒):就没什么条件吗?

朱时茂(八路军):没条件啊！

陈佩斯:废话！没条件谁投降啊！

朱时茂:这是正面人物吗,这个?

(11)陈佩斯(叛徒):啊——我明白啦！

朱时茂(八路军):明白什么?

陈佩斯:闹了半天,你小子把太君给我的好处——都吃了回扣了吧?

朱时茂:这还带回扣呐！

(12)陈佩斯(叛徒):呵呵！我临来的时候皇军都告诉我了……

朱时茂(八路军):怎么说的?

陈佩斯:皇军托我给您带个话儿。

朱时茂:嗯！

陈佩斯:只要你能够交枪投降皇军——保证你一辈子荣华富贵,金票大大的啊……

朱时茂:(拍桌子)白日做梦！你这个叛徒——

(《主角与配角》,1990 年)

内容图式强调对文本内容范畴和文本主题的熟悉程度。对某一文本话题具有熟悉内容图式水平的受众,再见识到与熟悉的内容图式一致或近乎一致的文本,会在大脑中迅速激活相关知识。这一点符合认知框架中"容器图式"[①]的界定,符合人们直接体验的认知规律。这一系列举隅中,根据语言选词的使用,诸如称呼语的选用,例(7)中的自称称呼语"老子"、他称称呼语"皇军",例(8)中的他称称呼语"太君",例(9)中他同行同辈的称呼语"弟兄们",无一不是"叛徒"对自我、对日本军的称呼;再如,动作词的选用,如例(5)中的动作词"叛变",例(7)"只要你能够投降皇军",表达意欲进行的动作行为"叛变皇军",例(6)中不同服装材料交换的描述"绸子衣服"与"粗布",例(10)提出"没条件谁投降",例(11)提出的假想"你小子把太君给我的好处——都吃了回扣了吧",例(12)开出的条件"保证你一辈子荣华富贵,金票大大的啊……"也无一不是叛徒叛变革命的嘴脸与意图凸现。如此这般,把这些词语一并放到有关"叛徒"的内容容器图式中,与受众中已经储存的"叛徒"知识体系相互联系和重现,并不断在头脑中得到激活,顺利完成"叛徒"这一形象的刻画,入木三分。受众将已有所听、所看到的情景加以预期,建立并形成和自己心理期待相匹配的理想心理模型,匹配成功,使其对自己头脑中的内容图式成功被激活获取到成就感、满足感与喜悦感,从而使预设为相关推断原则提供合理性(the soundness of relevant principles of inference)。[②]

**(三)部分预设与受众认知语境的百科知识、事件顺序相显映**

在陈佩斯表演的系列喜剧小品中,与受众的百科知识或百科认知事件发生的顺序相显映的预设手段,主要体现在喜剧小品中新的预设分类——保存预设、引明预设、点明预设的使用中。如:

(13)陈佩斯(叛徒):(瞪着朱)几千年就出这么个东西,是吧?

朱时茂(八路军):你不是东西,是吧!

陈佩斯:什么?你说我不是东西!

朱时茂:啊,你是东西!

陈佩斯:我是什么东西?

(14)朱时茂(八路军):来!我主要是让你看看我是怎么演配角的。

陈佩斯(叛徒):啊不不不,我今天让您看看我能不能演主角。

朱时茂:你说就我这样的,他穿上这个衣服,他也是个地下工作者啊!

---

① 何自然、冉永平等:《认知语用学——言语交际的认知研究》,上海外语教育出版社2006年版,第75页。

② Wright, C. Replies, part IV: warrant transmission and entitlement. In A. Coliva (ed.), *Mind, Meaning and Knowledge: Themes from the Philosophy of Crispin Wright* (pp. 451-486). Oxford: Oxford University Press, 2012, p. 467.

（指陈）你们再瞧瞧这位。他整个儿一个打入我军内部的特务！

陈佩斯：（穿好衣服后傻笑，两手叉腰，神气十足）

(15)朱时茂（八路军）：住口！住口！我代表政府代表人民我枪毙了你……

陈佩斯（叛徒）：（在朱开枪之前倒下）

朱时茂：哎！人呐？人呐！

陈佩斯：（坐起来）哎，这儿呐！

朱时茂：我还没打你怎么就倒了？

(16)陈佩斯（叛徒）：只要您能够交枪投降皇军——保证你一辈子荣华富贵，金票大大的啊……

朱时茂：（拍桌子）白日做梦！你这个叛徒——

（《主角与配角》，1990 年）

保存预设的原型，是指在“是”与“不是”“对”与“不对”“有”与“没有”“可以”与“不可以”等有两个相反的答案中选取任何一个答案都不利于听话者。正反问话，对问话者是一种策略，对于听说者要表现出足够的智慧，淘洗出其中的预设，从而避免出现不利于己方的信息。

例(13)中“是东西”与“不是东西”均为詈语，呈现贬义词的特征，幽默优越论中的贬低带来的优越感给受众带来了善意的笑声。

引明预设，指“言语交际的开始首先引导补充给观众和角色的共有信息的预设”[①]，例(14)中，明示信息“你们再瞧瞧这位。他整个儿一个打入我军内部的特务”，朱补充给受众新的共有信息，引导启发受众建立新的心理期待，陈在最后肢体表现上的“穿好衣服后傻笑，两手叉腰，神气十足”有力配合了朱之前的明示，令受众为之一笑。

点明预设，指“言语交际的结尾补充给观众和角色的共有信息的预设”[②]。例(14)朱时茂虽换穿上叛徒服装，受众以服装、气质判断朱不像叛徒，朱便将受众所想用明示的语言表述出来：“他穿上这个衣服他也是个地下工作者啊！”同样，例(15)，陈佩斯扮演的叛徒在朱时茂扮演的八路军干部未开枪便倒在地上，这种“倒地死亡——开枪”的事件发生顺序显然有悖于受众对于“开枪——倒地死亡”的常识顺序认知逻辑，朱此时又把受众大脑语境中所想，用语言明确地表达出来：“我还没打你怎么就倒了？”点明预设的结果

① 丛日珍：《“预设”VS“前设”语用功能呈现与认知理据辨析——以中国现代喜剧小品为例》，载《西安外国语大学学报》2018 年第 3 期。

② 蒋冰清：《预设理论与言语幽默的生成机制阐释》，载《外语与外语教学》2009 年第 3 期。

是，伴随着角色言语者补充给受众大脑认知语境中已形成的共有知识的判断，受众的感知与其共鸣，使得受众会心一笑。整个语篇点明预设的高潮部分当属例(16)，陈在这个言语行动过程中力图摆脱“叛徒特务”的形象，不想充当“配角”，但其言语及肢体表现却聚焦性地全部指向了“叛徒特务”的形象，受众在赏析整个表演的过程中对此了然于心，偏偏朱到表演最后将其用语言说出来，“你这个叛徒”，兜兜转转，大千世界走过路程万里，忘带的心仍在原地逗留，欲进行改变的意图又回到原点，认知互明效果达到高潮，引得笑声不断。

**(四)肢体语言展示预设与受众认知语境中预设概念相显映**

以上主要是以《主角与配角》为举隅，探讨陈佩斯及其文本中如何运用预设策略，下面将选择陈佩斯其他小品语篇表演进行扩展探讨研究。我们看到，陈佩斯在肢体语言使用上创造的幽默堪称一时无二的佳作，受众依傍生活经验积累在大脑中能够显映出其肢体语言的含义。

陈佩斯在舞台中展现的肢体幽默令人印象深刻，上文提及的外貌特征就是肢体语言幽默的一部分：聚光的眼睛意指眼睛小，但当他收到角色搭档发出的指令时，会活灵活现地瞪圆眼睛、瞪大、不动、呈现斗鸡眼等；突出的鼻子是指鼻子大；锃亮的光头，“已到画堂前的额头”指脑门大。这些外貌特征在肢体幽默展示中已经具有排他性，产生了丑角效应，令人忍俊不禁。陈佩斯在小品《吃面条》《主角与配角》《拍电影》《宇宙体操选拔赛》《胡椒面》等扮演低层市民的小品中肢体幽默被体现得淋漓尽致。除了光头，眼睛的眨瞪、斜睨外，陈佩斯的肢体幽默还展现在颈项的伸缩、转动，腿脚的跑动、蹲起的发力等肢体表演上，与受众认知语境中对于这些肢体语言的理解相互显映。“世界上的语言各异，但所有的人都一样地哭，一样地笑。”[①]受众即使在不聆听语言的情形下，仅仅通过肢体表达便能知晓演员所传递的信息，这就是优秀表演者的肢体语言、形体幽默的魅力，而陈佩斯在其系列小品中展现的肢体幽默可以作为电影学院进行模仿学习的样板。这种利用肢体语言表示预设共知性呈现“预设最大化”(Maximize presupposition)[②]的经济原则，助力与受众认知语境中的预设概念相显映。

**(五)转移预设的使用与受众认知语境词汇中转移预设概念相显映**

陈佩斯在其系列小品中经常以“二皮脸”的形象出现，每每说出不利于听

---

① 从日珍：《从体态语的功能看语言的共性》，载《山东省青年管理干部学院学报》2006 年第 1 期。

② Singh, R. Maximize presupposition and local contexts. *Nat Lang Semantics*, 2011, 19.

话者的预设话语，且被听话者析出时，便对前面的预设进行顺应性调整，进而转移预设，解放、解脱自己的同时，又使听话者无言以对，呈现出“总有理”“常有理”的状况，以幽默论中的优越论窥视之，“贫嘴”“二皮脸”形象油然而生，令受众无奈而又捧腹。进行转移预设的主要手段为谐音及语序错位等相关运用，使用后的话语预设辞典（字典）意义与原有预设辞典（字典）意义的语义大相径庭。如此，预设辞典（字典）意义由不利于听话者转变为利于听话者或说话者的一方。

(17)陈佩斯（小商贩）：有……你说什么？

朱时茂（警察督查）：执照。

陈佩斯：知道。

朱时茂：营业执照。

陈佩斯：应该知道的？

（《卖羊肉串》，1986 年）

(18)朱时茂（警察督查）：再让我看见你……

陈佩斯（小商贩）：您加倍罚款啊！

朱时茂：快走啊！

陈佩斯：走，走，走，走您的吧！（弹手指头）

朱时茂：你说什么？

陈佩斯：我马上走啊您哪……走，有这么容易吗？轰我走，嘿嘿，您还嫩点！

（《卖羊肉串》，1986 年）

说话者陈佩斯扮演的舞台银幕角色“不遵纪守法的商贩”和朱时茂扮演的“警察督查”在剧情进行过程中，基于预设主观性、单向性的特征，各自的假想预设不同。例(17)中，朱出于工作职责，需要陈出示“执照”，陈面对无证经营的现实，为避免暴露这种虚假，不利于自己的情况，用谐音话语“知道”回答，企图稀里糊涂蒙混过关，并给朱正常工作带来困难，设置障碍，明显不利于说话者朱。例(18)中，陈在因为初犯被朱豁免罚款后，以弹手指头的肢体语言外加“走您的吧”的显性言语，窃喜撒谎伎俩未被识破，并表露出蔑视对方上当、无知的信息意图。始料不及的是，该言语被说话者朱听到并被析出，并追问“你说什么”，陈巧妙地利用谐音加语序错位添加，使用“我马上走啊，您哪”，将原有话语的“朱走”瞬间变成“陈自己走”，令朱无语，陈又成功地保护了自己。类似这些语言手段展示的预设转移，带来了预期的良好幽默效果。

陈佩斯系列小品赢得受众笑声获得成功的因素很多，但从预设角度来考察，陈佩斯独特的外相预设与朱时茂“焦不离孟，孟不离焦”的搭档预设和受众的认知语境显映，激发语言图式、内容图式与受众的认知语境显映，采用保存预设、引明预设、点明预设来激活相关概念，使肢体语言与受众的认知语境显映以及转移预设的使用与受众认知语境词汇中转移预设概念相显映，构成了小品获取成功预设使用“显映”的重要特点。受众笑声不断，观赏陈佩斯使出浑身解数，力图在小品《主角与配角》中挣脱丑角叛徒“配角”形象，但最终未果。小品展现的情节虽如此，但毋庸置疑的是，无论是陈佩斯本人，还是其表演的系列小品，乃至预设的使用情况，从来自受众绵延不断的笑声中，我们已经作出一个确定的判断与结论：陈佩斯俨然已经成了该小品表演中的“主角”。

## 二、“麻辣香魅”——沈腾系列喜剧小品预设运用之管窥

天津有一道色香味俱佳的传统地方名点，名曰“麻花”。麻条中间夹有桂花、闵姜、芝麻、桃仁、瓜条等多种小料制成的酥馅，这种酥馅使得炸出的麻花既酥软又香甜，与众不同。此外，天津麻花保存时间长，倘置放于通风干燥处，历经数月味道依旧，松脆如旧。

四川重庆亦有一道闻名遐迩的地方特色小吃，谓之“麻辣火锅”。火锅内盛麻、辣、咸的卤汁，放入红椒、花椒、海椒及其他多种食材，形成一道选料广泛、善于变化、讲究调味、多味并存，但以麻辣为主的美味佳肴。

天津麻花与重庆麻辣火锅相遇，将会碰撞出何种味道？毫无疑问，天津麻花的香、酥、脆、甜混合重庆火锅的麻、辣、咸，将会给人们的味蕾带来多味杂陈的感受。

如同这天津麻花与重庆麻辣火锅的内涵与味道合体，现代汉语喜剧小品演员——沈腾表演的系列作品也带给受众多味并陈的感觉，每一部作品总是令受众充满期待，从搞笑性、艺术性、内涵性上均呈现出有滋有味、精神饱满的状态，每次回看皆韵味无穷。沈腾表演的作品风格与题材，犹如重庆火锅的食材多样，总是充满变化和无限的可能性，有的呈现磅礴大气，有的展示唯美意境，有的唤醒良知思考，有的致敬名人经典，其别出心裁、独辟蹊径的内容创新，使受众领略到如经典美食一样的喜剧小品的魅力。

### （一）沈腾从话剧、喜剧小品到影视剧三级跳的成功

沈腾的社会身份是导演兼演员。在其事业发展中，由舞台话剧表演、喜

剧小品表演到涉足影视剧，一步步地迈向成功之路。

沈腾毕业于解放军艺术学院戏剧表演系，毕业后签约开心麻花团队，从事舞台话剧表演，2003 年出演开心麻花第一部舞台剧《想吃麻花现给你拧》，2006 年出演话剧《我在天堂等你》。在舞台话剧表演期间，沈腾虽未有“小荷才露尖尖角”的锋芒，却为其后来名声大噪的喜剧表演打下了扎实的专业基础。

沈腾个人的成功源于 2012 年 1 月，由于思维灵敏、语言犀利幽默，他首次作为喜剧小品演员登上央视春晚，并在春晚上表演了小品《今天的幸福1》，在该小品中饰演助人为乐的“郝建”。之后 2013 年 2 月，再次以“郝建”助人为乐的角色登上央视春晚，并表演了小品《今天的幸福 2》。2014 年 1 月，复以“郝建”助人为乐的形象登上央视春晚，并表演了小品《扶不扶》，随后在社会上，但凡听到“郝建”，便被贴上了“好人”的标签，可见沈腾扮演的“郝建”这个角色已深入人心。在塑造了一系列的“好人郝建”角色后，沈腾开始跳出该种模式与形象，勇敢地参加了东方卫视《欢乐喜剧人》的竞赛节目。此时，舞台话剧表演期间打下的厚实基本功再次发挥魔力，在《欢乐喜剧人》第一季中凭借勤奋与完美的搭档，一举摘下“喜剧之王”的桂冠，可谓实至名归。在所有 12 期的节目中，当其他竞演队伍的“三板斧”基本都砍完之际，唯有他领衔的开心麻花给人带来精彩不断之感。12 期节目中，沈腾作品题材广泛：有展现战争题材的喜剧小品《热带惊雷》；有纯搞笑、以救人遭遇各种糗事为主题的《人生自古谁无死》；有以防拐为题材，扮演拐卖儿童的老太太，又反转成防拐宣传员的小品《爸爸爸爸爸爸》；有形式“高冷”，不使用配音配乐，而依赖大量的身体动作和面部表情等非言语幽默，使受众感知角色内心思想，参透现实世界人情冷暖，接受火热心灵拷问并致敬世界级默片喜剧大师卓别林及对“绅士默剧”有完美诠释的《小偷在哪儿》；有表明牛仔生活，把小品演成了大片，带给受众唯美感的《赏金猎人 1》《赏金猎人 2》；有天使在左、恶魔在右但颇具搞笑色彩的《一念天堂》。这些作品带给受众不同的感官体验，也带给受众人性善恶轮回的哲学思考，等等。总之，沈腾将每一种小品语篇中的身份演绎得多姿多彩，其在国内的小品表演中可谓一枝独秀，呈现出生机盎然的新气象。

在小品界扬名以后，沈腾开始涉足影视业，小品表演的影响力给参演的电影带来强大的辐射力。2015 年 9 月，由他主演的电影《夏洛特烦恼》上映后，凭借着受众的青睐，以票房强势完美收关。《夏洛特烦恼》也让沈腾获得 2016 年第 33 届大众电影百花奖最佳男主角提名奖。

如此，沈腾在其事业生涯中由舞台话剧起步，成名于喜剧小品的表演，进而涉足影视剧表演获得成功，在这一三级跳的过程中，喜剧小品的巨大成功无疑起到了重要的津梁作用。下面将从预设视阈管窥沈腾系列喜剧小品成功的原因。

**(二)关于沈腾喜剧作品的相关学术研究**

有关沈腾作品的相关研究，从清华同方的CNKI中输入主题词“沈腾”和主题词“开心麻花小品”，检索后发现共有33条有关沈腾的文章，剔除法律身份等的沈腾，以喜剧演员身份的沈腾为研究对象的论作，主要内容集中在以下几个方面：语言顺应视阈下对沈腾小品的幽默言语分析（连利军①、徐悦②、丁祥倩③、罗丽霞④），以沈腾的爱情解秘为主题内容（李瑞娟⑤）；基于合作原则的幽默语言研究（杨欣蓉⑥）；以开心麻花团队表演的作品为语料，探讨喜剧的创新（谢旭慧⑦，张栗晶⑧，谢旭慧、王珏、杨继林⑨）；有关预设视阈下沈腾及所在团队开心麻花的幽默语言研究（刘瑞杰⑩、黄慧婷⑪）。其他诸如开心麻花的语言策略、市场运作、价值取向、品牌传播、对群文喜剧小品创作的启示、话语改变电影的策略研究等（王莹⑫、袁春晖⑬、李志茹⑭、胡雪妍⑮、杨佳佳⑯、张馨予⑰）。因此，通过CNKI的检索结果来看，预设视阈下的沈腾系列小品的研究，尚具有一定的先创性。

---

① 连利军：《从语言顺应论角度审视开心麻花团队春晚喜剧小品的幽默语言》，载《商》2015年第5期。

② 徐悦：《语言顺应视域下沈腾小品台词的语用策略分析》，载《现代交际》2017年第5期。

③ 丁祥倩：《顺应论视角下“开心麻花”春晚小品的幽默言语生成研究》，东北师范大学硕士学位论文，2017年。

④ 罗丽霞：《开心麻花小品中言语幽默的顺应研究》，湖南科技大学硕士学位论文，2017年。

⑤ 李蕊娟：《为爱癫狂：沈腾和小师妹的麻辣爱情》，载《劳动保障世界》2016年第2期。

⑥ 杨欣榕：《从合作原则看小品〈扶不扶〉中的幽默》，载《现代交际》2014年第3期。

⑦ 谢旭慧：《喜剧小品的创新之路——以开心麻花作品为例》，载《戏剧文学》2015年第4期。

⑧ 张栗晶：《喜剧小品的发展与创新研究——以开心麻花作品为例》，载《今传媒》2017年第11期。

⑨ 谢旭慧、王珏、杨继林：《从〈欢乐喜剧人〉看开心麻花的小品创新》，载《上饶师范学院学报》2017年第2期。

⑩ 刘瑞杰：《语用预设与喜剧小品——以“今天的幸福”为个案研究》，载《海外英语》2014年第1期。

⑪ 黄慧婷：《浅析小品〈扶不扶〉中的语用预设策略》，载《安徽文学》（下半月）2014年第7期。

⑫ 王莹：《开心麻花的语言幽默策略》，载《吉林广播电视大学学报》2015年第3期。

⑬ 袁春晖：《开心麻花（天津）市场运作的研究》，天津音乐学院硕士学位论文，2016年。

⑭ 李志茹：《试析近年春晚小品的价值取向——以“开心麻花”作品为例》，载《佳木斯职业学院学报》2016年第7期。

⑮ 胡雪妍：《开心麻花的喜剧品牌传播研究》，辽宁大学硕士学位论文，2017年。

⑯ 杨佳佳：《浅谈“开心麻花”作品对群文戏剧小品创作的启示》，载《戏剧之家》2017年第8期。

⑰ 张馨予：《“开心麻花”话剧改编电影的策略研究》，江苏师范大学硕士学位论文，2018年。

### (三)“形形色色”——沈腾系列喜剧小品预设使用情况

观察沈腾系列喜剧小品及研究预设之运用情况，根据语义预设的字典意义并结合语用预设的特征，我们发现其预设的使用情况亦可谓形形色色，主要分类如下：

1. 借用预设的使用

借用预设的使用是指预设具有百科知识、逻辑知识的共知性，为受众所熟悉的电影、电视剧、歌曲、小说、曲艺、戏剧、诗集、谚语、歇后语、名人等作品的名称、作品人物或作品内部耳熟能详的引言被借来直接运用到现代汉语喜剧小品的语篇台词中。如：

(1)艾伦(朋友)：等会！这你看你妈你能空手来啊？

沈腾(郝建)：你你你是知道的，我这来也匆匆啊。

艾伦：那你不能去也匆匆啊，你忘了？你说你带了放兜里了。

沈腾：不，我这兜里是我的精神损失费。

（《今天的幸福1》，2012年）

(2)马丽(老板)：我告诉你，小建这种西式的表达方式你是理解不了的！每天一睁开眼，就是“我爱你”“我爱你”“我爱你”。哎呀那甜言蜜语把你甜的呀！小建，来，走一个！走一个！走走走走起来！(踩了小建一脚)

沈腾(郝建)：(被踩疼了)啊啊！我爱你！(对着手机)塞北的雪……

（《今天的幸福2》，2013年）

例(3)杜晓宇(前夫)：哎呀，我真是彻底被你的天真给打败了！

沈腾(郝建)：打败你的不是天真，是“无鞋”(谐音，无邪)！(抬脚)

（《今天的幸福2》，2013年）

例(1)中“来也匆匆”“去也匆匆”，来自香港著名歌手周华健演唱的歌曲《刀剑如梦》，例(2)中“我爱你，塞北的雪”来自周琪华、殷秀梅等演唱的歌曲《我爱你，塞北的雪》；例(3)“天真”与“无邪”组合成“天真无邪”，最早出自顾笑言《正月十八吃元宵》，基本释义为心地善良纯洁，没有复杂、不正当的想法，后《盗墓笔记》中主人公吴邪被冠之以“天真无邪”的绰号。如此这般，这些为一般受众喜闻乐见、司空见惯的歌名、歌词、名人名言等直接被借用到喜剧小品语篇的台词创作中，为受众熟悉理解并使用。

2. 类置预设(或类设预设)的使用

类置预设(或类设预设)的使用是指预设具有百科知识、逻辑知识的共知性，为受众所熟悉的电影、电视剧、歌曲、小说、曲艺、戏剧、诗集、谚语、歇后语、名人等作品的名称或作品内部耳熟能详的引言被借来，并根据小品语篇的上下文语境之需，以原型结构类造，作部分词汇修改，设置形成新的语义预设，被运用到现代汉语喜剧小品的语篇台词中。如：

(4)沈腾(郝建)：嗯，好吧！有什么事赶紧，我剩下的时间恐怕不多了！老板你说你俩咋还离婚了？前夫哥长得也算是一表人渣吧！

(《今天的幸福2》，2013年)

(5)沈腾(郝建)：我跟你说邓小亮你说你是不是彪啊？你说你让我帮你演谁不好，偏得让我帮你演你儿子，就你出这破招你媳妇能信？除非她也彪。

艾伦：我老婆肯定信！(一副志在必得的样子)

沈腾：哎呀妈呀，你两口子真是比翼双彪啊！

(《今天的幸福1》，2012年)

(6)艾伦(朋友)：(惊讶)跟狗都能吵啊？

黄杨(朋友妻子)：我跟孩子聊天哪，我说宝宝，妈妈怀你可辛苦了，长大了千万别把妈妈忘了。它冲着我汪汪汪了！

艾伦：你没咬它吧？

黄杨：它没咬我我能先咬他么？那我不不占理了！

艾伦：大气！(伸出大拇指)以德服狗！

(《今天的幸福1》，2012年)

例(4)、例(5)、例(6)中根据语境需求，其结构原型分别是“一表人才”“比翼双飞”“以德服人”，受众对于这些成语的字典语义预设了然于心，但根据上下文语境状况，为表达思想，如：例(5)出现的“邓小亮你说你是不是彪”和“我老婆肯定信”，得出结论“比翼双彪”顺理成章；例(6)中出现的“它没咬我我能先咬他么”，疑问句推断“我不先咬狗”，得出结论“以德服狗”也持之有故；并且，“渣”“彪(东北方言，傻的意思)”“狗”，在汉语文化中均有贬义色彩，以“狗”为例最为典型，有“狗眼看人低”“狗仗人势”“狗急跳墙”“狗皮膏药”“鸡零狗碎”“鸡鸣狗盗”“狼心狗肺”“鸡飞狗跳”“人模狗样”“狐朋狗友”等等。因此我们有一个规律性发现：在喜剧小品的类置预设(或类设预设)中，为了达到幽默搞笑效果，在对一些以原型结构类造作部分词汇修改时，修改后的词汇语义具有贬义、弱势色彩，这样就符合幽默论中的优胜论/优越论/蔑视论观点，那些被描述或表现为痴傻、愚笨、呆蠢、刻板、丑陋、遭受不幸的人，往往表现为一种优越感，在没有其他情感参与的情况下，对弱势群体拥有尊严进行了贬低。但不可否认的是，这类类置预设(或类设预设)创造的幽默为受众带来笑声，可以达到减轻压力、释放抑郁的目的。

3. 故置预设（或故设预设）的使用

语言符号具有字典意义的语义预设，语用预设具有百科知识、逻辑知识的共知性，故置预设的使用是指利用语义预设的字典意义中的同音（有时是近音）异义词，利用语用预设的百科知识、逻辑知识等共知性特征，故意设置某种预设，运用到喜剧小品语篇台词中，达到搞笑有趣的语用效果。

a. 同音（有时是近音）异义词或谐音引发的异义语义预设

（7）马丽（老板）：什么？我听不清！我洗澡（枣）呢！你过来说！

沈腾（郝建）：哎呀！我就先不过去了吧！

马丽：你真会赶时候！正好，我刚洗的澡（枣）。（端着枣出来）郝建？

（8）马丽（老板）：（郝建要出来，连忙叫了声）郝建！（好贱）

杜晓宇（前夫）：（听到了以为在说自己）好，我贱！我好贱呐！

（9）王琦（郝建媳妇）：我是郝建的内人，“建内”！（指着郝建）郝建，你今天必须给我个说法！

（《今天的幸福 2》，2013 年）

《今日幸福 2》可谓包袱密集，梗连不断。郝建这一角色在小品中也变着样地“要贱”，但这种“要贱”却戏而不谑，乐而不淫。例（7）中的“洗澡”和“洗枣”，在字典的语义预设中不是一个行为内涵，“枣”和“澡”作为同音异义词被利用，为主题的发展作了铺垫，喜剧小品的文本编剧故意将两谐音词一起使用，制造一种老板和员工之间关系暧昧的气氛；例（8）中的“郝建”则完全取谐音“好贱”，用于角色的自黑；例（9）中的“郝建的内人”，本无可厚非，指“郝建的老婆”，简称为“建内”，取谐音“贱内”后语义发生了变化，古代称呼“贱内”用于对自己老婆的谦称，此处语境中，这种谐音故置预设无疑获得了自嘲的搞笑效果。

b. 百科知识引发常识认知的语用预设：

例（10）沈腾（郝建）：（看看手机）不是我不配合呀，这表面上看是三个人，其实是四个人呐！

马丽（老板）：四？

沈腾：嗯。（扬扬手机）

马丽：呃哈哈哈，咋啥事都往外说啊！（摸摸肚子）

沈腾：（快哭了，捂着脸）哎呀我的老天爷爷呀！

杜晓宇（前夫）：（走到一幅画前）不要脸！

沈腾：前夫哥，你头上有顶帽子。

（前夫哥一看，是顶绿的帽子……）

（《今天的幸福 2》，2013 年）

《今天的幸福 2》共有四名角色，分别是女老板、女老板前夫、员工郝建与多疑的郝建妻子。验证郝建和女老板男女关系是否正常，郝建妻子要求郝建将电话置于免提状态，以便监听他们对话的内容。这样的情景预设在小品一开场的时候，受众已经了然于心。郝建所指的四个人，也正是指以上四个人。但此处被小品的编演者故意利用常识，设置新的预设，"咋啥事都往外说啊(摸摸肚子)"，生活百科知识认知将女老板的信息传递给受众，那就是第四人是腹中的宝宝，如此就隐含女老板和员工郝建确实关系非同一般，系紧了包袱，疑虑误解加深；根据语用预设的描述，前夫哥头顶的"绿帽子"表达着一个不完整的命题（an incomplete proposition），有能力的话语接受者会寻找出和这个不完整表达在这个话语语境中有意义的相关命题。[①] 语用预设的生活百科告知受众，并非指"绿颜色的帽子"，在汉语文化背景下，指丈夫遭受妻子不忠贞红杏出墙的行为状况，对于主题深入引起的误解又迈进了一步，受众看了自然忍俊不禁。

4. 转移预设的使用

转移预设的使用是指喜剧小品语篇的台词创作中，由于原有预设的取消、原有话语预设焦点的变动，原有预设的单向性、主观性等因，导致原有预设发生转移情形的使用。

a. 转移预设的第一种情形：可取消性

(11)黄琦(郝建媳妇)：我就纳闷了，你那个离了婚的女老板，为啥要提拔你当大堂经理呢？

沈腾(郝建)：昂……闹了半天你是怀疑我！

黄琦：我不是在怀疑你！

沈腾：那就行！

黄琦：我是在怀疑你俩！(笑着拍拍郝建的肩)没事没事，你自然点，正常敲门进去，我就是想听听你俩平时是怎么交流的。不许挂掉电话！去吧。

沈腾：我不去！

黄琦：行！那我去！我要是上去敲门……(没说完就被郝建打断)

沈腾：够了！！你要是跟我来这套的话，那，我就上去了！(走掉)

(《今天的幸福 2》，2013 年)

(12)马丽(老板)：(郝建要走)嗯嗯，客人还没走，你这当主人的走了，合适吗？孩他爸！

---

① Bach, K. Conversational implicature. *Mind & Language*, 1994, 9.

郝建：（吓坏了）孩他爸扎黑！有点行为行，尽量少说话！

（《今天的幸福 2》，2013 年）

例（13）马丽（老板）：我告诉你，小建这种西式的表达方式你是理解不了的！每天一睁开眼，就是我爱你，我爱你，我爱你。哎呀，那甜言蜜语把你甜的呀！小建，来，走一个！走一个！走走走走，走起来！！！（踩了小建一脚）

沈腾（郝建）：（被踩疼了）啊啊！我爱你！对着手机）塞北的雪……

（《今天的幸福 2》，2013 年）

例（14）沈腾（郝建）：你是开眼啦，我俩这是开瓢去了。爸，长辈先穿。

艾伦（朋友）：还穿啥啊，看你妈那样是穿帮啦！

（《今天的幸福 1》，2012 年）

例（15）沈腾（郝建）：我俩还有啥好说的？（拿水果）要梨（离）不？

黄琦（郝建媳妇）：离？！嗯呜呜呜呜……

沈腾：我是问你要梨不？

黄琦：离就离！

沈腾：我说的是苹果柿子李子栗子梨那个橘子呀！

（《今天的幸福 2》，2013 年）

以上由可取消性引发转移预设的举隅中，我们发现可取消性的途径不同。例（11）中，“我不是在怀疑你”，变成“我是在怀疑你俩”，词典（字典）意义中的代词“你”，变成了词典（字典）意义中的代词复数“你们”，导致原有预设得以取消；例（12）中“孩他爸”，作为一个称呼主体，在被说成“孩他爸扎黑”时，“孩他爸”被分割，“爸”和后面的“扎黑”成为了一个意群，其谐音为“巴扎嘿”，是藏语感叹词，源于佛教大势至菩萨的心咒，相当于汉语的“呀”；例（13）中，“我爱你”，词典（字典）意义表明“我”爱的是听话对象，即小品中的女老板，变成“我爱你，塞北的雪”后，爱的对象则发生了转移，变成了“塞北的雪”，这其实是一首歌曲的名称，原有预设得以取消；例（14）中，“长辈先穿”，根据小品的上文语境，“穿”的对象是“穿越”，变成了“穿帮”后，“穿”的原有宾语搭配得以取消，同时此处又导致点明预设的使用；例（15）中，原有预设的取消具有特殊性，也颇具语言策略，郝建在问“要梨不”，其媳妇根据谐音曲解为“离婚”的“离”，郝建进一步解释补充是苹果柿子等水果类的“梨子”，但在进行补充时，“我说的是苹果柿子李子栗子梨那个橘子呀！”这一系列的水果范围内却没有“梨”，却又使用“橘子”来强调，原先欲要表达的“梨”未得以出现，从而被取消，欢乐逗趣。

例（15）中预设以前面的范围作出选择，后言的选项却出现在选择范围之

外,导致预设被取消的情形,作为模因理论中的一种强势模因,在其他喜剧小品表演中被广泛应用。如:

(16)小沈阳(老人):签名?你不说签名我还没想起来,我代表观众问问你,光头强,你的真名叫啥?你姓啥呀?

王小虎(光头强):姓白呀?

小沈阳:哪个白呀?

王小虎:赤橙黄绿青蓝紫的白呀。

小沈阳:这一个也没姓上啊?

王小虎:大爷您贵姓啊?

小沈阳:我姓黄,红绿灯的黄。

(《老人与山》,2016 年)

b.转移预设的第二种情形:焦点转变,析出预设

(17)马丽(老板):这大半夜的,把咱俩给那个逮着了,是不是不太合适啊?嘿嘿。

沈腾(郝建):咋还能逮呢?我吃你家俩枣至于逮我呀!

马丽:郝建呐,你看平时这个点儿是不是都该睡啦?

郝建:(站起来)这都啥时候的事啊?咱俩啥时候睡过啊?

马丽:我就直说了吧!今天晚上我就不留你了!

郝建:你哪天晚上留过我啊?不是老板,你今天说话咋一句一个大霹雳啊?!我请您正经地回答我一句,咱俩到底是啥关系!

马丽:郝建呐,你要是真舍不得走,那等我前夫走了完了你再回来行不行?

郝建:(快哭了)我还回得来吗?!不是你今天说话咋就顶风上呢?!

马丽:你就顶风来的呀!!

(《今天的幸福 2》,2013 年)

以上由焦点转变引起的转移预设举隅中,可谓妙趣横生,喜笑连连。女老板“你看平时这个点儿是不是都该睡啦”,缺失主语,形成主语缺省预设,补全主语,应为“你看平时这个点儿,人们是不是都该睡啦”,郝建将预设析出,却偏偏单向性的将预设焦点发生转移,“咱俩啥时候睡过啊”,原有“人们”得以取消,导致第一个误解产生;女老板紧接着“我就直说了吧!今天晚上我就不留你了”,由于单体话语具有预设多维性,该话语有多重预设,如“以前某天晚上我留过你”“今天晚上我留别人(说话、聊事)”“今天晚上某人留你”等,根据上文语境,女老板显然是把焦点放在“你”上,选取上面“今天晚上我留别人

（说话、聊事）”的预设，郝建在析出预设时又单单选择第一种“你哪天晚上留过我啊”，表明郝建将焦点放在“晚上”，焦点转移，误解加深；女老板说“那等我前夫走了完了你再回来行不行”，“再回来”作为状态触发语，预设“以前经常来”，女老板缺省“来”的宾语“你再回来——聊事”，郝建用“我还回得来吗”，析出预设焦点是“我”，原来缺省的焦点“聊事”得以转移。误解越来越深，令人忍俊不禁。

c.转移预设的第三种情形：单向性、主观性

(18)杜晓宇（前夫）：（进来四周走走，看看家具）都换新的了？

马丽（老板）：是啊，要不我用啥啊？离婚的时候，不都让你搬走了吗？

杜晓宇：是吗？

马丽：老高啊，你忘了吧。你走的时候，家里就剩下我和承重墙了！

（《今天的幸福2》，2013年

(19)马丽（老板）：老高，明天我们球场见，你也让我见见你的那个她。小建呐，明天陪我去打高尔夫。

沈腾（郝建）：打他还用明天啊？你叫尔夫啊？（上去就打）

（《今天的幸福2》，2013年）

以上由预设的单向性、主观性引发转移预设的举隅(18)中，前夫进来走走看看家具后，以一句“都换新的了”，主观性、单向性地认为“人和家具都换新的了”，女老板“是啊，要不我用啥啊？离婚的时候，不都让你搬走了吗”的话语，可以看出，受话者女老板单向、主观性地把前夫“都”的主语看成了“家具”，说话者双方思想及言语表达的单向性和主观性导致双方对主题谈话对象没有显映，误会加重。(19)中，女老板“小建呐，明天陪我去打高尔夫”，高尔夫指球类运动，但郝建的言语及行为“打他还用明天啊？你叫尔夫啊（上去就打）”表明，郝建本人单向性、主观性地将“高尔夫”看作是女老板的前夫姓高，名叫尔夫，原指球类运动高尔夫的内涵得以转移。

5. 移就预设的使用

所谓移就，就是有意识地把描写甲事物的词语移用来描写乙事物。移就预设的使用是指在喜剧小品语篇中，根据语义预设的辞典（字典）意义，有意识地把描写甲事物的词语移用来描写乙事物的语境中的预设的使用。如：

(20)马丽（老板）：这大半夜的，把咱俩给那个逮着了，是不是不太合适啊？

沈腾（郝建）：咋还能逮呢？我吃你家俩枣至于逮我呀？

（《今天的幸福2》，2013年）

(21)艾伦(朋友):去,冰箱里不还剩半根黄瓜么。

黄杨(朋友妻):嗯。

艾伦:给孩子炒四个菜。

黄杨:哦。(走进厨房)

沈腾:你家招待客人挺铺张啊!

(《今天的幸福1》,2012年)

(22)沈腾(郝建):跟你们说个事啊,老板最近抽风了。你说我这干着服务员干得好好的,突然就把我提拔成大堂经理,哈哈哈。一不留神就走上仕途了,哈哈哈。高兴!媳妇也高兴,嗯,新手机,新衣服,还亲自买个水果篮让我给我老板送去。你说她怎么这么懂事呢,有这么个媳妇帮我,你说我在幸福的路上不得步步高升啊?!照这进度,不到四十我就能升天!你们,羡慕嫉妒恨我不?我咋这么个人呢?我都恨我自己!

(《今天的幸福2》,2013年)

以上对移就预设的举隅,例(20)中,"逮"字的辞典(字典)意义,一是"捉",如"猫捉老鼠"①,二是指"司法机关依法对犯罪嫌疑人、被告人在一定时间内剥夺其人身自由,并予以羁押的刑事强制措施"②,如"逮捕"。显然,"捉"或"羁押"的对象都是贬义词,如小品中将"逮"字用到男女不同性别的"咱俩"见面的语境中,根据类推法,"逮"的对象不是正确的道德行为,下文"咋还能逮呢?我吃你家俩枣至于逮我呀"中我们可以看出,郝建及时根据预设辞典(字典)意义析出预设并进行了消解;例(21)中,"铺张"一词的辞典(字典)意义,指"追求形式上好看,过分讲究排场"③,沈腾将"铺张"一词用到"半根黄瓜"与"四个炒菜"构成的语场,收到讽刺加幽默的效果;例(22)中,"升天"的辞典(字典)含义中,一是指"升上天空",二是"称人死亡"的委婉语④,郝建自言"在幸福的路上不得步步高升啊",用来描写提升速度之快,但用上了"升天",却给了受众第二个意义的想象空间,郝建以此进行自嘲,达到幽默效应。

---

① 中国社会科学院语言研究所词典编辑室编:《现代汉语词典》(第6版),商务印书馆2013年版,第248页。

② 中国社会科学院语言研究所词典编辑室编:《现代汉语词典》(第6版),商务印书馆2013年版,第252页。

③ 中国社会科学院语言研究所词典编辑室编:《现代汉语词典》(第6版),商务印书馆2013年版,第1010页。

④ 中国社会科学院语言研究所词典编辑室编::《现代汉语词典》(第6版),商务印书馆2013年版,第1159页。

6. 主题预设的使用

主题预设是指对小品事先设定一个主题、基调的预设，目的是明示强化受众对小品的主题理解。主题预设一般有明显的语言对小品的主题进行明示，帮助小品语篇完成聚焦、详述和阐释主题的任务，一般呈现出核心性、辐射性特征：所有细节铺展均以此为核心。主题预设具有显性的显示主题和隐形的语篇连贯衔接组织功能。[①] 在沈腾系列小品中，这种预设亦毫不例外得以运用。如：

(23)黄杨(朋友妻)：儿子啊，你这次来，让妈彻底明白了，其实幸福很简单。别老想着自己没啥，要多想想自己有啥。

（《今天的幸福 1》，2012 年）

(24)马丽(老板)：弟妹呀，你可能是误会了。这小两口之间得沟通，沟通开了就好了。就像我和你姐夫，当初就是因为一点小误会离了。

杜晓宇(前夫)：所以说呀，这夫妻之间，信任为先。

马丽：没有信任，就没有幸福！

（《今天的幸福 2》，2013 年）

沈腾表演的系列小品小中见大，每一部小品都有一个有明显语言明示的主题预设，这些主题预设要么说明一个人生哲理，要么传递一种正能量。如例(23)中选取的 2012 年喜剧小品《今天的幸福 1》，对于幸福进行了令人赞同的诠释，“幸福很简单。别老想着自己没啥，要多想想自己有啥”，话语简单，蕴含着对幸福生活的哲思；同样，例(24)中选取的 2013 年喜剧小品《今天的幸福 2》，对于如何处理好夫妻关系提出建议，“小两口之间得沟通，夫妻之间，信任为先”，话简理清，给现实生活中的伉俪保持幸福婚姻带来启迪。主题预设的出现，将编演中的故事层次瞬间升华，增加了小品的“品位”。

7. 保存预设的使用

保存预设是指经过对现代汉语喜剧小品语篇进行考察，发现存在并被广泛运用的一种预设，最原始的关于保存预设的含义，是指在“是”与“不是”被称之为“正褒反贬(或正贬反褒)型表述性保存预设”的正反两种选择中，作出任何一种选择，答案是一致的。[②] 经过研究，泛而言之，保存预设是指在多种表达的选择中，每一项选择所表达的语义含义一样（详见第八章《保存预设新

---

① 丛日珍：《“预设”VS“前设”语用功能呈现与认知理据辨析——以中国现代喜剧小品为例》，载《西安外国语大学学报》2018 年第 3 期。

② 参见丛日珍：《“预设”VS“前设”语用功能呈现与认知理据辨析——以中国现代喜剧小品为例》，《西安外国语大学学报》2018 年第 3 期。

内涵在喜剧小品语篇中的功效考察》)。在沈腾系列小品中,这种预设也毫不例外地得以运用。

(25) 黄杨(朋友妻):不是你亲口说的吗,说看见郝建就想吐,还说郝建长的像个人,但从来不干人事,你爸还说,说……

……

艾伦(朋友):来赶紧的搭把手,大功告成!赶紧走吧。

沈腾(郝建):(很生气)等会儿,刚才说我什么来着?说我长得像个人但从来不干人事,我问题,我怎么就长得像个人了?你凭什么说我长得像个人……被你气蒙了!

(《今天的幸福1》,2012年)

(26)沈腾(郝建):我是搓……泥儿,灰儿,把灰聚一堆……,我我我是搞人体表皮研究的。

黄杨(朋友妻):哎呦!搞医学的。

沈腾:人体表皮污垢学!

(《今天的幸福1》,2012年)

例(25)"怎么就长得像个人了"和"你凭什么说我长得像个人"表述的语义完全相同,其寓意是"长得不像个人",根据共知性百科知识的常规理解,隶属詈语,喜剧小品中,这种保存预设经常被说话者或受话者用以自黑、调侃来达到幽默的目的;例(26)"搓,泥,灰"与"搞人体表皮研究"以及研究"人体表皮污垢学"用来指一回事,指"搓澡的人",显然,"搞人体表皮研究"与"人体表皮污垢学"是一种学术性、文化性表达。

8. 事实预设的使用

事实预设一方面是指由表述事实的触发语引导的预设,另一方面,根据在中国喜剧小品中的表现形式,是指有些话语本身就是以一种无可争议的受众认定为事实的存在,这两种预设被使用的情形均被视为事实预设的使用。在沈腾表演的系列小品中,我们发现产生了附着于小品播放后的衍生品,最典型的是小品播放后出现的流行语。这些流行语之所以深入受众之心,除了因为其语言活泼,韵味感强,琅琅上口外,还因为其蕴含的道理被受众作为事实认可,是一种客观事实。下列每一个举隅中的黑体部分,便是事实预设的典型运用。

例(27)沈腾(郝建):**妈呀这心让你操的呀,操稀碎呀!**

例(28)杜晓宇(前夫):**哎呀,我真是彻底被你的天真给打败了!**

例(29)沈腾(郝建):**打败你的不是天真,是"无鞋"**(无邪谐音)!(抬脚)

例(30)艾伦:哎。我一再强调,失信于女人何以取天下!

例(31)黄杨:其实幸福很简单。别老想着自己没啥,要多想想自己有啥。

(《今天的幸福 1》,2012 年;《今天的幸福 2》,2013 年)

沈腾身上有着中国新时代年轻喜剧小品演员创新的烙印。创新是一个国家民族进步的灵魂,是引领社会发展的第一动力,沈腾在中国小品喜剧人舞台上作为一个特殊的存在,以敢于突破、不断尝试、勇敢挑战、超越自我的小品舞台精神名动中国,让受众看到了现代汉语喜剧小品发展的无限可能。依据内容不同、需求不同,他采用曲高和寡、惊心动魄、鞭辟入里、虚实结合的不同艺术表现形式,使表演不拘泥于一门风格,令受众耳目一新,充满期待。

沈腾在喜剧作品中的表演及预设理论在其中的使用情况,正如美食“开心麻花”与“麻辣火锅”的合二为一带给受众的“麻辣香魅”味道,既有麻花的酥脆香甜之味,又有火锅多种食材置于其中产生的千变万化,题材广泛,如抽丝剥茧一般,一层层展示,一个又一个小故事讲述,通过喜剧的形式来阐述一定的哲理,唤醒受众的良知,把丑陋的东西拉近给大家看,唤醒受众的公共意识,小中见大,展示出大情怀,正所谓别有滋味,意蕴无穷。

# 第七章　预设在现代汉语喜剧小品中的应用(认知探究篇)

本章从认知角度探究预设在现代汉语喜剧小品中的运用情况。在"'预设'VS'前设'语用功能呈现及认知理据辨析"一节中,对"预设"与"前设"进行了拆分界定,并就其语用功能呈现及认知理据进行了辨析;在"关联一顺应理论对中国喜剧小品预设现象的认知性诠释"一节中,从关联一顺应理论角度阐释现代喜剧小品中的预设现象。

## 一、"预设"VS"前设"语用功能呈现及认知理据辨析——以中国现代喜剧小品为例

"预设"与"前设"是国内语用学领航者何自然先生对同一个语言学术语"presupposition"的中文翻译[①],指"对语境敏感的,与说话人(有时包括说话对象)的信念、态度、意图有关的前提关系"[②]。其作用等同于格式塔(Gestalt)心理学中"图形与背景"(Figure and Ground)中的背景,以凸显断言即新信息内容为目的,是结构外显性(语义预设)和结构内隐性(语用预设)的背景信息。[③] 实际上,"presupposition"在被运用过程中存在着与预先的背景前提始终一致的情形,比如:

(1)John has/hasn't stopped beating his wife.

"约翰打老婆"的背景前提一直存在;亦有先前存在、后面失去的状况发生。比如:

(2)John has/hasn't stopped beating his wife because, in fact, he never

---

① 本小节内容曾发表于《西安外国语大学学报》2018 年第 3 期,撰写本书时内容略有删减。

② 何自然:《语用学与英语学习》,上海外语教育出版社 1997 年版,第 67～68 页。

③ 从日珍、仇伟:《语义预设与语用预设的重叠性和互补性》,载《现代外语》2016 年第 5 期。

*beats her at all*[①].

后言“never beats”的添加使得先前的背景前提得以取消。

根据汉语词素组合方法，汉语中好多复合词可以进一步再分，如联合式、偏正式、动宾式等。[②] 笔者认为，“预设”与“前设”皆可视为偏正式复合词，“预设”指预先的背景设置，“预”指“预先，事先”[③]；“前设”，“前”与“后”相对[④]，指前面的背景设置。相对于“后言”对象，“预设”与“前设”保持不变的仍然是一种背景前提。将此种汉字语义分析与背景前提的前后存在情况相结合，我们不妨将“presupposition”进行“预设”与“前设”更细的拆分，前种情形如例(1)这种前后保持不变的一致式(congruent form)背景前提译为“预设”较为合适，而将例(2)这种非一致式(incongruent form)先前背景前提得以取消状况下的译为“前设”更加达意。由此，本研究依据内省法提出两个问题与假想：这种拆分法是否有价值？能否在具体文本语篇中呈现出语用功能差异与认知理据差异？鉴于此，本研究以中国本土化语言文化——现代汉语喜剧小品为语料，考察“presupposition”这两种不同中文译文表达在现代汉语喜剧小品语篇中的语用功能与实现方式及各自产生的认知理据差异，旨在开拓创新“presupposition”理论深度，并希望能为现代汉语喜剧小品的进一步发展提供可参考理论。

**(一)本研究的语料选择范围**

目下国内颇具影响力的东方卫视《笑傲江湖》、浙江卫视《欢乐喜剧人》和辽宁卫视《欢乐饭米粒儿》三大栏目在现代汉语喜剧小品中的作用有目共睹，它们传承了现代汉语喜剧小品的“品脉”，开拓创新，令人欣喜，但如同农历八月十五很多受众思念五仁馅而非豆沙馅或肉松馅的月饼一样，其心理上的怀旧情结让他们依然眷恋缅怀历届春晚出现的经典小品。古人讲“取法乎上，得乎其中；取法乎中，得其下也”，经典的价值在于持久性，永不过时，且愈是经典作品，影响愈大。为此，笔者试从“预设”与“前设”视域重新考量它们对现代汉语喜剧小品所做的贡献，出于信度、有效度及受欢迎度考虑，以1992～2011年国内央视春晚20部荣膺一等奖的小品为研究对象。

---

① Atlas, J. D. & S. C. Levinson. It-clefts, informativeness and logical form. In P. Cole (ed.), *Radical Pragmatics* (pp. 1-61). New York: Academic Press, 1981.

② 葛本仪:《现代汉语词汇学》，山东人民出版社2001年版，第85～95页。

③ 中国社会科学院语言研究所词典编辑室编:《现代汉语词典》(第6版)，第1593页。

④ 中国社会科学院语言研究所词典编辑室编:《现代汉语词典》(第6版)，第1034页。

### (二)现代汉语喜剧小品中“预设”与“前设”语用功能的不同

“presupposition”有语义层面和语用层面研究之分,两者的区别在于前者将研究范围限定于语句/命题内部语言形式的背景前提,如莱文森[①]列出典型的13种预设触发语依据音系、词汇、句子层面进行分类;后者则是考察语句/命题外说话者的背景前提。[②] 大多数情形下,对于“presupposition”的研究以单体话语为分析对象,本研究将单体话语研究与整体语篇研究相结合,探讨不同中文译文“预设”与“前设”在现代汉语喜剧小品中呈现的语用功能与认知理据差异。

1.“预设”在现代汉语喜剧小品中的语用功能

本研究中“预设”的特点是指语篇中前后一致性存在的背景前提。既然是一种背景前提,从语篇的角度,喜剧小品的文本创作者首先要有一个较大的语篇预设,这个“预设”基于对受众文化性百科知识大致了解的基础,如道德情操、价值观念、伦理认识、审美经验、行为礼仪、风俗习惯、饮食常识、生活经验、宗教信仰等,基于受众(观众)的认知能力与语境资源,这些信息是受众共同知晓的信息。研究发现,此种“预设”在喜剧小品语篇中以篇首的情景预设和篇中的主题预设最为典型。

喜剧小品文本开头一般由剧中角色扮演者之一进行自言自语式表白,该种表白属典型的背景预设,设置了情景,即物理语境,物理语境基本要素中的时间、空间、事件、人物介绍皆围绕情景而展开,并按照实际事件发生顺序叙事。该种情景设置在小品中自始至终一直存在,未因其他状况出现而消失。文本开头的情景交代,在小品中起到情景语境的作用,因此谓之“情景预设”,它具有导向性、指引性语用功能。如:

(3)宋丹丹(白云大妈):干啥呀的,你着急忙慌的,跑啥呢。

赵本山(黑土大叔):你快点的吧,马上就宣布你当奥运会火炬手了,抓紧!

刘流(主持人):哎呀大叔大妈来啦,赶紧进会场。

(《火炬手》,2008年)

该小品开头的情景语境交代了小品语篇发生的地点:会场。人物:主持人、白云大妈、黑土大叔。事件:奥运会火炬手选定仪式。这种情景预设传递的信

---

① Levinson, S. C. *Pragmatics*. Beijing: Foreign Language Teaching and Research Press, 2001, pp. 181-185.

② Beaver, D. I. Presupposition. In J. van Benthem & A. ter Meulen (eds.), *The Handbook of Logic and Language*(pp. 939-1008). Amsterdam: Elsevier, 1997, p. 939.

息具有“强迫接受性”,使受众“带着悬念与好奇心进入故事情节”①。

另一种保持不变的背景前提则是主题预设。经研究发现,主题预设在喜剧小品语篇中一般皆有突显的语言明示,此类语言明示使得小品语篇完成聚焦、详述和阐释主题的任务,故这些显性话语的主题预设呈现核心性、辐射性——喜剧小品整个语篇中呈辐射状的所有细节铺展均以此为核心。因此,除了显示主题的语用功能外,主题预设还具有隐形的语篇连贯衔接组织功能。如:

(4)赵本山(黑土大叔):Sorry,我还没完呢。奥运会……好,在这个时刻,我代表我的老伴,向南方受灾的父老兄弟姐妹们,给你们拜年,你们要开心过年,一切都会过去的,有政府给我们做后台,怕啥呀!好!(大喊、鼓掌)等过年以后,我带着我老伴去看你们去,给你们捐钱,

赵本山:伟大的2008,百年的奥运,我们俩八十了!赶上了!

(《火炬手》,2008年)

例(4)用显性话语既反映2008年中国南方受灾的重大时事,又讴歌本国政府带领全国人民共同支援灾区的决心,更为表达了人们本国举办2008年奥运会而欢呼雀跃。

另外,我们发现在喜剧小品语篇中仍然存在多种预设处于一致式,因其位于篇中,又是阶段性的,姑且称之为“篇中阶段性预设”,既有推演中的阶段性演绎预设,亦有阶段性归纳预设,以及比较特殊的过渡预设和保存预设。如:

(5)赵本山(大忽悠):这啥话,你还不知道我强项,还叫我大忽悠呢。我能把正的忽悠邪了,能把奸人忽悠苶了,小两口过得挺好,我给他忽悠分别了。今天卖拐,一双好腿我能给他忽悠瘸了!(阶段性演绎预设)

(《卖拐》,2003年)

(6)赵本山(进城老头):(尴尬)呃……大妹子,我重讲,我讲错了啊。不对,是一个王八,钻水里去了,完事出来一条蛇,老虎说了,“你把马甲脱了我照样认识你!”(宋又把马甲脱掉)大妹子,你看你,我给你讲笑话,你老整个马甲配合我干啥?(阶段性归纳预设)

(《钟点工》,2000年)

(7)范伟(被忽悠者):你别装了,从你一进屋,你分别用了苦肉计,欲擒故纵计,师徒配合砸车计,稀里糊涂突然落锤计,我只用了一计!

① 魏在江:《语用预设的认知语用研究》,上海外语教育出版社2014年版,第141页。

赵本山(大忽悠):将计就计!(过渡预设)

(《功夫》,2005 年)

(8)赵本山(黑土大叔):你瞎说啥实话。对不起,她那不是这个意思,我老伴说那意思是都喜欢你主持那节目,哎呀,全村最爱看呐,那家伙说你主持的有特点,说一笑像哭似的。

赵本山:不是,一哭像笑似的。(保存预设)

(《昨天 今天 明天》,1999 年)

(9)范伟(被忽悠者):过年了,我们家什么年货也没买,就剩下一头猪和一头驴,你说我是先杀猪呢,还是先杀驴呢?

赵本山(大忽悠):那你先杀……给你们俩个机会!

蔡维利(徒弟):驴肉好吃!先杀驴!

赵本山:先杀驴!

范伟:恭喜你答对啦,猪也是这么想的!

赵本山:小样儿,哼!悲哀,真让我替你感到悲哀,眼看就要独闯江湖了,这怎么能让我放心得下?

王小虎(徒弟):师傅,先杀猪好了!

赵本山:那驴也是这么想的!(保存预设)

(《功夫》,2005 年)

例(5)中,为证明阶段性主题预设"大忽悠",辐射推演后言细节有"正的忽悠邪了,奸人忽悠茶了,小两口挺好忽悠分别了,一双好腿我能给他忽悠瘸了",前后背景前提获得一致;阶段性归纳预设亦称"点明预设",即"言语交际的结尾补充给观众和角色的共有信息的预设"[①],例(6)中赵谑而不虐地点明"你老整个马甲配合我干啥",与观众的心声达成共鸣,令人忍俊不禁;例(7)中,"我只用了一计"中"只"字作为语义预设词汇触发手段,既承接上篇的"各种计策",又引发下文悬念概括,谓之"过渡预设";例(8)、例(9)的保存预设,最具隐蔽性和语言策略,"不留神就会把说话人预设的'断言'看作是真实的而加以接受"[②],任何一种答案皆不利于受话者。根据"预设"发挥功能不同,并与"点明预设"相匹配,我们尝试把阶段性演绎预设称为"引明预设",指"言语交际的开始首先引导补充给观众和角色的共有信息的预设",把过渡预设称为"转明预设",指"言语交际的中间突然转向并欲补充给观众和角色的共有

① 蒋冰清:《预设理论与言语幽默的生成机制阐释》,载《外语与外语教学》2009 年第 3 期。

② 陈新仁:《论广告用语中的语用预设》,载《外国语》1998 年第 5 期。

信息的预设”。

总体看来，这种一致式预设关系，以情景预设为铺垫，阶段性演绎“引明预设”、阶段性归纳“点明预设”、阶段性过渡“转明预设”、阶段性“保存预设”，皆为了证明主题预设而得以运用，对于深化主题、增加喜剧小品的艺术效果起到积极作用。情景预设具有导向性、指引性语用功能，主题预设具有凸显主题之效，并促使整个语篇呈现出隐形连贯衔接。

2.“前设”在现代汉语喜剧小品中的语用功能

本研究中“前设”的特点在于语篇中预先的背景前提“预设”，在后言话语语境的助力下得以取消后变成了“前设”（以下称该过程特点为“前设取消”），“前设”亦有语义取消和语用取消之分。语义预设通过语言语境，通过前后添加一些词语、小句或对语句作出某些修改的语言手段，前设和修改后语句语义或逻辑上出现矛盾得以实现[①]，如例（2）；研究发现，在喜剧小品这一特殊语篇中，通过添加语言形式使得“前设”取消的途径呈现多样性。主要途径归类如下：

（10）语言手段上通过“不”或类似于“不”的语言变体（如“括弧”“错啦”），进行直接否定。

a. 赵丽蓉（被包装者）：哎哟，这闺女长得可真俊哪！

巩汉林（经理兼艺术总监）：噢不，我是男性！

……

赵丽蓉：（唱）六月六……（老腔老调）

巩汉林：错啦。

（《如此包装》，1995 年）

b. 赵本山（电视征婚者）：现有住房一套，括弧：7. 8 平米，存款 1560 元，括弧：让前妻拐跑了。

（《我想有个家》，1992 年）

（11）运用元语用插入语，间接委婉地表示否定的态度。

a. 赵丽蓉（应聘老太太）：这旗袍也好，这抹布太小了，来，换我这个。

巩汉林（酒楼经理）：人家那是手绢儿……

……

巩汉林：（唱）这酒真是美，啊美呀、啊美呀，美美美美美美美美美——太美啦。

---

① 丛日珍、仇 伟：《语义预设与语用预设的重叠性和互补性》，载《现代外语》2016 年第 5 期。

赵丽蓉：(唱)其实就是那个二锅头，兑的那个白开水！

(《打工奇遇》，1996 年)

b. 巩汉林(买鞋钉青年)：不要找了，给小费了嘛？

黄宏(修鞋老头)：你听我说，需要钉子你可以拿走。

(《鞋钉》，1997 年)

(12)句法上使用反诘句取消。

a. 朱时茂(王爷)：我说二傻，你会慢呐？

陈佩斯(邮差)：你以为我真傻呀！

(《王爷与邮差》，1998 年)

b. 赵本山(进城老头)：不可能，扭大秧歌那上来劲我就做俩动作，当的啷当里个啷当里的啷当当(扭了一段)！这算飞眼吗？

宋丹丹(钟点工)：这还不算飞眼？你眼睛再大点，眼珠子都快飞出来了！

(《钟点工》，2000 年)

(13)语序逆位取消原意。

a. 宋丹丹(白云大妈)：瞧瞧我这人气。

赵本山(黑土大叔)：你那分明就是气人。那我也没少答呀！

(《火炬手》，2008 年)

b. 牛群(策划者)：大妈都有自个儿的博客啦？

赵本山(黑土大叔)：名人吗，都刻薄。

(《策划》，2007 年)

对语义“前设”取消最典型的方式就是直接否定，如例(10)通过预设信息的调整(accommodation for presupposition)[①]，通过补充预设量(presupposition Quantity)[②]，说话者将新的共有信息添加，传递给听话者。元语用插入语有点类似于稍等手段(‘wait a minute’-style devices)[③]的礼貌委婉否定，其目的在于明确传递新的预设信息，使背景前景化。由此可见，在喜剧小品这一特殊文本中，“前设”取消主要有词汇手段附带原型意义和句法手段使得后言与前设产生矛盾，词汇手段的“不”及其各种语言变体以及句法构式“‘吗’与‘还不……吗？’”等具有“前设”可取消特点的普适性。

相形之下，语用“前设”的取消主要通过与认知环境互明失灵，与百科知识相悖的非语言语境得以实现，如：

---

① Lewis, D. Scorekeeping in a language game. *Journal of Philosophical Logic*, 1979, 8.

② 参见魏在江：《语用预设的认知语用研究》，上海外语教育出版社 2014 年版，第 146 页。

③ Shanon, B. On the two kinds of presupposition in natural language. *Foundations of Languages*, 1976, 14(2).

(14)Bob believes that Santa Claus came last night.[①]

圣诞老人的语用(预设)百科知识告知受众现实世界圣诞老人不存在,产生预设冲突(presupposition clash)[②],潜在预设(potential presupposition)未能变成实际预设(factive presupposition)[③]。由此可见,语用"前设"得以取消最显著的特征为相关话语缺乏真值,与百科知识、逻辑知识相悖。语用"前设"取消的途径主要归类如下:

(15)修辞中的飞白。

a. 崔永元(主持人):暗送秋波呢!

……

宋丹丹(白云大妈):秋波就是秋天的菠菜。

(《昨天 今天 明天》,1999 年)

b. 赵本山(进城老头):麦当娜是谁呀?

宋丹丹(钟点工):你不认识呀? 她妹妹你指定熟悉。

赵本山:谁呢?

宋丹丹:麦当劳呗!

(《钟点工》,2000 年)

(16)谐音误解。

宋丹丹(钟点工):你就拉倒吧,你就搁家,整个网,上网呗。

赵本山(进城老头):我多年不打鱼了,还哪有网呀? 那么多年了。

宋丹丹:我说的是电脑,上网。

(《钟点工》,2000 年)

(17)刻意曲解。

范伟(儿子):对,我爸是工程师。

赵本山(送水工):我送水的。

高秀敏(妈妈):对,对,管水利的工程师,水利。

赵本山:就是三峡工程,南水北调啥的。

(《送水工》,2004 年)

(18)偏离程式性话语模式的语境移就错位、错置。

a. 赵本山(进城老头):谁呀?

---

① Katz, J. J. & T. Langendoen. Pragmatics and presupposition. *Language*, 1976, 52(1).

② Short, M. H. *Exploring the Language of Poems, Plays and Prose*. London: Longman, 1996, P. 236.

③ Yule, G. *Pragmatics*. Shanghai: Shanghai Foreign Language Education Press, 2000, P. 27.

宋丹丹(钟点工):张惠妹!

……

宋丹丹:谁呀?

赵本山:刘德华!……就你呀,找人唠嗑呀?

(《钟点工》,2000 年)

b. 赵本山(大忽悠):说来话长啊,记得那是 2003 年的第一场雪,比 2002 年来得稍晚了一些!

范伟(被忽悠者):你整歌词干啥啊!有什么话,直接说!

(《功夫》,2005 年)

(19)逻辑逆位。

a. 毛毛(孙女丫蛋):上星光大道。我非常感谢我姥爷,你能给我这次机会,我太感谢你了。如果你真能把我领上道了,我感谢你八辈祖宗……我代表八辈祖宗都感谢你,忘不了你的大恩大德,我这辈子都不会忘记你,我做鬼都不会放过你的。

毕福剑(主持人):姥爷……不不,她爷,我怎越听这话越瘆得慌。

(《不差钱》,2009 年)

b. 范伟(儿子):您得让我说话,爸呀。千言万语,您也报答不了我对您老的养育之情,不是,不是不是不,反了,就是你我老,这怎么说呀……

赵本山(送水工):都在酒里边。

(《送水工》,2004 年)

以上诸例中,例(15)a 和 b 均为解释错误。例(16)为谐音导致的误解。例(17)是违背原意进行的刻意曲解。程式性话语是指"在特定的交际语境中,说话者按照一定的社会习俗与社交规约,选择并使用已形成的、具有普遍意义的表现形式与意义的话语"[①],(18)a 为名人姓名被普通人选用引起的语境错位。(18)b 则为歌词选用偏离导致的语境错位。(19)a 和 b 在语言的使用上都造成了逻辑错位,令人捧腹。

综上,"前设"在后言话语语境助力下得以取消的情形有通过语言手段直接取消的语义"前设"和通过与逻辑百科知识相悖的语用"前设"。虽然两种"前设"得以取消的途径不同,但正是这两种"前设"的取消使喜剧小品文本发挥了重要的诙谐幽默功能,对于烘托渲染气氛起到至关重要的作用。因此,在喜剧小品这个特定的语篇环境中要制造特定的幽默"笑"果,离不开"前设"

① 冉永平:《语用学:现象与分析》,北京大学出版社 2006 年版,第 143 页。

取消这一特殊语言表达策略。

**(三)现代汉语喜剧小品中“预设”与“前设”认知理据的差异**

万事万物的存在有其因由,在现代汉语喜剧小品中对于“presupposition”进行“预设”与“前设”的分类亦不例外。从其形成动因即产生的认知理据方面两者亦体现出不同:喜剧小品中,情景预设和主题预设的存在顺应了范畴论与顺序相似性原则;“前设”得以取消的机理则在于打破或偏离常规关系,使心理期待落空而出现了乖讹。

范畴是人类认知客观世界的方法,情景预设的存在符合一般范畴论框架中的容器图式①,符合人们直接体验的认知规律。如例(3)中根据线索词“火炬手”,我们的生活经验中积累着与此相关的各项内容,诸如奥运会、优秀运动会、优秀平民代表、奥运会举办城市、奥运会历史甚至奥委会主席等,由此得到激活,并将其全部放到该范畴框架之内或容器之内,将未发生的情景或事态加以预期,建立可期待的心理模型。情景预设还使得喜剧小品语篇事件按照时空顺序叙事,顺应了顺序相似性认知原则。而主题预设的存在与范畴中辐射性结构的“中心一边缘”意象图式②相契合,喜剧小品中的语篇主题处于感知的中心,呈辐射状,将看似离散的其他佐证语篇材料归拢。

与此相比,“前设”的取消源于常规关系的偏离使心理期待落空,出现乖讹。而且“这种由‘落空’到‘落实’的心理过程犹如受话人被诱惑着走在花园的一条路径上,而后却发现走错了路,即所谓‘花园路径现象’(garden path phenomena)”③。

常规关系被看作是一种常用的认知世界的方式,我们参考借鉴徐盛桓的常规关系中一般常规关系、个别常规关系和特殊常规关系三分类④,经过对喜剧小品的考察,得出了对“前设”进行可取消性的“违反显性常规关系”“违反隐性常规关系”的二违反规律。语义“前设”的取消因其有显性语言表述,采用“不“或类似于“不”的语言变体进行否定,处理后言时无需付出较多的心力,我们归类于“违反显性常规关系”;与百科知识、逻辑知识相悖的语用“前设”,在心力加工解码的过程中要付出较多的努力,我们归类于“违反隐性常

---

① 参见何自然、冉永平等:《认知语用学——言语交际的认知研究》,上海外语教育出版社 2006 年版,第 75 页。

② 参见何自然、冉永平等:《认知语用学——言语交际的认知研究》,上海外语教育出版社 2006 年版,第 25 页。

③ 黄碧蓉:《幽默话语“花园路径现象”的关联论阐释》,载《外语研究》2007 年第 6 期。

④ 参见徐盛桓:《常规推理与“格赖斯循环”的消解》,载《外语教学与研究》2006 年第 3 期。

规关系”。“隐性违反”呈现出以下特点：

1. 破坏共轭关系(conjugate relation)

共轭关系是指“当一个对象被提及后，听话人可以想到另一个和该对象有关但没有直接提及的对象”[①]，如常规状态下，前一个对象中提到钥匙，话语接受者在后言认知域中本能语义联想对象突显应为锁头、门之类。在喜剧小品中，构成幽默条件的语用“前设”出现后，相应的后言中话语接受者期待的最佳有关对象没有提到或遭到破坏，接受者的关注点从“前设”转到后言的过程中心理期待对象未被激活，心理可及但得不到实现，促使语用功能关联不匹配而产生了幽默“笑”果。

2. 增强标记性

标记性与非标记性的区别，“确切地说是‘通常表达’与‘异常表达’之间的区别”[②]。与非标记性用于推测常规意义、可预测意义相对，标记性用于推测非常规意义、不可预测意义。在喜剧小品中，语用“前设”与后言对象内容因共轭关系遭到破坏未能实现最佳匹配，后言内容具有极大的不可预测性，未能实现的后言对象没有呈现无标记状况，后言对象内容在人们的大脑心智中得不到自动化生成，从而极大地增加了相关话语的标记性。

3. 产生弱关联话语

话语破坏共轭关系后，在对“前设”语言符号作初始性加工构建后言的过程中，由于语用“前设”与后言对象内容之间没有产生必然的匹配，我们依据能量守恒反比定律，处理后言所需的认知信息加工元就需要付出较多的时间和努力，关联性变弱。同时，与“前设”关联的后言有 n 个边缘性话语对象，根据喜剧幽默的语境需求，后言中能够制笑的话语内容在该过程中得以选用，如此人们在大脑心智中加工推理求解的过程就相对较长一些，亦大大增加了认知加工压力。

4. 遵守相邻性原则

世界以关系的方式存在于人们的大脑心智中，大脑中内化为网状的知识体系，而距离最近的个体对象经常被感知为彼此最相关。纵观喜剧小品的幽默的产生，语用“前设”得以取消这一“违反隐含常规关系”的理据上没有遵守最强关联相邻，但在某种程度上仍然遵守着相邻原则。在对后言话语进行语

---

① 吴炳章：《常规关系和语言运用——徐盛桓基于常规关系的语用学理论概述》，载束定芳主编：《语言研究的语用与认知视角——贺徐盛桓先生 70 华诞》，上海外语教育出版社 2008 年版，第 11～45 页。

② 何兆熊、俞东明等：《新编语用学概要》，上海外语教育出版社 1999 年版，第 171 页。

言构建的过程中，话语创造者启动心理知识体系，以“前设”中概念词汇的音、形、义及语境移就错位等为信息标记线索，进行相邻性后言创造。如例（15）（16）依据“前设”词汇概念的“音”，例（17）（19）依据“前设”词汇概念的“意”，例（18）依据语境错位但语言选用顺应语境语义等相邻性方式进行语言创造。

综上，我们不妨建立共轭关系、相邻性、标记性、关联性四维度模型来阐明喜剧小品中“违反隐形常规关系”导致语用“前设”得以取消的诠释（见表7-1）。

**表 7-1　喜剧小品中阐明“违反隐性常规关系”的四维度模型**
（＋表示增强，－表示减弱）

| | 共轭关系 | 相邻性 | 标记性 | 关联性 |
|---|---|---|---|---|
| 语用前设与后言对象常规关系状况 | － | －＋ | ＋ | － |

四维度模型的四维度因素之间互为关联，相互为用。共轭关系的破坏使得后言话语处理付出更多的时间与努力，关联性变弱，且因后言对象内容具有不可预测性，标记性增强；后言中关联话语变弱导致标记性增强，共轭关系遭受破坏；同时，标记性增强，使得后言中出现非常规意义，话语的关联性自然变弱，语用前设与后言中的最佳共轭关系亦受到破坏。可见，以上三维度之间互为因果，但将三者黏合在一起的工具或方式是某种程度上相邻性的遵守或调控。比如，共轭关系的破坏导致关联话语变弱、标记性增强，这一切得以实现并非是任意破坏，而是借助语用“前设”中构成潜力幽默概念词汇的音、形、义的相邻以及语境移就错位得以产生。反之亦然，“前设”概念词汇与后言话语对象关联性变弱，势必破坏共轭关系中的最佳匹配，但将两者黏合在一起有着千丝万缕之联系的手段依然是制造“笑”果为目的的相邻性原则。由此可见，共轭关系破坏与关联性变弱之间的双向关系、标记性增强与关联话语变弱的双向关系互为因果，并以相邻性为黏合剂。在喜剧小品中的语用“前设”使得幽默产生的四维度模型因素关系详见图 7-1。

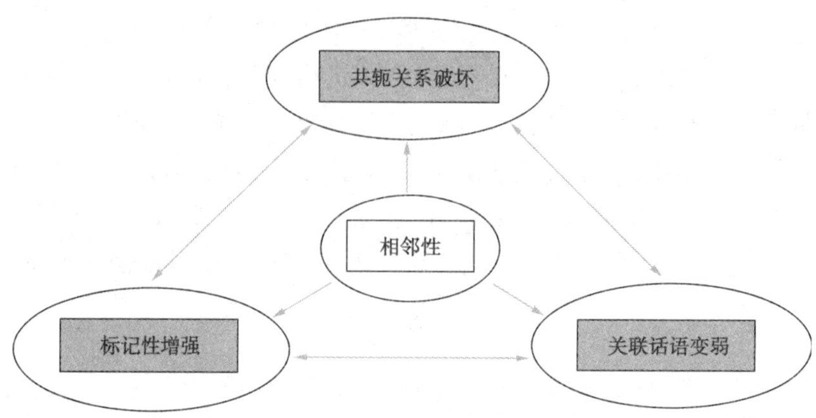


图 7-1 喜剧小品中"违反隐性常规关系"四维度模型因素之间的关系

本研究对经典语言学理论"presupposition"开疆拓域式的考量中国本土化文化——现代汉语喜剧小品，究其实质，是囿于"presupposition"作为背景前提的前后存在状况进行了"预设"与"前设"的拆分界定，并就其在现代汉语喜剧小品语篇中呈现的语用功能及认知理据方面进行更进一步的精细化分类比较研究。事实证明，这项研究饶有趣味并意义非凡。在现代汉语喜剧小品中，"预设"的存在具有了设置情景、深化主题的语用功能；"前设"的消失导致了现代汉语喜剧小品中幽默"笑"果的产生，因此别具一格地选用破坏共轭关系但以"前设"中概念词汇的音、形、义及语境移就错位等为信息标记线索，进行相邻性语言创造，在"前设"取消性上下工夫，无疑是喜剧小品中提高幽默效应的最重要策略之一。另外，我们找到了现代汉语喜剧小品中幽默机制产生的"前设"取消的主要语义触发语与语用手段，并发现"预设"与"前设"的拆分理据在于前者顺应了范畴论中的"容器图式"与辐射性结构的"中心一边缘图式"意象图式及顺序相似性认知原则，后者缘于偏离常规关系，使心理期待落空并出现乖讹，达成诙谐幽默之效。此外，本研究将"presupposition"理论建立在现代汉语喜剧小品这一可考察内容之上，理论价值在于开拓挖掘了理论深度，使其更具丰富性、可操作性；实用价值在于从大的方面眺望，顺应了 2017 年国务院全面复兴传统文化的"文化是民族的血脉，是人民的精神乐园"的重大国策①，中国喜剧小品作为中国特色文化构成的一部分，希望本研究能为其再次走向辉煌复兴之文本创作方面带来些许参考，亦有助于受众提

① 新华社・民俗学论坛：《关于实施中华优秀传统文化传承发展工程的意见》，2017 年 2 月 7 日，http://chuansong.me/n/1549422552930.

升文艺作品赏析的审美要求等。最后，这种细分在现代汉语喜剧小品之外运用于其他语篇文本中的语用功能与认知理据差异如何，亟待进一步的检验、求证等拓展探索研究。

## 二、关联—顺应理论对中国喜剧小品预设现象的认知性诠释

### （一）前言：预设现象

预设分为语义预设与语用预设。作为每一个语言符号，均有其辞典（字典）意义的语义预设，亦有为受众熟悉的触发语引导的语义预设；语用预设是指受众存在大脑中的一系列假设，包括由逻辑知识、百科知识、社会规范、常规关系、特定会话等构成的共有知识，由言语语境、情景语境、文化语境等构成的共知背景以及由认知假想、相互认知环境等构成的共同假想等[①]，具有共知性、合适性、可取消性、单向性、主观性、隐蔽性等特征。与以往人们将预设分为事实预设、信念预设、状态预设、行为预设[②]、潜在预设和实际预设（包括存在预设、实情预设、词汇预设、结构预设、真实预设和反真实预设）[③]以及文化预设、双关预设[④]的分类不同，根据预设在喜剧小品中的功能不同，我们对预设有不同分类：表明主题的主题预设、言语交际结尾补充给受众和角色共有信息的点明预设、言语交际开始引导补充给观众和角色共有信息的引明预设、言语交际中间突然转向并欲补充给受众和角色共有信息的转明预设、阐述事实的事实预设、表达同一个语义概念的保存预设、呈现预设为假的虚假预设、展现情景的情景预设等。预设现象[⑤]（Presuppositional Phenomena），指预设的合适性（felicitious）特征条件（condition），指 suck，know，regret 之类触发语引发的表述事实预设等。针对中国喜剧小品语篇，以上所有分类统称为“现代汉语喜剧小品中的预设现象”。本研究拟从关联—顺应理论视角对现代汉语喜剧小品语篇中的预设现象进行诠释。

### （二）关联—顺应理论的基本观点

1. 关联理论的基本观点

英国著名语言学家斯波伯和威尔逊（Sperber & Wilson）联袂出版了语

---

① 从日珍、仇 伟：《语义预设与语用预设的重叠性和互补性》，载《现代外语》2016 年第 5 期。

② 参见陈新仁：《论广告用语中的语用预设》，载《外国语》1998 年第 5 期。

③ Yule, G. *Pragmatics*. Shanghai: Shanghai Foreign Language Education Press, 2000, p. 30.

④ 参见魏在江：《预设研究的多维思考》，载《外语教学》2003 年第 2 期。

⑤ Martin, S. & C. Pollard. A higher-order theory of presupposition. *Studia Logica* , 2012, 100.

言学研究中具有里程碑意义的论著《关联性：交际与认知》(*Relevance: Communication and Cognition*)。该论著的面世，对探讨人类交际、认知提供了强大的理论支撑，影响较为深远。其核心术语是关联理论。

关联理论的基本观点有：(1) 交际具有信息意图( informative intention)和交际意图(commmunicative intention)。交际中既有说话者用语言进行明示(ostensive)、呈现信息意图的一面，也有听话者依据说话者的明示言语进行推理(inferential)、理解完成说话者交际意图的另一面。说话者对于信息意图和交际意图的达成，需要对信息进行编码；听话者对于信息意图和交际意图的达成，需要对信息进行接收并解码。明示—推理、编码—接收、解码分别代表着说话者和听话者的行为。① (2)非论证性语用推理(non-demonstrative inference)属于演绎推理，主要依仗逻辑信息、百科信息和词汇信息(logical, encyclopaedic and lexical information)得以促成，语用推理需要从一个假设推导到另一个假设，在话语中找到最佳关联，假设被验证/论证/确认后(hypothesis confirmation)推理完成，不同的逻辑分析使得关联性强弱程度不同。(3)语境效果(contextual effect)，也称作"认知效果"，是新旧信息相互作用的结果。其在下列三种情形之一下可以被取得：新信息可能对旧的语境假设(old assumption)提供进一步的证据，加强旧的语境假设；新信息可能提供证据反对或矛盾、有悖于旧的语境假设，导致旧的假设被取消；新信息结合旧的语境假设，产生新的语境暗含(contextual implication)。② (4)关联性与语境效果和推理所付出的努力程度/加工处理心力有关。公式 R∝CE/PE(R=Revelance CE =Contextual effect, PE =Processing effort)表明：关联性同语境效果成正比例关系，同等条件下，语境效果越大，关联性就越强；在其他条件相同的情况下，推理所付出的努力程度与关联性成反比，程度越大，关联越小。③

2. 顺应理论的基本观点

顺应论(Theory of adaptaion)是国际语用学学会秘书长、比利时语言学家维索尔伦(Jef Verschueren)在其新著《语用学新解》(*Understanding*

---

① Sperber, D. & D. Wilson. *Relevance: Communication and Cognition*. Beijing: Foreign Language Teaching and Research Press, 2001, pp. 2-64.

② Sperber, D. & D. Wilson. *Relevance: Communication and Cognition*. Beijing: Foreign Language Teaching and Research Press, 2001, pp. 108-117.

③ Sperber, D. & D. Wilson. *Relevance: Communication and Cognition* . Beijing: Foreign Language Teaching and Research Press, 2001, pp. 124-125.

Pragmatics）中提到的以全新视角理解并诠释语用学现象的一个理论。该理论强调，语言在被使用过程中是语言使用者在不同层面对语言不断地作出选择的一个过程，不管这种和那种选择呈现有意识性还是无意识性，不管其发生在有结构式的语言内部和/或发生在语言外部①，语言选择总会引出或伴随其他的待选项目。语言被选择使用是因为语言具有变异性（Variabilility）、商讨性（Negotiability）及顺应性（Adaptability）三个特征。变异性是语言选择的基础，界定的范围是语言具有一系列可供选择的可能性；商讨性是在变异性的基础上，强调所选择语言的特征，代替机械的（mechanically）或严格的规则或固定的形式一功能（form-function）关系进行，其进行基于高度灵活的原则和策略；语言的顺应性也是强调所选择语言的特征，这种特征促使语言使用者从不同的语言项目中进行语言选择时，所作选择有洽谈性/灵活性的变通，从而满足交际需求。②

在对语言有意义的功能进行探讨的过程中，提到顺应的相关成分（correlates of adaptability）时，顺应论关乎四个方面，分别是语境关系的顺应（contextual correlates of adaptability）、语言结构的顺应（structural objects of adaptability）、顺应的动态性（dynamics of adaptability）及顺应过程中的意识程度（salience of adaptability）③。

语境关系的顺应，包括由物理世界（the physical world）、心理世界（the mental world）和社交世界（the social world）构成的交际语境（communicative context）顺应，还包括由语言语境（linguistic context）即语言上下文语境或语言通道（linguistic channel）的顺应。语言使用者（language users）双方分别为话语的发出者（utterer）和释话者（interpreter）。④ 语境则是由交际语境和上下文语境（或语言语境）组成，但语境不是静态不变的，而是在交际过程中不断发展变化。⑤

① Verschueren, J. *Understanding Pragmatics*. Beijing: Foreign Language Teaching and Research Press, 2000, p. 56.

② Verschueren, J. *Understanding Pragmatics*. Beijing: Foreign Language Teaching and Research Press, 2000, pp. 58-61.

③ Verschueren, J. *Understanding Pragmatics*. Beijing: Foreign Language Teaching and Research Press, 2000, pp. 75-173.

④ Verschueren, J. *Understanding Pragmatics*. Beijing: Foreign Language Teaching and Research Press, 2000, pp. 75-108.

⑤ Verschueren, J. *Understanding Pragmatics*. Beijing: Foreign Language Teaching and Research Press, 2000, pp. 87-98.

语言结构顺应指语言结构的选择，包括语言、语码和语体的选择；包括话语成分如语音结构、词素、词汇、从句和句子、命题以及超句结构等的选择，包括言语行为和语篇类型等话语和语段的选择，包括话语构建如句子的组织，语篇的衔接、连贯及信息结构、句子顺序和主题结构等原则的选择。[①] 顺应的动态性包括时间顺应、语境顺应、语言线性结构的动态顺应[②]；顺应过程中的意识程度涉及认知心理因素，社会规范是影响交际者/语言使用者的语言顺应过程。在语言选择而进行的顺应时呈现的自我意识反应，便是元语用意识(metapragmatic awareness)。[③]

下面将关联理论和顺应理论两种理论合而为一，对中国喜剧小品预设现象进行诠释。

**(三) 关联—顺应理论视角下喜剧小品预设现象的诠释**

编码与解码是关联理论中提到的重要代码模式，语言的明示、推理并不排除说话者的编码与听话者的解码，反而确认编码与解码是明示推理的基础，这就意味着在对中国喜剧小品的文本语篇创造过程中，顺应论中语言使用者在不同层面不断地对语言作出选择至关重要，以便使发话者产生合理的编码以及受话者正确的解码。在喜剧小品中，作为话语发出者的编演者对于语言中预设的合理编码与受众解码的达成，以下面几种情形最为典型。

1. 情景预设的编码与解码是物理世界语境顺应的产物

顺应论语境关系的顺应中，物理世界交际语境重点要素是时间指称关系(temporal deixis)、空间指称关系(spatial deixis)，与时间指称关系、空间指称关系相对应的是时间、物理空间。在现代汉语喜剧小品中，关于情景预设，有一个这样的界定："喜剧小品文本开头一般由剧中角色扮演者之一进行自言自语式表白，该种表白属典型的背景预设，设置了情景，即物理语境，物理语境基本要素中的时间、空间，事件、人物介绍，皆围绕情景而展开，并按照实际事件发生顺序叙事，因其在文本开头的情景交代，起到情景语境的作用，谓之情景预设，具有向导性、指引性语用功能。"[④]由此可见，物理世界顺应与情景

---

① Verschueren, J. *Understanding Pragmatics*. Beijing: Foreign Language Teaching and Research Press, 2000, pp. 115-143.

② Verschueren, J. *Understanding Pragmatics*. Beijing: Foreign Language Teaching and Research Press, 2000, pp. 147-166.

③ Verschueren , J. *Understanding Pragmatics*. Beijing: Foreign Language Teaching and Research Press, 2000, pp: 173-198.

④ 丛日珍:《"预设"VS"前设"语用功能呈现与认知理据辨析——以中国现代喜剧小品为例》,载《西安外国语大学学报》2018 年第 3 期。

预设存在着对应关系，共同性在于物理空间、人物的存在，如此，情景预设的编码与解码顺应了物理世界语境。

在编码方面，以物理世界顺应指导下的情景预设进行编码的第一个亦是最重要的途径便是喜剧小品文本开头一般由剧中角色扮演者之一（也可能是由旁白者）进行自言自语式表白，这样则可以做到使“物理语境基本要素中的时间、空间，事件、人物介绍，皆围绕情景而展开”。比如：

（1）（旁白）：现在插播一则最新消息，据传，有一身患绝症、危在旦夕的老者久居深山后，大病痊愈。有人称，不排除此人偶得某种神秘力量的可能，更有传言，此人相貌离奇，长得一双翅膀，可一飞冲天。

宋晓峰（老板）：哎呀，这山太高了！

（《老人与山》，2016 年）

根据物理世界顺应要素设计的情景预设皆有明示的信息编码，空间指称：大山、深山。人物指称：身患绝症、危在旦夕久居深山后大病痊愈的老者。如此，在该空间、人物指引下将发生一系列故事。

物理语境顺应指导下情景预设的第二个编码方式，便是发挥喜剧小品的舞台效果与作用，用道具、技术手段给受众创造一种身临其境的感觉，即进行情景的物理空间设定。在喜剧小品这一特殊文本中，任何创作者所使用的艺术手段，创造出来的喜剧发生环境，都是喜剧小品中的物理语境，也是编码形式之一。在这个环节中，舞美将发挥重要作用。如小品《热带惊雷》，为了使受众有身临其境之感，“不仅运用复杂的色彩技术和实景道具，营造逼真的密林场景，还充分运用屏幕立体投影技术，营造极具立体感与纵深感的三维空间，运用影视特效制作炸弹与火焰，渲染战争残酷和悲剧性结局”①；再如小品《感染者》，为了营造真实的舞台幻境氛围，“创作者运用了色彩技术、光影技术、音乐音响技术、屏幕立体投影技术、摄像技术、影视特效等多种技术手段”②。当受众作为解码者看到一大批行尸走肉缓缓地从四周爬向舞台中央时，色彩的更迭、明暗的交替、造型的强化等手段的使用，便自然而然地产生了剧情所表现出来的恐怖、恶心、魔幻等舞台效果。

物理语境顺应指导下情景预设的第三个编码方式，往往发生在小品的表演过程中，体现表演者与受众的互动，使受众仿佛为作品表演中的一分子，参

---

① 谢旭慧、王珏、杨继林：《从〈欢乐喜剧人〉看开心麻花的小品创新》，载《上饶师范学院学报》2017 年第 2 期。

② 谢旭慧、王珏、杨继林：《从〈欢乐喜剧人〉看开心麻花的小品创新》，载《上饶师范学院学报》2017 年第 2 期。

与到小品的现场情景表演之中。如：

(2)冯巩(丈夫)：今儿来这么多的朋友啊？尊敬的各位领导、各位来宾，城里的父老兄弟姐妹们，(受众："我想死你们了")我说了吗，我没说不等于不想啊？

……

牛莉(妻子)：让大伙评评理，我来这儿当保姆，他跟着合适吗？

(下面受众有的说"合适"，有的说"不合适")

冯巩：谢谢(受众说：不合适)

冯巩：谁说的不合适？你说的呀？

(《跟着媳妇当保姆》，2006 年)

为了在表演中使受众有进入情景之感，让受众参与表演者的问题回答是直接创造这种氛围的有效手段。冯巩作为资深相声演员，为受众所熟悉，他在历届春晚的小品表演中都有了言语标签"我想死你们了"，受众对此了然于心，这样就可以用较小的处理心力获得最佳语境效果。例(2)中，在向受众进行"尊敬的各位领导、各位来宾，城里的父老兄弟姐妹们"问候后，故意留有一个长的停顿，结果受众在台下发出一片回音"我想死你们了"，冯巩喜气洋洋付之一笑。当扮演妻子的牛莉，面向受众，抛下一个问题"让大伙评评理，我来这儿当保姆，他跟着合适吗"，受众的主人翁地位转瞬得以提升，乐此不疲纷纷表达"合适"或"不合适"，当听到"不合适"的回答后，冯巩盯着某一个方向的受众，抱怨"谁说的不合适？你说的呀？"如此一来一往，主要通过这种提问的方式与观众互动，使受众参与到小品表演中，同时使演员与受众的空间距离和心理距离骤然消失，快速进入到小品的表演情景之中。

如此，物理世界的顺应可以很好地解决喜剧小品的语境预设文本创作、表演的编码(包括语言编码与技术手段的编码)，这样编码很容易与受众的认知语境互明，受众在这样的情景语境中，可以付出较少的处理心力而从容解码，达到识解创演者编码的语用效果。顺应物理世界的情景预设，一般位于喜剧小品语篇的篇首，对整个语篇的衔接进行起到指引与向导作用。而位于小品表演过程中受众参与到表演过程中的形式，则极好巧妙地收缩表演者与受众之间的物理距离，即表演舞台的上下空间距离得以缩短。

2.点明预设、保存预设的编码与解码是心理世界语境顺应的产物

语境关系顺应中，心理世界交际语境所指涉及交际者双方的个性、情感、信念、欲望或愿望、动机或意图等方面的要素。通过对喜剧小品的考察，我们发现点明预设、保存预设的语言可以遵循此种理论进行编码与解码。

现代汉语喜剧小品深得受众喜爱,其原因之一便是在小品创演者进行创作和表演过程中,使用语言和肢体进行编码,个人的信息、欲望等信息意图和交际意图得以呈现,而受众可以依仗这些编码明示,进行适宜的理解与解码;心理世界的顺应则强调在编码与解码结果中,创演者考虑到受众的心理感受与理解力,有时通过明显的语言提示,让受众发现编码的规律,依据小品中前面提供的语言形成心理判断、评价,体现并验证着表演者与受众在特定时间节点的心理感受并产生共鸣。在所有的预设现象中,最显性的达到受众感受与表演者欲传递的思想相显映的一种预设是点明预设。点明预设是在小品表演进行中,在言语交际的一小段结尾,小品表演者之一补充给受众和角色的共有信息的预设,这种补充与受众的内心评价、判断产生共鸣。如:

(3)宋晓峰(老板):这里风景秀丽,令我诗兴大发。

啊!这里的大山不一般,(a)

有花有草我喜欢。(b)

有花有草我喜欢呐!(b)

杨树林(跟班):这里的大山不一般。(a)

(4)宋晓峰(老板):哎呀,这个签名不一般,(a)

好像银河落九天。(b)

好像银河落九天呐!(b)

小沈阳(老神头):这个签名不一般。(a)

(《老人与山》,2016年)

演员宋晓峰在其系列小品表演中有硬充文化人的"吟诗之癖",受众根据其所谓"诗作"的言语表达顺序,发现了其中的规律。如例(3)中,所谓诗词出现的规律是:二三句的"诗词"表述重复,内容一模一样。受众则在心里猜测第四句的表述内容和第一句一样。正如受众所料,表演者之一的杨冰说出并证实了受众心理的判断。同样,例(4)中,受众根据先前出现在例(3)中话语内容,已经推断出(a)(b)(b)(a)的结构规律,表演者之一的小沈阳用"这个签名不一般"作为"诗词"第四句,重复了第一句的话语,假设被验证准确后与受众的心理判断发生共鸣,受众发出会然一笑。

在"单体词汇/单体话语复现n次"型表述性和"复体话语复现2次东施效颦/请君入瓮"型表述性保存预设的助力下,受众很容易根据相关语境,展开联想和理性思考,推理解码得出后言之词。2018年《欢乐饭米粒儿》中播放的喜剧小品《王小欠升职记》,抨击社会上谄媚奉承、讨好别人的"拍马屁"的不良行为,进而倡导"实实在在、踏踏实实进行工作"的主题。因为保存预设中的“单体词汇/单体话语复现 n 次”型表述性和“复体话语复现 2 次东施效颦型/请君入瓮”型表述性保存预设的助力与使用，受众很容易判断并猜出小品表演中紧接而来的言语。在小品中，“单体词汇/单体话语复现 n 次”型表述性保存预设话语“没谁了”出现了 8 次，“复体话语复现 2 次东施效颦型/请君入瓮”型表述性保存预设话语，用以表示“正着拍”类型含义的话语“你看你长的，天庭饱满，地阁方圆，人精子、人种子也就长成你这样呗”和“正着反拍”类型的话语“你不能这样了，起得比鸡早，睡得比狗晚，你给狗和鸡留口饭行不行？你的身体不属于你自己，是属于整个公司的”出现了 6 次，表示“暗含”类型涵义的“咱们跟着这个老板干呢，真是三生有幸呢，在他的带领下，咱们公司一定能成为世界 500 强啊，未来都是我们的”出现了 3 次，表明主题的“实实在在、踏踏实实，一步一个脚印，从大门口走到大厅，从大厅走到电梯，从一楼走到二楼，从二楼走到三楼，一直走到我的办公室……改掉拍马屁的那个坏毛病，长点真本事”被说了 2 遍，如此这般，每当前有类似话语出现时，因关联性极强，受众便无需耗费大的处理心力，轻易解码，预知后言话语内容。

总之，创演者根据心理空间顺应理论创作，表演使用点明预设、单体词汇/单体话语复现 n 次”型表述性和“复体话语复现 2 次东施效颦/请君入瓮”型表述性保存预设，完成与作为交际另一方的受众的心理共鸣，获得作为话语发出者的编演者想要传递的信息意图。

3. 主题（部分事实）预设的编解码是顺应交际语境的产物

社交世界交际语境是指社交场景、公共制度、社会环境、社会身份、社会文化对交际者的言语行为所规范的原则和准则。社交世界顺应则是指遵守社交场景、公共制度、社会环境、社会身份、社会文化对交际者的言语行为所规范的原则和准则。

现代汉语喜剧小品深得受众的喜爱，更主要的原因是幽默台词的使用，诙谐的语言配之以表演者的肢体滑稽表演，常常令受众捧腹大笑，并在受众脑海中留下深刻的印迹，进而把该幽默台词运用到类似语境中。但与此同时，这些幽默语言并非为了搞笑而搞笑，一个有内涵的小品往往通过这种搞笑形式，传递着此刻与受众心理产生共鸣的态度与看法，顺应着他们的价值观、世界观、人生观，展现着与受众互动的良好品格，诸如不妒英才、不鄙无能、不嘲缺憾、不责失误，取而代之的是察人所难，感恩助人。主流受众的心里充满着正能量，有常规价值性所在。

正因如此，社交世界顺应理论用于指导喜剧小品中的主题预设及部分事实预设的创作与表演。一般来讲,主题预设能够给受众带来哲学思考、心灵的启迪及心灵的温暖。主题预设体现出高品位、高格调,提醒着受众作为一个合格公民应该遵守的社会道德与社会规范,以此真正实现喜剧小品为载体的信息传递与交际功能。如:

(5)赵丽蓉(应聘老太太):打算开张,我给你个秘方!

巩汉林(酒楼经理):哎呦!快说哎(全珠同期声)!

赵丽蓉:拿笔来!

巩汉林:啊,笔墨伺候着!

(赵丽蓉用毛笔书写"货真价实"四个大字)

巩汉林:呵呵,货真价实——你!你这是什么意思?

(《打工奇遇》,1996年)

小品《打工奇遇》中,面对商家假冒伪劣、欺骗顾客的不法行为,赵丽蓉扮演的应聘老太太一笔一画书写了"货真价实"四个字,劝诫那些不良商家应秉持"守法经营,诚信兴商"的经营理念,靠货真价实、物美价廉的商品与实实在在的服务赢得顾客的信赖与尊敬。以此为宗旨,主题预设需要与富有正能量的这些社会规范与准则相结合,进行语言的明示性显性编码。

另外,部分事实性预设在表示一个颠覆不破的真理并同时具有社会道德、社会规范的约束性时,亦依据社交世界顺应来进行明示性显性编码。如:

(6)艾伦(医生):王总啊,说句我不该说的话,钱,你怎么样也挣不完,抽出点时间多陪陪家里人,老人也就知足了,子欲养而亲不待,孝顺,不能等!

王宁(儿子):(转身走向老人,蹲下,手握着老人的手)爸,我以前一直以为让你吃好穿好,给您钱花就是孝顺您,我现在知道错了,我以后肯定抽时间多陪您的,就不给您钱了……

(《其实你不懂我的心》,2015年)

《其实你不懂我的心》本是一首闻名遐迩的歌曲的名称,此处被借用为小品名称。针对现代社会中的老龄化现象,尽管有《中华人民共和国老年人权益保障法》第二章"家庭赡养与扶养"中第十四条的规定:"赡养人应当履行对老年人经济上供养、生活上照料和精神上慰藉的义务,照顾老年人的特殊需要。"[①]作为赡养人的子女往往因为工作忙碌而只履行了经济上供养的义务,

① 中国人大网:《老年人权益保障法(修订草案)全文》,2018年8月10日,http://www.npc.gov.cn/npc/xinwen/lfgz/flca/2012-07/06/content_1729109.htm.

忽略了生活上照料、精神上慰藉老人的义务，使很多老年人孤苦无依，精神不振。该小品就是针对这种现象，教育广大受众“孝顺，不能等”，因为有事实预设“子欲养而亲不待”，所以倡导子女要在精神层面多关爱父母。

4. 预设共有性动态顺应的编码与解码是语言变异、商讨、顺应特征的产物

预设的共有性属于预设现象范畴，预设的共有性范围广泛，包括由逻辑知识、百科知识、词汇知识、社会规范、常规关系、特定会话等构成的共有知识，由言语语境、情景语境、文化语境等构成的共知背景以及由认知假想、相互认知环境等构成的共同假想等，在喜剧小品的文本创作编码过程中，这些能为说话者（编剧、演员）和受话者（受众）了解共知的预设的语言选择存在可能性，根据非机械性的原则，根据各种语境、情景需求对预设共知性的选择进行变通，是语言变异、商讨、顺应三个特征的体现，预设共有性动态顺应的编码与解码就基于这三种特征。

基于语言变异、商讨、顺应三个特征的预设共有性动态顺应的编码与解码，根据语境、情景需求的不同，途径众多，体现在语言结构顺应的语言、语码和语体的选择中，也体现在语音结构、词素、词汇、句子等话语成分的选择中。下面举例说明。

(7)赵本山（黑土大叔）：我觉着我们俩现在生活好了，越来越老了，余下的时间也越来越少了。过去论天儿过，现在就应该论秒了，下一步我准备领她出去旅旅游，走一走比较大的城市。

……

宋丹丹（白云大妈）：嗯，然后再整整容，做个拉皮儿。

赵本山：我拍个黄瓜。

崔永元（主持人）：您要是弄个拉皮儿，拍个黄瓜，我就只能烫壶酒了。说着说着下酒菜都出来了。其实我听得出来，大叔大妈呀，是想永远年轻，那就让我们一起祝大叔大妈永远年轻，生活幸福！（乐队奏乐）

（《昨天 今天 明天》，1999 年）

(8)艾伦（朋友）：那你也不能从电视出来啊，你看你给我老婆吓得！

沈腾（郝建）：从电视里出来不是显得更有穿越感吗？

艾伦：你在这装四阿哥那？

沈腾：那皇阿玛藏冰箱里他也冷啊！

艾伦：我电视怎么回事？

（《今天的幸福 1》，2012 年）

按照关联理论,话语发出者首先会在言语表达中设定一个预设,此时的预设为潜在预设,潜在预设变成实际预设时,才能完成语言传递信息或者交际的目的。例(7)中宋丹丹扮演的老太太在富裕起来后追求美好精神生活,如旅游和化妆整容。在表达"做个拉皮"后,输入的信息被赵本山扮演的农村老头用"我拍个黄瓜"排挤掉,本用作美容含义的潜在预设变成了地方小吃的"东北拉皮",崔永元扮演的主持人则识解出其意图,但为了不破坏老头的心情,顺着其方向,用"烫壶酒",表达"拉皮"和"黄瓜"是下酒菜的内容图式。做出这种语言选择,是顺应图式需求的结果。同样,例(8)中为了顺应图式语境"穿越"的需求,在一系类可供选择的语言中,使用"四阿哥""皇阿玛"的内容图式与之契合,有趣味,有韵味,满足了受众尤其是年轻受众群体的听觉感受,令人惊喜。

(9)崔永元(主持人):行了行了,别说了,咱还是说您二老吧,我现在呢,我把问题提得细一点,你们是哪一年结的婚?

赵本山(黑土大叔):我们相约五八。

宋丹丹(白云大妈):大约在冬季。

(《昨天 今天 明天》,1999 年)

(10)宋丹丹(白云大妈):啊,白云,黑土向你道歉,来到你门前,请你睁开眼,看我多可怜。今天的你我怎样重复昨天的故事,我这张旧船票还能否登上你的破船?!(乐队奏乐)

崔永元(主持人):大叔啊,后来怎么样了?

赵本山(黑土大叔):涛声依旧了……(乐队奏乐)

(《昨天 今天 明天》,1999 年)

为了更好地满足受众的听觉感受,更好地塑造突出喜剧人物,在喜剧小品文本创作中,作为话语发出者的编演者会精心选用那些为受众所熟悉的具有共知性的语言进行编码。例(9)在被问及"哪一年结的婚"时回答"我们相约五八""大约在冬季";例(10)"今天的你我怎样重复昨天的故事,我这张旧船票还能否登上你的破船?!""涛声依旧了",分别为 20 世纪末几乎家喻户晓的由歌星王菲和那英、齐秦、毛宁演唱的歌曲名称或歌词内容。选用这些熟知的歌曲名称或歌词内容体现了话语发出者的编演者和话语接受者的受众之间顺应情景语境,借用共知的歌曲表达情感与信息的契合。

(11)崔永元(主持人):大叔啊,大叔这么说不对,其实大妈现在看上去都挺精神的。

宋丹丹(白云大妈):现在不行了,现在是头发也变白了,皱纹也增长了,两颗洁白的门牙去年也光荣下岗了。

(《昨天 今天 明天》,1999 年)

(12)崔永元(主持人):二老都这么多年了,风风雨雨这么多年了,为了看个电视,我觉得不值得。

赵本山(黑土大叔):可不是咋的,后来更虢了,这家伙把我们家的男女老少东西两院议员全找来了开会,要弹劾我。

崔永元:事儿还闹大了!

(《昨天 今天 明天》,1999 年)

(13)赵本山(黑土大叔):嘿嘿,别向我们学习,俺俩感情出现过危机。

崔永元(主持人):以前?

赵本山:现在。

崔永元:怎么回事儿?

赵本山:改革开放富起来之后,我们俩盖起了二层小楼。这楼盖完了屋多了突然跟我提出来要分居,说搁一个屋谁耽误她学外语,完事呢说这个感情这个东西是距离产生美。结果我这一上楼,距离拉开了,美没了!天天吃饭啥的也不正经叫我了,打电话,还说外语“Hello 哇,饭已 OK 了,下来咪西吧!”(乐队奏乐)

(《昨天 今天 明天》,1999 年)

喜剧小品的创作意图之一是反映社会的发展变化,有时会采用流行的时尚语言,运用各种修辞手段如夸张、双关、别解、俏皮话、歪用或借用词语等来创造语言选择的新颖性,构造喜剧包袱。例(11)、例(12)、例(13)来自于同一经典喜剧小品《昨天 今天 明天》,该小品主题预设为歌颂改革开放后党的富民政策使粮食大丰收,百姓安居乐业等美好盛景,是记录改革开放带给国家繁荣的具有历史意义的文艺载体形式。在语言的选择上,“下岗”原意指国有企业职工离开岗位,此处被借用到非人的主语执行者——牙齿上,生动形象地去指牙齿的掉落,令人忍俊不禁。“弹劾”的原意是指政府高级官员在违法失职时,立法机关对进行控告和制裁,如免职以及褫夺其担任有荣誉、有责任、有薪酬的公职资格。小品中,“弹劾”却出自一位农村本没有接受过文化教育的老大爷之口,并自抬为被“弹劾”对象,在感受到百姓享受幸福生活的同时,也带来的文化品位的提升,令人赞叹。为顺应“学外语”的内容图式情景,后言的语言表达中使用同汉语一样具有同一语义概念的语言变体,英语“Hello”“OK”和日语表示“吃饭”的音译“咪西”,来代替汉语的“你好”“好”“吃饭”,皆因出自原本没有文化的农村老两口之口,提供重要证据来突出主题。

(14)常远(卖坟者):嘿嘿嘿,活人是不会住在坟里的,所以坟价都死贵死贵的。我给您介绍一下,这是一套非常适合老年人的南北通透板儿坟。暗厨暗卫、四季无光、冬天漏水、夏天上霜,楼下地上,隔壁姓张。啊,我们现在最大的优势呢,就是地理环境。你看啊,左邻黄泉高速,右邻驾鹤机场,而中间这一条呢,就是我们整个坟墓区繁华的步行商业街——死路一条。另外还有一个好消息,就是如果您现在可以全款购坟的话呢,我们还可以附赠给您一口棺材。不知道你是喜欢翻盖的还是滑盖的?

王宁(名叫"谢谢",买坟者):有触屏的吗?

常远:研究过,停产了。

(《落叶归根》,2011 年)

受众欣赏喜剧小品的重要审美期待是领略幽默搞笑的语言奇观。小品《落叶归根》以买坟和卖坟为主线映射当今社会高房价、搞限价及人情冷暖等现实问题,是一部寓意深刻的讽刺性喜剧。语言表达可谓妙语连珠。在众多的语言选择中,以房子的结构、手机的外形特征等为原型,对于语言表达的预设共知性进行了强势模仿与改写。新信息"南北通透板儿坟"源于原有语境潜在假设"南北通透板儿房",对此受众熟知于心;"暗厨暗卫、四季无光、冬天漏水、夏天上霜"属于劣质房屋工程,依据常规百科知识,受众可以较小的处理心力去解码。依据房屋的良好配套"左邻××高速,右邻××机场、中间位于繁华的步行商业街",结合卖坟的情景,在语言创作上进行模仿复制,就有了"黄泉高速,驾鹤机场,整个坟墓区最繁华的步行商业街——死路一条"相顺应的预设共知性动态语言表达,话语接受者的受众对此编码能够认知××并解码。对于棺材的外形,借用现代科技中新手机的外形"翻盖、滑盖、触屏"的语言选择,给受众尤其是给年轻人带来滑稽、戏谑、亲切的感受,令人笑不可抑。这种语言的选择,生动活泼,直观感强,尤其能满足年轻受众的审美需求,令人眼前一亮。

(15)艾伦(朋友):唉……那个,你说你是我儿子,你叫什么啊?

沈腾(郝建):爸你现在就起,你起什么我叫什么。

艾伦:眼珠子!

沈腾:爸!三思啊,你每一个草率的决定都关系到我的未来啊,给我起个人名吧。

艾伦:就眼珠子!

沈腾:妈,我身份证!

黄杨(朋友妻):邓—眼—珠—子!

(《今天的幸福 1》,2012 年)

依据关联论提到的言语交际的意图不同,话语的构成有两种类型:为实现信息意图而进行的信息交流型话语(information exchange oriented information)和实现交际意图进行的人际交流型话语(interpersonal exchange oriented information)。在喜剧小品中,更多地体现为幽默交际意图,但仍然以信息交流为基础。幽默的作用在于有趣,在于活跃思维,产生较强的诙谐交际效果。坊间自古以来有给孩子起名字时,使用“狗子、狗蛋、毛蛋、二狗子、二蛋子、狗剩子”等小猫、小狗之类的贱名,普遍认为其缘由是使孩子在成长过程中好养活。小品《今天的幸福 1》中的命名“邓眼珠子”颇为意外,但极具趣味性,类同于坊间的贱名之因,姓名中“邓”的谐音字“瞪”与“眼珠子”搭配合理,在众多的语言选择中,这一超常归搭配具有一定的关联性,可以实现幽默的交际意图。

以上利用关联理论和顺应理论合力阐述喜剧小品中预设现象的产生机制。研究发现:情景预设的编码与解码是物理世界语境顺应的产物;点明预设、保存预设的编码与解码是心理世界语境顺应的产物;主题预设及部分事实预设的编码与解码是顺应社交世界语境的产物;预设共有性动态顺应的编码与解码是语言变异、商讨、顺应特征的产物。在喜剧小品的创演过程中,话语发出者的编演人员在一系列可供选择的语言中,使用新颖、扣题的手段作出语言选择和话语接受者的受众之间达成共知性的动态认知,由此创造着喜剧小品中的幽默效应。

至此,已从个案小品、个案演员、认知视角探究预设在喜剧小品中的应用情况,对于预设理论的探新尚未触及,下一章将进行这一具有挑战性的研究。

# 第八章　预设在现代汉语喜剧小品中的应用(理论探新篇)

本章对于预设理论进行探新，拓宽其广度，挖掘其深度。“叙述事实类预设(触发语)在现代汉语喜剧小品中的功效”中，将叙述事实性预设触发语由常规叙实动词、叙实形容词探寻扩展范围至叙实副词、叙实短语、叙实句子类；除了预设触发语引导的事实预设外，在喜剧小品中还有无须进行触发语引导本身就表示客观事实的叙实性句子存在。在“保存预设新内涵在喜剧小品语篇中的功效考察”中，将保存预设的特征界定为一系列词汇串或表达中，任何一个词汇串或表达的意义都等同于其他词汇串或表达的意义。据此，有了“正褒反贬”(或“正贬反褒”)型、“正褒正褒”型、“反贬反贬”型及“单体词汇/单体话语复现 n 次”型与“复体话语复现 2 次东施效颦/请君入瓮”型表述性保存预设的新分类。在“‘预设＋添加(取消)’构式对喜剧小品的功能探究”中，将预设的取消情形分为“语义预设＋添加(取消)”构式和“语用预设＋添加(取消)”构式，并探寻其取消途径的不同以及在中国喜剧小品中各自的作用。在“喜剧小品主题预设‘绿色生态发展’的建设性建议”中，对于喜剧小品中的主题预设有一个略完善的定义，并且因为情景预设为铺垫引导，演绎引明预设、归纳点明预设、过渡转明预设、保存预设，皆为了证明主题预设而得以运用，对深化主题、增加喜剧小品的艺术效果起到积极作用。在探讨如何促使喜剧小品的主题预设保持健康、持续性、绿色生态发展的建设性建议时，建议同样适用于以上预设。

## 一、叙述事实类预设(触发语)在现代汉语喜剧小品中的功效

叙述事实类预设一般有两大情形：一是前文提到的预设触发语的探究，发轫于可命名为“卡图南 31”的全面研究，卡图南在研究中将预设触发语归类为 31 种。在此基础上，更为学界所熟谙的是莱文森博采百家之长，从中归

纳出的13类①,其中一类触发语在国内外的研究中被广泛提及,即叙述事实类触发语;二是无须在叙述事实类触发语引导下,话语本身表明的就是客观事实。这种事实以陈述或否定的形式展现受众根据生活经验、百科知识堆积的用以表征无可争议、为主流受众所接受认可的事实,不需要特定语境介入,却成为"放之四海而皆准"的至理名言,不论受众对其关注程度和态度如何,其辞典(字典)意义表示的语义预设都反映客观事实。

**(一)叙述事实类预设触发语常规所指**

莱文森②所举的预设触发语包含叙述实情动词(Factive verbs),简称"叙实动词",主要包括叙实谓语,意指能够预设其宾语真实性的动词,亦称"事实动词",其特征为"叙实性""事实性"。叙实动词的词汇举隅,如,regret(后悔)、知道(know)、意识到(realize)。此外,能够预设其宾语真实性的叙实谓语也包括叙实形容词,这些形容词一般表达所包含的事实的性质、事实之间的关系等,如意识到(be aware that)、很遗憾(be sorry that)、很骄傲(be proud that)、漠不关心(be indifferent that)、高兴的是(be glad that)、难过的是(be sad that)、奇怪的是(be odd that)。

我们不妨先进行叙实形容词的举隅。

(1)The French is proud that France has won over Croatia in the World Cup final with 4 to 2 in Moscow on Sunday of July 15, 2018, marking the second time in 20 years that France has won the World Cup.

译文:法国举国骄傲,因为他们的球队于2018年7月5日在莫斯科举行的世界杯决赛中以4∶2的比分击败克罗地亚队,赢得了世界杯冠军,标志着20年内时法国队第二次摘得桂冠。

毫无疑问,"法国球队在2018年7月5日在莫斯科举行的世界杯决赛中以4∶2的比分赢得了世界杯冠军,标志着时隔20年时间法国队第二次摘得桂冠"是使"法国人举国骄傲"的叙实性原因。

叙实形容词有一个构式特点,即"be +部分形容词+that",that后面的内容往往表示原因事实。部分形容词主要具备表达情感的特征,如我们扩充be surprised that, be satisfied that, be pleased that, be regretful that, be lucky that后面内容亦为原因事实。

---

① Levinson, S. C. *Pragmatics*. Beijing: Foreign Language Teaching and Research Press, 2001, pp. 181-184.

② Levinson, S. C. *Pragmatics*. Beijing: Foreign Language Teaching and Research Press, 2001, p. 181.

### (二)叙述事实类预设触发语的范围

广而推之,叙述事实类预设词汇的使用,基于内涵本质被赋予可叙述实情的特征,除了叙实动词、叙实形容词外,是否有其他词性可用而起到叙述实情的功效,如叙实副词、叙实短语等?经过搜寻发现,汉英语言中均有相对应的其他类叙实副词、叙实短语以及叙实性句子,其共同特点是前后相关事件、事态、命题具有事实性,总称为"叙述事实类触发语"。其包括:

1. 叙实性典型副词,如 briefly(简而言之)、frankly(坦率地说)、apparently/obviously(很显然)、really(真地)。

(2)Briefly/frankly,he said"No".

译文:简而言之/坦率地说,他说了"不"(直译)/他拒绝了(意译)。

"他说了'不'(直译)/他拒绝了(意译)",是一个客观事实的存在。

(3) Still, Rehm declared that Jack Kevorkian, who went to jail for killing terminally ill patients, "was before his time" and that "the country wasn't ready." But it's apparently ready now. The agenda is set. ①

译文:但仍然,Rehm 宣布 Jack Kevorkian(因为帮助绝症病人死亡而入狱)的做法(行为),先于这个时代,本国家还未为此做好准备。但事实上很明显,本国家已经准备好了,议事议程已经设定。

"议事议程已经设定"是"本国家已经准备好了"的有力事实。

2. 叙实性典型短语,分为三类:叙实性典型分词短语、叙实性典型不定式短语、叙实性典型介词短语。

A. 叙实性典型分词短语(participle phrase),如 generally speaking(通常来说)、specially speaking(具体说来)。

(4)Women,generally speaking,live longer than men.

译文:通常来说,女性比男性寿命长。

"女性比男性寿命长",是一个客观事实的存在。

B. 叙实性典型不定式短语(infinitive phrase),如 to be exact(确切地说)、to say the least of it (至少, 退一步说)、to tell you the truth(说实话)、to be frank(坦率地说)、to be precise(准确地说)。

(5)Such a view is incorrect, to say the least.

译文:至少可以说,这样的见解是错误的。

① Tantucci, V. Textual factualization: the phenomenology of assertive formulation and presupposition during a speech event. *Journal of Pragmatics*, 2016, 101.

“这样的见解是错误的”，是一个保守的对客观事实存在的描述。

(6)To tell you the truth, I became a college student at 15.

译文：说实话，我 15 岁时成为了一名大学生。

“我 15 岁时成为了一名大学生”，是一个客观事实。

C. 叙实性典型介词短语（prepositional phrase），如 as a result（结果）、in fact（实际上）、for example（举例说）、in other words（换句话说）、for instance, to be exact（确切地说）。

(7)Penrose gambled heavily and, as a result, lost a lot of money.

译文：彭罗斯嗜赌，因此，他输了好多钱。

“彭罗斯输了好多钱”，是“彭罗斯嗜赌”的结果事实。

(8)I have often heard this pronunciation, for instance, in New York.

译文：我经常听到这种发音，比方说，在纽约。

“我在纽约听到这种发音”，是“我经常听到这种发音”的举例事实。

3. 叙实性典型句子类，如 It's widely acknowledged that/It's a truth universally acknowledged that（人们广泛认为/这已经成了一条举世公认的真理），It's well known that/As is known that/As we all know/As is known to all/everybody knows（众所周知/正如人们所知/正如我们所知/正如为大家所知/大家都知道），It's believed that/It is a belief that/It was commonly/generally believed that（人们一般认为），As the saying goes（正如俗语所说），As you see（正如你所看到的）、as you know（正如你所知）、that's to say（也就是说）、as it were（可以说）。

(9) It is a truth universally acknowledged, that a single man in possession of a good fortune, must be in want of a wife. ①

译文：凡是有钱的单身汉，总想娶位太太，这已经成了一条举世公认的真理（直译）/但凡财运俱佳的单身汉，必然想娶妻成家，这是举世公认的道理（意译）。

“凡是有钱的单身汉，总想娶位太太/但凡财运俱佳的单身汉，必然想娶妻成家”，是一条常理，描述现实生活中存在的一般真理，起到叙实作用。

(10) As the saying goes “One good turn deserves another”/“Practice makes perfect”/It's good to learn another man's cost/The onlooker sees the game best/To err is human, to forgive is divine.

---

① Austen, J. *Pride and Prujudice*. London: T. Egerton, Whitehall, 1813, p1.

译文：正如俗语所说，“善有善报”/“熟能生巧”/“前者之鉴”/“旁观者清”/“人非圣贤，孰能无过”。

“善有善报”/“熟能生巧”/“前者之鉴”/“旁观者清”/“人非圣贤，孰能无过”，这些俗语是颠扑不破的真理与事实。

(11) One of the best things about works of music is that they are repeatable, that is to say that one can listen to the same work over and over without becoming tired of it.

译文：对于音乐作品感觉最美妙的事情之一，是这些音乐可以重复听，也就是说，人们可以反反复复听同一首作品，而不觉得厌倦。

“人们可以反反复复听同一首作品，而不觉得厌倦”是对“音乐作品的最美妙事情之一，是这些音乐可以重复听”的解释性叙实描述。

综上，我们对叙述事实类触发语已从最被重视提及的叙实性谓语动词，延伸至叙实性谓语形容词，又创新性地找寻到了叙实性典型副词，叙实性典型短语等词汇表达，以及叙实性典型句子等触发语，本研究拟将其纳入中国喜剧小品语篇中，探讨在该语篇中发挥的作用。

**(三)叙述事实类预设触发语在现代汉语喜剧小品中的功能**

出于受众心理上的怀旧情结，历届春晚播出的经典小品依然在受众脑海中留下很深的印记。作为现代中国喜剧小品发展历史中的经典时代，必然具有经典的价值；同时，百花齐放的地方电视台播放的喜剧小品具有较强的时代性。此处仍然以中央电视台和地方电视台播放的喜剧小品为研究对象，探究叙述事实类预设触发语对现代汉语喜剧小品发挥的功效。

1. 表述事实，间接委婉地进行否定，纠正认知

(12)赵丽蓉(应聘老太太)：这旗袍也好，这抹布太小了，来，换我这个。

巩汉林(酒楼经理)：人家那是手绢儿……

(《打工奇遇》，1996 年)

例(12)的“人家”相当于“frankly”(坦率地说)，说话者在描述真实，赵丽蓉扮演的应聘老太太，由于认知的缺乏，将“手绢”认作“抹布”，被巩汉林使用“人家”触发取消错误的认知。

2. 表述事实，间接委婉进行否定，揭示真相

(13)巩汉林(酒楼经理)：(唱)这酒真是美，啊美呀、啊美呀，美美美美美美美美美——太美啦。

赵丽蓉(应聘老太太)：(唱)其实就是那个二锅头，兑的那个白开水！

例(13)中，巩汉林扮演的酒楼经理给顾客饮用假冒高价酒“二锅头”，“其实”

亦相当于“frankly”(坦率地说),被应聘的老太太赵丽蓉使用,向物价局揭示真相,否定取消前面所提“酒美”之事。

3. 表述事实,进行委婉评价,令受众会然一笑,一语双关

(14)穆雪峰(孙子):嘛呢……嘛呢……嘛呢……搬家公司在下边等半天了,怎么还不走啊?房东来了,收拾好了,这就走啊?

蔡明(奶奶):孙子,你敢涨房租?

(三人)嘘,别骂街啊,这是……

穆雪峰:奶奶,您怎么上来了,奶奶……

大鹏(房客之一):哎?他真是个孙子呀!

(《扰民了您》,2014年)

例(14)中的“孙子”一词一语双关、一箭双雕,除指辈分外,还用作贬义,是骂人的常用语,又指某人不地道、是小人的意思。“他真是个孙子呀”中,“真”字相当于副词触发事实预设,与“孙子”结合,“孙子”适用任何一种意义,受话者有点哑巴吃黄连,有气却无理由发作,而说话者又委婉地表达了自己的态度。

4. 表述事实,表示无奈、着急

(15)冯巩(职员):孩子,其实我是个作家,诺贝尔文学获得者莫言。

蒋诗萌(保姆):您是莫言?

冯巩:我叫闭嘴。

曹随风(搬运工):莫言、闭嘴,俩哑巴。

(《我就这么个人》,2014年)

职员冯在关乎是否送领导净化器的过程中经历了惯常的“不送”“送”“不送”的思想波动后,最后坦然说明事实,对其不能发表剧本的无奈、着急进行解释,受众对此也表示出无奈与感慨。

5. 表述事实,用以解释,自证其说,增加说服性与可信性

(16)冯巩(职员):主任不都退了,怎么还例会?

蒋诗萌(保姆):主任是退了,可领导说一时半会找不到合适的人儿,结果给返聘了,还是管剧本的,你看,这还有聘书呢!

(《我就这么个人》,2014年)

职员冯和保姆蒋进行了标准的提问一回答的话轮(指说话者和听话者的角色互换),对于职员冯的疑问“主任不都退了,怎么还例会”,保姆蒋对前半句持肯定态度,即“主任是退了”,但对后半句话亦没有进行否定,开例会亦为真,作出的解释是“领导说一时半会找不到合适的人儿,结果给返聘了”,此处的“结果”便是一种事实预设,为了表明这种结果信息的准确性,又补充了事实

预设证明插入语“你看”，结合“这还有聘书呢”，证明本身没有说假话。

6. 表述事实，用以解释、化解尴尬

(17)冯巩（职员）：……孩子，其实我就是个作家，诺贝尔文学奖获得者莫言。……我前段时间写了部电视剧交给主任了。我自幼酷爱文学，几十年写了十几部电视剧，但写一部黄一部，写一部黄一部，黄得只剩这一部了，同行们都亲切地称我：黄剩一（谐音黄圣依，电影演员）。

蒋诗萌（保姆）：我说老黄啊？

冯巩：哎……啊！

蒋诗萌：不是，其实主任早就知道你要来，还特意让我转告你，说最近写那剧本已经通过了，讽刺了一个见风使舵、朝秦暮楚、溜须拍马的小人物，哎呀，你老有生活了，你说，你怎么写得那么好？

（《我就这么个人》，2014 年）

冯巩扮演的职员在解释自己给主任送礼的理由时，表现出无奈，保姆蒋亦用表示事实的触发语“其实”来安慰职员冯，以化解尴尬。

7. 表述事实，对荒唐的纠错与痛改前非的决心

(18)雷恪生（懒汉潘富）：我跟你说实话吧，我家里什么都没有，就因为我过去懒，我以后改行了不？

宋丹丹（大龄相亲女魏淑芬）：那你改好喽，俺再来喽。

（《懒汉相亲》，1989 年）

雷恪生扮演的懒汉潘富和宋丹丹扮演的大龄相亲女魏淑芬给受众留下了难以忘却的印象，在潘富企图以假乱真，使用假物代替彩色电视机和沙发的行为暴露后，不得不真情相告，同时表达自身痛改前非、由懒变勤的决心。

**（四）叙述事实类预设在喜剧小品中的功能**

“事实预设指交际双方在交流中预先肯定或否定的一些事实情况，常常体现为一个或一组表征具体事实的经验命题，是一些本已就存在的事实，无需语境的加入。”[①]因此，除了叙实性预设触发语之外，在喜剧小品中还有一种在现代社会实实在在客观存在或发生的现象的句子预设，用于各种不同的功能，如信息功能、警告功能、诫勉功能、强调功能等，虽然不具有主题预设那样传递突出明显信息的特征，但其在喜剧小品中的零散出现却实实在在在受众脑中产生一些效果，留下痕迹，其中较为突出的是发挥信息传递、警告等作用，并以此与受众的认知产生共鸣。这种描述现代社会事实的真正的叙实性

---

① 蒋冰清：《预设理论与言语幽默的生成机制阐释》，载《外语与外语教学》2009 年第 3 期。

预设在喜剧小品中的出现，对信息输送发挥的功能不可忽视。如：

(19)曹随风(搬运工)：电梯来？

冯巩(职员)：没电梯，享受低碳生活。

曹随风：那你得给钱。

冯巩：给什么钱？

曹随风：爬楼钱。

冯巩：爬楼还要钱？

曹随风：一层二十。

冯巩：瞎说，去年还十五呢！

曹随风：涨价了，跟出租车一块涨的。

(《我就这么个人》，2014 年)

上述小品的话轮转换过程中，实事求是地至少描述了两个社会现象：一是随着人类社会的发展，民众生活物质条件的提高，开始大力倡导绿色、环保的理念。低碳生活旨在减少二氧化碳排放，如汽车尾气，使人崇尚低能量、低消耗、低开支的生活方式和环保意识。低碳生活代表着更健康、更自然、更安全、返璞归真地进行人与自然的活动。上述小品对低碳生活的提及既反映了社会现象，又通过小品这一艺术形式载体，倡导人们继续坚持低碳生活。二是在中国经济发展史中，出租车价格出现大幅度涨价。《我就这么个人》是在 2014 年春节联欢晚会播放的小品，而出租车大幅度涨价发生在 2013 年，当时由于燃油价格上涨，出租车价格也有所提升，此处就叙实性的描述起到了信息通告的功能。

(20)魏积安(小偷)：我去撬保险柜。

陈佩斯(小偷)：嗯，不会有人吧？

魏积安：给！

陈佩斯：我害怕！

魏积安：你怕什么？

陈佩斯：警察！

魏积安：这是帽子！

陈佩斯：帽子我也害怕！哎呀！

魏积安：大衣脱了。

陈佩斯：我……我……我说大……大……大哥，咱们在里头住了不少日子了，得有点儿法制观念哪！您别误会，我，我是说，化妆警察撬保险柜，就是一个钱儿弄不着，他也得判几年……

(《警察与小偷》，1991 年)

1991年春晚小品《警察与小偷》中，陈佩斯扮演放哨的小偷，魏积安扮演行窃的主偷，当魏威胁陈穿上警察服装进行身份隐蔽时，陈的话语“化妆警察撬保险柜，就是一个钱儿弄不着，他也得判几年”，非常客观地陈述现实社会的法律常识，进行了很好的普法知识宣传，对于不遵纪守法者起到很好的警示、警告作用。同样起到普法、警告功能的典型小品还有下面一则：

(21)孙涛(保安)：你不用贿赂我！反腐从保安做起！

秦海璐(赵总)：造谣诽谤是要负法律责任的。

孙涛：我不管！咱俩看谁先进去！你以为你是谁啊，你以为你有钱，你就能欠债不还吗？你以为你有权，你就能够贪国家的钱吗？你以为你办四个户口本就能控制房源吗？送你两个字：玩完！告诉你，你今天，不把这个钱还给人家大姐，你就别想出这个门。

（《你摊上事了》，2013年）

当前社会，反腐是我们这个时代倡行的一个话题，“反腐从保安做起”，提醒公民腐败不分大小，尤其是党员干部，作为人民的公仆，要时刻警醒、远离贪污腐败。廉洁奉公是每一个党员干部的基本素质。反腐倡廉对营造风清气正的社会氛围起到举足轻重的作用，“玩完”两字警告那些贪污腐败者必将没有好下场。

叙实性预设还具有展示我国经济发展状况的功能，成为有效记录经济发展的文艺载体形式。

(22)赵连甲(村长)：29啦，老姑娘啦，我跟她就提到你啦，我说我们村潘富这两年干得不错呀，勤劳致富，沙发电视都置起来啦。

雷恪生(懒汉)：我哪称那玩艺呀？

赵连甲：我说干脆这样，来，把这个罩上，听我的啊，瞧见没有，沙发，24寸大彩电，这就算齐了。

雷恪生：挺像彩电的，这个还软乎乎的。

（《懒汉相亲》，1989年）

作为懒汉潘富和大龄女魏淑芬的牵线搭桥者，赵连甲扮演的村长在小品中多次提到“沙发”“24寸大彩电”，表明在20世纪80年代末，我国普通劳动人民家中已经有了这两宗大件物品，体现着改革开放10年后我国农村经济发展的巨大进步。这两件物品在小品中被提及，犹如“活页”般见证了我国在经济方面的发展成就。

另外，在表达叙实性概念时，还有一个重大的发现，几乎每个喜剧小品的显性主题预设均为非预设触发语引发的真正事实，其呈现具有凝练性、哲理性、说服性、时事性的特征，作为毫无争议、令人信服的事实存在。

(23)其实幸福很简单。别老想着自己没啥，要多想想自己有啥。

（《今天的幸福1》，2012年）

(24)这小两口之间得沟通，沟通开了就好了。这夫妻之间，信任为先。

（《今天的幸福2》，2013年）

例(23)和(24)中，分别用言简意赅的话语“别老想着自己没啥，要多想想自己有啥”和“夫妻之间，信任为先”对追求简单的幸福及夫妻间的相处之道进行了诠释，使受众信服，不需要任何一种触发语，话语本身作为一种客观事实得以存在。

本部分将叙述事实性预设触发语由常规叙实动词、叙实形容词扩展范围至叙实副词、叙实短语，叙实句子类以及无须进行触发语引导的本身就表示客观事实的叙实性句子，是对叙述事实类预设的创新。研究发现：用于叙述事实类预设触发语的不管是单词层面、短语层面、句子层面，还是无需触发语，本身就表述发生在生活中确认为客观事实，虽然都预设事实，但表示事实的副作用略有不同。单词层面、短语层面、句子层面引发的预设触发语在喜剧小品中起到委婉否定、强调、化解尴尬、表示无奈等作用，而表述发生在当代现实生活中的客观事实，则主要呈现告知信息、警告、诫勉等功能。

同时，笔者也发现，用于英语、汉语表达中的单个词、短语、句子的叙述事实类预设触发，有时可表示说话人的看法，对整个句子进行解释或说明，可起到连接上下文的作用，形式上有时会用逗号与句子的其他成分隔开，即使把本部分中的某些预设触发语去掉，仍然不改变原话语的意义。这些特征与外语教学过程中发现的插入语的特征及使用状况颇为类似，对于英汉、汉英互译有较大的启发。另外，既然在叙述事实类预设触发语中可拓展范围至副词、短语，句子类，那么在表示其他语义的预设触发语的分类中，如含义、状态等，是否可以据此延伸，拓展、找寻更多的词汇表达？倘假以时日，将极可能会有许多新的发现。

## 二、保存预设新内涵在喜剧小品语篇中的功效考察

### (一)保存预设的概念及内涵

通过CNKI文献检索，国内最早将“保存预设”以一个术语形式而提出的研究者，当属蒋冰清。在其文章《预设理论与言语幽默的生成机制阐释》中讨

论预设的使用如何产生言语幽默时，将预设的使用分为虚假、点明和保存三种状况，并强调由于三种预设的各自特征不同，在言语交际中产生的幽默效应亦不同。对于保存预设，她发现，“预设可以在一句话的否定句及包含事实谓词的表达中得以保存。当正常的言语交际遇到了社交障碍或者是比较尴尬的局面，发话人往往会改变语言重新组织，但是重新组织后的表达却保留了原句中的预设”[①]。虽然在该文中没有进一步诠释“保存预设”的定义及其特征，但追根溯源，我们可从这些描述中发现简单定义，“预设可以在一句话的否定句及包含事实谓词的表达中得以保存”，其特征是“发话人往往会改变语言重新组织，但是重新组织后的表达却保留了原句中的预设”。简而言之，保存预设就是在话语表达中用否定的形式重新组织语言，但重新组织后的语言却保存（保留）了原句中的预设。如：

（1）国外有个滑稽演员，有一次在电视台发表演说：“我住的旅馆，房间又小又矮，**连老鼠都是驼背的**。”几天以后，旅店老板认为他诋毁了旅店的声誉，要他予以澄清，否则要到法院控告。

这位演员没有办法，只好赶紧在电视台声明：“上次我说过‘我住的旅馆，房间里的老鼠都是驼背的’。这句话说错了，我现在郑重地更正一下：‘**那里的老鼠没有一只是驼背的**。’”[②]

从例（1）中，我们看到“我住的旅馆……连老鼠都是驼背的”，预设“旅馆有老鼠”，断言信息是“房间里的老鼠都是驼背的”。在被旅店老板投诉后，这位滑稽演员重新组织语言，首先重述已经说过的话，“上次我说过‘我住的旅馆，房间里的老鼠都是驼背的’这句话说错了”，貌似进行道歉，实际为佯否，反倒对这家旅馆有老鼠的事实进行了强调。采用否定方式的表述“那里的老鼠没有一只是驼背的”，预设“旅馆有老鼠”没有改变，断言信息是“没有一只是驼背的”。如此，我们看到，重新更正后的言语表述，并没有改变“旅馆有老鼠”的事实。一方面，这位演员的确满足了旅店老板的澄清致歉要求，另一方面，这位演员有意无意地将“旅馆有老鼠”的事实进行了保存，如广告般将旅店环境脏乱的卫生状况告知受众。旅店老板哑巴吃黄连——有苦道不出，只能打碎牙齿往肚子里咽。

按照蒋冰清描述的保存预设的特征，我们发现，李立曾在早些时候对其特征有更准确的外延解释。在对法庭话语中的预设进行探究时，他认为法庭

① 蒋冰清：《预设理论与言语幽默的生成机制阐释》，载《外语与外语教学》2009 年第 3 期。

② 康家珑：《语用生“幽默”“预设”出神力》，载《玉林师专学报》（哲学社会科学版）1994 年第 2 期。

审判的公诉人在对话中频繁地使用正反问话。正反问话的特点是用肯定形式和否定形式把两个项目并列在一起，让答话人选择其中一项，不要求答话人提供新的信息，是一种"封闭性"问话。一般地说，答话只能从"是"和"否"、"有"和"没有"、"对"和"不对"、"知道"和"不知道"等两个相互对立的选择中选一个。[①] "正反问话对答话人有很强的控制力。公诉人在法庭审判中经常使用正反问话，这样可通过问话牢牢地支配被告人，从而达到指控被告人有罪的目的。"[②]推而广之，保存预设亦可称"保留预设"，对受话者来说，被动的选择是一种"封闭性""唯一性"答案，无论选择肯定或者否定答案，语用含义及效果是一样的。由此我们可看出，预设语言的强大魅力。

陈新仁在探讨广告用语中的语用预设时指出，语用预设具有隐蔽性。预设的部分是隐含的，如果不留神就会把说话人预设的"断言"看作是真实的而加以接受。[③] 此种解释亦是保存预设的特征，可以说，在言语交际中保存预设不仅具有隐蔽性，还具有策略性，有利于达成交际目的。例如：

(2)马克·吐温是美国著名的讽刺作家。他与另一位作家合作的《镀金年代》，揭露了东部企业家、西部投资家和政府官员三位一体掠夺国家和人民财富的黑幕。有位记者以《镀金年代》的真实性问题就问询于马克·吐温。马克·吐温答道："**美国国会中有些议员是狗婊子养的。**"这番话公之于报端，国会议员大为愤慨，纷纷要求澄清或道歉，并威胁说要诉诸法律。数天后，《纽约时报》登载了道歉启事："日前鄙人在酒会上发言，说有些议员是狗婊子养的。事后，有人向我兴师问罪，我考虑再三，觉得此言不妥，而且不合事实。故登报声明。把我的话修改如下："**美国国会中有些议员不是狗婊子养的。幸祈谅鉴。**"[④]

例(2)同例(1)有异曲同工之妙，马克·吐温痛恨东部企业家、西部投资家和政府官员三位一体掠夺国家和人民财富的恶劣行径，便在与另一位作家合作的小说《镀金时代》里进行了讽刺鞭笞。在回答记者关于小说真实性询问后被国会议员追诉道歉时，把之前的话改为"美国国会中有些议员不是狗婊子养的"，按照数字概念及推理，"有些议员不是狗婊子养的"，则"另一些议员是狗婊子养的"，如此，和马克·吐温先前的断言是一样的，预设"美国国会中有些议员是狗婊子养的"仍然得到了保存，仍然达到了讥讽国会议员的语

---

① 参见李立：《论法庭话语中的预设》，载《中国政法大学学报》2008 年第 3 期。

② 李立：《论法庭话语中的预设》，载《中国政法大学学报》2008 年第 3 期。

③ 参见陈新仁：《论广告用语中的语用预设》，载《外国语》1998 年第 5 期。

④ 高胜林：《对话中的假意否定方式——佯否》，载《修辞学习》2002 年第 2 期。

用目的。并且，我们发现，例(1)和例(2)再次证明：在绝大多数情况下，语义预设的基本特征之一，在于能够通过否定测试。经过否定后，语义预设的信息得以保留，不变的是预设信息，变化的是断言信息。

结合之前的研究成果，丛日珍[①]在将英文“presupposition”的中文译文进行“预设”与“前设”的语用功能与认知理据的区分时，扩展了预设的分类，除了根据蒋冰清的点明预设，结合预设在篇章中的功能，补充了引明预设、转明预设的定义，并再次正式提到了语言学术语“保存预设”。蒋冰清和李立所提的保存预设主要强调正反话语使得预设得以保存，即正反问话是一种原始的、典型的预设得以保存的途径，经过考察，这种现象在中国喜剧小品中以正反话语或类似否定变体的形式出现的举隅有许多，如：

(3)宋丹丹(钟点工)：“你呀，你指定是瞅着人家老太太长得漂亮了，是吧。”

赵本山(进城老头)：“你拉倒吧！她漂亮我挨顿揍还值呢，还漂亮！那老太太长得比你还难看呢！啊，不是，我说她没有你难看！你呀，比她难看！

(《钟点工》，2000年)

(4)范伟(被忽悠者)：过年了，我们家什么年货也没买，就剩下一头猪和一头驴，你说我是先杀猪呢，还是先杀驴呢？

赵本山(大忽悠)：那你先杀……给你们俩个机会！

蔡维利(徒弟)：驴肉好吃！先杀驴！

赵本山：先杀驴！

范伟：恭喜你答对啦，猪也是这么想的！

赵本山：小样儿，哼！悲哀，真让我替你感到悲哀，眼看就要独闯江湖了，这怎么能让我放心得下？

王小虎(徒弟)：师傅，先杀猪好了！

赵本山：那驴也是这么想的！

(《功夫》，2005年)

例(3)“长得比你还难看呢”，作为比较句，预设“宋丹丹扮演的老太太长得难看”，“她没有你难看”作为比较句，仍然预设“老太太你长得难看”，“你呀，比她难看”，预设也仍然为“老太太你长得难看”，三句话语被重新组织后绕来绕去，语义保持一致。

---

① 丛日珍：《“预设”VS“前设”语用功能呈现与认知理据辨析——以中国现代喜剧小品为例》，载《西安外国语大学学报》2018年第3期。

例(4),“猪也是这么想的”和“那驴也是这么想的”两句话语,分别与前言的徒弟蔡“先杀驴”和徒弟王“先杀猪好了”相对应,在这种特殊语境中,忽悠赵和忽悠王、忽悠蔡作为一个欺诈团伙成员,被嘲弄为“猪”和“驴”。汉语文化中,两种动物有时被称为“笨猪”“笨驴”,即两种动物都有一个共同的特征——笨,团伙成员的欺骗被识破,反被戏弄。由此可见,保存预设展示出强大的语言魅力。

(5)沈腾(郝建):啊?爸?之前也没商量啊!

艾伦(朋友):商量啥啊,就随便说呗,反正你妈也不知道。

郝建:我是搓,泥,灰,把灰聚一堆,我是搞人体表皮研究的。

杨(朋友妻):哎哟,搞医学的。

郝建:人体表皮污垢学!

(《今天的幸福1》,2012年)

郝建在小品中的角色是澡堂里搓澡的,为避免被人看低,诠释为“搞人体表皮研究的”,之后又美其名曰“人体表皮污垢学”,令人哑然失笑。从心理学的角度来看,这种诠释符合“人往高处走”的志向和追求,虽然社会分工不同,但人的本性是向上,追求上进。

这种将通俗的事物或事态用另外一种高深的术语表达,使事物或事态表达学术化、文明化,很明显,可以给说话者和受话者增加文化品位,呈现出一种高大上的层次感。貌似说话者和受话者的文化水平、文明程度、学术程度等均得到提升。笔者发现,这种现象在生活中比比皆是,如通俗的“开会”,蕴含同样内容,相对应的学术文化表达则为“论坛”。再如,瘦弱—骨感、理发店—美发沙龙、洗脚店—足疗中心、研修班—工作坊、目录—菜单、半老徐娘—资深美女、减肥—塑身、关系密切—零距离接触、包工头—项目经理、辞职—跳槽、传经布道—心灵鸡汤、滋补—养身、同吃同住—资源共享、意见合一—共识、用尽全力—洪荒之力、合作共事—战略合作伙伴、卫生员—保洁员等。这种内涵指一的保存表达反映了人类群体的文明程度,与社会的进步相顺应,在语言表达上,如若不选择使用后者,则会被认为缺乏文化,思想僵化,知识退化,不能与时俱进,被戏谑为罹患“现代语言表达障碍综合征”。

保存预设的使用是一种语言策略,也颇具隐蔽性,一不注意听话者就会把话语发出者的预设当成断言,落入话语陷阱之中。因此保存预设的隐蔽性特征,最典型的使用场合是在法庭语境中,经常被法官运用到犯罪嫌疑身上进行审问。基于保存预设是多种表达在进行任一选择时,预设的含义基本是同一基本特征,有时保存预设也被作为一种语言手段,用于自黑调节气氛等。

(6)宋丹丹(白云大妈):你咋不实话实说呢?你让大伙瞅瞅你那老脸长得跟鞋拔子似的,我能上赶子追你呀?

赵本山(黑土大叔):这么不会审美呢!

宋丹丹:怎地?

赵本山:这叫鞋拔子脸那?这是正宗的猪腰子脸!(乐队奏乐)

(《昨天 今天 明天》,1999 年)

"鞋拔子脸"和"猪腰子脸"分别用"鞋拔子"和"猪腰子"两个喻体对本体"脸"进行了形象描述,虽指称不同,但两者的共同点是形状基本一致,故语义预设含义一致。在喜剧小品中,这种保存预设经常被说话者或受话者用以自黑、自嘲,来达到幽默的目的。

(7)沈腾(郝建):爸!我这次过来,就是想再多看你一眼呐!

黄杨(朋友妻):你爸他怎么啦?

沈腾:未来的我爸,就是为了这个,累出了心脏病,那心脏,一顿搭桥啊!拍完片子医生一看都惊了,这不著名的西直门立交桥吗?

黄杨:老公,你用健康给我换来的幸福我享受不起,我还是喜欢现在的你!

(《今天的幸福 1》,2012 年)

例(7)的保存预设颇具特殊性,其特殊性体现在隐喻的使用上。过去的研究中,学界一直把隐喻看作一种修辞格。拉考夫和约翰逊(Lakeoff 和 Johnson)[①]在其合著的《我们赖以生存的隐喻》(*Metaphors We Live by*)一书中认为:"隐喻的本质是人们使用一种事物去理解并体验另一种事物。"隐喻的认知功能得到强调。如此,该保存预设的构成原型是"心脏病搭桥",隐喻表述是"西直门立交桥",以"立交桥"的形象描述使受众理解、感受抽象的"心脏病搭桥"现象,喻体与本体同时出现,但所指均为同一事物。

(8)大春(天使):您是个小偷?

沈腾(亡者小偷):我不是小偷,我只是他人财物的搬运工。

(《一念天堂》,2015 年)

例(8)的保存预设雷同于例(5) 的诠释,都是为了呈现文明、文化程度的一种儒雅表达方式。但有一点略微不同,与例(5) 的"搓澡"作为一个中性词,拿"人体表皮污垢学"来替代不同,例(8)中的小偷为贬义词,使用"他人财物的

---

① Lakeoff, G. & M. Johnson. *Metaphors We Live by*. Chicago: The University of Chicago Press, 1980, p. 12.

搬运工”弱化小偷职业的成分，因为预设的共知性告知受众，小偷在社会阶层中代表着有害于社会的不良群体，说话者本人对从事该职业也负疚在心，饱含内心不安的情感成分。

我们不妨把以上述最原始的有“肯定和否定形式”或类似否定形式的变体为特征的保存预设，看作是“正褒反贬”或“正贬反褒”型表述性保存预设，其特点除了表示一正一反之外，“褒”强调“好字眼”的内涵，“贬”则反之。

**(二)保存预设的类型扩展及在喜剧小品中的应用**

通过对以原始的有“肯定和否性形式” 或类似否定形式的变体为特征的保存预设叫作“正褒反贬”或“正贬反褒”型表述性预设中，我们看到，其特点是在两个相互对立的选项中作出选择，无论选择哪一个，选择的结果都只能是唯一的，即不管是正面的褒扬表达，还是反面的贬义表述，皆不利于说话者或听话者，正反话对说话者双方，尤其是针对听话者，有很强的被控制力。由此可见，保存预设的原始特征是在两种选择中作出选择，但选择的语义结果是唯一与同一的。据此特征，我们发现在众多的话语表达选择中，并不以问题或选择的形式出现，有时也存在于陈述句、疑问句中，呈现“众多的表达选择中，无论选择哪一项或哪一个，选择的语义结果是同样的、是唯一的”的特征。如此，比较典型的，相对于“正褒反贬”(或“正贬反褒”)型表述性预设，我们找到了另外两种形式保存预设的存在，我们姑且把他们称作“正褒正褒”型和“反贬反贬”型表述性保存预设。

“正褒正褒”型表述性保存预设，指的是两个以上的词语作为一个词语串被放在一起连用，该词语串里的每个词语属于近义表达，并表褒义语义关系；以此类推，“反贬反贬” 型表述性保存预设指的是两个以上的词语作为一个词语串被放在一起连用，该词语串里的每个词语属于近义表达，并表贬义语义关系；“正褒反贬”或“正贬反褒”型表述性保存预设的功效在于对说话者和受话者有很强的控制力，尤其是不利于受话者，“正褒正褒”型与“反贬反贬”型表述性保存预设，对发话者和受话者均具有很强的表达力，词语串中的词语因为是近义词关系，多种选择后的答案仍是唯一，对于话语表达中的发话者或受话者起到强化同一个语义的语用效果。下面仍以喜剧小品为例，阐述“正褒正褒”与“反贬反贬”型表述性保存预设表达方式的运用情况。

1. “正褒正褒”型表述性保存预设

(9)冯巩(职员)：送给主任的净化器。

蒋诗萌(保姆)：我们家不需要。

……

冯巩:我们家更不需要,大师给我看过,说我跟它八字不合,我一见它我就想上吊。哎哟,主任领导我们这么多年,人得懂得感恩呐,乌鸦还知道反哺呢,羊羔还知道跪乳呢,杨四郎还知道探母呢……

(《我就这么个人》,2014 年)

小品《我就这么个人》是 2014 年中央电视台春节联欢晚会播放的优秀语言类节目,讲述的是一个杂志社的普通职员为了剧本的发表试图行贿主任的小故事。其中冯巩扮演小职员,曹随风扮演搬运工,蒋诗萌扮演主任家中的小保姆。在得知主任退休、返聘、再次辞职的一系列情景时,职员冯关于送还是不送净化器,一直处于预设不断的取消当中。例(9)中的"乌鸦反哺,羊羔跪乳,杨四郎探母"三句话阐释的道理是同一的,就是要懂得感恩母爱,目的是通过不同举隅列举,来找寻这几个举隅之间的相同点,讲明同样的道理,起到强化同一个概念或道理的作用。

(10)冯巩(职员):你以为我今天是给主任送礼的吗?错,我就是故意看看主任究竟是什么样的人!我服了,其实我也是一个出淤泥而不染,濯清涟而不妖的人,一辈子都不懂得什么叫见风使舵、溜须拍马,想指着我给领导送礼,休想!士可杀不可辱,宁为玉碎不为瓦全,宁可站着死绝不跪着生……别说他已经安度晚年了,就是今晚上再回来,我也不会出卖我的人格。

(《我就这么个人》,2014 年)

"出淤泥而不染,濯清涟而不妖",这一千古名句出自宋朝周敦颐的名篇《爱莲说》,其主题为借物抒怀,比喻能从污俗的环境中走出来,保持纯真的品质而不沾染坏习气。"士可杀不可辱"语出《礼记·儒行》,意指人要活出个浩然气节。"宁为玉碎不为瓦全"语见唐李百药《北齐书·元景安传》),比喻宁可保全气节,为正义之事而死,而不愿忍辱屈从、苟且偷生。这几个语言表达都具有同样的含义,引述这三句为受众所熟稔的名言,无疑强烈表达了人们保持高尚人格、浩然气节的重要性。

2."反贬反贬"型表述性保存预设

(11)蒋诗萌(保姆):我说老黄啊!

冯巩(职员):哎!

蒋诗萌:不是,其实啊,主任早就知道你要来,还特意让我转告你,说你最近写那剧本已经通过了,讽刺了一个见风使舵、朝秦暮楚、溜须拍马的小人物,哎呀,你老有生活了,你说你怎么写得这么好呢?

冯巩:(一脸尴尬)那是啊,那是!我就是这么个人。

(《我就这么个人》,2014 年)

不难发现，“见风使舵”“朝秦暮楚”“溜须拍马”三个词从辞典意义上看，均为贬义词，形容势利眼或看别人的眼色行事，根据形势的变化而改变方向或态度，用以表示处事圆滑。如此，保存预设有了新的内涵，拓展了其外延，指向词典词条中的意义。值得强调的是，例(11)的预设运用极其巧妙，除了保存预设的使用之外，还有点明这个小品主题存在的主题预设，主题便是话语者之一的保姆蒋用现成话语进行的明示性表达“讽刺了一个见风使舵、朝秦暮楚、溜须拍马的小人物”。“其实”一词是事实性预设触发语的使用，来表明事实。“你说你怎么写得这么好呢”是转明预设，即起到引发受众注意关注新的话题。

(12)冯巩(职员)：孩子，其实我是个作家，诺贝尔文学获得者莫言。

蒋诗萌(保姆)：您是莫言？

冯巩：我叫闭嘴。

曹随风(搬运工)：莫言，闭嘴，俩哑巴。

(《我就这么个人》，2014 年)

脱离上下文语境，单从词典的词汇意义来解读，“莫言”“闭嘴”“哑巴”，语义一致，无论选择哪个词语，答案都是一样。

(13)蒋诗萌(保姆)：所以呀，赶紧把这净化器拿走，它是属于你妈的。

冯巩(职员)：不，那是属于主任他妈的。

蒋诗萌：你妈的。

冯巩：他妈的。

曹随风(搬运工)：哎哎哎，你这文化人说话咋像骂人呢？

冯巩：那应该怎么说啊？

曹随风：应该是你娘的，他娘的。

冯巩：还不如我呢。

(《我就这么个人》，2014 年)

“你妈的”“他妈的”，补全了话语，指的是“这净化器属于/ 给你妈的”以及“这净化器属于/给主任他妈的”，不产生任何歧义，但一旦成了省略句，就有詈语之嫌，根据河南地方方言，“妈”就是“娘”，换成“他娘的，你娘的”仍然没有脱离骂人之嫌，受众因为语义没能改变，仍保留骂詈语的痕迹，产生看低效应而为之一笑。

3.“单体词语/单体话语复现 n 次”型表述性保存预设

通过观看现代汉语喜剧小品，我们发现，有一种特殊的保存预设，不能以“正褒”“反贬”来简单命名，但在整个小品文本及表演语篇中以一种简单却突出的形式出现，我们将其称为“单体词汇/单体话语复现 n 次”型表述性保存预设。顾名思义，该种保存预设的存在和构式是某一个单体的词语或单体的话语，该单体词语或单体话语在小品语篇中以基本不变的形式重复 n 次出现。单体词语或单体话语，因基本没有任何词语及结构的改变，纵然被重复 n 次使用，所表辞典语义预设不变。这种保存预设的出现，最典型当属为受众所熟谙的 2009 年由孙涛、邵峰、徐囡楠、刘淑萍表演的小品《吉祥三宝》，以普通人物形象出现的孙涛扮演的耿直、尽责的保安凭着一句“我骄傲”，一不留神火到受众心坎里，并助其闪亮在春晚的舞台，“我骄傲”也成了 2009 年春晚之后的流行语。2013 年蛇年春晚，再次延续上演“我骄傲”的孙涛，联手电影演员秦海璐、电影演员王茜华及相声演员方清平，混搭表演小品《你摊上事儿了》。其中，“你摊上事儿了”又成为蛇年之后的一个金句，流行中国大江南北。该金句在春节小品的整个语篇中被提到了 9 次。这种单体词语/单体话语复现 n 次”型表述性保存预设，还有一个典型的举隅出现在马三立的相声《逗你玩》中，其中“逗你玩”被重复了 10 次。由此可见，这种保存预设形式在其他语篇中也被广为使用。

有时，这种“单体词语/单体话语复现 n 次”型表述性保存预设，在语言结构上保持一致性，但词语略有改变，小品文本编剧在进行这样的语言编码时，无疑给说话者感受话语制造了紧张气氛，被笑看其如何解除尴尬。

(14)王茜华(要钱的)：俺求你了。

方清平(送钱的)：你求他没用，他要让你进去，我管他叫爹。

王茜华：俺求你了，大兄弟。

……

孙涛(保安)：你进去吧！(之后走到送钱的面前)叫吧！

孙涛：大姐，你太善良了，你怎么还能相信她呢？她要是能把钱给你，我给她叫奶奶。

秦海璐(赵总)：(把一箱子钱给要钱的)给你！(对保安)叫吧！

(《你摊上事儿了》，2013 年)

话语“他要让你进去，我管他叫爹”和“她要是能把钱给你，我给她叫奶奶”在结构上一致，语言功能皆以激将为目的，因此符合保存预设的特征。另外，称呼的转换由“爹”变成“奶奶”的过程是升辈的过程，第 2 次进行发话的保安孙涛如此不管不顾、不计后果的言行，自然会招致受众发笑，受众亦迫不及待地想知道保安孙涛怎样化解这种尴尬。

4. "复体话语复现 2 次东施效颦/请君入瓮"型表述性保存预设

在保存预设中，存在着上述以"某一个单体词语或单体话语复现 n 次"的保存预设，经过研究我们发现，在现代汉语喜剧小品中，存在着"数句话语作为一个整体"第 2 次被另一个话语表达者几乎一模一样使用的情形。"数句话语作为一个整体"意味着这些话语是由单体话语组成，但又作为一个整体再次被使用，但在第 2 次被他人使用的过程中，往往导致了不利于该说话者的一些状况发生，如被利用、上当、被戏谑、不好收场等，出现了受众认知中的"东施效颦"之感，颇为搞笑。如此，我们把该种保存预设称为"复体话语复现 2 次东施效颦"型表述性保存预设。若在第 2 次被他人使用的过程中，发生了不利于第一说话者的状况，如揭露第一说话者言语行为的荒谬性等，出现了受众认知中的"请君入瓮"之感，亦颇为搞笑。如此，我们把该种保存预设称为"复体话语复现 2 次请君入瓮"型表述性保存预设。

(15)赵丹(肥妃娘娘)：自打本宫进宫以来，就独得皇上恩宠，只因本宫才貌过人，满腹经纶(太监一旁作呕吐状)，仅此而已(妃子坐下)。

……

赵丹：(懊恼状对丫鬟)掌嘴！(丫鬟自己掌嘴)别听他瞎说，这不是嘛，昨夜晚得皇上召见，陪皇上批阅奏折一夜，这身体呀甚是乏累。

杨树林(太监)：娘娘，昨夜是老奴一直陪在皇上身边，未曾见过您呐？

赵丹：(笑着)那就是前天。

杨树林：前天也是老奴陪伴。

赵丹：(尴尬笑着)那是上个礼拜。

杨树林：上个礼拜也是……(话没说完)

赵丹：(懊恼)掌嘴！

……

宋小宝(咖妃娘娘)：哈哈哈哈……

宋晓峰(丫鬟)：哈哈哈哈……

宋小宝：(推丫鬟一下)，吓我一跳！(继续无声笑，表情夸张)自打我进宫以来呀，就独得皇上恩宠。这后宫佳丽三千，皇上就偏偏宠我一人，于是我就劝皇上一定要雨露均沾，可皇上啊非是不听呐。皇上啊，就宠我，就宠我，你说叫为奴的情何以堪呀！(肢体动作丰富，问丫鬟)开心吗？

……

宋小宝：姐姐好眼力呢！这不嘛，昨夜晚得皇上召见，批阅奏折这一夜未眠呢，我这身体啊，甚是乏累呢。

赵丹：（问公公）公公，你听他说什么呢？

杨树林：回娘娘，昨夜是老奴一直陪伴皇上，未曾见过这位。

宋小宝：那就是前天晚上了。

杨树林：前天也是老奴陪伴。

宋小宝：大前天。

杨树林：大前天也是我陪……（话没说完）

宋小宝：哈哈哈哈……（对太监招手），你来，哈哈哈哈（掌太监嘴）你都哪天没在？（太监摸脸），咋这么欠呢，我说哪天就哪天得了。

（《甄嬛后传》，2015 年）

小品角色肥妃娘娘已说过的话语，在后续剧情进行过程中，被宋小宝扮演的咖妃娘娘第 2 次使用，受众对此已经了然于心，预料咖妃娘娘再使用将遭遇戏谑，受众也等待验证着这种结果的出现。果如所料，在小品编剧进行言语编码的时候使用了这种方式，对于第 2 次使用同样话语的说话者来说被戏耍，“东施效颦”的效果达到了。

“东施效颦/请君入瓮”型表述性保存预设极好地体现了预设的共知性呈现动态性的特征。正如 2011 年大型古装清宫剧《甄嬛传》的热播，受众对《甄嬛后传》这样的小品名称并不陌生，作为小品演员宋小宝的系列作品，《甄嬛后传》播出后，“雨露均沾”作为预设新的共知性含义被受众认可，并衍生为流行语在社会上广泛使用，于是《甄嬛传》体、《甄嬛传》中的角色人物、“雨露均沾”流行语等，作为一种强势模因，在社会中不同的场合被模仿使用。例(14)虽不是出现在喜剧小品中，但“雨露均沾”源于小品《甄嬛后传》，在众多场合的利用中，该例被运用得最惟妙惟肖、活灵活现。

(16)一个高一孩子的周记：语文是朕的皇后，虽然朕几乎从来不翻她的牌子，可她的地位依然是那么的稳固；英语是朕的华妃，朕其实并不真正爱她，只是因为外戚的缘故总要给她家几分面子；数学是朕的嬛嬛，那年杏花微雨，也许一开始就是错的；体育是朕的纯元皇后，那才是心中的挚爱；至于政治、历史、地理、生物这些卑微的宫女，朕理都懒得理她们，到底是谁让她们入宫的！

班主任的回复：老奴三年来战战兢兢、夜不思寐，只为圣上即日面对高考来袭时不至于措手不及，失了往日威风。皇后乃是一宫之主，虽说自幼便与皇上相识，仍需日日沾顾，不可与之疏远；华妃虽是外戚，但时下举国内外以华妃为尊，请圣上务必思忖为善；甄妃敏锐聪颖，若能日日眷顾必能助圣上一臂之力；政治、历史、地理、生物这几位贵妃贵人，圣上更需雨露均沾，高考一战,须靠得这几位主子出力……至于纯元皇后,请圣上听老奴一言,斯人已矣,留于心中有个念想即可。

母亲的回复:汝若继续沉迷追剧穿越宫斗,动摇安身立命之分数,休怪母后断尔 Wifi,毁尔 App,追生二胎,动尔储位![①]

很显然,因《甄嬛传》中的人物角色在电视剧作品中的地位、命运等为受众所熟谙,该语篇便有了语用预设百科常识特征。于是,该语篇借助这种百科常识,使得学生、教师、家长分别从各自的角度诠释对每一门课程的态度,笔调活泼,鞭辟入里,说服性强,令人忍俊不禁。

根据语境,有时"复体话语复现 2 次请君入瓮"型表述性保存预设也可以有利于第 2 次复述言语的说话者,为其使用,揭示第一次使用的说话者言语的荒谬,故又称作"以谬治谬"或"请君入瓮"型表述性保存预设。

a. 复体性话语第一次出现,马丽扮演的大妈的台词

(17)马丽(摔倒大妈):哎呀,我的胳膊肘儿啊!哎呀,我的波棱盖儿啊!哎呀,我的腰间盘哪!哎呀都不疼啊!

沈腾(郝建):(无语)大妈,都这会儿了,就别用排除法了。那既然都不疼,那咱试试看还能不能走走了。

马丽:我试试哦!

沈腾:哎,慢点哦!(马丽 360 度旋转行走)哎呀!哎呀!你这走是能走啊,但你这是按表走的啊!

……

马丽:没人撞我飞出十多米啊,那你要撞了我,我现在都出国了呗!

沈腾:不是,大妈你啥身份呢,你出国还能免签呢是咋地啊?再说,你也没飞出十米去啊。

马丽:那飞几米啊?都这时候了,你还较那三米两米的真儿,有意义吗?

b. 复体性话语第二次出现,沈腾扮演的好人郝建的台词

(18)沈腾:哎呀我的胳膊肘啊,哎呀我的波棱盖啊,哎呀我这腰间盘哪!

杜晓宇(路人):都摔坏了啊?

沈腾:都不疼啊!

杜晓宇:都这会儿了,就别用排除法了。这没事,看看能不能走走啊?

沈腾:走应该是能走啊,但肯定也得是按表走了。

---

① 百度贴吧:《语文是朕的皇后,英语是朕的华妃,数学是朕的嬷嬷》,2018 年 5 月 1 日,http://tieba.baidu.com/p/4251298961.

马丽:你怎么还按表走上了?

沈腾:呀,那车圈都瓢成那样了,闹了半天,我是从那边飞过来的呀,那我还能抢救得过来了吗?(马丽百口莫辩)看这样,我飞出来能有十来米啊!

马丽:(急)你哪飞十米啦?

沈腾:那我飞几米?都这会儿了,还跟我较那三米两米的真儿,有意义吗?

马丽:他说的,全是我的词啊!

(《扶不扶》,2014 年)

从例(18)中,不难发现,复体话语第二次出现时沈腾的部分言语,其实在第一次出现时全是摔倒大妈已经说过的话,根据点明预设的特征,我们看到表演者之一的马丽扮演的大妈无奈说道"他说的,全是我的词啊!"一语中的,表达了此刻受众同样的心理判断与感受,令人忍俊不禁。郝建就是以这种"请君入瓮"或"以谬治谬"型保存预设的方式,达到了替自己洗白的交际意图。

以上分别探讨了"正褒反贬"(或"正贬反褒")型、"正褒正褒"型表述性保存预设、"反贬反贬"型表述性保存预设、"单体词语/单体话语复现 n 次"型及"复体话语复现 2 次东施效颦/请君入瓮"型表述性保存预设在喜剧小品中发挥的作用,尤其是前三种类型给我们带来的语言积累与学习方面的启发,由此看到中国文化词汇积累与使用方面的博大精深,我们有义务根据保存预设这几种情形具有的特点,助力语言学习和传承中国优秀传统文化。

**(三)保存预设对语言学习与中国优秀传统文化传承的启发**

无论是"正褒反贬"(或"正贬反褒")型、"正褒正褒"型还是"反贬反贬"型表述性保存预设,其在现代汉语喜剧小品中发挥的作用,不管是褒义表达还是贬义陈述,共同特征是在多种选择中都保存有同样的语义内涵。据此,我们能感受到语言表达多样性的魅力。这给我们的语言学习和中国优秀传统文化传承带来强有力的启发。

1. 对语言学习的启发

保存预设的上述特征,简而言之,是表达同一个语义的同义词或反义词同用,不仅在汉语中,扩展至其他语言,譬如我们熟悉的英语,在对学习者进行听、说、读、写、译的能力培养时,不应该引导学习者使用单一的词语,而应该将丰富的词语运用到听、说、读、写、译的能力培养要求中。

a."正褒反贬(或正贬反褒)"型保存预设

(19)汉语:他是外乡人/他不是本地人。

英语：He is a stranger here. /He is not a native.

(20)汉语：黄鼠狼给鸡拜年，不怀好心/黄鼠狼给鸡拜年，带有邪心。

英语：The weasel goes to pay respects to the hen not with the best of intentions. / The weasel pays a courtesy visit to the hen with evil intent.

b.“正褒正褒”型保存预设

(21)汉语中表示获得冠军的表达：技压群芳、先拔头筹、折桂夺魁、独占鳌头、蟾宫折桂。

(22)电视剧中表示安排谁带兵打仗的表达：

司马错：大王，司马错愿领兵出征。

甘茂：大王，臣甘茂愿帅兵伐楚。

大王：寡人打算安排司马错为帅。

（《芈月传》，2015 年）

(23)表示“感谢”的英文表达(加粗部分)

We **are grateful to** Claudio Caneva and Lucia Leporatti for their valuable help. We **are** also **indebted to** Diana Mazzarella, Harris Constantinou and Sergio Morra. We **thank** two anonymous referees for their highly constructive comments.

(24)表示“以……出名”的英文表达(加粗部分)

Holmes **is famous for** his intellectual prowess and **is renowned for** his skillful use of astute observation, deductive reasoning and inference to solve difficult cases.

(25)表示“像”的英文表达(加粗部分)

But this love **is comparable to** the beginning of a long road up a mountain with many ups and downs. Mature love **is like** a living organism. It **parallels** the life of an oak tree.

以上举隅汇总这些近义词或反义词串并列使用，可以加强某种语义表达，由此也证明语言的相通性，英语作为一种语言，亦不例外。“safe”和“sound”两个英文单词均表示“平安”，但放在一起译成“平平安安”则强调了单个词的意义。作为高校教育者，我们看到高校的部分英语学习者没有形成记忆词汇的习惯，从“保存预设”的理论中，我们能发现这些英语学习者在学习中需夯实知识基础，词汇含义的丰富性，近义词、反义词互换表达同一概念的语言基本功未被英语学习者重视；对作为教育者的笔者来说，则需要引导他们识别这种现象，进而说服他们加强词汇积累。

2.对中国优秀传统文化传承的启发

现代汉语喜剧小品中使用的“保存预设”理论，亦让我们感受到中国文化的博大精深及词汇的丰富性。作为受教育者，有义务与责任积累这些，用于语言表达当中，以此传承中国优秀传统文化。对于喜剧小品的编演人员来说，也有义务与责任在编剧、表演小品的过程中使用博大精深的中华传统经典词语，使受众在观看这些小品时得到教育。总之，随着国家对继承与传承中国优秀传统文化精神的倡导，只要有可能，合适的时间、合适的场合、合适的载体、合适的平台，中国公民就不能不付出积极传播中国优秀传统文化的举手之劳。

保存预设的原始特点是“对”与“不对”、“是”与“不是”，两者中选择一个，语义含义具有同一性。根据语义含义同一性的特征，结合现代汉语喜剧小品语篇的实际情况，我们扩大保存预设的范围，只要“两个选项中或多个选项中任意一个选项表达的意义没有差别”，皆属于保存预设之类。保存预设有两个效果：一是常规的，也是最具语言策略的选择，任何一种答案皆不利于受话者，从而可以使受话者落入发话者的语言圈套；二是多种表达中，其实所有选项的表达之词典意义为同一意义，这主要借助语义预设的特征，因为辞典意义就是语义预设的含义，语义预设词汇的辞典意义是以后语用预设推理的基础，即“除了人们惯知的预设触发语引导预设外，词汇内涵本身的字典意义即是语义”①。语用理论激进代表斯达纳克提及“语义预设的要求是将意义写进辞典”②，便意味着在辞典词条中出现的词汇意义为语义预设之意。这种情形有时也会使说话者或受话者处于出丑之列。

本研究对传统的保存预设作了新的分类。但在一系列词语串或表达中，任何一个词语串或表达的意义都等同于其他词语串或表达的意义，我们便视为保存预设。据此，我们有了“正褒反贬”（或“正贬反褒”）型、“正褒正褒”型、“反贬反贬”型、“单体词汇/单体话语复现 n 次”型以及“复体话语复现 2 次东施效颦/请君入瓮”型表述性保存预设的新分类。其作用在于深化主题并幽默搞笑，从而也使我们感受到语言表达与选择的魅力，并给语言学习和传承中国博大精深的传统文化带来启发。

---

① 丛日珍、仇 伟：《语义预设与语用预设的重叠性和互补性》，载《现代外语》2016 年第 5 期。

② Stalnaker, R. C. Pragmatic presuppositions. In M. K. Munitz & P. K. Unger (eds.), *Semantics and Philosophy* (pp. 471-482). New York: New York University Press, 1974, p. 475.

## 三、“预设＋添加(取消)”构式对喜剧小品的功能探究

### (一)“预设＋添加(取消)”构式概述

预设在被运用过程中存在着与背景前提始终一致的情形，如例(1)中“约翰打老婆”的背景前提一直存在；亦有先前一致后来不一致的情况发生，如例(2)。本研究聚焦例(2)这种状况，即预设的取消情况。“可取消性(defeasibility)是预设行为的重要特征之一。”①预设有语义预设与语用预设，预设取消包括语义预设取消和语用预设取消两种状况。

(1)John has/hasn't stopped beating his wife.

(2)John has/hasn't stopped beating his wife, because in fact he never beats her at all.

语义预设的可取消性具有可显性，被取消的最典型途径是语义预设被直接否定，即话语的前半部分以预设的形式存在，后言话语添加否定词或类似于否定词功能的其他词进行否定，如例(2)。这些语言因素导致的语义预设被取消是发话人在主观意图的影响下，通过前后添加一些词语、小句，或对语句做出某些修改，使得原来的预设和修改后的语义或逻辑上出现某些矛盾(paradox/clash/contradiction)。语义预设的可取消性亦可表述为重(黑)括号消除原则(HPWR：heavy－parentheses wipe－out rule)②，其作用是传递信息，达到某种交际意图。因为原有预设起到背景作用，断言起到呈现图形的作用，那么经过重括号消除原则的作用后，背景与图形的角色得以转换。语义预设的可取消性亦在卡茨(Katz)和兰根蒂安(Langendoen)③的论述中多次提及，所用术语分别有“取消”“去除”“消除”“消失”(cancel, remove, eliminate, disappear)。实际上，实现前面原有预设被取消的最直接途径是就是添加预设信息，即预设添加/调整(presupposition accommodation)④，语义预设的不断添加使预设具有了动态性、复杂性、变化性、可取消性。

此种预设先前存在，后被添加的共有信息所否定、取消的过程称为“预设＋添加(取消)”的过程。该过程有规律可循，基本形成过程有两步：第一，预设

---

① Levinson, S. C. *Pragmatics*. Beijing: Foreign Language Teaching and Research Press, 2001, p. 186.

② Katz, J. J. & T. Langendoen. Pragmatics and presupposition. *Language*, 1976, 52(1).

③ Katz, J. J. & T. Langendoen. Pragmatics and presupposition. *Language*, 1976, 52(1).

④ Lewis, D. Scorekeeping in a language game. *Journal of Philosophical Logic*, 1979, 8

失误,听话者意识到在话语语境中找不到包含有预设触发语等引导词的预设;第二,更新过程,发话者或听话者根据缺失的预设信息更新或添加新的语篇心理模式。[①] 如此便形成了一个简单的组织、套式、构式,我们将之称为"预设+添加(取消)"构式。

**(二)"语义预设+添加(取消)"构式的实现途径**

语义预设被取消的途径有很多,下面我们将一一展开讨论。

1. 使用直接的否定词,如"不"(no)"或类似于"不"的语义词,或通过语言变体进行否定

(3)—Is it the knave that stole the tarts?

—Certainly not: there is no knave here.

例(3)中确定所指"the knave"预设有一个无赖的存在,而后言"not"与"no knave"的信息添加,直接否定了该预设。Deny Shanon[②] 则建议,"如果 P 是预设,则 P 可以被'稍等/等等'手段('wait a minute'-style devices)否定",从而达到确认并加速信息交流的语用功能。

(4)Bob:So, Mary was just saying that this asshole kid hit her car with his tricycle.

[But Mary protests]

Mary: Wait a minute! I didn't say he was an asshole! He's only three years old![③]

在例(4)中,当约翰说"玛丽刚刚说这个讨厌的孩子骑着三轮车撞了她的车"时,玛丽道"等会儿,我没说这个孩子讨厌,他只是个三岁的孩子",纠正了约翰的说法。"wait a minute"和其语言变体"just a second"的表达是一种质疑,是"不"的委婉语言表达变体,语效是用来进行否定。

2. 使用疑问句,进行取消

(5)a. I suggest that you talk to the headmaster of the driving school.

b. Talk to whom? I didn't know that the driving school had a headmaster.

---

① Domaneschi, F. & S. D. Paola. The processing costs of presupposition accommodation. *J Psycholinguist Res*, 2018, 47.

② Shanon, B. On the two kinds of presupposition in natural language. *Foundations of Languages*, 1976, 14(2).

③ Salmon, W. Conventional implicature, presupposition, and the meaning of must. *Journal of Pragmatics*, 2011, 43.

a. Oh yes, his office is on the first floor. ①

发话者 a 用确定性描述词“the”触发预设“驾校有一个校长”，而且他想当然地认为，受话者 b 对此了然于心。但受话者对此提出了疑问，以“跟谁谈话”的问句取消了 a 的认知假想，并添加信息告知 a 自己不知道驾校还有个校长。所以说话者 a 只得根据新的语境，将校长的相关信息“有校长，他的办公室在一楼”补充给受话者 b。如此，话语信息流得以流畅进行。

由此可见，交际中所假设的预设共知性不是固定不变的，交际过程中对话双方会随着交际意图的改变，不断地调整、添加预设信息。通过预设添加或调整，说话者将新的共有信息添加传递给听话者，即“会话预设的‘共享’或‘共有’知识并非总是事先给予的，事实上，只有通过会话人才能建立该知识，并不断补充，修正”②。

3. 使用复合句或包孕句，进行取消

语义预设的取消性还体现在嵌入之复合句或包孕句时，各个条件句中的预设 $P_1$，$P_2$，$P_3$... $P_n$ 并非整个语句的预设 P。$P_1+P_2+\ldots P_n=P_1$ or $P_2$ or $P_3$ 或者 $P_1+P_2+\ldots P_n=P_n+1$（此种现象人们通常将其放在预设的投射问题里去探讨），可取消性的这种特点符合塞词（plug）的特点，与滤词（filter）在某种情况下如出一辙。置于复合句或包孕句中的语义预设的取消，被取消部分有时以转折（偶尔会表明原因）、附加条件句、原因的形式呈现。

(6) Arthur condescended to mow the lawn yesterday. But he watched television instead.

(7) a. If Sam is smart, then he quit smoking.

b. If Sam smoked in the past, then he quit smoking. ③

(8) If Jack has children, then all of Jack's children are bald. ④

(9) a. The Gypsy regretted that the captain was in prison.

b. The Gypsy didn't regret that the captain was in prison.

c. The Gypsy didn't regret that the captain was in prison because she knew that he had in fact escaped.

---

① Segerdahl, Par. *Language Use: A Philosophical Investigation into the Basic Notions of Pragmatics*. London: Mcmillan, 1996, p. 206.

② Mey, J. L. *Pragmatics: An Introduction*. Beijing: Foreign Language Teaching and Research Press, 2001, p. 188.

③ Potts, C. Presupposition and implicature. In S. Lappin & C. Fox (eds.), *The Handbook of Contemporary Semantic Theory* (2nd edition) (pp. 1-48). Oxford: Wiley-Blackwell, 2014, p. 8.

④ Karttunen, L. Presuppositions of compound sentences. *Linguistic Inquiry*, 1973, 4(2).

d. The captain was in prison. ①

例(6)中，“昨天亚瑟屈尊整修草坪”，预设“整修了草坪”，后言否定转折词“but”与“instead”的同时出现，前设“整修草坪”得以取消。

例(7)a、(7)b，例(8)三个例子均属于典型的“if... then”结构，但预设的取消结果不一样。例(7)a 中，预设 Sam 过去吸烟，(7)b 则并不一定预设吸烟，是一种弱预设（weak presupposition）②。预设被取消的规律在于小句中的预设在主句中得以蕴含，“smoke”的内容做到了“在线自返”③，导致预设的取消；同样例(8)从句中的蕴含“Jack has children”，正是主句“Jack's children”的预设，“预设内容实现了与从句蕴含内容的在线自返，原有预设得以取消。语义预设的这种添加原因或者转折或者条件句的存在符合语言的递归性原则(recursive rule)，即语言可以无限制地添加下去”④。例(9)a 和否定式(9)b 中，都预设(9)d——上尉当时已经入狱。变成了更复杂的复合句如(9)c 后，预设(9)d——上尉当时已经入狱，得以取消，取消的原因在于那个“吉普赛人知道上尉其实已经越狱”，表原因从属连词的“because”的出现是该预设取消的直接原因。

综上，语义预设的取消，主要是添加后言将前面话语取消，更多典型的举隅包括以下几种：

(10)a. Max doesn't have THREE children—he has FOUR.

b. You didn't eat SOME of the cookies—you ate ALL of them.

c. Around here, we don't LIKE coffee—we LOVE it.

d. I don't BELIEVE it—I KNOW it. ⑤

**(三)“语义预设＋添加(取消)”构式在喜剧小品中的功能**

研究发现，语言学学术概念中预设的否定，尤其是语义预设的否定，即前设的可取消性，在喜剧小品中的功能等同于小品术语表达“剧情反转”，可以作为一种有效的致笑手段被运用到喜剧文本的创演中。

在现代汉语喜剧小品中，有一个作品，整个台词的文本语篇使用反复否定的方式，可谓“翻手为云，覆手为雨”，淋漓尽致地体现了“人嘴两张皮，咋说

---

① 袁毓林：《论否定句的焦点、预设和辖域歧义》，载《中国语文》2000 年第 2 期。

② George, B. R. Some remarks on certain trivalent accounts of presupposition projection. *Journal of Applied Non-Classical Logics*, 2014, 24.

③ 丛日珍、仇伟：《语义预设与语用预设的重叠性和互补性》，载《现代外语》2016 年第 5 期。

④ 丛日珍、仇伟：《语义预设与语用预设的重叠性和互补性》，载《现代外语》2016 年第 5 期。

⑤ Horn, L. R. A presuppositional analysis of *only* and *even*. *Proceedings of the Annual Meeting of the Chicago Linguistics Society*, 1969, 5.

咋有理”的特长，等同于喜剧、戏剧、电视剧、电影表演等行话里所谓的“剧情反转”。称得上央视春晚“常青树”的某位表演者，一出场便有言语标签预设，闻其言“亲爱的观众朋友们，我想死你们了”，受众的大脑认知语境中便会对该表演者有熟悉的认知，这个表演者便是冯巩。典型的类似言语标签还有：“我骄傲”“你摊上事了，你摊上大事了”，受众大脑认知语境中便会预设人物为小品演员孙涛。下面的举隅来自由冯巩、曹随风、蒋诗萌在2014年春晚表演的《我就这么个人》。小品呈现的主题预设突出鲜明，讲述拍马溜须的小职员（实际上是一名作家）给“管剧本”的杂志社领导行贿——送空气净化器的过程。在得知领导的地位、身份发生变更，如退休、返聘、辞职时，冯巩扮演的小职员随之又快速的剧情反转，即预设的否定。整个过程以预设的语义取消为最主要特征，同时，与其他种类的预设协同，共同完成了剧情内容“送”与“不送”的反复。请见下例解析：

（第一回合）一认为主任在位

（11）冯巩（职员）：送给主任的净化器。

蒋诗萌（保姆）：我们家不需要，拿你们家去。

冯巩：我们家更不需要，大师给我看过，说我跟它八字不合。我一见它，我就想上吊。孩子，主任领导我们这么多年，人得懂得感恩哪。乌鸦还知道反哺呢，羊羔还知道跪乳呢，杨四郎还知道探母呢……别说他今天是我的主任，就是明天退了，净化器我照送不误。我就是这么个人，回见。

从“送给主任的净化器”一句看，“净化器”这一专有名词预设确有所指，“存在一台净化器”，断言“要送给主任”。“乌鸦还知道反哺呢，羊羔还知道跪乳呢，杨四郎还知道探母呢”，一系列类推语用预设，激发受众大脑语境中的共知性常识“人要懂得感恩”，为职员冯断言“要送给主任”作理据铺垫。“别说他今天是我的主任，就是明天退了，净化器我照送不误”言语中，存在反事实条件句“就是明天退了”，预设“主任明天不会退休”，断言“净化器他照送不误”。

（第二回合）一主任退休

（12）蒋诗萌（保姆）：啥明儿啊，昨儿个就退了。

冯巩（职员）：越退越送。

蒋诗萌：你看，还不相信，人家退休证都领回来了，你昨儿没上班呀？

冯巩：我这辈子就昨儿请假了。（拿过退休证看了看）主任这可太不对了，这么大的事儿也不跟我们基层商量一下。这说退就退了。弄得我心里……好像一下失去点什么。我失去了什么呢？

曹随风（搬运工）：就是买净化器的钱。

冯巩：闭嘴，我们的主任一身正气，两袖清风，求真务实，克己奉公，今天终于光荣退休了，就像飞机即将平稳着陆了。可偏偏这时候我给送礼，这不等于说是在跑道上刨个坑，成心让主任翻沟里吗？我现在不把它拿走，我还是个人吗？

曹随风：你现在要是拿走，好像更不是人。

第一回合中的反条件句法“就是明天退了”预设“主任明天不会退休”，在第二回合就被保姆蒋用语言进行取消：“啥明儿啊，昨儿个就退了。”“主任明天不会退休”作为旧信息被取消了，形成新的断言“主任昨儿个就退了”。并且，为了证明这一点，增加了新的信息“人家退休证都领回来了”。职员冯自言自语：“我失去了什么呢？”搬运工曹使用了点明预设——“就是买净化器的钱”，激发受众的思想共鸣，令人会心一笑。为了对断言“净化器他照送不误”进行取消，采用保存预设的策略，褒赞主任“一身正气，两袖清风，求真务实，克己奉公”，所有这些说的都是一回事，指主任清正廉洁、公而忘私的人品与工作作风，为取消送净化器做准备。接着，又利用类推语用预设（修辞中隐喻的作用就是使两种事物或两件事情之间有一定的相似性）——飞机着陆时的状况进行了说理：“……就像飞机即将平稳着陆了。可偏偏这时候我给送礼，这不等于说是在跑道上刨个坑，成心让主任翻沟里吗？”通过反事实条件句“我现在不把它拿走，我还是个人吗”，成功作出预设“我现在要拿走”。搬运工曹不失时机地激发受众的思想共鸣，使用点明预设表达了受众的心声——“你现在要是拿走，好像更不是人”。这种类似旁白作用的点明预设，能恰如其分地反映受众此时所持态度与思想，令人捧腹。

（第三回合）一主任被返聘

（13）蒋诗萌（保姆）：（电话铃响，接电话）喂，对，是主任家，明天社里例会，上午九点钟啊？好嘞，我转告他，拜拜！

冯巩（职员）：主任不都退了吗，怎么……怎么还例会呀？

蒋诗萌：主任是退了，可领导说一时半会儿找不着合适的人儿，就给返聘了，还是管剧本的，你看，这还有聘书呢！

冯巩：这东西都是给我准备的。猕猴桃，回来，回来！

（搬运工曹回来放下净化器）

曹随风：你不是让下楼的吗？

冯巩：下去你背它干吗？放这儿！

蒋诗萌：别放这儿，主任好不容易平安着陆。

冯巩：他今天的着陆是为了明天更好地腾飞，继续工作。

第三回合中，保姆蒋接电话得知消息“明天社里例会，上午九点钟啊”，形成新的情景预设“主任还未退休”。保姆蒋又通过言语“主任是退了，可领导说一时半会儿找不着合适的人儿，就给返聘了”证实主任退休的信息无假，开会是因为返聘亦没错，由此引出新的断言信息“主任被返聘”。在下一轮会话中，断言“主任被返聘”变成了旧的已知预设信息，职员冯随之根据此预设信息做出行动调整，喊回搬运工“猕猴桃”使其放下净化器。保姆蒋重述第二回合中职员冯给出的不送净化器的类推语用预设理由，运用“以谬治谬”型预设策略（“指在喜剧小品中，演员‘把对方的预设借用为自己说话的前提，以归谬的方法揭示对方观点的荒谬性……又叫依样画瓢，以子之矛攻子之盾法’的幽默言语行为”[①]），把职员冯的预设借用，以子之矛，攻子之盾，指出“主任好不容易平安着陆”。职员冯当即对自己曾使用过的类推语用预设作出新的否定——“他今天的着陆是为了明天更好地腾飞”，呈现他预设的内容亦不为假，如此引受众一笑，无奈地感叹“人嘴两张皮，咋说咋有理”。

（第四回合）一主任解除返聘

（14）蒋诗萌（保姆）：哎呀，工作啥呀，领导想让他继续工作，可主任是坚决不干哪，昨天晚上连夜写的辞职报告。报告（给职员冯看）。主任说了，这工作一辈子好不容易退休了，也该回家尽尽孝了，老家还有个妈呢，昨天晚上连夜坐车就回老家了。你怎么了？

冯巩（职员）：我和我的小伙伴们都惊呆了！是呀，谁家没有父母，谁不感恩爹娘，这点我跟主任比，我竟然有这么大的差距。我一定要知错就改，见贤思齐，这净化器我一定给我妈搬去。

蒋诗萌：好。

冯巩：谢谢，搬走！

曹随风（搬运工）：你妈住哪儿啊？

冯巩：跟我住一块儿。

曹随风：哎，大师不是说你跟它八字不合吗？

冯巩：大师昨儿已经抓起来了。

曹随风：那你不是说你看见它就想上吊吗？

冯巩：我是想上吊啊，我有下巴吗？挂不住啊！

……

① 周艳丽、陈莉莉：《语用预设与喜剧小品》，载《四川教育学院学报》2008 年第 3 期。

冯巩：……妹子，你以为我今天是给主任送礼的吗？错，我就是故意看看主任究竟是什么样的人。我服了！其实我也是一个“出淤泥而不染，濯清涟而不妖”的人，一辈子都不懂得什么叫见风使舵、溜须拍马，想指着我给领导送礼，休想！士可杀，不可辱；宁为玉碎，不为瓦全；宁可站着死，绝不跪着生……别说他已经安度晚年了，就是今晚上再回来，我也不会出卖我的人格。

第四回合中，保姆蒋在一开始说：“领导想让他继续工作，可主任是坚决不干哪。”状态变化触发语“继续”预设主任在工作中的职位是有领导权力、有话语权威的；“可”字的使用和前面的“想”互应，取消了前面的预设，并辅之以证据“连夜写的辞职报告……老家还有个妈呢，昨天晚上连夜坐车就回老家了”，种种言语行为的目的就是形成新的断言“主任不准备接受返聘”。这种新的断言，在下一轮的会话中，又变成了旧的背景预设信息。职员冯随之作出调整，通过“谁家没有父母，谁不感恩爹娘”，触发预设“人人都有爹娘，人人都要感恩父母”，并自圆其说——“我一定要知错就改，见贤思齐”，顺理成章地得出新的断言“这净化器我一定给我妈搬去”，信息意图很明显，意即净化器不送给主任了。对此，搬运工曹运用“以谬治谬”型策略，以职员冯在第一回合对话中的话语反问之：“大师不是说你跟它八字不合吗？”职员冯进行诡辩，用“大师昨儿已经抓起来了”，推出新的信息意图“大师的话不足信”，取消自己先前的预设。搬运工曹继续使用“以谬治谬”型策略，以职员冯在第一回合对话中给出的不要净化器的理由追问：“那你不是说你看见它就想上吊吗？”大言不惭的职员冯回答道：“我是想上吊啊，我有下巴吗？挂不住啊！”再次取消自己先前的预设。他戏言自己“没有下巴”，所以“想上吊”而不得，牵强表明先前的预设亦不为假。随之，他又自作聪明地继续“强拉硬拽”：“我就是故意看看主任究竟是什么样的人。”预设自己不是给主任送礼。他借用受众共知的古诗文知识，对自己的人格评价进行了类推预设处理，吹嘘“我也是一个‘出淤泥而不染，濯清涟而不妖’的人”，用以证明自己言语的无虚假性。后再次借用古语“士可杀，不可辱；宁为玉碎，不为瓦全；宁可站着死，绝不跪着生”等，进一步对自我人格进行肯定。这一番话语的发出，是因为职员冯得出的点明预设：主任“已经安度晚年了”。从“就是今晚上再回来，我也不会出卖我的人格”的话语中，我们看到了新的预设与断言。“就是今晚上再回来”作为一个反实际/反事实条件句，预设“主任今晚不回来”，新的断言信息非常明确——“不会出卖我的人格”。

（第五回合）—主任回乡接母、接受返聘

（15）蒋诗萌（保姆）：你怎么知道他今天晚上回来呀？

冯巩(职员):(一脸吃惊)我,我,我不知道啊。

蒋诗萌:他是回来,明儿一早还上班呀!

冯巩:他不已经安度晚年了吗?

蒋诗萌:哎呀,他是想安度晚年,辞职信给领导,领导没批啊,还特意派车让他回家把妈接过来住,做到工作、生活两不误。你没看我正做饭呢,主任把菜单都写好了,菜单(给职员冯看)。

冯巩:我勒个去,猕猴桃,快回来。

曹随风(搬运工):哎呀,你这上来下去的,这是弄啥来这是?(河南方言)

蒋诗萌:别搁这儿,你不是要孝敬你妈吗?

冯巩:你就是我妈!妈呀,您今后有什么话能一块儿说吗?孩子,其实我是个作家,诺贝尔文学奖获得者莫言。……我前段时间写了部电视剧交给主任了。我自幼酷爱文学,几十年写了十几部电视剧,但写一部黄一部,写一部黄一部,黄得就剩这一部了,同行们都亲切地称我:黄剩一(谐音黄圣依,电影演员)。

蒋诗萌:我说老黄啊……

冯巩:哎!啊?

蒋诗萌:不是,其实呀,主任早就知道你要来,还特意让我转告你,说你最近写那剧本已经通过了,讽刺了一个见风使舵、朝秦暮楚、溜须拍马的小人物。哎呀,你老有生活了,你说你怎么写得那么好呢?

冯巩:(一脸尴尬)我就是这么个人。

……

冯巩:朋友们,以后有什么好东西呀,千万别给领导送,领导不高兴,给咱妈送,咱妈准高兴。

第五回合属于该小品的结尾部分,也是“压垮骆驼的最后一根稻草”,职员冯再也无法利用嘴皮子功夫继续编造理由。对此,我们进行详细剖析:一开始,保姆蒋针对职员冯第四回合的最后预设“主任今晚不回来”,以“你怎么知道他今天晚上回来呀”提问,用事实性触发语“know”(知道)引导新的预设“主任今晚回来”,很显然,新的预设取消了职员冯的原预设。对此,职员冯一脸惊奇,他对第四回合的自圆说辞又被取消没有任何思想准备。接着,保姆蒋用“他是回来,明儿一早还上班呀”证实并加强了“主任今晚回来”的信息。职员冯把以前预设的信息“他不已经安度晚年了吗”作为旧信息搬出,保姆蒋还之以“他是想安度晚年,(可)辞职信给领导,领导没批啊”,一个隐含的“可”字对前文的预设又进行了否定,并用话语“派车让他回家把妈接过来住,做到工作、生活两不误。你没看我正做饭呢，主任把菜单都写好了，菜单(给职员冯看)”进一步证明其说话的可信性。职员冯有些慌乱，使用了骂詈语“我勒个去”，随即作出反应“猕猴桃，快回来”，隐含的信息是要接着送净化器。保姆蒋再次搬出职员冯之前的“矛”来攻其“盾”：“你不是要孝敬你妈吗?”此时职员冯的自圆自说彻底瓦解：“你就是我妈！妈呀，您今后有什么话能一块儿说吗?”各种聒噪、鼓吹、圆滑在一连串事实面前不堪一击。职员冯只好用叙实性预设触发语“其实”表达出自己的无奈：“其实我是个作家……我前段时间写了部电视剧交给主任了。……但写一部黄一部……”之后，保姆蒋同样使用了叙实性预设触发语“其实”，说道：“其实呀，主任早就知道你要来，还特意让我转告你，说你最近写那剧本已经通过了，讽刺了一个见风使舵、朝秦暮楚、溜须拍马的小人物。”并且，为了达到幽默的目的，她以“你老有生活了，你说你怎么写得那么好呢”对职员冯进行调侃。尴尬之中，职员冯承认说：“我就是这么个人。”小品为了不误导受众，避免负能量信息的传播，以“以后有什么好东西呀，千万别给领导送，领导不高兴，给咱妈送，咱妈准高兴”来传播不能给领导行贿的正能量，同时提倡孝道。

值得注意的是，保姆蒋最后的几句言辞是多种预设综合运用的典范：“其实呀，主任早就知道你要来，还特意让我转告你，说你最近写那剧本已经通过了，讽刺了一个见风使舵、朝秦暮楚、溜须拍马的小人物。哎呀，你老有生活了，你说你怎么写得那么好呢?”

首先，“讽刺了一个见风使舵、朝秦暮楚、溜须拍马的小人物”，这些言辞是对整个小品的主题预设的概括，用明显话语进行了陈述。

其次，“其实”作为叙实性预设触发语，此处用以表明事实。

再次，“见风使舵”“朝秦暮楚”“溜须拍马”三个词语属于近义词，我们把它们看作保存预设中的一种，都讽刺了巴结领导、任领导“唯亲”的小人形象。

最后，“你老有生活了”属于点明预设；“你说你怎么写得那么好呢”起到了转明预设的功效，即突然转向并引导受众关注另一个新的共知信息——写得好的原因。

由于该小品在语言预设被取消方面的突出展现，下面使用一个流程图将一系列预设反复被否定状况的主要信息标示如下。

第一回合的会话用 A 标出，第二回合的会话用 B 标出，以此类推。取消情况在小括号内有对前文的简单解释。

(第一回合)—认为主任在位

A1 冯巩(职员):送给主任的净化器。

A2 理由:大师给我看过,说我跟它八字不合(A2-1)。(意合——相当于添加了“可”)我一见它,我就想上吊(A2-2)。孩子,主任领导我们这么多年,人得懂得感恩哪。乌鸦还知道反哺呢,羊羔还知道跪乳呢,杨四郎还知道探母呢……别说他今天是我的主任,就是明天退了,净化器我照送不误。(A2—3,事实条件句,预设主任明天不退,同时预设净化器要送出)

⬇

(第二回合)—主任退休

B1 蒋诗萌(保姆):啥明儿啊,昨儿个就退了。(昨儿个就退了,取消A2-3明天主任不退休的预设)

B2 冯巩:闭嘴,我们主任的一身正气,两袖清风,求真务实,克己奉公,今天终于光荣退休了,就像飞机即将平稳着陆了。可偏偏这时候我给送礼,这不等于说是在跑道上刨个坑,成心让主任翻沟里吗?(B2-1,类推语用预设,表明送礼与飞机着陆前在跑道上刨个坑的现象类同)我现在不把它拿走,我还是个人吗?(B2-2,反问条件句,预设要把净化器拿走,取消 A2-1 送给主任的预设)

⬇

(第三回合)—主任被返聘

C1 蒋诗萌:主任是退了,可领导说一时半会儿找不着合适的人儿,就给返聘了,还是管剧本的,你看,这还有聘书呢!(对 B1“昨儿个就退了”肯定后又取消,添加新的共有预设信息——返聘)

C2 蒋诗萌:别放这儿,主任好不容易平安着陆。(对 B2-1 采用“以子之矛,攻子之盾”的归谬法语用预设,反驳其理由)

C3 冯巩:他今天的着陆是为了明天更好地腾飞,继续工作。(对 B2-1 及 C2 的旧的共有信息“平安着陆”均不否定,添加上“为了明天更好地腾飞,继续工作”,做到了自圆其说,预设新的共有信息——承认明天主任会继续工作)

⬇

(第四回合)—主任解除返聘

D1 蒋诗萌:哎呀,工作啥呀,领导想让他继续工作,可主任是坚决不干哪,昨天晚上连夜写的辞职报告。报告(给职员冯看)。(D1-1,肯定 C1,同时又通过明示性否定词“可”对原有预设信息进行取消)……也该回家尽尽孝了，老家还有个妈呢(D1-2)，昨天晚上连夜坐车就回老家了。你怎么了？

D2 冯巩：我和我的小伙伴们都惊呆了！是呀，谁家没有父母，谁不感恩爹娘(D2-1，赞同、肯定 D1-2)，这点我跟主任比，我竟然有这么大的差距。我一定要知错就改，见贤思齐，这净化器我一定给我妈搬去(D2-2，D2-1 是为 D2-2 做铺垫，再次取消送净化器给主任的意图)。

D3 曹随风(搬运工)：哎，大师不是说你跟它八字不合吗？(D3，搬运工曹亦采用以谬治谬的归谬法语用预设，"以子之矛，攻子之盾"，表达观看表演的受众的思想，用 A2-1 的谬论进行了提问)

D4 冯巩：大师昨儿已经抓起来了。(仍然坚持自己的理由)

D5 曹随风：那你不是说你看见它就想上吊吗？(D5，搬运工曹继续采用以谬治谬的归谬法语用预设，用 A2-2 的谬论进行提问)

D6 冯巩：我是想上吊啊，我有下巴吗？挂不住啊！(利用三寸不烂之舌，继续坚持自己的理由)

D7 冯巩：……错，我就是故意看看主任究竟是什么样的人。(D7-1，预设职员冯不会送净化器)我服了！其实我也是一个"出淤泥而不染，濯清涟而不妖"的人，一辈子都不懂得什么叫见风使舵、溜须拍马，想指着我给领导送礼，休想！士可杀，不可辱；宁为玉碎，不为瓦全；宁可站着死，绝不跪着生……别说他已经安度晚年了，就是今晚上再回来，我也不会出卖我的人格(D7-2，反事实条件句触发预设，今晚主任不回来)。

⬇

(第五回合)一主任回乡接母、接受返聘

E1 蒋诗萌：你怎么知道他今天晚上回来呀？(E1，反问句触发预设，主任今晚回来，取消 D7-2)

E2 冯巩：他不已经安度晚年了吗？(E2，反问句触发预设，主任已经安度晚年，即退休，互应 D7-2)

E3 蒋诗萌：哎呀，他是想安度晚年，辞职信给领导，领导没批啊(E3，肯定主任想安度晚年的事实，即 D1-2，但又以领导没批辞职信进行了否定)，还特意派车让他回家把妈接过来住，做到工作、生活两不误。你没看我正做饭呢，主任把菜单都写好了，菜单(给职员冯看)。

E4 冯巩：我勒个去，猕猴桃，快回来。(E4，"回来"作为状态变化动词触发预设，搬运工将回来)

E5 蒋诗萌：别搁这儿，你不是要孝敬你妈吗？(E5，再次使用"以子之矛，攻子之盾"的归谬法对 D2—2 进行质疑)

E6 冯巩：你就是我妈！妈呀，您今后有什么话能一块儿说吗？（E6，用点明预设表明保姆蒋在该小品的情节进展中之所以能够否定前面的预设，并添加新的预设信息，就在于“话没有一块儿说”）孩子，其实我是个作家，诺贝尔文学奖获得者莫言。……

E7 蒋诗萌：不是，其实呀，主任早就知道你要来，还特意让我转告你，说你最近写那剧本已经通过了，讽刺了一个见风使舵、朝秦暮楚、溜须拍马的小人物（E7，点明预设——点明小品主题）。哎呀，你老有生活了，你说你怎么写得那么好呢？

E8 冯巩：（一脸尴尬）我就是这么个人。（E8，点明预设并互应题目）

……

E9 冯巩：朋友们，以后有什么好东西呀，千万别给领导送，领导不高兴，给咱妈送，咱妈准高兴。（进行正能量主题传递，避免误导受众）

如此这般，我们看到，在职员冯和保姆蒋之间（有时搬运工曹穿插进入），不断地对原先的预设进行取消，并通过添加新信息，使受众与演员共同获得新的预设信息。通过以上分析，我们发现，预设充斥于人们的言语表达中，每一句言语根据分类标准与强调重点的不同，有不同的预设。最普通的预设就是构成言语的词本身携带的辞典语义预设，是故，一句简单的言语存在着预设多维性。此外，我们也发现，对语义预设进行取消的常规手段是使用否定词或转折词。该小品的 5 个回合中，使用显性表达“可”的有 2 处，即 C1、D1。根据汉语语言强调“意合”的规律，其余 3 个回合的言语会话中，均可以添加表示转折的“可”。我们还发现，整个语篇中，使用反诘句进行疑问触发，亦可以取消原先的预设，如 D3、D5。另外，使用“以谬治谬”型预设策略，“以子之矛，攻子之盾”，亦导致先前预设的取消。预设被取消，并添加新的共有预设信息的过程，亦是喜剧小品不断令受众捧腹的过程。

**（四）“语义预设＋添加（取消）”构式在语言创造中的功能**

著名语言学家乔姆斯基在早期的语法理论中，强调了句子有生成无限的句子的能力，这种能力创造出来的便是语言的递归性原则（Recursiveness）。语言的递归性的实现途径有很多，其中之一就是语言的无限添加。

（16）……媳妇旁边还有个孩子叫点点，点点旁边有一个斑点狗，斑点狗嘴里含着一块切开了的火龙果……

这种以上一句中最后的词语作为下一句开头词语的句子构成，无疑可以使语言无穷无尽地添加下去。英语中亦有类似表达。如：

（17）The man saw the dog which bit the girl who was stroking the cat which had caught the mouse which had eaten the cheese which …

译文：那个男子看到了那条狗，那条狗咬过女孩，女孩正在打一只猫，那只猫逮过一只老鼠，那只老鼠曾经偷过奶油，奶油……

语言的递归性实现的第二种情形，就是本研究中所提到的对于语义语言的否定，“语义预设＋添加（取消）”构式正是这种语言特征得以实现的方式。从对小品《我就是这么个人》的分析中可以看出，该小品整个语篇作为一个典型举隅，非常客观地证明了语言的递归性原则，即语言可以无限制地添加下去。由此，我们看到“语义预设＋添加（取消）”构式在语言创造中的功能就是实现语言的递归性原则，无穷无尽地添加语言，形成更加宏大的语篇。“语义预设＋添加（取消）”构式在语言的创造性，尤其是谋成宏大的语篇方面作用巨大。

**（五）“语用预设＋添加（取消）”构式的实现途径与在喜剧小品中的作用**

“预设＋添加（取消）”构式最直观的呈现发生在语义预设层面，但这并不意味着可取消性只是语义预设的专利，研究发现语用预设同样具有该种特征。语义预设通过语言手段、语言环境进行取消，而语用预设的取消是因为与受众大脑存储、积累的逻辑、百科知识相矛盾，前面的预设变形成了虚假预设。此时，受众的大脑根据生活中的逻辑、百科知识，及时识别出错误的预设。喜剧小品表演中，通过添加语言，导致与前语言已有逻辑或知识相矛盾从而形成语用预设取消的方法有很多，如表演者为了和人物形象相吻合刻意丑化自己，为了激发受众好奇之心，为了揭示事情的真相，为了遏制说话者别有用心的意图，或者单纯为了有趣、搞笑等。可见，该种手段的使用也是一种语言意图实现策略。

（18）孙涛（保安）：“生在小山村，城市来打拼。身穿保安服，把门献青春。我骄傲（敬礼）。我站岗的这个地方不是一般的地方，写字楼，这个楼里面的人全会写字儿。

（《你摊上事儿了》，2013 年）

通过“生在小山村，城市来打拼。身穿保安服，把门献青春”的背景介绍，受众根据生活知识能猜测出保安孙大致的受教育状况、年龄状况：文化层次不高，年轻人。“写字楼”指不能用于住人的专门的商用办公楼。小品中，写字楼被孙涛添加话语并曲解为“这个楼里面的人全会写字儿”，与受众对于写字楼概念的认知相矛盾，遂得以取消。

（19）阎淑萍（女青年）：（唱）我来问你来说，什么下蛋什么抱窝？

潘长江（技术员高峰）：（唱）这个问题难不住我，你嫂子管蛋你哥抱窝，有鸡有鸭也有鹅，有鸭也有鹅耶，噔乐嘿嘿噔乐嘿嘿男少女的多。

阎淑萍：啥？

潘长江：嘿不对，公的少母的多。

阎淑萍：你怎么骂人呢？

潘长江：嘿，我骂谁了？

阎淑萍：那我问你什么下蛋什么抱窝，你怎么扯上我嫂子和我哥？

潘长江：你们家有个饲养场对吧？

阎淑萍：对啊。

潘长江：种蛋归谁管？

阎淑萍：我嫂子。

潘长江：电器孵化又归谁管？

阎淑萍：我哥。

潘长江：这不得了吗？你嫂子管蛋你哥抱窝嘛！

（《过河》，1996 年）

语义预设与语用预设之间相互补充。真假值条件下的语义预设，亦叫作“逻辑一语义预设”，它强调语言内部话语的逻辑性。有的词语本身所带的辞典意义就是语义预设，故语义预设给受众提供了最原始的语义与逻辑判断基础。但语义预设的不足之处在于有些问题无法解决，为此就需要语境一语用预设来补救。“你嫂子管蛋你哥抱窝”与受众的一般认知语境相矛盾，“蛋”与“窝”和母鸡有关系，而小品台词语篇中出现施事动作的逻辑主语分别是“你嫂子”和“你哥”，显然有悖于常识。这就是语用预设的取消。小品为了推动情节的发展，对此进行补救性解释：“你嫂子管蛋你哥抱窝”是因为饲养场的种蛋归“你嫂子”管、电器孵化归“你哥”管，原先的惊奇变为释然。

(20)艾伦(朋友邓小亮)：哎！不你走！我现在就给你媳妇打电话，说你天天往洗浴中心跑，完了还不洗澡。

沈腾(郝建)：我那不是又找了个给人搓澡的工作嘛！我不给人搓澡去，我媳妇吃啥！

（《今天的幸福 1》，2012 年）

例(20)中，艾伦扮演的朋友邓小亮以“天天往洗浴中心跑”，激发受众的生活百科知识。常规情况下，“洗浴中心” 有两层含义：一是指洗澡的地方；二是指男女之间进行不道德行为的地方。紧接着的话语添加“完了还不洗澡”，使受众将认知假想缩小范围，仅停留在第二种含义上。沈腾扮演的郝建析出朋友邓小亮言语中的不怀好意，对其及受众中已存在的贬义及时地添加言语“找了个给人搓澡的工作”进行取消，使得邓小亮传递的信息及交际意图（不怀好意）均得不到实现。

(21)宋丹丹（白云大妈）：我七十一。

赵本山（黑土大叔）：我七十五。

宋丹丹：我属鸡。

赵本山：我属虎。

宋丹丹：这是我老公。

赵本山：这是我老母（乐队奏乐）。

赵本山：我老伴儿。

宋丹丹：差辈儿了。

（《昨天 今天 明天》，1999年）

例(21)中的对话，韵律节奏强，朗朗上口。“这是我老母”与“这是我老公”对仗，顺理成章。但是，根据受众已有的百科知识，“老母”的确切含义是指老母亲，而非老婆。将老婆称作“老母”，与受众的认知语境不匹配，与宋丹丹的点评预设“差辈儿了”产生共鸣。于是，赵本山及时添加言语“我老伴儿”进行补救，取消原有的预设含义，令人捧腹。

**（六）“语用预设＋添加（取消）”构式的特殊形式：虚假语用预设**

话语交际涉及发话者和受话者双方，而语用预设与发话者的信念、交际意图有关，与受话者的理解、接受程度有关，关乎交际双方日常逻辑知识、百科知识的积累。倘若发话者的预设假设与实际不符，或者发话者故意作出一个假的预设，那么包含该预设的话语将是单向、主观的，预设便得以取消。也就是说，语用预设的取消性，还表现在虚假预设的存在，其逻辑意义出现矛盾。最典型的虚假语用预设（非真实语用预设）的情形与“虚假”成分有关。如：

a. S(Subject)＋F V(False Verbs)（主语＋虚假动词）

b. FES(False Entity Subject)＋V(Verb)＋ O (Object)（虚假实体主语＋动词＋宾语）

c. S(Subject)＋V(Verb)＋ FEO(False Entity Object)（主语＋动词＋虚假实体宾语）

通过以上三种结构，我们发现虚假语用预设的出现依赖于虚假动词、虚假实体主语、虚假实体宾语的存在。

(22) Bob believes that Santa Claus came last night. ①

实情动词“believe”触发语义预设“圣诞老人昨天来过”，但在中国文化语境下，圣诞老人(Santa Claus)在现实世界中是一个虚假主体。由于与语用预设的百科知识相矛盾，“圣诞老人昨天来过”这一预设得以取消。这种虚假语用预设得以取消的原因是该话语缺乏真值(lack a truth value)。

喜剧小品《今天的幸福1》是一个典型的虚假语用预设得以运用的小品。下面摘取相关语言，进行诠释。

(23)沈腾(郝建)：我跟你说邓小亮你说你是不是彪，啊？你说你让我帮你演谁不好，偏得让我帮你演你儿子。就你出这破招，你媳妇能信？除非她也彪！

……

沈腾：我是你们未来的孩子呀，我要从2042年穿越时空过来看你们二老啊！

……

沈腾：妈妈！别怕！我是您肚子里的孩子呀！

……

艾伦(朋友邓小亮)：哎。那个，你说你是我儿子，你叫什么啊？

沈腾：爸，你现在就起，你起什么我叫什么。

艾伦：眼珠子！

沈腾：爸！三思啊！你每一个草率的决定都关系到我的未来啊，给我起个人名吧！

艾伦：就眼珠子！

(《今天的幸福1》，2012年)

可以看出，沈腾扮演的角色郝建在该小品中被虚假地设定为怀孕妈妈肚子里未出生的宝宝。现实生活中的百科知识使受众知晓这种假设与实际不符，出现了设定的虚假性，但该小品以这种荒诞、滑稽的虚假预设形式为小品的主题做铺垫，并突出郝建的好人形象。由此可知，虚假语用预设可以作为一种有效的语言表达手段应用于喜剧小品中，为深化主题、突出人物形象及

---

① Katz, J. J. & T. Langendoen. Pragmatics and presupposition. *Language*, 1976, 52(1).

特征服务。在中国现代喜剧作品中，这种虚假预设被作为一种常规艺术手段使用。

1991年陈佩斯、朱时茂表演的小品《警察与小偷》堪称故意设置虚假预设的典范之作。扮演警察的朱时茂，一开始就故意设置虚假预设，诱导扮演小偷的陈佩斯在不知不觉中进入自己设置的“请君入瓮”的陷阱。如：

(24)朱时茂(警察)：你冷吗？(陈摇头) 你有病？(陈摇头)有事儿？(陈摇头)(朱也摇头)你有任务？

陈佩斯(小偷陈小二)：(摇头后点头)嗯，有任务，有任务。

朱时茂：我是这片管警，我怎么不知道哇？

陈佩斯：没敢告诉你们。

朱时茂：啊哈，那就是特殊任务了？

陈佩斯：对，对，是很特殊的任务。

朱时茂：哈哈，那我就不问了。

……

陈佩斯：我？我？噢！刚进去的时候，是在派出所。

朱时茂：后来？

陈佩斯：后来不是……(往上指)

朱时茂：噢，调分局了。……

陈佩斯：就是。在分局住了不长日子，又……

朱时茂：又调哪儿了？

陈佩斯：法院。

朱时茂：噢，在法院工作。

……

陈佩斯：进了第四监狱。

朱时茂：噢，调劳改局工作了。

……

陈佩斯：能落个好就算不错了，你说我这么些年在里头拼死拼活地干，还不就是为了早一天离开那鬼地方……

朱时茂：哎，咱不能发牢骚！

……

朱时茂：嗯，我们是人民警察嘛！

……

陈佩斯：本人陈小二，男，24岁，民族汉，家住罗锅胡同104号，被捕前系小偷公司驻1路、4路公共汽车特派员……

朱时茂：哈哈……，真幽默呀！

……

朱时茂：对！从实战出发，就是看见一个犯罪分子，正在……

陈佩斯：撬保险柜？

……

朱时茂：哎呀！你还没等他动手，你就飞起一脚，直踢他的要害。

……

魏积安(小偷)：小二，走吧！

陈佩斯：我是警察。需要帮助吗？

魏积安：哎呀，成了，快走吧！

陈佩斯：小——偷！站住！

魏积安：你咋呼什么呀你？

陈佩斯：不许动。

魏积安：你别咋呼！

陈佩斯：举起手来！(一脚踢向魏)

魏积安：这小子什么时候学会这手了？

陈佩斯：什么时候？刚学的，不知道吧？

魏积安：你干什么你？

陈佩斯：(再踢魏一脚)再来一下！报告！抓住一个正在撬保险柜的罪犯！

朱时茂：你应该把你们两个的手铐在一起。

(《警察与小偷》，1991年)

小品语篇一开始，作为警察的朱时茂就故意通过一系列话语设置一个虚假预设，让作为小偷的陈佩斯将自己设定为警察。为了使一切做得滴水不漏、严丝合缝，每当陈佩斯回答露底时，朱时茂就通过言语帮其解围或刻意曲解。如朱时茂使用了“调分局”“调劳改局工作”“咱不能发牢骚”“真幽默”等一系列言语。“调”的适用对象显然是警察，而“咱”的使用将陈佩斯扮演的角色等同于朱时茂扮演的警察角色，使小偷亦半推半就地自认为是警察。“真幽默”

则是朱巧妙地替陈掩盖尴尬、遮错。

需要再次强调的是，小品是一种艺术，为了关注人生、关注社会，其在艺术展现形式上不必采用写实的方式，因此虚假预设作为一种常规手段被运用到喜剧小品的创作中。尽管其乖戾、荒诞，但其“载道”的思想性和反映时代背景、传递正能量的精神仍然存在。这种虚假预设的合理使用有助于喜剧小品佳作的诞生。

**（七）结语**

预设在运用过程中有被取消的现象。这种取消发生在语义层面和语用层面，分别被称为“语义预设取消”和“语用预设取消”。预设的被取消性使得预设的共知性有了动态、复杂性发展。预设被取消的最显性的形式是添加语言，我们称之为“‘预设＋添加（取消）’构式”。“语义预设＋添加（取消）”构式的实现途径包括直接添加使用否定词，添加转折、原因、复合句等。在喜剧小品的特殊语篇中，这种构式构成了喜剧小品术语“反转”的意义。这种构式符合语言的递归性原则，即语言可以无限制地发展下去，构成宏观的语篇。另外，“语用预设＋添加（取消）”构式中还有一种特殊的形式存在，即虚假语用预设。只要有“载道”的思想性存在，能够反映时代背景、传递正能量，虚假的人物、事件以及荒诞、怪异的艺术手段都可以作为强有力的艺术表现形式被广泛运用到喜剧小品的艺术创作与表演中。另有学者（Narrog①；Tantucci②）专门针对事实预设的吊销（suspended－factual P）进行研究，其对未来如事实预设、确定所指预设、判断预设、状态变化预设等内容所做的分类研究具有极强的启发性。

## 四、喜剧小品主题预设“绿色生态发展”的建设性意见

娱乐性是所有喜剧小品的共性特征，以幽默搞笑为表现形式。幽默搞笑为喜剧小品的剧核。当今时代，喜剧小品如何在搞笑的同时，避免商业化、低俗化，从而提升内涵，使得主题得以升华，并满足人们精神世界的需求？这方

---

① Narrog, H. Modality, mood, and change of modal meanings: a new perspective. *Cogn. Linguist*. 2005,16 (4).

② Tantucci, V. Epistemic inclination and factualization: a synchronic and diachronic study on the semantic gradience of factuality. *Lang. Cogn*, 2015, 7(3).

面的任务需要喜剧小品的文本编剧与文本的使用者——喜剧小品演员来共同完成。

“他山之石，可以攻玉。”我们不妨借鉴生态环境保护领域的“绿色生态发展”理念，来解决喜剧小品文本创作商业化、低俗化的问题。“绿色生态发展”理念的重要内涵就是“健康”“有生命力”“可持续性”“以人为本”“造福后代”。将之作为解决喜剧小品文本创作问题的良策，可以极大升华喜剧小品的预设设置，使得小品文本创作形成绿色语篇环境，构建绿色生态语篇文明。因此小品语篇文本编剧首先要考虑并完成这样一个主题预设。

**（一）主题预设的内涵及功能**

在现代汉语喜剧小品语篇中，多种预设得以并用，如主题预设、情景预设、点明预设、保存预设、引明预设、转明预设、虚假预设等。其中，以整个喜剧小品语篇文本为单位，最重要的预设当推主题预设。主题预设恰如一列火车的“车头”，“指引”着整个小品语篇文本推进的“方向”，从而使整个小品语篇的细节不偏离火车轨道。我们不妨给现代汉语喜剧小品中的主题预设下一个定义：“喜剧小品的文本编剧在喜剧文本的创作过程中，预设有一个小品主题。小品主题预设的显性标识是在喜剧小品的文本语篇中使用凸显的语言，明示小品的主题，使其与受众对喜剧文本主题的理解接受相显映，此类语言明示使得小品语篇完成明确、聚焦、详述和阐释主题的功能；小品主题预设的隐性标识，因主题预设呈现核心性、辐射性。”[①]据此，我们简化喜剧小品这一特殊语篇中的主题预设的特征：有显性的简练语言明示主题，阐释主题；该主题在整个小品语篇中起到“车头”作用；小品语篇中的细节以“车头”为核心、方向，铺展前进；显性功能在于呈现主题，隐性功能则是促进语篇的连贯衔接。几乎每一部小品都有显性话语的主题预设明示。举隅如下：

(1)我觉得劳动者是最美的人。没有普天下的劳动者的辛勤劳动，吃啥？没有普通者的劳动，穿啥？吃穿都没了，你还臭美啥？

（《红高粱模特队》，1997 年）

(2)这人倒了咱不扶，那人心不就倒了吗？人心要是倒了，咱想扶都扶不起来了。

（《扶不扶》，2014 年）

---

① 丛日珍：《“预设”VS“前设”语用功能呈现与认知理据辨析——以中国现代喜剧小品为例》，载《西安外国语大学学报》2018 年第 3 期。

(3)货真价实。

(《打工奇遇》,1996 年)

(4)子欲养而亲不待。

(《其实你不懂我的心》,2015 年)

(5)的确,有个别的城里人他看不起农村人,可你翻开他们家户口本,往上倒三代,他也是农村人。是的,我们应该珍爱城市,可我们更应该感激农村啊! 因为城里是乡下人的梦想,可在乡下,有城里人的爹娘呀!

(《跟着媳妇当保姆》,2006 年)

以小品《打工奇遇》为例,赵丽蓉用毛笔书写的四个大字"货真价实",诠释、凸显了小品的主题:商人在从业时要秉承"诚信经商,守法经营"的理念,用真品、实价赢得顾客的信任与满意,如此才能生意兴隆。同时,小品对那些不道德、不健康、不守法的商业行为进行了提醒、警告与劝诫。

需要补充一点,在中国喜剧小品中,演绎引明预设、归纳点明预设、过渡转明预设、保存预设都是为了证明主题预设而得以运用,它们对于深化主题、增强喜剧小品的艺术效果起到积极作用,下文在探讨如何促使喜剧小品的主题预设保持健康、持续性、绿色生态发展时提出的建议,同样适用于以上预设。此外,主题预设的隐性功能是促进语篇连贯衔接,这种功能我们看不到、摸不着,但却能够感受到。小品语篇文本的细节作为各项证据显示主题,主题预设的语篇衔接功能将选用的词语、使用的手段等组织粘连在一起。故以下建议并非只涉及如何组织、选择显性语言来编排主题预设,亦指如何发挥主题预设的隐性语篇连贯衔接功能。主题预设所蕴含的主题与斯达纳克(Stalnaker)所提及的"社会或公共态度(a social or public attitude)"[①]有一定的契合度。

**(二)促进喜剧小品主题预设"绿色生态发展"的几点建议**

关于喜剧小品主题预设"绿色生态发展"的建设性建议,本研究涵盖六个部分的内容,分别是时代性、文化性、教育性、人性与艺术性、真实性、国际性。

1. 时代性

时代性是指在喜剧小品的文本创作中关注现实社会、时政民生、教育科技发展等。唐朝诗人白居易提出的"文章合为时而著,歌诗合为事而作",适

---

① Stalnaker, R. C. Common ground. *Linguist. Philos.* 2002, 25 (5).

用于喜剧小品的文本创作，其主题预设是对现实社会的一种关注，具有历史责任感和使命。用心聆听时代的声音，把握时代脉搏，感悟时代，为时代而抒情，是小品主题预设需要思考的要厄。小品《昨天 今天 明天》(1999)中的语言明示——“大家好！九八九八不得了，粮食大丰收，洪水被赶跑。百姓安居乐业，齐夸党的领导。尤其人民军队，更是天下难找。国外比较乱套，成天钩心斗角。今天内阁下台，明天首相被炒。闹完金融危机，又要弹劾领导。纵观世界风云，风景这边更好！多谢”，描述的就是1998年的中国时事，讴歌了党的政策给人民带来的美好生活、军民齐心协力抗击洪涝灾害以及国内政治稳定的时代事实。小品《火炬手》(2008)中的一句“老伴，一百年奥运，2008年让我们摊上了”显映主题预设，借中国在2008年获得北京奥运会的举办权一事，歌颂中国在国际社会影响力的壮大，并为我国从体育大国变为体育强国而骄傲。在《欢乐饭米粒儿》中的小品《就是这个味儿》中，演员潘长江在结尾处主题预设的“绿水青山就是金山银山”，是对十八大报告精神的完美诠释与宣传贯彻。诠释生态文明发展理念主题预设的还有《欢乐喜剧人》中的喜剧作品《老人与山》。小品结尾处说，“你们挖的不是山哪，砍的不是树，是钱，更是咱们自己的命根子！大山哪，是我害了你，你却救了我。我求求你们，别挖了，给子孙后代留条后路，别让后人指着大山骂祖宗”，道出了对于生态破坏之忧，亦使得小品主题得到升华。中国喜剧小品应在继承传统优秀小品的基础上，融入更多当代元素，从而焕发出新的生机和活力。只有紧扣时代脉搏，紧跟时代步伐，宣传党的思想、路线、方针，描述当代现象，才会使人在欢笑之余有所思、有所知、有所做。

2. 文化性

文化性是指在喜剧小品的文本创作中融入中国传统文化的内容。继承与弘扬中华优秀传统文化是每一个中国人的义务，我们要把老祖宗留下的精神财富传承下去，使子孙后代受益。在每一个环节、每一个链条中进行文化传播，是喜剧小品义不容辞的责任。在喜剧小品创作中添加文化性，还可以提升小品的档次。只有将艺术性、文化性、教育性、感染性和搞笑性相结合，喜剧小品及演员才能在舞台上愈走愈远，而喜剧小品在文本创作、表演等各个环节的创演者都应尽可能地去践行。在这一方面，小品界最值得推崇的演员当属高晓攀。其编演的小品《梨之园》中直接的主题预设就是表达“京剧、快板、京韵大鼓等这老祖宗留下来的好东西，却没人学了”的担忧，关注的是古典文化的传承问题。其另一部小品《小先生》在形式上独辟蹊径，创作出文言文喜剧，大量引经据典。但令人遗憾的是，主流受众并不熟谙这些古典的蕴含，传统文化积累的缺失令人惋惜。《小先生》颇有曲高和寡之感。除了诗词之外，《小先生》中还融入了折扇、油纸伞等中国传统元素，充满古风古韵，想必这也是高晓攀在创作这部小品时希冀达到的效果之一。高晓攀坚持原创，尽其所能地在喜剧舞台上传承中国传统文化，使一些不熟悉中国传统文化的受众用另一种方式认识、了解经典。随着受众审美眼光的提高以及研究者们的深入探究，不久的将来，《小先生》可能会得到更高的评价，甚至被冠以"超前性中国传统文化表达经典之作"的美誉。此外，2013 年央视元宵晚会表演的小品《闹元宵》，融入歌曲、绕口令、口技、武术表演等中国传统文化的元素，亦令人眼前一亮。

3. 教育性

教育性是指小品的主题预设应呈现出教化意义。古人云"诗以言志，文以载道"，现代汉语喜剧小品也应起到教化作用。喜剧小品中的某些语言和意象应该能够引发受众思想意识形态的共鸣，传承文明，传播正能量。比如，在小品文本创作及表演中，融入"岳母刺字""孔融让梨""囊萤映雪""悬梁刺股""卧薪尝胆"等经典故事，激发受众树立正确的价值观、人生观。现代汉语喜剧小品要褒扬真善美、鞭笞假恶丑，反映劳动人民的心声，传递主流价值观。总之，创演者在进行喜剧小品的文本创作时，要时刻保持清醒，把那些有价值、有意义的东西留给子孙后代。

4. 人性与艺术性

喜剧小品中的人性是指善性。孟子认为，人生来即有恻隐、善恶、辞让、是非四种"善端"，扩而充之，便可形成仁、义、礼、智的善性。喜剧小品不仅要使受众快乐，也要使表演者快乐，不应让表演者以摧残自己的身体为代价博得受众的喜爱。喜剧小品中的艺术性是指在表演过程中要充分利用各种艺术手法和道具。以沈腾表演的《热带惊雷》为例，其"营造逼真的密林场景，还充分运用屏幕立体投影技术，营造极具立体感与纵深感的三维空间，运用影视特效制作炸弹与火焰，渲染战争残酷和悲剧性结局，使观众如临其境"①。

① 谢旭慧、王珏、杨继林：《从〈欢乐喜剧人〉看开心麻花的小品创新》，载《上饶师范学院学报》2017 年第 2 期。

5. 真实性

真实性是指小品的主题预设应真实地反映社会现实、社会现象、历史人物、历史事件。“艺术来源于生活，但高于生活。”真实性表现为文本创作灵感来源于生活，与生活体验相吻合、相匹配。脱离了生活经验中的原型，所创作、表演的小品便有“不伦不类”之嫌。1997 年春晚小品《红高粱模特队》歌颂了劳动者的价值，指出劳动者创造了文明，创造了历史，创造了财富。“收腹是勒紧小肚，提臀是要把药箱卡住，斜视是要看清果树，这边加压，这边喷雾……”小品中这句话描述的正是农民喷农药的过程。其中的主题预设“我觉得劳动者是最美的人，没有普天下的劳动者的辛勤劳动，吃啥？没有普通者的劳动，穿啥”，真实地反映了劳动人民在社会发展中所起的巨大作用。在喜剧小品的文本创作中，不能为迎合受众而设置低俗、虚假的娱乐化、商业化的主题预设内容。艺术的真实性是不能妥协的，这是喜剧小品文本创作与表演不可逾越的底线。

6. 国际性

国际性是指小品的主题预设能够起到跨越国度，推动、加强中外文化交流的作用。中国要推出像卓别林一样的国际喜剧大师，则主题预设中需要多融入“中国风”的内容。“草根”歌手李玉刚之所以能走出国门，走向世界，与其作品中充满中国古典文化元素有着重要关系。由此带来的启发是，现代汉语喜剧小品文本的主题预设，可更多地从中国古典文化宝库中找寻灵感，提炼题材，汲取养分，更多地融入中国文化的经典性元素、标志性符号。只有讲述中国故事、传播中国声音、展示中国形象，现代汉语喜剧小品才能更好地走向世界。

**(三)结语**

现代汉语喜剧小品要持续、健康地发展，就要在文本创作的主题预设上下功夫，既要吸收经典作品的精华，又要摒弃以纯娱乐为目的的糟粕。

# 第九章　预设在其他喜剧语篇中的探索性求证研究

本章以戏剧语篇和中国相声语篇为例，就预设在其他喜剧语篇中的使用情况进行探索性求证研究。

小品是脱胎于戏剧的多样化艺术样式之一，因此本研究首先要探讨的是预设在戏剧文学语篇中所起的作用，以戏剧《威尼斯商人》为例。《威尼斯商人》是英国戏剧家威廉·莎士比亚创作的一部具有讽刺性的喜剧，完成于1596～1597年。该剧的剧情通过几条线索展开，其中一条是"割一磅肉"的契约纠纷。剧本的主题为歌颂仁爱、友谊和爱情，体现出作者对资本主义社会中金钱、法律和宗教等问题的批判，表现了作者的人文主义思想。该剧作的一个重要文学成就，就是塑造了夏洛克这一唯利是图、冷酷无情的高利贷者的典型形象。

相声，作为中国传统文化的瑰宝，是我国现有的最优秀的喜剧形式之一，2008年相声被国务院列入《第二批国家级非物质文化遗产名录》。相声的主要形式是通过"抖包袱"效应获得受众的认同，产生笑声。相声是笑的艺术，中国相声中的"包袱"等同于喜剧小品的幽默、搞笑，但是因为不能使用道具，相声表演完全倚仗相声演员的嘴皮子功夫，相声呈现喜剧表演的手段要难于喜剧小品，因此相声的文本语篇创作显得至关重要。对于预设在这种代表中国传统文化特征的艺术形式中是如何发挥作用的，笔者拟进行探索性求证研究。

## 一、预设在戏剧文学语篇中的语用效应探究[①]

戏剧是一种集语言、美术和舞蹈等为一体的综合性艺术，戏剧文学是规定着演员和导演再创造的文学剧本。戏剧文学语言一般由两部分组成：指导词和台词。台词是戏剧语言的主体，包括对白和独白，在戏剧中占有至关重

① 本小节内容曾发表于《山东外语教学》2010年第3期，撰写此书时内容略有删减。

要的位置，因为无论是情节的展开，还是人物性格的刻画，以及特定思想内涵的揭示，都需要台词来完成。台词一方面要通过演员之口说出来，必须具备口语化的特点，要朗朗上口，易于观众理解；另一方面，要起到展开情节、刻画性格、表达感情的作用，需要具有一定的艺术性，需要对日常语言进行加工、提炼。因此，戏剧语言是最难把握的文学语言形式之一，它要用简洁、凝练、流畅的口语化语言，在有限的时间内，充分展示人物性格、展现戏剧冲突，推动情节发展。[①] 英美戏剧文学的语言也不例外。随着英美戏剧在我国流行度的提高，各种研究层出不穷，伦理学角度如《18世纪英国戏剧的伦理学观察》[②]，哲学角度如《莎士比亚戏剧与基督教对人的存在意义理解的异同》[③]，跨文化交际角度如《语言文化差异对戏剧话语模式的影响》[④]，教学角度如《浅析多媒体在戏剧教学中的应用》[⑤]。相对来说，从语言学尤其是语用角度研究戏剧文学语篇的文章颇少。鉴于此，下文将探讨语用预设在戏剧文学语篇中发挥的作用，换言之，将探讨语用预设能否作为一种强有力的语言策略，帮助喜剧戏剧文学达到特定的艺术效果。

**（一）语用预设特点简介**

随着国外研究者对预设研究范围的扩大，国内学者的相关研究也呈逐年上升趋势，研究视野也越来越开阔。何自然认为，语用预设不但与语境有关，而且同说话对象有关，语用预设具有互知性或共同性。[⑥] 张克定从语用预设的角度讨论了预设、调核、焦点三者之间的内在密切联系。[⑦] 陈家旭、魏在江从心理空间理论入手，探讨了语用预设的心理理据。[⑧] 国内外学者对于语用预设的研究角度不一，但总体来说，认为语用预设的特点包括以下几个方面：

1. 共知性或互知性

共知性或互知性指预设是说话人和受话人或一般人所共知的信息，语用预设为交际双方所共有，为双方或多方所了解，通过说话人的话语暗示出来，

---

① 参见喻云根：《英美名著翻译比较》，湖北教育出版社2000年版。

② 参见蹇昌槐：《18世纪英国戏剧的伦理学观察》，载《外国文学研究》2006年第5期。

③ 参见肖四新：《莎士比亚戏剧与基督教对人的存在意义理解的异同》，载《外国文学研究》2006年第1期。

④ 参见曹光涛：《语言文化差异对戏剧话语模式的影响》，载《广西民族学院学报》2002年第5期。

⑤ 参见史龙：《浅析多媒体在戏剧教学中的应用》，载《甘肃科技纵横》2009年第4期。

⑥ 参见何自然：《语用学与英语学习》，上海外语教育出版社1997年版，第70页。

⑦ 参见张克定：《预设·调核·焦点》，载《外语学刊》1999年第4期。

⑧ 参见陈家旭、魏在江：《从心理空间理论看语用预设的理据性》，载《外语学刊》2004年第5期。

是预先设定并得到受话人理解的，对于谈话双方来说是理所当然的信息。[①]

2. 适宜性

适宜性是指将语用预设看作实施一个言语行为所需要的恰当条件或者使一句话具有必要的社会合适性所需要的条件。[②] 同时，预设与语境紧密结合，具有语境依赖性，它决定句子和语段要出现在特定语境中，是言语行为的先决条件。

3. 主观性

主观性指带有断言性质的语境假设本身并不具备必然的真实性或正确性。利奇曾说，“在说 X 时，说话人自认为 Y 理所当然是真的”[③]。

4. 隐蔽性

隐蔽性指预设的部分是隐含的，听语人一不留神就会把说话人预设的“断言”看作是真实的而加以接受。

5. 可取消性

可取消性主观性的另一方面表现出语用预设的可取消性，这种特性“取决于说话人的态度和信念”[④]。

6. 单向性。

单向性指预设是由说话人单方面做出的，在听话人处理之前它只相对于说话人而存在，说话人发出话语的预设不一定能得到听话人的理解。

**(二)预设在戏剧文学语篇中的语用效应**

1. 共知性与语篇连贯

语篇是指不完全受句子语法约束的在一定语境下表示完整意义的自然语言单位。[⑤] 戏剧文学也是一种语篇，它是演员之间、演员与观众之间进行交流的工具。从语篇层面对预设进行研究，不但可以揭示预设在语句结构中的运作机制，而且还可以阐释语篇组织的特征，找出语篇连贯性的原由。[⑥] 在促进戏剧语篇连贯性方面，语用预设的共知性发挥着最明显的作用。因为语用预设是关于交际言语活动的预设，它将预设看作交际双方预先设定的已知信息，是交际双方所共知的。而在语篇生成过程中，预设共有性的一个重

---

① Verschueren , J. *Understanding Pragmatics*. Beijing: Foreign Language Teaching and Research Press, 2000, p. 27.

② 参见何兆熊、俞东明等:《新编语用学概要》,上海外语教育出版社 1999 年版,第 282 页。

③ Leech, G. N. *Semantics*. Harmondsworth: Penguin, 1981, p. 287.

④ 何自然:《语用学与英语学习》,上海外语教育出版社 1997 年版,第 72 页。

⑤ 参见胡壮麟:《语篇的衔接与连贯》,上海外语教育出版社 1994 年版,第 1 页。

⑥ 参见朱永生、苗兴伟:《语用预设的语篇功能》,载《外国语》2000 年第 3 期。

要功能就是引出断言信息，并为引出下一个断言信息服务。由此可见，预设的共有性是一种最基本的谋篇机制，在语篇的衔接中起着重要的作用。在戏剧文学中，台词使用双方都会不自觉地利用预设的共知性促进语篇连贯，为语篇的进一步发展建立一个框架。同时，利用台词进行交际时，说话者为保证语篇信息流的畅通，需要时常对听话人的知识状态作出假设，以便使信息具有最佳的可及性。对听话人和观众来说，信息的可及性愈高，语篇的连贯性愈强。由于其共有性特征，作为交际过程中的背景信息，语用预设构成了交际双方的共有场，因而在语篇的信息流中，语用预设的共有性制约着信息展开的方式，并制约着语段在语篇语境中的适宜性，限定着语篇的后续发展。因此，那些被认为是对方熟悉的已知的或可以理解的信息无需说出，人们根据语境常识及语言知觉总能不同程度地将这些已知内容作为预测，语用预设的这一共知性特点与台词“简洁、凝练”的特点之一不谋而合。在一定程度上，语用预设的共知性可以对语篇信息流施加连贯制约和限制。请看下面的例子：

(1)DUKE OF VENICE：

Are you acquainted with the difference，

That holds this present question in the court?

PORTIA：

I am informed thoroughly of the cause.

Which is the merchant here，and which the Jew?①

人们的言语交往总是在某个特定的社交语境中进行的。这个社交语境主要是指说话人使用语言合理化地来理解交际双方的客观共处环境，而各自的认知环境中包括着他们共处的社交语境。在例(1)的语境中，说话者公爵为保证语篇信息流的畅通，使信息的可及性提高，需要根据对方的知识状态作出假设，认为对方只是未言明已经理解的信息，只用了简单的“补汉语翻译”“the difference，this present question”来确认鲍西娅对案件的了解情况。在作出这个假设后，他认为鲍西娅对于“this present question”是了然于心的。果然，听话人鲍西娅遵守合作原则，领悟说话人的意图，做出了反应——完全了解——从而达到了语篇的连贯。在例(1)中，语篇连贯的前提是交际双方拥有共同的背景知识：安东尼奥热心帮助巴萨尼奥去见美貌的富家嗣女

① Gill，R. *The Merchant of Venice*. Beijing：Foreign Language Teaching and Research Press & Oxford University Press，1997，p. 69.

鲍西亚，向放高利贷的夏洛克借了 3000 元钱，并根据夏洛克的要求立下了违约割胸口一磅肉的契约。安东尼奥的全部资本都在海上，他的商船因故未能及时返回，于是夏洛克把他告上法庭。换言之，说话人和听话人对于“this present question”必有所指都了然于心。紧接着鲍西娅的问题“哪一个是商人，哪一个是犹太人”也是以此为背景的。可以说，该共有背景知识贯穿于全剧，是使全剧达到高潮的导火线，更使得该语篇成为前后衔接的连贯整体。

2. 主观性与行为意图

任何一个语用预设的解释都是以将预设与说话人联系起来为前提的，因此，预设具有主观性。预设的主观性指“那些对语境敏感的，与说话人(有时还包括说话对象)的信念、态度、意图有关的预设关系”①，即语用预设与说话人和说话对象有着密切的关系，涉及说话人和受话人的态度、信念、意图等，它传达的是发话者的对双方知识状态的假设。作为一种预设，语用预设不一定具有真实性，但它必须是发话者的一种信念。同时，每一个言语都传递着一个行为意图，因为言语是人类的语言使用，它必然受到意图的控制。在戏剧文学语篇中，行为意图是交际双方组织话语的出发点，也是调控话语行为的有力杠杆。如例(2)中，夏洛克主观性地对于割安东尼奥一磅肉的行为的胸有成竹的描述：

(2)BASSANIO：

Why dost thou whet thy knife so earnestly?
SHYLOCK：
To cut the forfeiture from that bankrupt there.
GRATIAVO：
Not on the sole, but on thy soul, harsh Jew,
Thou makest thy knife keen'but no metal can,
No, not the hangman's axe, bear half the keenness
Of thy sharpenv. Can no prayers pierce thee?
SHYLOCK：
No, none that thou hast wit enough to make. ②

利用语用预设来推知整个会话的交际过程，就是利用前提的不断变化向前推进交际过程。在交际的过程中，交际双方都不断地为进一步的谈话提供

---

① 何自然:《语用学与英语学习》，上海外语教育出版社 1997 年版，第 68 页。

② Gill, R. *The Merchant of Venice*. Beijing: Foreign Language Teaching and Research Press & Oxford University Press, 1997, p. 68.

基础和预设。可用以下模式表示：

前提 1+声言 1——，

前提 2+声言 2——，

前提 3+声言 3——，

前提 n+声言 n……①

但在实际交际中，会话并不是完全如上图模式机械式地向前发展的，很多时候其呈现跳跃性、间断性、修补性和重复性等。但是，总的趋势是不变的：保证会话的合理发展。② 下面是对话轮的分析："你干吗一股劲地磨着刀子？"(Why dost thou whet thy knife so earnestly?)

≫(预设符号，下同)A：夏洛克在磨刀。

好从那债鬼的身上割下一磅肉来(To cut the forfeiture from that bankrupt there)

≫B：夏洛克准备割肉。

难道怎样求你都打动不了你？(Of thy sharp env. Can no prayers pierce thee?)

≫C：葛莱西安诺在求夏洛克。

不，凭你这张嘴，休想(No, none that thou hast wit enough to make.)

≫D：夏洛克不想改变行为意图。

通过这一话轮分析，不难看出预设(前提)1、预设 2、预设 3 都无变化，它们只是在重复一个语境假设，该假设是夏洛克的主观性假设，并且在其心中根深蒂固。这一系列的预设表现出，无论什么言语都不能改变其脑中的想到，哪怕到了声言 n，他也不会改变自己的行为意图，即必须要割安东尼奥的一磅肉。

3. 单项性与言外之意

单项性是指预设是由说话人单方面作出的，在被听话人处理之前它只相对于发话人而存在。虽然发话人单方面发出话语的预设不一定能得到听话人的理解，但其可以帮助发话者表达多种言外之意。利用单项性表达言外之意的途径有很多，如"预设触发语"的使用。预设触发语是指预设不必以整句话的语义内容为基础，有关预设的信息来自表层结构，可以以某些词语、某些句式为基础，这些作为预设基础的词或表层结构形式则被称为"预设触发

① 参见何兆熊、俞东明等：《新编语用学概要》，上海外语教育出版社 1999 年版，第 288 页。

② 参见聂玉景：《语用预设与刑事讯问》，载《法律论丛》2008 年第 10 期。

语”，又称“词汇预设”或“结构预设”。[①] 按照莱文森的分类，预设触发语主要有 13 种：表示限定词的描述、各类动词、句式结构、时间状语从句、断裂句、表示比较的结构和词语、非限定性定语从句、与事实相反的条件从句、疑问句、一定的音系手段。[②]

(3)GRATIANO：

I have a wife, whom, I protest, I love;
I would she were in heaven, so she could
Entreat some power to change this currish Jew.

NERUSSA：

Tis well you offer it behind her back;
The wish would make else and uniquiet house.

SHYLOCK：

These be the Christian husbands! I have a daughter;
Would any of the stock of Barabbas
Had been her husband rather than a Christian! (Aside)[③]

《威尼斯商人》这一剧本讴歌珍贵的友情。主人公安东尼奥为了朋友巴萨尼奥能牺牲一切，不在乎金钱和利益，甚至愿意献出自己的生命。这些高尚品质感染着他们的好朋友葛莱西安诺，他也愿意为朋友付出一切。葛莱西安诺这一行为的意图基体是他深爱他的妻子（I have a wife, whom, I protest, I love），当好友安东尼奥的生命遭遇挑战时，他单方面愿意改变这种最基本、最原始、最本体的意图，用反事实的说法，即其行为触发的前提大多是与句子表面陈述相反的情况，希望她马上归天（I would she were in heaven），表达出他对友情的重视，从而深化了主题。与此形成鲜明对比的是，夏洛克在听到尼丽莎的提醒后，不但不为之所动，反而对其加以讽刺：“这些便是找一个基督徒丈夫的好下场（These be the Christian husbands）。”并且运用反事实的说法：“我有一个女儿，我宁愿她嫁给强盗的子孙而不是一个基督徒（Had been her husband rather than a Christian）。”因为，在夏洛克看来金钱胜于父女情。于是，意图基体在夏洛克使用的有意而为之的单向语用

---

① Yule, G. *Pragmatics*. Shanghai: Shanghai Foreign Language Education Press, 2000, p. 28.

② Levinson, S. C. *Pragmatics*. Beijing: Foreign Language Teaching and Research Press, 2001, pp. 181-184.

③ Gill, R. *The Merchant of Venice*. Beijing: Foreign Language Teaching and Research Press & Oxford University Press, 1997, p. 73.

预设策略的推动下，产生游移，然后和明示信息结合帮助听话者，即葛莱西安诺或读者，加强对话语言外之意的理解，既凸显出他对正义者的仇恨，又暴露出其贪婪、狠毒的嘴脸。

4. 可取消性与信息布局

从动态角度看，戏剧文学语篇中台词的不断交替是说话者和听话者为进行信息传递而磋商共有场的互动过程。在这一动态过程中，交际双方共同构建了一个语篇世界。在语篇的发展进程中，说话者为保证语篇的简洁性和表达的经济性，根据自己对受话者知识状态的假设和听话者可能作出的反应合理编排信息，将已知的次要信息以隐含的方式表述为预设命题，并将其作为信息传递的背景信息，同时将新的重要的信息处理为断言信息放在语句焦点的位置上，从而保证语篇信息流的畅通。但是，在特殊情境下，由于语用预设的可取消性的特点，具体的交际策略往往会突破规约性理论阐释的涵盖范围。有时，说话者为追求单向预设达成的特定语用效果，会故意打破语篇信息流的常规格局，把双方共知、左右交际发展的背景信息处理为旧信息，放在前面，把非双方共知、左右交际发展的新信息处理为新信息，放在最后，从而造成语句焦点的转移，让信息流的常规信息布局被打乱。

(4)SHYLOCK：

Most heartily I do beseech the court
To give the judgement.
PORTIA：
Why then, thus it is：
You must prepare your bosom for his knife.
SHYLOCK：
O noble judge! O excellent young man!
PORTIA：
For the intent and purpose of the law,
Hath full relation to the penalty,
Which here appeareth due upon the bond.
SHYLOCK：
Tis very true：O wise and upright judge!
How much more elder art thou than thy looks!
PORTIA：
Therefore lay bare your bosom.

SHYLOCK:
Ay, his breast:
So says the bond; —doth it not, noble judge?
"Nearest his heart," those are the very words.
PORTIA:
It is so. Are there balance here to weigh
The flesh?
SHYLOCK:
I have them ready.
PORTIA:
Have by some surgeon, Shylock, on your charge,
To stop his wounds, lest he do bleed to death.
SHYLOCK:
Is it so nominated in bond?①

从例(4)中可以看出,夏洛克迫不及待地要求法庭给出判决,而鲍西娅的回答是:"准备好吧,让你的胸膛接受他那一刀吧(You must prepare your bosom for his knife)。"这一回答预设着她已基本判定安东尼奥的一磅肉要归夏洛克所有。此时的夏洛克欣喜若狂、欢呼雀跃:"尊严的法官啊!好一个英俊的法官哪!(O noble judge! O excellent young man!)"当鲍西娅表示出"借约上所规定的惩罚,并没跟法律的精神和含义有抵触的地方(For the intent and purpose of the law, Hath full relation to the penalty)"时,夏洛克变得更加激动万分,他欢呼道:"啊,聪明正直的法官啊,谁想你这么年轻,竟这样老练!(O wise ans upright judge! How much more older art thou than thy looks!)"仅从安东尼奥和夏洛克两者的关系来看,语句的焦点至此一直为安东尼奥,他处于被动局面,形势危急。当夏洛克暗示要"紧贴着心口(Nearest his heart)"割肉时,鲍西娅顺着他的预设讲道:"It is so. Are there balance here to weigh? (不错,称肉的天平准备好了吗?)"不知已上圈套的夏洛克得意洋洋地回答道:"已经带来了(I have them ready)。"鲍西娅见时机已到,提出:"请一位外科医生来,替安东尼奥堵住伤口,免得一个劲地流血,要了他的命。(Have by some surgeon, Shylock, on your charge, To stop his

① Gill, R. *The Merchant of Venice*. Beijing: Foreign Language Teaching and Research Press & Oxford University Press, 1997, p. 71.

wounds, lest he do bleed to death.)"夏洛克感到十分困惑,反问道:"借约上有这样的一条规定吗?(Is it so nominated in bond?)"鲍西娅的机智在于她慢慢地抖开包袱,这样命题的改变使现有语境与原有预设间发生矛盾,即原有预设突然被取消。鲍西亚表面上认同对方的观点,把对方的预设借用为自己说话的前提,实际上依样画瓢,以子之矛,攻子之盾,类推语用预设①,使信息焦点发生转变,这样夏洛克成了新的信息焦点,由主动变成了被动,剧情也峰回路转。

**(三)结语**

从语用预设学角度观察和分析戏剧喜剧文学语篇既有理论意义又有应用价值。戏剧喜剧文学中的语用预设具有促进语篇连贯、引导行为语意图、表达言外之意、打破语篇常规布局,进而最终达到特定艺术效果等不同功能,而这几种功能在为戏剧文学语篇营造气氛、深华主题、突出人物形象等方面,都能起到很大的作用。当然,预设的这几个主要特点对戏剧文学所起的作用并非孤立的,也并非完全一一对应的。如例(4)所示,鲍西娅之所以能让夏洛克听话,还在于她利用了预设适宜性的特点。虽然夏洛克并不知道鲍西娅是女扮男装,但在他眼里,她代表着威严的律师,所以他才能放下屠刀,乖乖就范。同时,例(4)也利用了预设隐蔽性的特点,因为夏洛克不经意间把鲍西娅预设的断言看作是真实的并加以接受,才中了"圈套"。因此,在戏剧文学语篇中,主题、艺术特点的深化是语用预设某一特点或多种特点综合作用的结果。总而言之,语用预设同样能够帮助戏剧文学语篇达到特定的艺术效果,是一种可以在戏剧喜剧文学语篇中得以使用的强有力的语用策略。

## 二、预设在中国相声语篇中的语用效应探究

**(一)中国相声介绍**

"相声"一词,又称"肖声""象声""像声"②,经历了"像生-像声-相声"的发展过程。相声原指口技,其渊源可以追溯到先秦时期民间流传的丰富多彩的故事和笑话。这些故事和笑话以说唱的形式,随着俳优进入城市和宫廷。这种说话艺术,后历经隋朝的萌芽、唐代的发展、宋代的鼎盛及至晚清的

---

① 参见周艳丽、陈莉莉:《语用预设与喜剧小品》,载《四川教育学院学报》2008年第3期。

② 候宝林、薛宝琨、李万鸣、汪景寿:《〈相声溯源〉"总论"篇》,载《北京大学学报》(哲学社会科学版)1998年第3期。

大兴，证明了相声是“说”的艺术，是“以词叙事”。[①]

关于相声表演的类型，到民国早期，相声慢慢从单人摹拟口技的艺术形式转变为单口笑话。起初，相声的类型较为单一，只有单人表演的单口相声，慢慢地很多人员加入到表演中，相声类型也由单一变得复杂多样，比如两人一组的对口相声、多人的群口相声。其中，避免了单口相声的单一性和群口相声的混乱性的两人一组的对口相声最为受众喜爱。

地域方面，相声艺术起源于明清时期的华北地区，随之在京津冀地区盛行，其中“北京、天津为相声重镇”[②]，最终在中国各地以及国外得到推广普及。

**(二)中国相声的重要内涵**

说到中国相声，不得不提一个关键术语“哏”(读作 gén)，字典中对其解释是“滑稽；有趣”[③]。在综艺节目中，所谓“哏”的意思是“桥段、伏笔、笑点”。经典的对口相声或群口相声中往往包含逗哏和捧哏两个角色。逗哏指的是对口或群口相声表演中，以滑稽有趣的话引人发笑的相声表演中的主角。捧哏是指相声表演中的配角，其用话语、动作或表情来配合主角逗人发笑。捧哏的衬托、铺垫能帮助逗哏在叙述中逐渐组成“包袱”，产生笑料。对口相声中，逗哏的笑料一般多于捧哏。但逗哏、捧哏紧密合作，一唱一和，相互吹捧，往往会把一件本不搞笑的事说得充满笑料。

中国相声的最主要内涵是“抖包袱”现象。“抖包袱”是中国相声表演术语，是相声幽默的源泉，意指把之前设置的悬念揭出来，或者把之前铺垫酝酿好的笑料——哏的关键部分说出来。中国相声中“抖包袱”的手段或方法众多，如：先抑后扬，峰回路转；三番四抖，柳暗花明；违反常规，明知故犯；新编俚语，妙语连珠；等等。

综上可见，相声中的“抖包袱”就是喜剧小品中的幽默效应。在对中国相声进行简单介绍后，笔者将通过考察、分析相关著名相声语篇片段，探讨预设在相声中是如何助力“抖包袱”的幽默效应达成。

**(三)各种形式的预设在中国相声中的运用**

1. 捧哏表达点明预设

研究发现，相声演员的捧哏，很多时候在逗哏描述事件、行为时，会把受

---

① 侯宝林、薛宝琨、李万鸣、汪景寿：《〈相声溯源〉“总论”篇》，载《北京大学学报》(哲学社会科学版)1998 年第 3 期。

② 刘勇：《中国首部〈相声大词典〉梳理相声发展历程》，载《中国艺术报》2013 年第 1 期。

③ 中国社会科学院语言研究所词典编辑室编：《现代汉语词典》(第 6 版)，商务印书馆 2013 年版，第 444 页。

众基于逗哏的描述形成的思想,用显性话语描述出来。也就是说,捧哏说出了受众认知语境中的思想,与受众认知语境思想产生共鸣,此时受众会"会心一笑",在喜剧小品中发挥此作用的则是点明预设。点明预设有位于篇末点明主题的主题预设,有位于篇中指代阶段性的归纳预设,其所指为"言语交际的结尾补充给观众和角色的共有信息的预设"①。几乎每一个相声语篇都使用点明预设,如例(1):

(1)姜昆(逗哏):嗨,上边的,你们到底想什……什么?给我找动物园的管理员去了?管理员礼拜天休息?他休息,老虎不休息啊!你们快打电话报个警,什么110,119,匪警、火警都行!什么?找了半天附近没有电话?这动物园的领导多抠,也不安个电话。算了算了,你们都走!你们出动物园,找电视台,让他们派个摄制组来,拍一拍等会儿老虎怎么吃我!

唐杰忠(捧哏):拍这个干吗呀!

姜昆:拍个老虎吃人的片子,卖给外国人换点儿外汇,也算哥们儿临死以前为"七五"计划做点贡献了。

唐杰忠:你这觉悟还挺高!

(《虎口遐想》,1987年)

相声《虎口遐想》是1987年中国中央电视台春节联欢晚会中展播的一个相声,给生活在20世纪50～70年代的受众留下了深刻的印象。该相声讲述了一个小个头的普通人物掉进老虎洞里后的心理活动与思想波动。该相声也使表演者姜昆、唐杰忠一夜之间变得家喻户晓,可谓其成名作。姜昆扮演的小个头青年在不小心落入动物园的老虎洞后,经历了一系列的紧张、惧怕、无助的情绪,最后竟产生一种绝望但又诙谐的想法:"找电视台,让他们派个摄制组来,拍一拍等会儿老虎怎么吃我。"而他产生这一想法的原因是:"拍个老虎吃人的片子,卖给外国人换点儿外汇,也算哥们儿临死以前为'七五'计划做点贡献了。"此时的受众在听到"拍老虎吃人"的话语后有些吃惊,但随着他"卖给外国人换点儿外汇"言语的发出,受众的认知语境中便形成了"都这个时候了,思想觉悟挺高"的判断。紧接着受众形成的判断被唐杰忠以显性话语"你这觉悟还挺高"点明,受众因所想被捧哏演员说出,自觉与演员产生共鸣,不禁会心一笑。

2.捧哏(有时候逗哏)提问转明预设

相声演员的捧哏很多时候通过发问,引导逗哏角色聚焦阶段性小话题。

① 蒋冰清:《预设理论与言语幽默的生成机制阐释》,载《外语与外语教学》2009年第3期。

也有些时候,逗哏会反过来向捧哏提问,引导捧哏聚焦阶段性小话题。但是不论是捧哏提问还是逗哏提问,从话语话轮的角度,随后都会有逗哏或者是捧哏的回答,从而完成“提问－回答”这一完整的毗邻相对会话。根据预设所发挥功能的不同,出现了转明预设。转明预设指阶段性过渡预设,指“言语交际的中间突然转向并欲补充给观众和角色的共有信息的预设”[①]。在相声“提问－回答”的话轮中,“提问”起到预设中转明预设的功能,引出突然转向并欲补充给受众的共有信息。这种情况比比皆是,如例(2):

(2)姜昆(逗哏):唐杰忠同志,问您一个问题。(a)

唐杰忠(捧哏):什么问题?

姜昆:您摔过跟头吗?

唐杰忠:你指的是工作上还是生活上?(b)

姜昆:还什么工作生活,就是平常走道儿没留神,“叭喳”!狗吃屎,嘴啃泥,大马趴,倒栽葱!

唐杰忠:嚄!哪儿有摔这么厉害的?(c)

姜昆:我摔了一跟头比这厉害,不说摔出点儿国际水平,起码也摔入世界先进行列。

唐杰忠:嚯!那也太悬了!

姜昆:我摔那地方悬!

唐杰忠:什么地方?(d)

姜昆:咱们北京动物园狮虎山。星期天一人没事儿上那儿看老虎玩儿,正看着带劲呢,不知道哪位缺德,一边儿往前挤一边儿起哄:“老虎出山喽!”,他把我从围墙边儿上给挤下来了!

唐杰忠:哎呦,摔坏了吧?(e)

姜昆:你摔坏了哪都不怕,摔折胳膊摔断腿,咱医院接吧接吧照样使唤呐,它这摔的地方它不灵,它……它不是人待的地方!

唐杰忠:哟,掉老虎洞里了!(f)

姜昆:我抬头一看,不远处就趴着一只大老虎,吓得我声儿都变了!(颤音)“哎哟……妈……呀……”

(《虎口遐想》,1987 年)

例(2)“提问－回答”话轮对话摘选自《虎口遐想》的开端部分,可分为 6

---

① 从日珍:《“预设”VS“前设”语用功能呈现与认知理据辨析——以中国现代喜剧小品为例》,载《西安外国语大学学报》2018 年第 3 期。

个话轮。话轮(a)中的“问您一个问题”“您摔过跟头吗”是逗哏的抛砖引玉型预设策略(抛砖引玉型预设策略是在表演开头演员通过言语触发语引发的预设新旧信息串)。结合常识性预设,其可对后续故事情节进行铺垫,并迅速结紧“包袱”、设置悬念、抓住受众心灵、聚焦文本表演话题。[①]“您摔过跟头吗”是一个一般疑问句,其预设答案应为“摔过”或者“没摔”,摔过或没摔过跟头应该是与后续表演话题有关的关键词。话轮(b)中唐杰忠“你指的是工作上还是生活上”的提问,骤然让受众将期待转向“工作上的摔跤和生活中的摔跤”。不出所料,该期待有了答案为“平常走道儿”。话轮(c)中唐杰忠的“嚄!哪儿有摔这么厉害的”转瞬又引导受众关注摔跤的厉害程度,该引导的答案为“不说摔出点儿国际水平,起码也摔入世界先进行列”。话轮(d)中唐杰忠“什么地方”的提问,引导受众将期待转向摔跤的地点,该转向期待的答案为“动物园狮虎山”。话轮(e)中唐杰忠的提问“哎呦,摔坏了吧”,引导受众又继续关注下一个话题“摔的程度如何”,而得出的预设共知信息是“摔坏了哪都不怕,摔折胳膊摔断腿,咱医院接吧接吧照样使唤呐,它这摔的地方它不灵,它……它不是人待的地方”,从而形成新的断言“不是摔胳膊摔断腿那么轻松,摔在动物园狮虎山里恐有生命之忧”。话轮(f)中唐杰忠的一句“哟,掉老虎洞里了”,既是一种感叹,也是一种求确认的疑问,受众又被牵着得知新的信息“掉在老虎洞里与否”及其回答“不远处就趴着一只大老虎”。新的共知信息在唐杰忠的引导下得以诞生,生活常识告知受众答案是“掉在了老虎洞里”。如此,上述 6 个话轮中,捧哏演员唐杰忠一环接一环提问的目的皆是引导受众转向并关注新的预设共有信息,即欲补充给受众和角色新的共有信息的预设。

3. 保存预设的恰当使用

研究发现,保存预设在相声语篇中亦得到合理的使用,其对于表达幽默效果可起到雪中送炭的作用。

受众根据生活常识可知,例(2)中的“狗吃屎”“嘴啃泥”“大马趴”“倒栽葱”用隐喻的修辞方式,均指代“摔跟头”这一动作。根据语义预设它们均表示,掉入老虎洞后脸贴地趴在地面上的状态。

保存预设的主要特征是多种表达或多种选择中,每种表达或每种选择的字典语义预设表达的是同一概念。相声中这种保存预设的使用,不仅可以增

---

① 参见丛日珍、仇伟:《喜剧小品演员幽默言语行为预设策略与运行机制阐释——以小品〈扶不扶〉为例》,载《西安外国语大学学报》2015 年第 1 期。

强表演的幽默效果，还可传播、传递、传承中国优秀传统文化，展示中国文字表达的博大精深。

4. 事实预设传承文化的作用

在相声语篇中，事实预设涉及的范围非常广，其中一种便是将中国传统文化中的知识作为一种事实运用到表演语言中，使受众在享受相声带来的欢乐时，亦可接受中国传统文化的洗礼，从而拓展知识面，提高文化修养，如例(3)：

(3)金岩：我们那邻居有一夏侯奶奶给逼走的。

李国靖：什么，谁？夏侯？

金岩：我们邻居那奶奶，她复姓夏侯。

李国靖：哦，复姓。

金岩：哦，我们那儿复姓奶奶还挺多，什么这令狐奶奶、东方奶奶、耶律奶奶(李国靖，这还辽国奶奶)、宇文奶奶，宇文成都、宇文化及，姓宇文，尉迟奶奶……

(《我的奇葩女友》，2016 年)

例(3)对中国文化中由两个汉字组成的复姓进行了普及，受众中那些对复姓知识不了解的人，看过该相声后会受益匪浅。如此，事实预设便将相声的作用从以搞笑为目的，提升到传承中国传统文化知识的高度。

5. 预设共知性的运用

预设的共知性涉及范围较广，如百科知识、逻辑知识、人文常识、历史知识等。相声创作者一般会选择普通大众都能听懂的人文历史等知识进行创作，并在此基础上进行词汇选择。一方面，当预设的共知性和受众的知识背景显映时，受众可加深对这些知识的理解；另一方面，当预设的共知性和受众的知识背景不能显映时，或者虚假百科知识出现在表演中时，便会产生小“包袱”，优越幽默论就会发挥作用，受众会因表演者的错误或不当表述，看低表演者的水平而发笑，如例(4)：

(4)曹云金：也非常紧张。这是春晚的直播现场，满台都是明星大腕，各路的精英，我不如人家。

刘云天：不如谁啊？

曹云金：杨利伟 38 岁飞天，丁俊晖 15 岁得了金牌，周瑜 13 岁官拜水陆军都督，康熙 6 岁登基，贝多芬 4 岁开始作曲，葫芦娃刚出生就打妖怪，你说我们急不急？

曹云金：老师跟我说，你还是别学化学了，危险。后来，我喜欢上文学，古今中外的文学著作，中国传统四大名著《三国》《水浒》《红楼梦》《西游记》，刘备、关羽、张飞，保着唐三藏西天取经，半路途中，刘备经常欺负关羽，唐僧教育他，你这泼猴。老师说别干这个。

曹云金：姜子牙 80 岁为丞相，佘太君 100 岁挂帅，毕福剑 53 岁才主持春晚，我还怕什么，我要从我擅长的做起。

（《奋斗》，2016 年）

曹云金试图扮低调、自黑，激活受众头脑中中外古今的名人事例，如中国进入太空第一人杨利伟、世界台球名将丁俊晖、进行过史上著名的赤壁之战的东汉末年名将周瑜、被后世学者尊为“千古一帝”并奠定了清朝兴盛根基的皇帝康熙、德国作曲家贝多芬，以及深受受众喜欢的动画形象葫芦娃。关于中国四大名著《三国演义》《水浒》《红楼梦》《西游记》，大部分受众对其中的人物关系都略知一二，所以当曹云金打乱人物关系，“乱点鸳鸯谱”，说“刘备、关羽、张飞，保着唐三藏西天取经，半路途中，刘备经常欺负关羽，唐僧教育他，你这泼猴。老师说别干这个”时，受众的预设百科常识与演员表达信息的共知性相矛盾，此时相声中一个脆生生的小“包袱”被抖落，受众因表演者“学艺不精”看低对方，产生一种优胜感/优越感，并辅之一笑。相声语篇的创编者以这样一种谑而不虐的方式传承着中国传统文化知识。

6. 虚假语用预设的适时运用

虚假语用预设是指在具体交际中衍生出来的不同于一般语用预设的超常操作现象，在形同神异中传递对于交际中的一方来说至少是未知的，或因有争议而不能接受的非言语双方共有知识，是语用预设超常规状态下的变异使用。①

虚假语义预设的诞生是因为预设具有单向性、主观性、隐蔽性的特征。虚假语用预设的表现形式有许多种，如以隐含信息的方式传递一种与百科知识相悖的虚假背景知识，或以外显的方式直接在句子中用语言表达一种虚假信息等。请看例(5)：

(5)甲：台上的唐太宗怎么戴着手表？

乙：人那是皇上，弄块表还不容易嘛！②

在例(5)中，甲和乙的会话构成了一个“提问一回答”话轮，从语义关系上看这一话轮毫无瑕疵。“台上的唐太宗怎么戴着手表”为反诘句，存在多个预设，其中一个预设是“唐太宗戴着手表”，或者存在事实“唐太宗有手表”。但

---

① 参见熊永红：《虚假语用预设及其认知解读》，载《西安外国语大学学报》2010 年第 3 期。

② 康家珑：《语用生“幽默” “预设”出神力》，载《玉林师专学报》(哲学社会科学版)1994 年第 2 期。

最早的手表是19世纪中期出现的腕表。而唐太宗生于公元599年,卒于公元649年,唐太宗去逝的时间远远早于世界上第一块手表诞生的时间,所以唐太宗不可能会戴着手表。因此,“唐太宗有手表”,进而“唐太宗戴着手表”为虚假预设。即,甲在其话语中用“唐太宗有手表”这一隐含信息方式传递着一种与百科知识相悖的虚假背景知识。

相声大师马三立表演的经典单口相声《逗你玩》,家喻户晓。从预设视阈进行考察,这一相声广受欢迎的根源在于虚假语用预设的信息从一开始便被植入语言表达中,从而导致后续一连串令人忍俊不禁的故事情节的发生。此外,预设的多种特征和多种表达形式被运用其中,具体分析如下:

(6)①妈妈:小虎啊,在门口玩会,看着啊,咱晾着衣裳呢,看小偷别偷了去!(情景预设1)

②旁白(小偷过来了)(情景预设2)

小偷:噢,这好地方,几岁了?

小虎:(小孩一瞧户)5岁。

③小偷:叫嘛?

小虎:小虎。

小偷:小虎,你认识我吗?

④小偷:不认识,咱俩在一起玩行不?我叫逗你玩。(小偷第一次使用)

⑤小偷:姓逗,逗你玩,记住了吗?(小虎答应“哎”)(小偷第二次使用)

⑥小偷:我姓逗,叫逗你玩,叫我啊!(小偷第三次使用)

⑦小虎:逗你玩!(小虎第一次使用)

小偷:哎,对小虎。

小偷:哎!叫我!

⑧小虎:逗你玩。(小虎第二次使用)

小偷:哎,对对。

小偷:小虎?

小虎:哎!

小偷:叫我!

⑨小偷:逗你玩。(小偷第四次使用)

小偷:好,太好了!

旁白(叫了几句,把褂子带下来了)

小虎:妈妈,他拿咱褂子啦!

妈妈:(屋里干活)谁啊?

⑩小虎:逗你玩。(小虎第三次使用)

妈妈:好好看着!

旁白(又把裤子拽下来了)

小虎:妈妈他拿咱裤子!

小虎妈妈:谁啊?

⑪小虎:逗你玩。(小虎第四次使用)

妈妈:这孩子,一会儿我揍你,好好看着别喊!

(旁白:贼一瞧,把褥单子拿下来了)

小虎:妈妈,他拿咱被窝面子了!

妈妈:谁啊?

⑫小虎:逗你玩。(小虎第五次使用)

妈妈:这孩子你老不老实?我揍你!(待会儿出来一瞧)还在这站着。哟,咱的衣服呢?

小虎:拿走了。

妈妈:谁拿走了?

⑬小虎:逗你玩。(小虎第六次使用)

《逗你玩》是马三立的代表作。马先生表演中语言诙谐,带来的效果是一种冷式幽默与"玩讽精神",所设"包袱"铺垫巧妙,抖落干脆响亮,情理之中,又大出意料之外,令人拍案叫绝,捧腹开怀。随着故事叙述的一步步推进,情景预设,虚假语用预设、预设的单向性、主观性特征的使用等交替出现,信息内容和交际内容得到不断更新。"逗你玩"作为语言表达的关键词,反反复复被说了共计 10 次,每一次的功能不尽相同。按照标记的数字顺序号,我们做如下分析:

预设一:情景预设设置

①妈妈设置一个情景预设:让孩子"在门口玩会,看着啊,咱晾着衣裳呢,看小偷别偷了去"。

②"小偷出现",紧接着的连续情景预设。

预设二:虚假预设设置并准备使用

③"叫嘛",作为问及他人姓名的天津方言,作为转明预设,引导小孩小虎告知说话者小偷其姓名,小偷开始张机设阱,为后面所置的虚假语用预设埋下伏笔;

④"我叫逗你玩",小偷第一次使用"逗你玩",植入虚假语用预设信息;小偷以概念引导,故意设置虚假预设,为其使用。"逗你玩",有一个常规含义:逗着

你玩。但此处却被小偷设彀藏阄，将预设进行超常规状态下的变异使用，“逗你玩”的内涵是姓名，被故意强加作为一个名字的另外一个意义的使用。

⑤“姓逗，逗你玩”，小偷第二次使用“逗你玩”，强化虚假语用预设信息：我姓逗，我完整的名字叫逗你玩。

⑥“我姓逗，叫逗你玩，叫我啊”，小偷第三次使用“逗你玩”，复强化虚假语用预设信息。

预设三：虚假预设设置被使用

⑦“逗你玩”，听话者小虎由于年龄小，缺乏社会经验，认知能力差，对于语义预设词汇意义认知缺失，导致对说话者小偷构建此虚拟预设未有任何防备，对该预设信以为真，第一次使用“逗你玩”，开始落入小偷预先已层层布置的陷阱。

⑧“逗你玩”，为小虎第二次使用，被加强了概念。预设或以概念认知为基础，或以心理认知为基础，或以修辞认知为基础，或以意图认知为基础，均表现为一种客观实在。小虎以概念认知为基础，小偷以狡设荒谬的意图认知为基础，故意设计让小虎按照他设计的陷阱，往里跳。

⑨“逗你玩”，被小偷第四次使用。目的是补牢陷阱、给小孩强化非常规概念。

⑩“逗你玩”被小虎第三次使用，正式进入陷阱。

⑪“逗你玩” 被小虎第四次使用，又进入陷阱。

⑫“逗你玩”被小虎第五次使用，彻底进入陷阱。

预设四：虚假预设设置被彻底使用

⑬“逗你玩” 被小虎第六次使用，陷入陷阱不能自拔。

利用预设的推动来推知整个会话的交际过程，就是预设和断言不断转换的信息更替过程。新的未知信息变成新的已知信息、旧信息，如此这般，呈现反复性、跳跃性发展，向前推进促进交际的完成。更准确的模式描写如下：

句 1：预设 1（旧信息、背景信息）＋断言 1（新信息、图形信息）…

句 2：（断言 1 变成的）预设 2（成了旧信息、背景信息）＋断言 2（成了新信息、图形信息）

……

句 3：（断言 n－1 变成的）预设 n（成了旧信息、背景信息）＋断言 n（成了新信息、图形信息）……

根据预设推进的这种动态性，在已知、未知信息相互更替的过程中，我们将该单口相声的整个信息进行推理，信息群经历的变化过程的模式则非常简单:“逗你玩”既作为预设旧信息、又作为断言信息不断地被重复,这一个模式利用强加“姓名叫逗你玩”的预设交代背景信息,不断凸现信息,出现同样结局。

“逗你玩”作为语言表达的关键词,被小偷偷换概念,设置虚假预设,在该单口相声中反反复复被说了多达 10 次,根据以上的分析可以看出,功能有异。

除了虚假语用预设(故意设置虚假预设,设置陷阱,小虎跳进去了)、情景预设的使用外,预设的单向性、主观性特征在该相声中亦被酣畅淋漓地使用。

单向性、主观性发挥的作用在小偷、小虎、小虎妈妈身上都有体现。

小偷:小偷单向性的设置姓名叫作“逗你玩”的虚假预设,一开始,从其真值、从现实世界或生活中,接受收听相声的成人受众知晓这就是假的;

小虎:一切的偶然性有其必然。后来的一切之所以成为可能,均是因为小虎是一个年龄只有五岁的孩子。由于年龄小,未涉足社会,对语言的能力认知较差,容易上当受骗,单向性地就认为不认识的那位生人的名字叫“逗你玩”,缺少戒备心理,并不知道那人就是小偷。

小虎妈妈:小虎妈妈作为成年人,有着一定的社会经验和生活常识,当问到谁把东西拿走了时,小虎的回答“逗你玩”,恰恰被母亲单向性、主观性地认为“被逗着玩”。母亲也根据自己的经验,想当然地认为孩子是在说着玩,主观性地根据预设共知性生活常识,孩子这个阶段比较调皮,正如“狼来了”的故事一般,闹着玩的话不必当真。

显然,儿子与妈妈在“逗你玩”的概念意义上未有形成显映。五岁小孩认知世界的能力还未开始,毫无设防地将说话者小偷预设的“假言”、被强化的谬误信息,看作是真实的而加以接受,阴差阳错,发生这一切亦在情理之中。设若母亲和孩子都打破这种对于世界百科知识认为理所当然的共知性,而母亲启用另一个有关世界知识的共知性,小偷则不会得手。

总体来看,该单口相声主流上使用了偷换概念虚假语用预设,表明虚假语用预设 作为一种非常有效的手段,进行包袱设定与抖开,达到很好的幽默效果。如此,得出一个结论,当说话者为了达成某种语用效果或交际目的时,会虚拟创造一个有利于说话者的预设语境,其真实目的在于诱导听话人的思维及行为意图朝着说话者一方前行。

7. 预设的取消性助力“包袱”的抖出

研究发现,在喜剧小品语篇中,语义预设和语用预设可通过多种方式被取消。语义预设的取消主要是通过在语言上添加相关话语实现,如直接添加否定或类似于否定的语言变体、转折、复合句等;而语用预设的取消则是由于表达与百科知识、逻辑知识相悖，可通过修辞中的飞白、误解、刻意曲解、谐音等方式实现。在相声语篇中，预设的取消性亦可以通过这些手段得以有效使用，使得“包袱”抖开，达到为之一笑的语用效果。请看例(7)：

(7)马军：谢谢大家的掌声，谢谢大家的掌声！

盛伟：谢谢您！

马军：谢谢大家的掌声！

盛伟：好(停顿)，好(停顿)，不要脸，要掌声！……

马军：我们哥俩来自天津，好像观众对我们不太熟悉，不了解……我叫马军。马踏飞燕的马，统帅千军的统……

盛伟：我也介绍一下，我是一名青年相声演员，我姓盛……

马军：啊，他姓肾，艺名叫“大腰子”。

(《哥俩好》，2016 年)

例(7)作为相声《哥俩好》的开头，在预设的取消性方面使用了三种不同的途径，但殊途同归，三种方式都达到了较好的幽默搞笑效果。第一种途径：添加类似于否定的语言变体。“好(停顿)，不要脸”通过对前文“好(停顿)”进行添加，使得原有“好”作为褒义词的意义被取消。第二种途径：不在预设选择范围被取消。“我叫马军。马踏飞燕的马，统帅千军的统”，根据上文一致原则，在“统帅千军”中选出的字应为“军”字，但表达中变成了“统”字，与姓名“马军”的“军”字不一致。第三种途径：利用谐音。刻意曲解后，根据百科知识，语用预设被取消。“盛”被刻意曲解为“肾”，艺名“大腰子”进一步强化了谐音“肾”的被选用，预设被取消，表演者达到了戏谑对方的目的。

**(四)结语**

通过在中国相声中对预设的使用情况进行考察，笔者发现，各种小品预设策略在相声语篇中也得以运用。相声的捧哏表达有时候能起到点明预设的作用，相声的捧哏(有时候逗哏)的提问表达能起到转明预设的作用，保存预设在相声中也得以恰当使用，部分事实预设起到了文化传承的作用。此外，预设的共知性，虚假语用预设，预设的单向性、主观性特征，以及预设的取消性，同样有助于“包袱”的抖出。总而言之，在相声语篇中，多预设现象得到展现，从而佐证了预设可以作为一种强有力的语言策略与技巧被运用到相声文本语篇的创编过程中。

# 结　语

幽默，在我们的生活中很常见，言语幽默在现代汉语喜剧小品这种载体中亦得到充分体现。本研究从预设理论出发对现代汉语喜剧小品的幽默机制进行探究，语料包括中央电视台春节联欢晚会 1984 年至今的经典小品，中央电视台第三频道《综艺喜乐汇》栏目和中央电视台第四频道《中国文艺》栏目播放的经典小品，以及东方卫视《欢乐喜剧人》《笑声传奇》《笑傲江湖》栏目和辽宁电视台《欢乐饭米粒儿》栏目中出现的作品。

虽然我们要理解一句话语时，并不一定非得去猎寻预设不可，但是，经过对预设概念、内涵的考察，本研究得出一个新的结论：但凡是以语言符号表示的信息，均具有预设。追根溯源，这是因为每一个语言符号都具有一个或多个常规的、约定俗成的辞典（字典）意义。而这一个或多个固定常规的辞典（字典）意义，便是语义预设的研究范围，是其他一切交际活动得以推理的基础。语义预设不只有触发语引导这种简单形式，语义预设的辞典（字典）意义决定着受众在交际中的语言选择，体现在喜剧小品语篇中，就是它制约着编演人员如何选择合适的语言进行幽默机制的创造。另外，语用预设作为存在于受众大脑中的认知假想，体现着受众对于百科知识、逻辑知识等的积累，但在交际中只有当说话者和听话者认知语境中储蓄的知识被激活并有显映时，信息传递的交际功能才能得以施行。据此，预设的种类包含广泛，如由语义预设触发语引导的各种预设，其包括叙述事实性实情预设、状态预设、反复预设、反条件预设、比较预设等。但在现代汉语喜剧小品这类特殊语篇中，预设又主要分为主题预设、情景预设、点明预设等。

本研究从预设视阈对现代汉语喜剧小品的文本创作和表演的言语幽默进行探查，具有一定的理论价值与实用价值。

本研究的理论价值在于增强了受众对幽默的理解，提高了受众对预设论的认识，拓宽了喜剧小品文本创作的理论角度。此外，本研究具有一定的理论创新性，具体表现在：(1)将理论术语“presupposition”的中文译文进行了预设与前设的不同界定，并以喜剧小品语篇为语料对它们作了呈现功能对比与认知理据区分，进而发现前设的取消在喜剧小品语篇中构成了剧情的反转，从而促进了幽默的诞生；(2)探究了“泾渭分明”的逻辑－语义预设与语境－语用预设之间的关系，发现两者既有区别又有相同点，最后证明两者之间既有互补性又有重叠性；(3) 根据现代汉语喜剧小品中预设的使用情况，对预设重新进行了分类，它们是主题预设、情景预设、点明预设、引明预设、转明预设、保存预设、事实预设、虚假预设、借用预设、类置预设、故置预设、转移预设、移就预设等；(4)寻找并扩展了叙实性预设的触发手段，探究中国喜剧小品语篇中事实性预设的主要展现形式，发现了事实性预设传递信息、警告、劝诫等的功能；(5)对保存预设的内涵作了全面的界定，对其作了重新分类，包括“正褒反贬”(或“正贬反褒”)型、“正褒正褒”型、“反贬反贬”型，“单体词汇/单体话语复现 n 次”型，及“复体话语复现 2 次东施效颦/请君入瓮”型；(6)对现代汉语喜剧小品语篇中发现的主题预设提出了“绿色健康”“生态发展”的建设性建议。

本研究的实用价值在于促进具有中国特色的言语幽默、满足大众精神文化需求的喜剧小品的文本创作；引导大众从预设视阈赏析中国喜剧小品，提高大众审美品位，缓解大众在生活与工作中的压力，愉悦身心；丰富中国喜剧小品文本创作的理论基础，使其更具多样性、饱满性；同时，将预设放到其他文本语篇中进行考察，如戏剧文本语篇、中国相声文本语篇中，发现预设可以作为一种强有力的语用策略被用来传递信息，突出人物形象，深化主题等。此外，本研究在语料的选择方面，具有较强的时势顺应性、价值教育性和对外文化传播性。

# 主要参考文献

## 一、英文文献

### (一)专著、论文集

1. Atlas, J. D. & S. C. Levinson. It-clefts, informativeness and logical form. In P. Cole (ed.), *Radical Pragmatics* (pp. 1-61). New York: Academic Press, 1981.

2. Attardo, S. *Linguistic Theories of Humor*. New York: Mouton de Gruyter, 1994.

3. Attardo, S. *A Primer for the Linguistics of Humor*. Berlin: Mouton De Gruyter, 2008.

4. Austen, J. *Pride and Prujudice*. London: T. Egerton, Whitehall, 1813.

5. Beaver, D. I. Presupposition. In J. van Benthem & A. ter Meulen (eds.), *The Handbook of Logic and Language* (pp. 939-1008). Amsterdam: Elsevier, 1997.

6. Chapman, S. *Philosophy for Linguists: An Introduction*. London & New York: Routledge, 2000.

7. Cole, P. & J. Morgan (eds.), *Syntax and Semantics*, 3: *Speech Acts*. New York: Academic Press, 1975.

8. Coulson, S. *Semantic Leaps: Frame-shifting and Conceptual Blending in Meaning Construction*. Cambridge: Cambridge University Press, 2001.

9. Cruse, D. A. *A Glossary of Semantics and Pragmatics*. Edinburgh: Edinburgh University Press, 2006.

10. Fillmore, C. J. Verbs of judging: an exercise in semantic

description. In C. J. Fillmore & D. T. Langendoen (eds.), *Studies in Linguistic Semantics* (pp. 272-289). New York: Holt, Rinehart & Winston, 1971.

11. Frege, G. On sense and reference. In P. Geach & M. Black (eds.), *Translations from the Philosophical Writings of Gottlob Frege* (3rd edition) (pp. 56-78). Oxford: Blackwell, 1960.

12. Frege, G. *On Sense and Reference*. Oxford: Blackwell, 1952.

13. Gill, R. *The Merchant of Venice*. Beijing: Foreign Language Teaching and Research Press & Oxford University Press, 1997.

14. Glanzberg, M. Presupposition, truth values, and expressing propositions. In G. Preyer and G. Peter (eds.), *Contextualism in Philosophy: Knowledge, Truth, and Meaning* (pp. 349-396). Oxford: Oxford University Press, 2005.

15. Grice, P. *Studies in the Way of Words*. Beijing: Foreign Language Teaching and Research Press & Harvard University Press, 2002.

16. Heim, I. On the projection problem for presuppositions. In M. Barlow, D. Flickinger & M. Westcoat (eds.), *WCCFL 2: Second Annual West Coast Conference on Formal Linguistics* (pp. 397-405). Stanford, CA: Stanford University Press, 1991.

17. Horn, L. R. Implicature. In L. R. Horn & G. Ward (eds.), *Handbook of Pragmatics* (pp. 3-28). Malden/Oxford/Carlton: Blackwell, 2006.

18. Huang, Y. Types of inference: entailment, presupposition, and implicature. In W. Bublitz, A. H. Jucker & K. P. Schneider (eds.), *Foundations of Pragmatics* (pp. 397-421). Berlin/Boston: Walter de Gruyter, 2011.

19. Huang, Y. *Pragmatics*. Beijing: Foreign Language Teaching and Research Press, 2009.

20. Joyce, R. Morality, schmorality. In P. Bloomfield (ed.), *Morality and Self-interest* (pp. 51-75). Oxford: Oxford University Press, 2008.

21. Karttunen, L. & S. Peters. Conventional implicatures in montague grammars. In C. -K. Oh & D. Dineen (eds.), *Syntax and Semantics 11: Presuppositions* (pp. 1-56). New York: Academic Press, 1979.

22. Keenan, E. Two kinds of presupposition in natural language. In C.

Fillmore & T. Langendoen (eds.), *Studies in Linguistic Semantics* (pp. 45-54). New York: Holt, Rinehart & Winston, 1971.

23. Kempson, R. *Presupposition and the Delimitation of Semantics*. Cambridge: Cambridge University Press, 1975.

24. Kiparsky, P. & C. Kiparsky. Fact. In M. Bierwisch & K. E. Heidolph (eds.), *Progress in Linguistics* (pp. 143-173). The Hague: Mouton, 1970.

25. Kuno, S. *Functional Syntax*: *Anaphora*, *Discourse and Empathy*. Chicago: University of Chicago Press, 1987.

26. Lakeoff, G. & M. Johnson. *Metaphors We Live by*. Chicago: The University of Chicago Press, 1980.

27. Langendoen, D. T. & H. Savin. The projection problem for presuppositions. In C. J. Fillmore & D. T. Langendoen (eds.), *Studies in Linguistic Semantics* (pp. 55-60). New York: Holt, Reinhardt & Winston, 1971.

28. Leech, G. N. & M. H. Short. *Style in Fiction*. London: Longman, 1981.

29. Leech, G. N. *Semantics*. Harmondsworth: Penguin, 1981.

30. Levinson, S. C. *Pragmatics*. Beijing: Foreign Language Teaching and Research Press, 2001.

31. Lyons, J. *Semantics*. Cambridge: Cambridge University Press, 1977.

32. Mey, J. L. *Pragmatics*: *An Introduction*. Beijing: Foreign Language Teaching and Research Press, 2001.

33. Parkinson, J. *Humor Theories of 20th Century*. Lewiston, Queenston and Lampeter: The Edwin Mellen Press, 1997.

34. Potts, C. Presupposition and implicature. In S. Lappin & C. Fox (eds.), *The Handbook of Contemporary Semantic Theory* (2nd edition) (pp. 1-48). Oxford: Wiley-Blackwell, 2014.

35. Raskin, V. *Semantic Mechanisms of Humor*. Dordrecht: Reidel, 1985.

36. Schopenhauer, A. *A Die Welt als Wille und Vorstellung*. Leipzig: Brockhaus, 1819.

37. Searle, J. R. *Expresssion and Meaning: Studies in the Theory of Speech Acts*. Beijing: Foreign Language Teaching and Research Press, 2001.

38. Segerdahl, Par. *Language Use: A Philosophical Investigation into the Basic Notions of Pragmatics*. London: Mcmillan, 1996.

39. Short, M. H. *Exploring the Language of Poems, Plays and Prose*. London: Longman, 1996.

40. Simons, M. On the conversational basis of some presuppositions. In R. Hastings, B. Jackson & Z. Zvolensky (eds. ), *Proceedings of Semantics and Linguistics Theory* 11(pp. 431-448). New York: CLC Publications, 2001.

41. Sperber, D. & D. Wilson. *Relevance: Communication & Cognition*. Beijing: Foreign Language Teaching and Research Press, 2001.

42. Stalnaker, R. C. Pragmatic presuppositions. In M. K. Munitz & P. K. Unger (eds. ), *Semantics and Philosophy* (pp. 471-482). New York: New York University Press, 1974.

43. Stalnaker, R. C. Pragmatic presuppositions. In F. Recanati & I. Nicod(eds. ), *In His Context and Content* (pp. 45-62). Oxford: Oxford University Press, 1999.

44. Verschueren, J. *Understanding Pragmatics*. Beijing: Foreign Language Teaching and Research Press, 2000.

45. Wright, C. Replies, part IV: warrant transmission and entitlement. In A. Coliva (ed. ), *Mind, Meaning and Knowledge: Themes from the Philosophy of Crispin Wright* (pp. 451-486). Oxford: Oxford University Press, 2012.

46. Yule, G. *Pragmatics*. Shanghai: Shanghai Foreign Language Education Press, 2000.

**(二)论文 (期刊、学位、会议)**

1. Allan, H. Factive presupposition and the truth condition on knowledge. *Acta Anal*, 2012, 27.

2. Asher, N. & A. Lascarides. The semantics and pragmatics of presupposition. *Journal of Semantics*, 1998, 15.

3. Atlas, J. D. Negation, ambiguity and presupposition. *Linguistics and Philosophy*, 1977, 1.

4. Bach, K. Conversational implicature. *Mind & Language*, 1994, 9.

5. Bezuidenhout, A. Presupposition failure and the assertive enterprise. *Topoi*, 2016, 35.

6. Boër, S. E. & W. G. Lycan. The myth of semantic presupposition. *Ohio State Working Papers in Linguistics*, 1976, 21.

7. Caffi, C. On mitigation. *Journal of Pragmatics*, 1999, 31(7).

8. Chambers, C. G. & V. S. Juan. Perception and presupposition in real-time language comprehension: insights from anticipatory processing. *Cognition*, 2008, 108.

9. Charlow, N. Presupposition and the a priori. *Philos Stud*, 2013, 165.

10. Chemla, E. & P. Schlenker. Incremental vs. symmetric accounts of presupposition projection: an experimental approach. *Nat Lang Semantics*, 2012, 20.

11. Dolitsky, M. Aspects of the unsaid in humor. *Humor: International Journal of Humor Research*, 1992, 5(1/2).

12. Domaneschi, F. & S. D. Paola. The processing costs of presupposition accommodation. *J Psycholinguist Res*, 2018, 47.

13. Dryer, M. S. Focus, pragmatic presupposition, and activated propositions. *Journal of Pragmatics*, 1996, 26(4).

14. Garcia-Odon, A. Presupposition projection and conditionalization. *Topoi*,2016, 35.

15. George, B. R. Some remarks on certain trivalent accounts of presupposition projection. *Journal of Applied Non-Classical Logics*, 2014, 24.

16. Giora, R. On the cognitive aspects of the joke. *Journal of Pragmatics*, 1991, 16(5).

17. Givón, T. Logic vs. pragmatics, with human language as the referee: toward an empirically viable epistemology. *Journal of Pragmatics*, 1982, 6(2).

18. Hazlett, A. Factive presupposition and the truth condition on knowledge. *Acta Anal*, 2012, 27.

19. Horn, L. R. A presuppositional analysis of *only* and *even*.

*Proceedings of the Annual Meeting of the Chicago Linguistics Society*, 1969, 5.

20. Horn, L. R. Metalinguistic negation and pragmatic ambiguity. *Language*, 1985, 61.

21. Kalf, W. F. Moral error theory, entailment and presupposition. *Ethic Theory Moral Prac*, 2013, 16.

22. Karttunen, L. Implicative verbs. *Language*, 1971, 47(2).

23. Karttunen, L. Presuppositions of compound sentences. *Linguistic Inquiry*, 1973, 4(2).

24. Katz, J. J. & T. Langendoen. Pragmatics and presupposition. *Language*, 1976, 52(1).

25. Klein, C. Imperatives, phantom pains, and hallucination by presupposition. *Philosophical Psychology*, 2012, 25(6).

26. Lepore, E. & A. Sennet. Presupposition and context sensitivity. *Mind & Language*, 2014, 29(5).

27. Lewis, D. Scorekeeping in a language game. *Journal of Philosophical Logic*, 1979, 8.

28. Maier, E. Reference, binding, and presupposition: three perspectives on the semantics of proper names. *Erkenn*, 2015, 80.

29. Martin, S. & C. Pollard. A Higher-order theory of presupposition. *Studia Logica*, 2012, 100.

30. Narrog, H. Modality, mood, and change of modal meanings: a new perspective. *Cogn. Linguist.* 2005, 16 (4).

31. Norrick, N. R. A frame-theoretical analysis of verbal humor: bisociation as schema conflict. *Semiotica*, 1986, 60(3/4).

32. Russell, B. On denoting. *Mind*, 1905, 14.

33. Ryan , W. J. , R. P. Conti & G. M. Simon. presupposition compatibility facilitates treatment fidelity in therapists learning structural family therapy. *The American Journal of Family Therapy*, 2013, 41.

34. Salmon, W. Conventional implicature, presupposition, and the meaning of must. *Journal of Pragmatics*, 2011, 43.

35. Sciaraffa, S. The questionable presupposition underlying hartian accounts of legal facts. *Philosophy Compass*, 2016, 11/2.

36. Shanon, B. On the two kinds of presupposition in natural language. *Foundations of Languages*, 1976, 14(2).

37. Singh, R. Maximize presupposition and local contexts. *Nat Lang Semantics*, 2011, 19.

38. Stalnaker, R. C. Common ground. *Linguist. Philos.* 2002, 25(5).

39. Strawson, P. F. On referring. *Mind*, 1950, 59.

40. Tantucci, V. Epistemic inclination and factualization: a synchronic and diachronic study on the semantic gradience of factuality. *Lang. Cogn*, 2015, 7(3).

41. Tantucci, V. Textual factualization: the phenomenology of assertive formulation and presupposition during a speech event. *Journal of Pragmatics*, 2016,101.

42. Tonhauser, J. , D. Beaver, C. Roberts & M. Simons. Towards a taxonomy of projective content. *Language*, 2013, 89.

43. Wilson, D. Presuppositions and non-truth-conditional semantics. *Lingua*, 1975, 43.

## 二、中文文献

### (一)专著、辞典(字典、词典)、论文集

1. 戴炜华主编:《新编英汉语言学词典》,上海外语教育出版社 2007 年版。

2. 葛本仪:《现代汉语词汇学》,山东人民出版社 2001 年版。

3. 何兆熊、俞东明等:《新编语用学概要》,上海外语教育出版社 1999 年版。

4. 何自然:《语用学与英语学习》,上海外语教育出版社 1997 年版。

5. 何自然、冉永平等:《认知语用学——言语交际的认知研究》,上海外语教育出版社 2006 年版。

6. 胡范铸:《幽默语言学》,上海社会科学出版社 1987 年版。

7. 胡壮麟:《语篇的衔接与连贯》,上海外语教育出版社 1994 年版。

8. 姜望琪:《当代语用学》,北京大学出版社 2003 年版。

9. 刘润清:《西方语言学流派》,外语教学与研究出版社 2013 年版。

10. 冉永平:《语用学：现象与分析》,北京大学出版社 2006 年版。

11. 冉永平、张新红:《语用学纵横》,高等教育出版社 2007 年版。

12. 冉永平:《词汇语用探新》,外语教学与研究出版社 2012 年版。

13. 王路:《世纪转折处的哲学巨匠——弗雷格》,社会科学文献出版社 2002 年版。

14. 魏在江:《语用预设的认知语用研究》,上海外语教育出版社 2014 年版。

15. 吴炳章:《常规关系和语言运用——徐盛桓基于常规关系的语用学理论概述》,束定芳主编:《语言研究的语用与认知视角——贺徐盛桓先生 70 华诞》,上海外语教育出版社 2008 年版。

16. 喻云根:《英美名著翻译比较》,湖北教育出版社 2000 年版。

17. 中国社会科学院语言研究所词典编辑室编:《现代汉语词典》(第 6 版),商务印书馆 2013 年版。

18. 朱原等译:《朗文当代高级英语辞典》(最新版本),商务印书馆 1998 年版。

**(二)论文(期刊、学位、会议)**

1. 蔡辉、尹星:《西方幽默理论研究综述》,载《外语研究》2005 年第 1 期。

2. 蔡晓丽:《幽默话语的前提动因》,载《社会科学家》2005 年第 6 期。

3. 曹光涛:《语言文化差异对戏剧话语模式的影响》,载《广西民族学院学报》2002 年第 5 期。

4. 曹军:《从信息结构角度分析预设在听力理解中的应用》,载《山东商业职业技术学院学报》2005 年第 1 期。

5. 曹军:《关联理论与喜剧小品中的幽默——以喜剧小品〈街头卫士〉为个案研究》,载《长春教育学院学报》2012 年第 10 期。

6. 曹 蕾:《一维・多维・多维下的统一——国内预设理论研究 30 年》,载《牡丹江大学学报》2012 年第 10 期。

7. 陈家旭、魏在江:《从心理空间理论看语用预设的理据性》,载《外语学刊》2004 年第 5 期。

8. 陈丽霞、曾燕冰:《预设及其在文学语篇建构的作用》,载《江西社会科学》2010 年第 9 期。

9. 陈新仁:《论广告用语中的语用预设》,载《外国语》1998 年第 5 期。

10. 陈兴莉、秦德娟、袁菁:《语用预设的调节性建构》,载《现代语文》2013 年第 4 期。

11. 陈影、金慧:《语用预设在蔡明喜剧小品中的应用——以〈送礼〉为个案研究》,载《现代交际》2015 年第 1 期。

12. 池昌海:《相声“包袱”与语用“预设”“含意”虚假》,载《修辞学习》1996 年第 3 期。

13. 丛日珍:《从体态语的功能看语言的共性》,载《山东省青年管理干部学院学报》2006 年第 1 期。

14. 丛日珍:《预设在戏剧文学语篇中的语用效应》,载《山东外语教学》2010 年第 3 期。

15. 丛日珍:《语用预设与中国喜剧小品——以〈不差钱〉为个案分析》,载《内蒙古民族大学学报》2011 年第 1 期。

16. 丛日珍、仇伟:《喜剧小品演员幽默言语行为预设策略与运行机制阐释——以小品〈扶不扶〉为例》,载《西安外国语大学学报》2015 年第 1 期。

17. 丛日珍、仇伟:《语义预设与语用预设的重叠性和互补性》,载《现代外语》2016 年第 5 期。

18. 丛日珍:《“预设”VS“前设”语用功能呈现与认知理据辨析——以现代汉语喜剧小品为例》,载《西安外国语大学学报》2018 年第 3 期。

19. 邓蓓:《理想化认知模型理论观照下的幽默话语分析——以赵本山喜剧小品为例》,长沙理工大学硕士学位论文, 2011 年。

20. 邓琳:《从预设的语用学角度解读英语中的言语》,载《山西师大学报》(社会科学版)2012 年第 2 期。

21. 邓梦兰:《合作原则与赵本山喜剧小品中的幽默》,载《湘南学院学报》2009 年第 4 期。

22. 丁士松:《儒家人治理念的价值预设及其现实困境》,载《武汉大学学报》(哲学社会科学版) 2007 第 5 期。

23. 丁祥倩:《顺应论视角下“开心麻花”春晚小品的幽默言语生成研究》,东北师范大学硕士学位论文, 2017 年。

24. 范开泰:《汉语语用分析三题》,第一届国际汉语教学讨论会,北京, 1985 年。

25. 方宝、谭晓春:《国内外预设研究十年述评》,载《绥化学院学报》2007 年第 2 期。

26. 费红霞:《从关联理论看小品言语幽默的制造策略》,广州大学硕士学位论文,2010 年。

27. 冯棉:《含有预设的推理与推理的有效性》,载《华东师范大学学报》

(哲学社会科学版) 2003 年第 4 期。

28. 冯婷婷:《近十年国内语用预设研究述评》,载《海外英语》2014 年第 9 期。

29. 高胜林:《对话中的假意否定方式——佯否》,载《修辞学习》2002 年第 2 期。

30. 郭璐璐、谌莉文:《合作原则下〈同桌的你〉中幽默的解读》,载《湖北广播电视大学学报》2011 年第 8 期。

31. 郭敏:《合作原则视角下的言语幽默解读》,载《佳木斯职业学院学报》2017 年第 11 期。

32. 郭英珍:《翻译教学中的预设诱导》,载《上海翻译》2009 年第 4 期。

33. 韩文静:《预设理论的发展历程及趋势研究》,燕山大学硕士学位论文,2011 年。

34. 何玲梅:《论预设现象的语用特征》,载《求索》2004 年第 8 期。

35. 何文忠:《论话语交际中的幽默原则》,载《外语教学》2003 年第 4 期。

36. 何云峰、鲍宗豪:《试论认识活动的种种预设》,载《浙江社会科学》1999 年第 4 期。

37. 候宝林、薛宝琨、李万鸣、汪景寿:《〈相声溯源〉"总论"篇》,载《北京大学学报》(哲学社会科学版)1998 年第 3 期。

38. 胡红燕:《试论预设触发词"再"》,载《安徽文学》2010 年第 4 期。

39. 胡婷:《喜剧小品语言模因类型研究》,载《怀化学院学报》2011 年第 1 期。

40. 胡婷:《喜剧小品话语的接受修辞》,载《牡丹江教育学院学报》2013 年第 5 期。

41. 胡慧勇:《幽默理论比较》,载《安徽农业大学学报》(社会科学版) 2006 年第 5 期。

42. 胡雪妍:《开心麻花的喜剧品牌传播研究》,辽宁大学硕士学位论文,2017 年。

43. 黄碧蓉:《幽默话语"花园路径现象"的关联论阐释》,载《外语研究》2007 年第 6 期。

44. 黄慧婷:《浅析小品〈扶不扶〉中的语用预设策略》,载《安徽文学》(下半月)2014 年第 7 期。

45. 黄一柳:《从合作原则看喜剧小品〈想跳就跳〉中的幽默》,载《文学教育(下)》2014 年第 3 期。

46. 贾永青:《刍议英汉互译中预设的处理》,载《山西财经大学学报》2011年第2期。

47. 蹇昌槐:《18世纪英国戏剧的伦理学观察》,载《外国文学研究》2006年第5期。

48. 蒋冰清:《预设理论与言语幽默的生成机制阐释》,载《外语与外语教学》2009年第3期。

49. 金星:《广告语创作的预设原则》,载《云南民族大学学报》(哲学社会科学版)2008年第3期。

50. 康家珑:《语用生"幽默" "预设"出神力》,载《玉林师专学报》(哲学社会科学版)1994年第2期。

51. 匡骁:《语用预设理论对英语写作教学的启示》,载《外语学刊》2009年第5期。

52. 蓝纯:《现代汉语预设引发项初探》,载《外语研究》1999年第3期。

53. 李立:《论法庭话语中的预设》,载《中国政法大学学报》2008年第3期。

54. 李蕊娟:《为爱癫狂:沈腾和小师妹的麻辣爱情》,载《劳动保障世界》2016年第2期。

55. 李淑杰:《试析预设认知语用嬗变的主体依据》,载《江苏社会科学》2012年第6期。

56. 李燕:《喜剧小品中幽默语言的顺应分析——以赵本山的小品为例》,中南大学硕士学位论文,2010年。

57. 李燕:《喜剧小品中幽默语言的顺应分析——以赵本山的小品为例》,载《河南工业大学学报》(社会科学版) 2012年第2期。

58. 李妍妍:《图式理论和预设在英语阅读教学中的运用》,载《内蒙古师范大学学报》(教育科学版)2009年第5期。

59. 李莹莹:《中国喜剧小品语言的模因现象研究》,广西师范大学硕士学位论文,2010年。

60. 李志茹:《试析近年春晚小品的价值取向——以"开心麻花"作品为例》,载《佳木斯职业学院学报》2016年第7期。

61. 连利军:《从语言顺应论角度审视开心麻花团队春晚喜剧小品的幽默语言》,载《商》2015年第5期。

62. 刘乃实:《关联理论视角中的幽默乖讹与消解》,载《解放军外国语学院学报》2005年第1期。

63. 刘瑞杰:《语用预设与喜剧小品——以"今天的幸福"为个案研究》,载《海外英语》2014 年第 1 期。

64. 刘亚楠:《国内预设研究综述》,载《北方文学》(下半月)2017 年第 4 期。

65. 刘勇:《中国首部〈相声大词典〉梳理相声发展历程》,载《中国艺术报》2013 年第 1 期。

66. 刘哲:《谈蕴含和预设的区分问题》,载《解放军外国语学院学报》2001 年第 3 期。

67. 罗丽霞:《开心麻花小品中言语幽默的顺应研究》,湖南科技大学硕士学位论文,2017 年。

68. 马宁、张蕾:《东北喜剧小品预设触发语探析》,载《吉林师范大学学报》(人文社会科学版)2012 年第 3 期。

69. 聂玉景:《语用预设与刑事讯问》,载《法律论丛》2008 年第 10 期。

70. 邱天河:《谈谈前提的特性核类型》,载《外语教学》2002 年第 1 期。

71. 全鑫:《从关联理论看赵本山喜剧小品中的刻意曲解现象》,武汉科技大学硕士学位论文,2012 年。

72. 任红霞、任重远:《关联理论中刻意曲解视角下看〈武林外传〉中的幽默》,载《陇东学院学报》2013 年第 4 期。

73. 阮熙春:《关联理论对预设可取消性的解释力》,载《上海师范大学学报》(哲学社会科学版),2003 年第 6 期。

74. [英]S. C. 莱文森:《语用学论题之一:预设》,沈家煊译,载《国外语言学》1986 年第 1 期。

75. 史龙:《浅析多媒体在戏剧教学中的应用》,载《甘肃科技纵横》2009 年第 4 期。

76. 苏兰姣:《预设研究综述》,载《重庆工学院学报(社会科学版)2008 年第 9 期。

77. 谭丹桂:《春节联欢晚会小品喜剧效果的关联理论阐释》,载《湖北广播电视大学学报》2010 年第 12 期。

78. 汤琳玮、周旭:《试析幽默语中的合作原则——赵本山喜剧小品中的幽默》,载《现代语文》(学术综合版)2016 年第 7 期。

79. 唐永霞:《从关联理论角度分析小品〈回家〉的幽默》,载《四川教育学院学报》2008 年第 7 期。

80. 万年、世贸:《中西方幽默之源流及差异》,载《扬州师院学报》1992 年第 4 期。

81. 王驰:《试析喜剧小品中的语用预设》,载《佳木斯教育学院学报》2011 年第 11 期。

82. 王丽莉:《语用预设在〈快递小乔〉中体现的幽默性》,载《太原城市职业技术学院学报》2016 年第 2 期。

83. 王琳:《合作原则和关联理论视域下的言语幽默研究——以喜剧小品为例》,黑龙江大学硕士学位论文,2015 年。

84. 王琳琳:《中国喜剧小品中幽默语言的语用分析——以"扰民了你"为案例》,载《现代语文》(学术综合版)2017 年 12 期。

85. 王守元、苗兴伟:《预设与文学语篇的建构》,载《外语与外语教学》2003 年第 3 期。

86. 王文斌、林波:《英语幽默言语的认知语用探究——兼论 RT 与 CB 的互补性》,载《外国语》2003 年第 4 期。

87. 王扬:《语用预设及其功能》,载《湖北民族学院学报》2005 年第 1 期。

88. 王莹:《开心麻花的语言幽默策略》,载《吉林广播电视大学学报》2015 年第 3 期。

89. 王玉晓:《从顺应论的角度看喜剧小品中的言语幽默》,载《时代文学(下半月)》2010 年第 5 期。

90. 王跃平:《近三十年国内预设研究综述》,载《中国矿业大学学报》(社会科学版)2012 年第 1 期。

91. 魏敏、陈蕾:《奥巴马就职演说的语用预设分析》,载《吉林师范大学学报》(人文社会科学版)2010 年第 2 期。

92. 魏在江:《预设研究的多维思考》,载《外语教学》2003 年第 2 期。

93. 魏在江:《语用预设的元语用探析》,载《外语研究》2006 年第 1 期。

94. 魏在江:《英汉拈连辞格预设意义的构式研究》,载《外语与外语教学》2011 年第 5 期。

95. 吴丽丽:《模因论视角下的言语幽默——以赵本山春晚小品为例》,载《安徽工业大学学报》(社会科学版) 2013 年第 5 期。

96. 向明友:《试论话语前提分析》,载《外国语》1993 年第 4 期。

97. 肖四新:《莎士比亚戏剧与基督教对人的存在意义理解的异同》,载《外国文学研究》2006 年第 1 期。

98. 谢旭慧:《喜剧小品语言幽默艺术研究》,华中师范大学硕士学位论文,2006 年。

99. 谢旭慧:《喜剧小品的创新之路——以开心麻花作品为例》,载《戏剧文学》2015 年第 4 期。

100. 谢旭慧、王珏、杨继林:《从〈欢乐喜剧人〉看开心麻花的小品创新》,载《上饶师范学院学报》2017 年第 2 期。

101. 熊唯:《中国喜剧小品中刻意曲解现象的关联理论分析》,山东大学硕士学位论文, 2012 年。

102. 熊永红:《虚假语用预设及其认知解读》,载《西安外国语大学学报》2010 年第 3 期。

103. 徐庆利、王福祥:《关联理论对幽默话语及其翻译的诠释力》,载《外语教学》2002 年第 5 期。

104. 徐盛桓:《"预设"新论》,载《外语学刊》1993 年第 1 期。

105. 徐盛桓:《常规推理与"格赖斯循环"的消解》,载《外语教学与研究》2006 年第 3 期。

106. 许世茂:《论预设》,载《扬州大学学报》(人文社会科学版)1998 年第 3 期。

107. 许晓楠:《语用预设看喜剧小品语言行为幽默性的实现——以小品〈大城小事〉为例》,载《太原城市职业技术学院学报》2016 年第 1 期。

108. 徐悦:《语言顺应视域下沈腾小品台词的语用策略分析》,载《现代交际》2017 年第 5 期。

109. 杨佳佳:《浅谈"开心麻花"作品对群文戏剧小品创作的启示》,载《戏剧之家》2017 年第 8 期。

110. 杨维玱:《从关联理论角度解析赵本山喜剧小品的言语幽默》,载《科技视界》2015 年第 3 期。

111. 杨欣榕:《从合作原则看小品〈扶不扶〉中的幽默》,载《现代交际》2014 年第 3 期。

112. 姚光金:《从合作原则看喜剧小品〈不差钱〉中的幽默》,载《赤峰学院学报》(汉文哲学社会科学版), 2011 年第 4 期。

113. 于杰、田霞:《关照理论关照下的民俗文化的预设凸显翻译方法探讨》,载《外语与外语教学》2008 年第 5 期。

114. 袁春晖:《开心麻花(天津)市场运作的研究》,天津音乐学院硕士学位论文,2016 年。

115. 袁慧:《模因论视域下喜剧小品的言语幽默——以白云黑土系列作品为例》,载《湖南工业大学学报》(社会科学版) 2014 年第 4 期。

116. 袁毓林:《论否定句的焦点、预设和辖域歧义》,载《中国语文》2000年第2期。

117. 张晨霞:《中国笑话和西方幽默的表达差异性研究》,载《喀什大学学报》2016年第5期。

118. 张光华:《从关联理论视角看喜剧小品中的刻意曲解》,载《新西部》(下半月)2009年第16期。

119. 张贵贤:《鲁迅与林语堂幽默观之比较》,载《渤海大学学报》(哲学社会科学版)2004年第5期。

120. 张家骅:《莫斯科语义学派的“预设”观》,载《外语学刊》2002年第2期。

121. 张家骅:《“语义预设/语用预设”的一个视角》,载《外语学刊》2009年第3期。

122. 张家骅:《西方语言哲学与俄罗斯当代语言学中的预设概念(二)》,载《俄语语言文学研究》2009年第3期。

123. 张克定:《语用预设与信息中心》,载《外语教学》1995年第2期。

124. 张克定:《预设·调核·焦点》,载《外语学刊》1999年第4期。

125. 张栗晶:《喜剧小品的发展与创新研究——以开心麻花作品为例》,载《今传媒》2017年第11期。

126. 张维、李曼娜:《隐喻话语中的语用预设——以情景喜剧〈老友记〉为例》,载《西南农业大学学报》(社会科学版)2013年第7期。

127. 张欣欣:《浅析预设在小说〈败坏了哈德莱堡的人〉中的应用》,载《山西师大学报》(社会科学版)2008年第12期。

128. 张欣欣:《浅谈预设在情景喜剧〈武林外传〉中的应用》,载《山西师大学报》(社会科学版)2011年第11期。

129. 张馨予:《“开心麻花”话剧改编电影的策略研究》,江苏师范大学硕士学位论文,2018年。

130. 张珣、袁菲:《语用预设策略的巧妙运用——以〈三国演义〉为例》,载《黑龙江教育学院学报》2009年第7期。

131. 张亚男:《模因论视角下的赵本山小品特点分析——兼谈模因论在对外汉语教学中的应用》,辽宁师范大学硕士学位论文,2011年。

132. 张艳峰:《模因论视域下赵本山小品研究》,河北大学硕士学位论文,2012年。

133. 张宇凝:《从语用预设看喜剧小品〈真假老师〉的幽默性》,载《戏剧文学》2018 年第 6 期。

134. 赵景昆:《言语幽默的模因论阐释》,载《湖北广播电视大学学报》2013 年第 12 期。

135. 赵思萤:《顺应论视域中喜剧小品的话轮转换研究》,黑龙江大学硕士学位论文,2012 年。

136. 赵研:《关联理论在喜剧小品语言中的解释力》,载《湖北经济学院学报》(人文社会科学版),2008 年第 2 期。

137. 郅丽梅:《语用预设与交际语境顺应》,载《山西财经大学学报》2011 年第 5 期。

138. 周铁项:《刍议预设的特征和种类》,载《河南师范大学学报》(哲学社会科学版)2001 年第 5 期。

139. 周艳丽、陈莉莉:《语用预设与喜剧小品》,载《四川教育学院学报》2008 年第 3 期。

140. 朱永生、苗兴伟:《语用预设的语篇功能》,载《外国语》2000 年第 3 期。

141. 左思民:《预设与修辞》,载《修辞学习》2009 年第 1 期。

# 后　记

本书的撰写过程可谓“路漫漫其长远兮”，但历经“吾上下而求索”，终于有了“采菊东篱下”的一丝轻松。在本书稿即将付梓之际，谨向本书撰写过程中给予帮助的所有人表示衷心的感谢！

首先，我要感谢济南大学外国语学院分管科研的邓传俊副院长。对本书稿进行资金资助的是2013年教育部人文社会科学研究规划基金项目，当年为申报该项目，邓院长亲自打电话鞭策鼓励，如此有了本书稿的创写源泉。

其次，有一个人，我要特别郑重地对他表示感谢，他就是济南大学外国语学院仇伟副教授。仇老师博士后毕业于国内语言学领域驰名的高等学府——北京外国语大学，他学术功底深厚，科研道路上硕果累累。同时，他公务倥偬，惜时如金。即便如此，当我屡屡遭逢文献查找困难或专业理论迷雾氤氲，向他讨教时，他都会伸出援助之手，正所谓“古木阴中系短篷，杖藜扶我过桥东”。有了仇老师的“醍醐灌顶”，我在思想创造空白时便有了继续下去的信心与动力。

同样的感谢给予我的大学同窗暨工作同事、“腹有诗书气自华”、美丽优雅的吴丽老师。在本书即将完稿之时，她对于本人感到迷惑的书稿出版事宜不厌其烦一一解释，倾囊相告。

我还要感谢在国外访学的我的同事：孙燕老师、丁一老师、张晓洁老师，以及同期在国外读书的我的高徒、美丽热情的高婷同学。由于她们的帮助，我获取到所需的一手参考资料。

同时，感谢济南大学外国语学院以李常磊院长和于文书记为核心的学院领导为我等研究者创造的科研氛围与环境，感谢德艺双馨的梁爱民教授在科研方面给我指点迷津。

同样的感谢也要给予我的丈夫和儿子，他们二人在研究过程中给予了我巨大的精神支持，并力所能及地承担家务及家事。书稿前期的排版、编校工作均由丈夫承担，他的仔细认真为书稿的顺利完成节约了大量时间。

在本书即将出版之际，我还要感谢为我提供资助的教育部人文社科项目

(项目编号：13YJA740008)。假设没有这个项目，我可能不会在科研道路上做出这样的努力，不会一次次地自我突破，铸造出前所未有的耐心、专心与恒心。

最后，感谢本书的责任编辑刘森文先生和张申华女士，他们对于本书语言文字等的完善和修改做了大量工作，他们的认真和严谨让我受益匪浅，在此对他们表示诚挚的感谢！

我的主要专业研究方向为语用学，语用学是一门实用的致用之学，语用学的各种经典理论可以被用来分析日常语言表达现象。受语用学学科本身特点的熏陶，我的学术文风亦呈现出“接地气”的特征，对此及以上学术探究过程中的感悟、顿悟与拙见，不当之处，请不吝赐教。由于本书完成过程仓促及本人能力有限，疏漏或纰谬之处，热忱欢迎各位专家、同仁、读者批评指正。

丛日珍

2018 年 12 月 16 日于济南大学